"임아 그 물을 건너지 마오"

대통령의 선생님이 쓴

소설 공무도하가

(하권)

안문길 지음

주식회사 자유지성사

차 례 ─────────────────────── 하권

차 례 ———————————————————— 하권

차 례 ──────────────────────── 하권

녹야원(鹿野苑)으로 가는 길

나라의 중흥(中興)과 불가(佛家)의 대성(大成)을 위해 오천축국(五天竺國) 구도여행(求道旅行) 길에 오른 혜초스님 일행은 세존(世尊)께서 열반(涅槃)에 드신 '구시나국' 땅 사반단사(沙般檀寺)를 참배하고 다음 목적지인 녹야원(鹿野苑)을 향해 발걸음을 재촉하였다.

여기까지 오는 동안에 많은 세월이 흘러서 계림을 떠날 때 앳된 모습을 보이던 죽지랑과 기파랑은 어느덧 씩씩하고 늠름한 소년의 기개가 드러나보이기 시작했다.

"녹야원이란 어떤 곳인가요?"

죽지랑이 스님께 물었다.

"부처님께서 맨 처음 설법하신 곳이지. 원래 부처님께서 깨달음을 얻으셨을 때는 그 깨달음의 법(法)이 하도 심오해서 남에게 들려준다 하더라도 알아듣지 못할 것이라고 생각하고 침묵으로 일관하시려 마음을 잡수셨단다. 그러나 자비(慈悲)와 지(知)를 가지신 보살이셨기 때문에 설법을 하지 않을 수 없으셨지 그래서 구린(丘隣) 등 다섯 비구승(比丘僧)을 만나 녹야원에서 처음으로 설법하게 되셨단다. 비로소 불교의 역사가 이루어지는 순간이었지."

혜초스님은 세 소년에게 녹야원의 유래에 대해 자세히 설명해 주었다.

스님 일행은 우거진 열대의 수풀을 지나 울퉁불퉁 튀어나온 구릉

8

(丘陵)을 걷고 있었다. 바람 한가닥 없는 돌길에 강렬한 태양이 내려 쬐였으므로 살갗이 타고 숨이 턱턱 막힐 지경이었다.

"덥기도 덥지만 주변이 으시시하군."

기파랑이 널려 있는 기암괴석을 돌아보며 몸을 움츠렸다.

"부처님 나라에 당도했으니 이제부터야 괴물이나 악귀 따위가 나타날 리 없겠지."

죽지랑이 기파랑을 안심시켰다.

"예측할 수 없습니다. 전에도 말씀드렸지만 이곳은 너무나 넓고 큰 땅이라서 수많은 종족들이 살고 있지요. 믿음과 언어, 생활하는 모습, 생각하는 것들이 각양각색입니다. 요즈음은 외도자들이 부쩍 늘어서 오히려 부처님의 섭리가 그들의 그늘에 가릴 지경입니다. 또한 곳곳에 잡귀와 괴물들이 도사리고 있어 언제 어느때 무슨 일이 일어날는지 예측할 수 없습니다."

옆에서 걷고 있던 사라양이 조심스레 말했다.

"정말 알 수 없는 일이라니까. 서방정토(西方淨土)에 왔으니 이곳이 바로 극락이 아닌가, 그런데 악귀와 괴물이 도사리고 있다니 이 무슨 해괴망측한 소리란 말인가? 이건 구도여행이 아니라 싸움투성이 여행이로군."

기파랑이 또다시 툴툴거렸다.

"얘들아, 애당초 예상했던 일이 아니겠어. 구도여행이 그저 평안하게만 이루어진다면 불덕을 쌓는데 무슨 의미가 숨어 있겠니. 그러려면 차라리 약사암 뜨락에서 참선이나 하고 앉아 있는 것이 더 낫지."

서동랑이 빙그레 웃으며 말했다.

아제아제(揭諸揭諸)　　—　닿았도다 닿았도다

바라아제(波羅揭諸)   ― 피안에 닿았도다
바라승아제(波羅僧揭諸) ― 피안에 와 닿았도다
보리사바하(菩提薩波詞) ― 깨달음에 이르른 이 기쁨이여

   혜초스님은 주위의 으시시한 풍경이나 기파랑의 푸념에도 아랑곳
하지 않고 바라밀다경(波羅密多經)의 주문(呪文)을 외우면서 나비처
럼 가볍게 앞서 나갔다. 스님은 사반단사에 도착했을 때부터 목적지
에 이르렀다는 황홀감에 들떠 있었다.
   한동안 나무 한 그루 없는 뙤약볕을 걷고 있느라니 모두가 더위
에 지쳐 버렸다.
   "땡볕을 피할 그늘 하나 없구먼, 목이 말라 견딜 수가 있나."
   "정신이 몽롱해지는군. 이러다간 얼마 안 가서 쓰러져 버릴걸."
   죽지랑과 기파랑이 또다시 투덜거리기 시작했다.
   묵묵히 걷고 있던 서동랑이 만파식적을 코에 대고 사방을 둘러
킁킁거렸다.
   "가까운 곳에서 물냄새가 나는군. 조금 더 참아 봐. 곧 시원한 물
을 먹게 될 테니."
   서동랑이 두 소년을 둘러보며 눈을 찡긋했다.

백수광부(白首狂夫)

   불볕더위를 헤치고 얼마를 더 걸어가니 서동랑이 말한 대로 조그

맑한 옹달샘이 야트막한 바위 아래 고여 있었다.

그런데 옹달샘 앞에 이상하게 생긴 노인 하나가 표주박을 들고 쭈그리고 앉아 턱을 한 손으로 괸 채 무언가 골똘히 생각하는 표정으로 앉아 있었다.

노인은 울긋불긋한 여러 색깔의 누더기옷에 덩쿨 같은 것으로 허리띠를 둘렀는데 허리띠에는 여러 가지 잡동사니들이 주렁주렁 매달려 있었다.

죽지랑은 목이 마른 나머지 노인을 개의치 않고 곧장 샘으로 뛰어가 물을 두손에 움켜쥐고 마시려 했다.

"떽끼!"

"매사엔 절차와 법도가 있는 법, 하찮은 물을 마시더라도 예의는 차려야지, 하물며 동방예의지국에서 왔노라 지칭하는 자들이……."

언제까지나 생각에 잠겨 있을 듯 싶던 노인이 눈을 크게 뜨고 죽지랑을 향해 호통을 쳤다.

"아니, 노인장께서 어찌 우리말을……?"

뜻밖에 동방의 언어를 말하는 노인을 만난 죽지랑이 놀라서 노인을 바라보았다.

노인은 자신의 호통 소리가 너무 컸음을 미안하게 생각한 듯 계면쩍게 미소를 짓더니 멀리 동쪽을 바라보며 또다시 생각에 잠겨 버렸다.

"혹시 근역(槿域)을 알고 계신가요?"

죽지랑이 다그쳐 물었다.

"한동안은 그곳에서 살았었다네. 좋은 추억이 있었었지."

노인이 죽지랑을 바라보며 말했다. 흰 수염을 길게 늘어뜨린 노인의 얼굴에 그늘이 잠시 스쳐갔다.

"그랬었구면요, 그런데 어떻게 이런 먼 곳까지 오셨나요?"

죽지랑이 흥미를 느끼고 노인에게 바싹 다가갔다.

"우허허허! 세상은 넓은 것, 무대가 넓어야 활동도 다양하게 이루어지는 것 아니겠나. 배경도 그렇구."

노인은 하늘을 향해 호탕하게 껄껄거리고 웃었다.

"자, 마시게나."

노인이 불쑥 표주박을 내밀었다. 갈증을 참지 못해 허덕이던 차에 노인이 표주박을 내밀자 성미 급한 죽지랑이 빼앗듯 표주박을 받아 옹달샘의 물을 떠서 벌컥벌컥 마셔댔다. 그리고 나머지 사람들도 정신없이 물을 떠서 마셨다.

"그만 그만."

스님 일행이 한동안 옹달샘의 물을 표주박으로 떠서 퍼마셔대자 노인이 달려들어 표주박을 빼앗았다.

"매사가 지나치면 탈이 나는 법."

이번에는 노인이 옹달샘의 물을 떠서 꿀꺽꿀꺽 마셨다. 그리고는 스님 일행을 하나하나 뚫어져라 쳐다보더니 예의 그 미소를 빙긋이 띠었다.

"그래 어떤가? 내가 만든 곡차(穀茶)가."

"뭐라구요? 곡차라구요?"

노인의 말이 떨어지자 다섯 사람이 깜짝 놀라 동시에 소리쳤다. 그러나 그와 함께 허기와 더위에 지친 스님 일행은 순식간에 온몸으로 스며든 술기운에 정신이 몽롱해지며 힘이 쑥 빠져 버렸다. 몸이 나른해지며 몸뚱이가 두둥실 공중으로 솟아오르듯 황홀감에 젖어 버렸던 것이다. 갑자기 노인의 몸동작이 빨라졌다.

"걱정할 것 없네, 난 남을 해치거나 괴롭히려는 사람이 아니야. 행복과 기쁨을 주고자 하는 사람이지."

노인은 허리띠를 풀어서 매달려 있던 잡동사니들을 그 자리에 펼

처놓았다. 그리고 품속에서도 여러 가지 옷가지를 꺼내 땅바닥에 늘어놓았다.

"불자에게 광약(狂藥)을 먹여서 안됐네. 하기사 그대들은 모르고 마셨으니 죄야 이 늙은이에게 있지. 부처님께서 내리시는 벌은 이 늙은이가 모조리 받을 터이니 안심하고 한 번 흥겹게들 놀아나 보자구. 자, 여기 옷가지와 물건들이 있네. 마음에 드는 옷을 골라봐. 갖고 싶은 물건을 손에 쥐어 보라구."

백수 노인은 흥이 나서 연신 떠들어 대며, 다섯 사람을 독려하였다.

광약을 마셨다는 노인의 말에 스님 일행은 심한 거부감과 뜻밖에 당하는 일에 당황하지 않을 수 없었다. 그러나 시간이 흐를수록 노인과 술에 대한 거부감이 사라지고 노인의 몸짓과 말 속으로 빠져들면서 노인이 시키는 대로 따르고 행동하는 것이 보람으로 느껴졌다.

노인은 계속해서 다섯 사람의 주위를 돌며 흥을 돋구었다.

"어디 이쪽으로 서 보게. 그렇지, 그럴 듯 하군. 아니, 아니지, 그 옷에 그 물건은 걸맞지가 않아. 그런데 땡중, 자네는 습성을 버리지 못하는군. 우하하하! 그래, 차린 모양새가 겨우 그런 정도뿐인가? 장삼에 목탁, 그리고 염주라… 그대의 잠재된 내면(內面) 역시 결국 현실을 벗어나지 못하는가 말일세."

노인은 혜초스님의 고지식한 차림새를 바라보며 즐거워 죽겠다는 듯 또다시 하늘을 향해 웃음을 터뜨렸다.

"흥! 자네 옷차림은 또 왜 이런가, 격에 어울리지 않는 시골뜨기 옷차림에 우거지상이라, 눈동자는 빛나고 있군, 누굴 사랑하고 있는 모양이지."

노인은 서동랑과 사라양을 번갈아 바라보며 미소를 지었다.

죽지랑은 장군의 모습, 기파랑은 의술하는 도인의 모습으로 변해 있었다.

"그쯤이면 대강대강 됐네 그려. 자, 그럼 이제 막을 열겠네."

백수 노인은 품속에서 물감통을 꺼내 여러 가지 색깔을 한데 섞었다. 그리고 커다란 붓으로 듬뿍 물감을 찍더니 허공을 향해 춤추듯 마구 휘둘렀다.

그러자 주변이 오색의 색깔로 찬란하게 물들여지면서 이제까지와는 전혀 다른 새로운 세상으로 변해 버렸다. 그와 동시에 스님 일행은 모두 마음이 평안해지면서 서서히 그들의 잠재의식 속으로 빠져들었다. 어느 틈에 그들은 노인과 일체가 되어 노인의 지시와 움직임에 따라 같이 행동하고 같이 즐거워하게 되었던 것이다.

백수 노인은 긴 수염을 흩날리며 한 손에 표주박을 한 손에는 꽃가지를 꺾어 들고 덩실덩실 춤을 추었다.

"수만 리 구도(求道)길에 온갖 고통도 많았을텐데, 권주가(勸酒歌) 한 마디로 시름이나 풀어 보세."

노인의 말이 떨어지자 모두 당연하다는 듯 고개를 끄덕이었다.

마시이세 마시이세
주야장천 마시이세
어찌저찌 들른세상
돌아보니 술뿐이네
사해바다 넓다한들
술배보다 넓을손가
바람같은 허무인생
억망진창 취코보세

태평천하(太平天下) 감로주

불로장생(不老長生) 인삼주
군자절개(君子節槪) 매실주
첩첩산중(疊疊山中) 머루주
정기무궁(精氣無窮) 배암주
오매불망(寤寐不忘) 동동주

들어붓세 들어붓세
죽둥살둥 들어붓세
술세상에 태어나기
극락보다 어렵다데
생로병사 백팔번뇌
한잔술에 술술술술
한번가면 또올손가
이판사판 쏟아붓세

꿀꺽꿀꺽 한 동이
딸꾹딸꾹 열 동이
비몽사몽 백 동이
고주망태 천 동이
부생백년 만 동이
윤회영겁 억 동이

쏟아붓세 쏟아붓세
무량무궁 쏟아붓세
…
…

백수 노인의 권주가는 끊임없이 계속되었다. 스님 일행도 노인의 권주가와 춤에 어울려 흥겹게 손뼉을 치며 장단을 맞추었다. 또한 그들은 그들이 맡은 역할에 도취되어 시간의 흐름을 잊고 즐거워하였다.

스님은 득도(得道)하여 고승(高僧)의 자세로 앉아 있었다. 서동랑은 사라양을 안고 사랑놀이에 빠져 있었다. 서동랑의 눈에 사라양은 고향에 두고온 선화공주의 모습으로 비춰져 있었다.

천군만마(千軍萬馬)를 거느린 죽지랑은 거칠 것이 없이 오랑캐의 진중을 향해 지쳐들어 가고 있었다.

기파랑은 병고에 허덕이는 중생에게 혼신의 힘을 기울여 의술을 베풀고 있었다.

스님 일행이 정신없이 그들의 역할에 열중하고 있을 때, 백수 노인은 추던 춤을 멈추고 일행의 테두리를 슬쩍 빠져나갔다. 그리고 테두리 밖에서 자신의 행위에 열중하고 있는 사람들을 한동안 물끄러미 바라보았다.

"흥이 나질 않는군. 무언가 빠져 버린 느낌이야……!"

백수 노인은 처절하게 한 마디 말을 내뱉고는 고개를 아래로 떨어뜨리고 긴 한숨 소리와 함께 어디론가 홀연히 사라져버렸다.

귀신(鬼神)에 홀린 강

얼마간의 시간이 흐르자 다섯 사람은 차츰 정신이 들기 시작했다.

그들은 옹달샘을 둘러 제가끔 앉아 있었는데 이제까지의 세상은 사라지고 강렬히 내려쬐이는 태양 아래 모두 땀을 뻘뻘 흘리며 괴로워하고 있었다.

"가만 있자, 지금 우리가 무얼하고 있었지?"

죽지랑이 사면을 둘러보며 말했다.

"더위에 지쳐 정신을 잠깐 잃었었나?"

기파랑이 고개를 갸우뚱거렸다.

서동랑은 아직도 꿈에서 벗어나지 못한 듯 먼 산을 바라보고 있었고 사라양은 부끄러워 얼굴을 붉히고 앉아 있었다.

"너희들 백수 노인을 기억하고 있니?"

혜초스님이 소년들을 향해 물었다.

죽지랑과 기파랑이 대답 대신 고개를 끄덕였다.

"우리가 술귀신에 홀렸던 게야. 아마도 저 옹달샘은 술귀신의 것인가보다."

스님이 옹달샘에서 고개를 돌렸다. 서동랑은 코를 벌름거려 물냄새를 맡더니 두손으로 물을 움키어 벌컥벌컥 마셨다.

"그만둬!"

죽지랑이 서동랑을 말렸다.

"아니, 그렇지 않아. 이 옹달샘의 물은 그저 시원한 석간수(石澗水)일 뿐이야. 우리가 너무 목이 말라 물에 취했던 것이었지."

서동랑은 아무렇지도 않은 듯 입맛을 다셨다.

"이상하군. 그렇다면 그 노인은 어찌된 것인가?"

죽지랑이 고개를 갸웃거렸다.

스님 일행이 옹달샘을 둘러싸고 논쟁을 벌이는 동안 해가 지기 시작했다. 그리고 곧 사방이 어둑어둑 어두워졌다.

"안 되겠다. 날이 더 어둡기 전에 민가라도 찾아보아야지."

스님이 자리에서 일어나 길을 재촉하였다.

스님 일행은 옹달샘을 떠나 마을을 찾아 걸어갔다.

그런데 얼마를 앞으로 걸어가니 한떼의 사람들이 왁자지껄 떠들며 스님 일행 쪽으로 몰려왔다. 그들은 머리와 등에 한보따리의 짐을 이거나 지고 있었고, 어린 아이들을 업거나 걸리고 있었는데 남녀노소가 한데 어울린 것이 같은 마을 사람들인 것 같았다.

그들 중 한 사람이 먼저 말을 걸었다.

"어디로 가시는 분들인가요?"

"녹야원으로 순례차 가는 길입니다."

사라양이 나서서 말을 받았다.

"그리로 가려면 다른 길을 택하도록 하시오. 이쪽 길은 틀렸소."

나이 지긋한 사람이 말했다.

"무슨 어려움이라도 있는 것입니까?"

스님이 그 사람에게 물었다.

"웬 놈의 귀신들이 어찌나 지겹게 밤마다 울어대는지 도저히 무서워서 살 수가 있어야지요. 당신들은 아마 그 울음 소리만 들어도 피가 말라 죽어버릴 게요. 우리 마을 사람들도 무수히 미쳐 버렸거나 심장이 얼어붙어 죽었습니다."

"뭔가 심상찮은 일이 있는 모양이로군요. 그렇다면 이 길 말고 다른 길은 없습니까?"

"글쎄요. 다른 길은 강을 돌아가는 것뿐인데 너무 멀어서……."

그들은 말을 얼버무리고 스님 일행의 반대쪽으로 가버렸다.

스님 일행은 가도오도 못하고 그 자리에서 막연히 서 있을 수밖에 없었다.

"이곳은 아무래도 이상해, 분명 지금 사람들도 진짜가 아닌 허깨비들이 분명해. 뭐 상관할 것 있나요, 그냥 앞으로 걸어 나갈 수밖에.”

　죽지랑이 그냥 걸어갈 것을 재촉하였다. 죽지랑의 말을 들은 일행
은 아무려나 생각하고 앞으로 걸어갔다.

　얼마를 걷고 있으려니 또 한떼의 사람들이 바쁜 걸음으로 이쪽으
로 향해 몰려왔다. 그들도 종전의 사람들처럼 이고 지고 업고 걸리
고 있었다.

　“아무래도 허깨비들은 아닌 것 같다. 좀더 자세한 사유를 알아봐
야겠군.”

　서동랑이 사람들을 향해 걸어갔다.

　“어디서 오시는 분들인가요?”

　서동랑이 한 사람을 붙들고 물었다. 그 사람은 경계의 눈으로 서
동랑을 바라보더니 뒤쪽을 손으로 가리켰다. 그 사람은 겁먹은 얼굴
로 보아 공포에 질려 말이 제대로 나오지 않는 듯했다.

　“무슨 변고라도 있는 겁니까?”

　서동랑이 재차 물어보았다.

　“우리는 여기서 얼마 떨어지지 않은 강에서 고기를 잡아 생계를
이어가는 어부 가족들입니다. 그런데 어느 때부터인가 강의 고기들
이 씨도 없이 자취를 감추었을 뿐 아니라 밤이면 밤마다 귀신들이
나타나 싸우는데 그 소리가 어찌나 처절하고 애끓는지 사람의 폐부
깊숙이 파고들어서 그 소리를 듣는 사람은 곧 미쳐 버리거나 죽어
버리고 말았답니다. 도저히 머물러 살 수가 없어요. 그래서 이렇게
고향을 저버리고 정처없이 떠나가는 것입니다.”

　옆에 있던 한 노인이 스님 일행이 경계의 대상이 아니라는 것을
알자 그들의 처지를 자세히 설명해 주었다.

　“그런데 당신들은 어디서 오셨으며, 어디로 가시는 분들입니까?”

　노인이 서동랑을 향해 물었다.

"저희는 멀리 동방에 있는 '구구타예설라'에서 왔습니다. 구도여행 차 석존께서 초전법륜(初轉法輪)을 이루신 녹야원을 향해 가던 길입지요."

혜초스님이 노인에게 합장을 하며 고개를 숙였다.

"난처한 일이군요. 그곳으로 가려면 우리가 살던 강을 건너야 하는데, 강의 귀신들이 그냥 지나치지 않을 터이니……."

노인은 머리를 절레절레 흔들었다.

"달리 가는 길도 없다면서요?"

"그렇습니다. 사실 저희들도 평생 강에서 고기를 잡고 살아왔지만 이 강의 상류와 하류가 어디서 시작하여 어디서 끝나는지 그 길이를 알 수 없습니다. 강을 건너지 않고는 달리 방법이 없습니다."

노인은 안타까운 듯 혜초스님을 바라보았다. 사람들은 곧 썰물이 밀려가듯 스님 일행의 등뒤로 사라져 버렸다.

"어쩐다, 귀신의 소리에 심장이 얼어붙는다지 않는가. 그런 얘기를 듣고서야 어떻게 앞을 향해 나갈 수가 있단 말인가."

혜초스님은 난감하여 풀죽은 소리로 말하였다. 일행은 어쩌지도 못하고 한참 동안 그 자리에 서 있었다. 누구 하나 입을 여는 사람이 없었다. 해는 이미 서산 너머로 사라지고 하늘에는 싸늘한 조각달 하나가 걸려 있을 뿐 어두컴컴한 주위에는 여러 형상의 바위들만이 을씨년스럽게 버티고 서 있었다.

"스님, 어떻든 강 가까이 가보도록 하시지요. 그 다음 일은 제가 나서서 감당해 보도록 하겠습니다."

서동랑이 침묵을 깨뜨렸다.

"그게 좋겠어요. 스님의 불덕(佛德) 앞에 괴물이나 악귀인들 감히 달려들 수 있겠습니까. 저희도 그 동안 많은 난관을 헤치고 왔으니 웬만한 잡귀에게 그렇게 호락호락 넘어가지는 않을 것입니다."

죽지랑도 서동랑의 말에 동의하였다.

일행은 서로 의견을 일치를 보고 강이 있다는 앞을 향해 걸어갔다.

돌길을 오르내리며 얼마를 걸어 가노라니 멀지 않은 곳에서 물 흐르는 소리가 들려왔다.

"강이 가까운 듯 싶습니다. 이쯤에서 머물도록 하시지요. 내가 귀신들의 정체를 확인하고 어떻게 해서든지 강을 건널 빌미를 마련해 보겠습니다. 잠깐 동안만 이곳에 쉬시면서 기다려 주십시오."

서동랑이 혜초스님에게 말하였다.

"혹시 심장이 얼어붙을는지도 몰라."

기파랑이 서동랑을 바라보며 염려스레 말하였다.

"염려 마. 내 심장은 튼튼하니까."

서동랑이 자신있게 말하였다.

"아니다, 나도 가겠다."

스님이 앞으로 나섰다.

"나도 갈테야."

죽지랑 역시 앞장을 섰다.

"저도 같이 가겠어요."

사라양이 따라나섰다.

"모두들 간다 하니 나 혼자 남을 수 있나, 나도 가겠어."

기파랑도 스님 옆으로 다가섰다.

"위험할텐데요. 우선은 제가 먼저 동정을 살피는 것이 좋지 않을까요."

서동랑이 스님을 만류하였다.

"그 말도 맞는다만 어떤 일을 당하던지 서로 힘을 합치지 않으면 안돼. 만에 하나 서동랑을 잃고 나면 우리의 힘이 절반으로 줄어든거나 마찬가지야. 그것보다도 미지에 대한 호기심을 떨쳐 버릴 수가 없구나. 진정 악귀의 정체는 어떤 것인가?"

혜초스님은 화생(化生)에 대한 호기심에 흥분해 있었다.

"좋습니다. 그러나 각별히 조심하세요. 고국을 떠나올 때의 임무를 잊으셔선 안 됩니다."

서동랑은 맨 앞에 서서 주위를 살피며 천천히 강가로 다가갔다.

하신(河神)과 동방귀녀(東方鬼女)

서동랑을 선두로 하여 혜초스님 일행은 강물이 손에 닿을 듯한 언덕에 이르렀다. 희미한 달빛 아래 도도히 흐르는 강물은 한 마리 대룡(大龍)이 여의주(如意珠)를 품으며 맹렬히 달려가는 모습이었으며, 여울을 흘러 바위에 부딪히는 굉음(轟音)은 그대로 악귀들이 다투어 싸우는 아우성 소리였다.

금시라도 등뒤에서 무엇인가가 소리지르며 튀어나올 것 같은 바위를 의지하고 다섯 사람은 숨을 죽이며 강물을 바라보았다. 밤은 점점 깊어져 서편에 걸려 있던 조각달도 사라지고 무수한 별빛만이 강물에 박혀 반짝이고 있었다.

이때 강의 아래쪽으로부터 하얀 물체 하나가 스님 일행이 숨어 있는 곳을 향해 천천히 다가오고 있었다. 다섯 사람은 긴장을 하고 다가오는 물체를 주시하였다. 그 물체는 스님 일행이 있는 강변까지 걸어오더니 그 자리에 우뚝 서 버렸다.

22

"심상찮은 일이 일어날 것 같습니다. 우선 귀부터 막도록 하세요."

서동랑이 일행에게 주의를 주었다.

"귀는, 정신만 차리면 되지."

죽지랑이 퉁명스레 말하였다.

서동랑은 정신을 한 곳에 집중하고 야명기법(夜明奇法)을 써서 흰 물체의 일거일동을 놓치지 않으려 애썼다.

그런데 서동랑의 눈에 비친 물체는 뜻밖에도 흰 치마 저고리와 하얀 소복을 하고 머리카락을 길게 늘어뜨린 동방 여인이었다.

"이상도 하구나, 이런 천만 리 이국 땅에 소복한 근역(槿域)의 귀신이 나타나다니……."

서동랑은 미묘한 감정과 함께 더욱 흥미를 느끼고 초점을 모아 여인을 주시하였다.

귀녀(鬼女)는 언제까지나 그 자리에 선 채 움직일 것 같지 않았다. 아우성치는 강물이 금시라도 그녀를 집어삼킬 듯 주위는 더욱 을씨년스러웠다. 모두 여인을 향해 정신을 집중하고 있었으므로 자신의 존재조차 잊은 듯했다.

돌처럼 움직일 것 같지 않던 귀녀가 서서히 어둠을 갈랐다.

귀녀는 아래로부터 왼손을 들어 천천히 머리 위로 치켜올림과 동시에 오른팔을 뻗어 허공에 달을 그렸다.

귀녀의 몸동작이 차츰 빨라지기 시작했다.

몸을 뒤틀어 무언가 움켜잡을 듯 강을 향해 쏠리더니 곧바로 땅을 박차 하늘을 날았다. 머리카락은 빗살처럼 퍼지고 몸뚱이는 뱀처럼 휘감기었다. 귀녀는 혼신의 힘을 다해 격렬하게 춤을 추고 있었다. 그것은 춤이라기보다 절규(絶叫)였고 투신(投身)이었다.

서동랑은 좀더 가까이 여인의 모습을 보기 위해 땅에 몸을 붙이고 기듯이 강가로 접근하였다.

갑자기 여인의 눈앞에서 강물이 소용돌이치기 시작했다. 그리고 하얀 물기둥이 하늘 위로 솟아오르더니 물기둥 속에서 새파란 광채가 피어나 귀녀 앞으로 날아왔다. 새파란 광채는 곧바로 또 다른 여인으로 변하였다. 그러자 미친 듯 춤을 추던 귀녀가 일순간 춤을 멈추고 그 자리에 무릎을 꿇고 엎드려 광채 속에서 나온 여인에게 애원하였다.

"하신(河神)이여, 남편을 돌려 주소서."

광채 속의 여인이 날카로운 눈으로 귀녀를 쏘아보았다.

"참으로 지독한 계집이로구나. 여기가 어디라고 찾아와 귀찮게 구는 게냐!"

"그이만 돌려주신다면 즉시 이곳을 떠나겠습니다."

"듣기 싫다! 이미 강(江)이 되었으면 그만, 다시 인간이 될 수 없는 법. 빨리 이곳에서 꺼져 버려라."

"그이를 돌려주지 않는 한 물러설 수 없습니다."

"에잇! 말귀를 못 알아듣는 어리석인 계집."

하신은 여인을 향해 두 손을 쭉 뻗쳤다. 그러자 모진 파도가 일어나 큰 물기둥이 되어 그녀를 덮쳤다. 귀녀는 엄청난 파도에 휩싸여 어디론가 멀리 날아가 버렸다.

하신과 귀녀가 다투는 동안 스님과 죽지랑 그리고 기파랑과 사라양은 서동랑이 그랬던 것처럼 귀녀의 움직임을 하나도 놓치지 않고 바라보려 애를 썼다. 그러나 뿌연 물안개와 출렁이는 강물뿐 뚜렷이 눈에 들어오는 것은 없었다.

그런데 갑자기 혜초스님이 양쪽 귀를 두 손으로 막고 괴로워하였다. 곧이어 죽지랑과 기파랑 그리고 사라양도 강쪽에서 들려오는 소리에 괴로워 귀를 막았다. 강에서 들려오는 소리는 그들이 이 세상에 태어나 이제까지 들어본 적도 생각조차 해본 적도 없는 처절하고 애끓는 소리였다. 서동랑은 그 소리의 파장을 다 흡수해서 들을 수 있는 능력이 있었으나 나머지 사람들은 그렇지 못한 까닭에 그 소리가 고막을 찢고 가슴을 저미는 날카로운 괴음(怪音)으로만 들렸던 것이다.

여인이 파도에 휩쓸려 멀리 사라져 버리자 강은 종전의 모습으로 조용히 흘러가고 있었다.

서동랑이 다시 자리로 돌아와 보니 네 사람은 귀를 막고 신음을 하며 고통스러워 뒤척이고 있었다. 서동랑은 만파식적을 꺼내 해독음(解毒音)을 네 사람의 귀에 불어넣었다. 날이 거의 밝아서야 스님이 고통을 털고 깨어 일어났다.

"참으로 해괴하고 비절(悲節)한 소리였어. 이 세상에 그토록 가슴 저미는 소리가 있을 수 있다니⋯⋯."

스님은 얼마 동안 마음을 진정치 못하였다. 곧이어 죽지랑, 기파랑, 사라양이 깨어 일어났다.

"어젯밤 일은 잊어 버리자, 그러나 하루라도 더 여기에 머물었다 가는 그 울부짖음 소리에 심장이 얼어버릴 게다. 낮 동안을 이용하여 강을 건널 방법을 찾아보도록 하자꾸나."

해가 머리 위로 떠오르자 스님이 일행에게 말했다.

"어제의 상황으로 보아 만만하게 강을 건널 수가 없을 것 같습니다. 제가 좀더 형편을 보아 가지고 올 터이니 이곳에서 잠시 쉬도록 하십시오."

서동랑은 말을 마치자마자 재빠르게 바위를 타고 넘어 강의 상류 쪽으로 달려갔다.

"해가 지기 전에 돌아와야 돼."

기파랑이 서동랑의 등뒤에다 대고 소리쳤다.

혜초스님과 세 사람은 어제의 괴음이 아직 귓속에 남아 윙윙거렸
으므로 마음을 진정할 수 없었다. 그래서 서동랑의 말대로 그 자리
에 앉아서 안정을 취하기로 하였다.

광대놀이

한동안의 시간이 흘렀는데도 서동랑은 나타나지 않았다. 스님 일
행은 흐르는 강물만 바라보며 무료히 시간을 보내고 있었다.

이때, 강의 하류로부터 초라하게 생긴 노파 하나가 스님 일행이
있는 곳을 향해 걸어오고 있었다.

"뭐야? 저건. 또 강귀신이 나타난 건 아닌가?"

죽지랑이 긴장하여 경계의 눈초리로 노파 쪽을 바라보며 말하였
다. 노파는 곧장 일행 쪽으로 걸어오더니 사람을 보자 반색하는 표
정을 지었다.

"아이구, 오랜만에 사람을 만났구랴. 난 저 강아래 살던 노파인
데. 내가 병들어 누워 있는 동안 마을 사람들이 모두들 어디론가 떠
나가 버렸다네. 혹시 이 근처에서 사람들이 무리져 가는 것 보지 못
하였소?"

노파는 힘 잃은 슬픈 눈으로 스님 일행을 바라보았다.

"그랬었구먼요. 어제 저녁 한떼의 사람들이 저 산 너머로 몰려가
는 것을 보았지요. 아마 경황중에 할머니 생각을 못한 것 같습니
다."

스님이 노파에게 말하였다.

"무심한 사람들 같으니라구. 이 병든 늙은이를 혼자 버려두고 가면 어디 간들 맘이 편할려구."

노파는 손수건을 꺼내 흐르는 눈물을 닦았다.

"가엾게 되셨군요. 저희가 바쁜 몸만 아니라면 할머니를 사람들이 있는 곳까지 모셔다 드릴 수 있을텐데……."

"괜찮으이. 차분차분 산 너머 쪽으로 따라가겠네. 그런데 이곳 사람들이 아닌 모양이로군."

노파는 네 사람의 얼굴 하나하나 뜯어보며 말하였다.

"네, 그렇습니다. 저희들은 동방으로부터 구도여행차 이곳까지 왔습니다."

스님이 노파를 향해 합장을 하였다.

"먼 곳에서도 오셨구랴. 그런데 저 처자는 왜 저렇게 떨고 있나 어디가 편찮은 모양이지……."

노파가 사라양에게 다정스레 다가갔다.

"쯔쯔쯧, 무엇에 놀란 모양이로군. 하기사 이 강은 귀신이 씌웠으니 웬만한 심장을 갖지 않고서야 온전히 지나칠 수가 없지……. 가만 있자. 그렇지, 이 과일을 먹어 보게. 금방 좋아질테니."

노파는 광주리에서 과일 하나를 꺼내 사라양 앞으로 내밀었다. 그리고 자신도 그중 한 개를 꺼내 맛있게 깨물어 먹었다.

"여기 몇 개 더 있으니 스님도 한 개 드시우. 자, 젊은들도 한 개씩……."

네 사람은 목이 마르던 차라 노파가 내어준 처음 보는 과일을 아주 맛있게 받아 먹었다.

"참으로 맛있는 과일이로군요. 계림에서는 느껴 보지 못한 향기인데……."

기파랑은 야금야금 씨까지 깨물어 먹었다.

과일을 다 먹고 나자 노파가 자리에서 일어났다.

"자, 맛있는 과일도 하나씩 먹었으니 이제 일을 시작해 보도록 하자구."

노파는 말을 마치고 몸을 한 바퀴 빙그르르 돌더니 일행을 바라며 빙긋이 웃었다. 그러자 노파의 모습은 간데 없고 어제 옹달샘에서 만났던 백수 노인이 앞에 서 있었다.

"앗! 당신은 어제의 그 백수 광부!"

네 사람은 깜짝 놀라 일시에 소리쳤다.

그러나 어제와 마찬가지로 갑자기 온몸의 힘이 쭉 빠지면서 노인의 손아귀 안에 꼼짝없이 잡히고 말았다. 노파가 준 과일은 백수 노인이 만든 과실주였던 것이다.

"어제는 부족한 점이 많았어. 오늘은 좀더 넉넉히 준비해 왔지. 완벽하게 그리고 솔직하게 표현해 보자구. 방금 자네들이 나에게 깜빡 속은 것처럼, 자네들도 나를, 아니 자기 자신들이 맡은 역할 속으로 감쪽같이 자신을 끌어들여 봐. 그럴듯한 세상으로 만들어 보라구."

백수 노인은 또다시 바구니를 열어 그 속에 있는 수많은 잡동사니들을 꺼내 땅바닥에 늘어놓았다. 스님과 두 소년 그리고 사라양은 어제와 같이 고분고분 노인의 요구에 따라 움직이기 시작했다.

스님 일행이 백수 노인에 의해 꼭두각시 놀음을 하고 있을 때, 서동랑은 강을 옆에 끼고 재빠르게 상류로 달려 올라갔다. 그리고 강을 건널 만한 좁은 여울이 있는가를 찾아봄과 함께 사방을 둘러 무엇인가를 열심히 찾고 있었다. 그리고 멀지 않은 곳에서 강가에 쓰러져 있는 한 여인을 발견하였다.

공무도하가(公無渡河歌)·2

　　서동랑은 재빨리 달려가서 정신을 잃고 쓰러져 있는 여인을 안아 바위 그늘이 진 시원한 곳에 눕혀 놓았다. 어제 강의 여신에게 쫓겨난 동방 여인이었다. 서동랑은 만파식적을 꺼내 누워 있는 여인의 가슴에 대고 기(氣)를 불어넣었다.

　　한동안의 시간이 흐른 뒤 여인이 가만히 눈을 떴다.

　　"어젯밤 강가에서 파도에 휩쓸려 가는 것을 보았습니다. 어찌된 사연인지 알려주실 수 있겠습니까?"

　　서동랑은 여인의 눈동자를 바라보며 조용히 말하였다. 서동랑을 본 여인은 잠시 놀라는 듯 몸을 일으키려 하였으나 상대방이 자신을 해칠 사람이 아니라는 것을 알았음인지 몸을 다소곳이하고 차분히 입을 열었다.

　　"뉘신지 모르지만 목숨을 살려줘서 고맙습니다. 그러나 내가 무슨 말을 하든 그 말을 믿지 않을 거예요."

　　여인은 눈물을 머금은 채 고개를 가로저었다.

　　"어젯밤 하신과의 나눔 이야기를 들었습니다. 어떠한 사연이 있으신지 조금만 운(韻)을 띠어 주신다면 그 연유를 대강이나마 알 수 있을 것입니다."

　　서동랑이 여인 가까이로 다가서며 말했다.

　　한동안 침묵이 흘렀다. 망연히 강물한 바라보던 여인이 조용히 자리를 털고 일어나 앉았다. 그리고 보통이에서 공후를 꺼내 가슴에 안았다. 여인은 하염없이 흐르는 눈물도 아랑곳하지 않은 채 손을 움직여 공후를 뜯으며 노래 부르기 시작했다.

먼 동방 해의 나라
송림 우거진 강 언덕 위
그이와 나는 사랑의 보금자릴 틀었네
그이는 더 밝은 세상을 위해
술 빚고 탈 뜨고 꼭두각실 만들었지
나는 그이 곁에서 현 뜯으며 노랠 불렀네
풀, 나무, 새, 짐승, 구름, 바람, 천지신(天地神)들이
모두모두 흥겨워 춤추며 뛰어 놀았지.
아一, 우리의 사랑은 꿈처럼 감미로웠다오.
……

　여인은 그녀의 모든 생애와 운명, 그리고 마지막 꺼져 가려는 생
명의 불꽃까지를 피어오르게 하려는 듯 감미롭고 애절하게 공후를
뜯으며 노래를 불렀다.
　조용히 흐르던 여인의 노래와 공후의 여린 현(絃)이 갑자기 튀기
시작했다.

그러나, 강신(江神)은 고개를 돌렸네.
차디찬 그녀 마음은 즐거움이 역겨웠지.
여신은 그이에게 유혹의 손길을 뻗쳤다네.
"그대여, 그대는 강의 진실을 보지 못하는가.
쉼없는 흐름과 끊임없는 노랫소리
진정한 즐거움과 아름다움이 저 안에 있음을….
달콤한 속삭임이 그이 마음 흔들었네
그이는 차츰 번민에 빠져 버렸지.
미지(未知)에 대한 동경과 이루어 놓은 세상 사이에서….

여인은 격한 감정을 억누르려는 듯 잠시 숨을 몰아쉬더니 이제까지의 애절함보다 더 구성진 가락으로 공후를 뜯었다.

빚은 술 독해지고
탈과 꼭두각시 부서졌네
급기야 그이는 광인(狂人)이 되어 버렸지
마침내 강은 그이 마음 붙들었네
"임하 물건너지 마소(公無渡河)
임은 그에 물을 건너시네(公竟渡河)
믈에 빠져 돌아가시니(墮河而死)
임은 장차 어찌 하려오(當奈公何)"
울부짖으며 붙잡았지만
그이는 끝내 강이 되어 버렸다오.
하신아!
임 돌려주오
홀로 어찌 살아갈거나
애타게 부르짖어 소원했지만
여신의 채찍에 살갗만 찢길 뿐
그이는 물결따라 멀리멀리 사라졌다네
……
……

노래를 마친 여인은 한동안 체읍(涕泣)하더니 손에 든 공후를 떨어뜨리고 다시 그 자리에 쓰러져 버렸다. 서동랑은 쓰러진 여인을 가만히 안아 일으켰다.

"그런 일이 있었었군요, 나도 어릴 때 누군가에게 들은 적이 있습니다. 고조선 땅에 주신(酒神)과 악신(樂神)이 사라져서 온 나라 백성들이 우울한 나날을 보냈었다구요. 즐거움이 없으니 나라인들 번창했었겠습니까. 결국 그 나라는 세월의 저 뒤편으로 물러나 버렸다고 하더군요."

"그랬군요. 나 역시 그곳을 떠난 지가 하도 오래 되어서……."

여인은 초점 잃은 눈동자로 멍하니 흐르는 강물만 바라보았다.

"그래서 원귀(寃鬼)가 되어 한(恨)을 품고 여기까지 흘러온 것입니까?"

서동랑이 여인을 향해 물었다.

"아니에요, 난 결코 원귀가 아닙니다."

여인은 단호하게 서동랑의 말을 부인하였다.

"그렇다면……?"

서동랑은 여인의 진실을 알고 싶었다.

"세월이 아무리 흐른다 해도, 뼈가 부셔져 먼지가 되어 바람에 흩날린다 해도 혼백(魂魄)조차 사라져 어둠 속 곳곳에 박혀 그 존재조차 아득하다 해도 임에 대한 그리움은 지울 수 없을 거예요."

여인은 긴 탄식과 함께 다음 말을 이었다.

"한동안은 강물만 바라보며 그이가 돌아오기만 기다렸지요. 그러나 그것이 얼마나 어리석은 일인가를 깨달았습니다. 그래서 남편을 찾아나서기로 결심했지요."

갑자기 여인의 얼굴에 생기가 돌면서 온몸의 핏줄이 터질 듯 붉게 솟아올랐다. 그리고 자리에서 벌떡 일어나 열린 세상을 향해 뛰쳐 나갈 듯 몸부림을 하더니 얼마 후에야 다시 조용히 자리에 앉았다.

"강이란 강은 다 뒤졌습니다. 조선의 모든 강… 흙탕물이 노도(怒濤)와 같이 흐르는 대륙(大陸)의 '장강(長江)', 냉신(冷神)이 흰 곰을

키우는 북극(北極)의 '에니세이', 악어들이 날카로운 이빨을 드러낸 이집트의 '나일', 독충(毒蟲)과 독사(毒蛇)가 우글거리는 밀림(密林)의 '아마존', 세상에서 그 흐름이 가장 길다는 신천지(新天地) '미시시피', 그리고 인어의 강 '라인' 등등……. 그러나 어디에도 그이는 없었어요."

여인 깊은 탄식과 함께 또다시 눈물을 머금었다.

"그런데 어찌 이곳까지……?"

"계시(啓示)를 받았습니다. 하늘이 저의 정성에 감천(感天)하셨음인지 부처님의 도우심인지 떨어지는 빗방울이 이곳에서 영감님 비슷한 분을 보았노라 일러 주더군요."

여인의 얼굴이 금방 밝아졌다.

"그래, 그 분을 만나 보셨나요?"

서동랑이 궁금증을 풀지 못해 물었다.

"웬걸요. 이곳에 머문 지 십수 해, 여신의 노여움이 어찌나 큰지 남편의 뒷모습조차 볼 수가 없었습니다. 그래서 여신이 잠에 깨어 있는 밤 동안 강가에 가서 남편을 만나게 해달라고 애원하였지요. 마을 사람들은 제 간곡한 애원 소리와 하신이 노여워 지르는 소리를 듣고는 귀신들의 울부짖음이라고 놀라서 죽거나 쓰러지더니 급기야 모두들 마을을 떠나 버렸습니다."

이야기를 마친 여인은 모든 희망이 사라진 듯 망연히 허공을 바라보았다.

"장차 어찌하려 하십니까?"

서동랑이 조용히 여인에게 물었다.

"그이가 되겠어요."

여인은 무엇을 결심하였는지 홀연히 자리를 박차고 일어났다. 그리고 흐르는 강을 향해 눈을 부릅떴다.

"이승에서의 꿈은 버렸습니다. 나도 이제는 너무 늙고 지쳐 버렸거든요. 그이와 일체가 되기 위해 강이 되는 수밖에 없습니다. 오직 한 마음, 임에 대한 그리움을 하신조차 내치진 못할 거예요."

여인은 강에 홀린 사람처럼 앞을 향해 발걸음을 옮겨 놓았다.

"안 됩니다. 그 동안의 노고를 생각하세요. 죽음 그 자체로 모든 것이 끝납니다."

서동랑이 여인을 만류하였다. 여인은 서동랑의 손을 뿌리쳤다. 그녀의 강한 의지만큼이나 그 힘도 강대하였다. 여인은 거침없이 강을 바라보며 걸어 나갔다.

"안 되겠군."

서동랑은 여인의 뒤를 따라가 다시 앞을 가로막았다.

"잠깐 고정하시고 제 말을 들어 보십시오. 어제 우리 일행이 이곳으로 오는 도중 한 손에 술병을 들고 흰 수염을 늘어뜨린 이상한 노인 한 분을 뵈었습니다. 맨발에 울긋불긋한 옷하며 허리에는 잡동사니를 주렁주렁 매달고 있었는데 표주박을 빌려 옹달샘의 물을 떠서 먹는 순간 우리는 모두 취해 버렸습니다. 그런데 그 노인은 물에 취해 혼몽해진 우리에게 꼭두각시 노름을 시키고는 어디론가 사라져 버렸지요. 지금 말씀을 들으니 혹시 그 노인이 찾고 계신 그 분이 아닌가 하는 생각이 드는군요."

서동랑은 말을 마치고 여인의 표정을 살폈다.

결연히 강을 향하던 여인이 발을 멈추고 서동랑을 뚫어져라 바라보았다.

"술병에 어릿광대 노름이라구요?"

"예, 그렇습니다. 저 강의 하류 쪽이었습니다. 분명 그 분은 보통 분이 아니었어요. 내가 옹달샘의 물을 손으로 움켜 마실 때에는 그냥 시원한 샘물이었는데……."

"물을 떠준 그릇이 표주박이 아니었던가요?"

여인이 호소하듯 서동랑에게 다가섰다.

"맞습니다. 동방에서나 볼 수 있던 그런 표주박이었습니다."

"그 분은 그것으로 세상에 즐거움을 나눠 주는 분이시지요. 어떤 물이든지 표주박에 담긴 순간부터 향약(香藥)으로 변한답니다."

이제까지 처연히 수심에 잠겨 있던 여인의 눈에 생기가 돌았다.

"가시지요. 만날 수 있을 겁니다."

서동랑이 여인의 손목을 잡아 끌었다.

재회

한편, 백수 노인은 어제와 같이 여러 가지 모양의 모습으로 스님 일행을 분장(扮裝)시켜 놓고 이리저리 바라보며 즐거워서 어쩔 줄 모르고 있었다.

한동안 미친 듯 분망히 움직이던 노인의 행동이 점점 뜸하여졌다. 그리고 곧 일행의 테두리를 뛰어나와 가까이에 서서 스님 일행이 제 나름대로 움직이는 모습을 뚫어지게 바라보았다.

노인의 얼굴에 차차 실망의 빛이 짙어졌다.

"저게 아니야, 저게 아닌데… 있어야 할 것이 빠졌군. 이룰 수 없어, 이젠 아무것도 이룰 수 없어! 이 세상에 궁극적 아름다움이란 결코 없는 것인가?"

노인은 연신 중얼거렸다. 그리고 고개를 떨어뜨리고 모든 것을 포기한 듯 긴 한숨을 내쉬었다.

그 한숨 소리는 마치 깊은 지하에서 솟아오르는 통곡 소리와도 같았다.

물끄러미 일행의 행동을 바라보던 노인이 또다시 홀연히 몸을 감추려 하였다.

"주선공(酒仙公)!"

이때, 여인의 절규하는 목소리가 들려왔다.

"이제야 만났구려! 이제야 다시 만났구려!"

여인은 말을 잇지 못하고 노인의 품속으로 파고들었다.

"뭣하러 예까지… 잊어버리지 않구."

노인은 갑자기 나타난 여인을 보고 놀라는 듯하였으나 이내 시큰둥하게 한 마디 말을 뱉고는 먼 하늘 우러러보았다.

"그런 소리 말아요. 우리의 만남은 운명이에요. 이 세상 그 무엇도 우리를 떼어놓을 수는 없습니다. 비록 신들이라 할지라도… 돌아가요. 그래서 다시 시작합니다."

여인이 노인의 손을 붙잡고 애타게 울부짖었다.

"나는 모든 걸 잊었소. 이승에 대한 미련도 희망도 없어졌소. 오직 현실에 만족하며 살 뿐이오."

"그렇지 않아요. 당신은 훌륭한 창조자! 당신 없는 세상엔 아름다움도 즐거움도 없어요."

여인은 보퉁이에서 공후를 꺼내들었다. 그리고 바위 위에 사뿐이 앉아 현(絃)을 켜 노래부르기 시작했다.

먼 동방 해의 나라
송림 우거진 강 언덕 위
그대와 나는 사랑의 보금자릴 틀었네

36

그대는 더 밝은 세상 위해
술빚고 탈뜨고 꼭두각실 만들었지
나는 곁에 앉아 현 뜯으며 노랠 불렀네
풀 나무, 새 짐승, 구름, 바람, 천지신(天地神)들이
모두모두 흥겨워 춤추며 뛰어놀았지.
아하! 찬란한 세상이여…

"그만, 그만!"
백수 노인이 귀를 막고 비틀거렸다.
여인은 계속해서 공후를 켜며 노인에게로 다가갔다.
그리고 더욱 애절히 노래를 계속하였다.

"그대여 흘러간 건 세월뿐
우리는 언제나 그 자리에 서 있었네.
진정한 사랑은 이제부터…
운명도 우리를 어쩌지 못하리.
그 옛날 그 시절 그 자리에서
우리의 삶을 다시 지읍시다."

여인의 절절한 노랫소리에 노인은 고개를 떨어뜨리고 묵묵히 서
있을 뿐이었다.
"갑시다, 해뜨는 동방으로……!"
여인이 노인의 소매를 잡아끌었다.
"나는 자유가 없는 몸, 여신이 나를 놓아주지 않아요."
노인의 입술이 떨렸다.
"분망하신 분, 당신은 누구에게 매여 살 분이 아니에요. 이 세상

에 당신을 묶어둘 자는 아무도 없습니다."

"당신을 떠나온 후 나의 생활도 암흑의 나날이었소. 모든 것이 흘러간 꿈. 이제 어디에도 즐거움은 없소이다."

노인이 절망하였다.

"그렇지 않아요. 내 아름다운 선율이 그대의 창조물에 생기를 불어넣으리다. 다시 예전처럼 즐거운 나날이 계속될 겁니다."

여인이 간곡히 노인을 붙들었다.

노인의 눈에 눈물이 비쳤다.

"날이 어두워지면 나는 다시 여신의 궁(宮)으로 돌아가야만 하오. 눈에 보이지 않는 여신의 사슬이 나를 묶고 있소."

노인이 고개를 떨어뜨렸다.

두 사람의 대화를 옆에서 듣고 있던 서동랑이 앞으로 나섰다.

"하신의 능력이 그렇게 큽니까. 인정도 없습니까? 우리 모두 하신께 부탁하여 보면 어떨까요?"

"불가능합니다. 그녀의 소유욕은 천하에 누구도 감당할 수 없어요. 한 번 가진 것은 돌려주지 않습니다."

여인이 말했다.

"아무리 그렇다 하더라도 우리 여럿이 부탁하면 들어줄는지 모릅니다. 제가 주문(呪文)을 가르쳐 드릴 터이니, 모두 강 가까이로 가도록 하시지요."

스님 일행과 두 노인은 서동랑의 말대로 강변 가까이로 갔다. 그리고 서동랑이 가르쳐준 주문을 모두 함께 소리내어 외쳤다.

거북아 거북아
백수 광부를 풀어 주어라
남의 남편을 앗아간 죄 크고 크도다.

아니옷 풀으면 굽고 구워서 먹으리.

　스님 일행과 여인은 목청이 터지도록 주문을 외쳐댔다. 한낮 동안 쉬지 않고 강을 향해 소리를 지르자, 물결이 소용돌이치더니 가마솥 뚜껑 서너 배가 넘는 큰 거북이 머리를 내밀었다. 그러나 거북은 일행에게 '여왕이 곤히 주무시고 계시니, 조용히 하라'고 크게 화를 내고는 도로 물 속으로 사라져 버렸다.

　"난감한 일이로군요. 이러다간 죽도 밥도 안 되겠어요. 내가 직접 여신을 만나 좋도록 말을 하고 올 테니, 잠시만 기다려 주십시오. 만약 이번 일에 실패할 것 같으면 두 노인께서의 운명은 물론 우리도 순례를 여기서 마쳐야만 합니다. 그럴 때를 대비하여 제가 최후의 수단을 쓸지도 모릅니다. 그때에는 지금 제가 드리는 말을 꼭 명심해서 들으시고 그렇게 하도록 해 주십시오."

　서동랑은 말을 마치고 보따리 속에서 검은 보자기 두 개와 흰 보자기 두 개를 꺼냈다. 그리고 두 노인에게는 검은 보자기를, 죽지랑과 사라양에게는 흰 보자기를 주었다.

　"어떻게든 노인을 여신의 사슬에서 풀어드릴 터이니, 그때 두 노인께서는 무작정 저 동북쪽에 보이는 산 언덕으로 도망을 치십시오. 그리고 죽지랑과 사라양은 반대편으로 도망을 치도록. 단 지금 준 보자기는 꼭 머리에 써야 합니다. 혹시 여신의 분노가 극에 달할지도 모릅니다, 그러니 있는 힘을 다해 도망치셔야 될 것입니다."

　서동랑은 말을 마치자 곧장 강으로 가더니, 풍덩 소리와 함께 물 속으로 몸을 던졌다.

　"무슨 짓을 하려는지 정신이 얼떨떨하구나. 혹시 하신의 제물이 되길 자처하는 것이 아닐는지 모르겠다."

　스님이 근심스런 소리로 말하였다.

"걱정이 되는데요, 하신이 너무 강적이라서."

기파랑이 말했다.

"신과의 싸움에서 인간이 이긴 적은 없지, 무모한 짓이야."

백수 노인도 고개를 흔들었다.

"아니에요. 인간의 신념은 그 무엇으로도 막을 수 없습니다."

여인과 사라양이 동시에 말했다.

"알 수 없는 일이로군, 불자와 젊은이들에게 곡차(穀茶)나 속여서 먹이는 저런 푼수 없는 노인을 위해 목숨을 바치려 들다니……."

죽지랑이 입을 삐죽거렸다.

그러나 스님 일행은 하신의 노여움을 피해 우선 야트막한 언덕 위로 올라가 사태를 관망하기로 하였다.

하신(河神)과 서동랑

서동랑은 강물에 몸을 던짐과 동시에 강심(江心)으로 헤엄쳐 갔다. 수많은 물굽이가 서로 엉기고 풀어지면서 소란스럽게 어디론가 흘러가고 있었다.

한 곳에 이르자 갑자기 냉기가 온몸에 스미며 바닥을 알 수 없는 시퍼런 물 웅덩이가 나타났다.

"하신의 궁은 어디인가?"

서동랑이 떠내려오는 물방울에게 물어보았다.

"글쎄, 낸들 알 수가 있나. 설산에서 지금 막 도착하였으니…."

물방울은 한마디 말을 남기고 부서져 버렸다.

서동랑은 즉시 물 아래로 곤두박질하여 웅덩이 속으로 내려갔다.

그리고 청해기문둔갑법(靑海奇門遁甲法)을 써서 강물 속 멀리까지 시야를 넓히는 한편 한 마리 늠름한 청룡이 되어 하신(河神)의 궁(宮)을 찾아나섰다.

멀지 않은 곳에 투명하게 유리로 만들어진 하신의 궁이 보였다. 강바닥은 물 위와는 달리 움직이는 물체는 하나도 보이지 않았으며, 죽음이 깔린 듯 고요하였다.

한 곳에 이르니, 커다란 유리벽 속에서 여신이 자고 있는 모습이 비치었다. 여신은 마치 격렬하게 춤을 추다 정지된 모습처럼 몸을 아무렇게나 휘저으며 꼼짝 않고 자고 있었는데 유리벽 속에 비친 하이얀 몸매는 이 세상의 그 어느 여인보다도 아름다워 보였다. 여신의 긴 머리카락만이 빗살처럼 사방으로 뻗쳐 흩날리고 있었다.

'음, 저렇게 뻗쳐 있는 머리카락이 곧 여신이 붙들어 지배하고 있는 소유의 끈이로구나.'

서동랑은 직감적으로 끈의 비밀이 머리카락에 있음을 알았다.

여신은 끝없는 잠에 빠져 있었다.

'우선 여신을 깨워야겠군.'

서동랑은 만파식적을 꺼내 가만히 입김을 넣어 불기 시작했다.

만파식적에서 나온 선율이 언제까지나 움직일 것같지 않던 강물에 파장을 일으켰다. 그리고 그 물결의 출렁임은 곧 여신의 잠 속으로 파고들어 곤하게 잠들어 있는 여신을 흔들어 깨웠다.

가늘고 긴 여신의 눈썹이 꿈틀거렸다.

잠에서 깬 하신이 째어진 실눈을 뜨고 서동랑을 흘겨 보았다.

"누구냐? 너는."

여신의 목소리는 싸늘하였다.

"곤히 주무시는데 잠을 깨워 죄송합니다. 소인은 멀리 동방에서 뱃사공 노릇을 하던 곽리자고라는 사람입니다."

서동랑은 부지런히 자신을 소개하였다.

"원래는 남해 수호 구리가라 부동명왕의 피를 받은 청룡이었으나 인간 세상에 미련이 있어 물 밖으로 나왔지요. 우리 가족들은 모두 사람들 모습으로 살았습니다."

"이곳엔 뭣하러?"

"소인은 석존께서 초전법률을 이루신 녹야원으로 구도여행차 이곳을 지나던 길이었습니다. 그런데, 뜻밖에도……."

"뜻밖에 무슨 일이 있었단 말인가?"

여신은 신경을 곤두세우고 날카롭게 서동랑을 쏘아보았다.

"말씀을 드리지요. 소인의 가족들은 해뜨는 그 나라에서 아주 행복하게 살았습니다. 할아버님은 세상을 즐겁게 하시려고 술 빚고, 탈뜨고, 꼭두각실 만드셨고, 할머님께서는 항시 할아버님 옆에 가까이 앉으시어 공후를 타며 창조물에 생기를 불어넣으셨지요. 정말이지 행복하고 즐거운 나날이었습니다. 그런데, 어느 날……."

서동랑은 짐짓 눈물을 흘렸다.

"무슨 일이 있었단 말인가?"

여신이 자리에서 일어나 앉아 서동랑의 말에 귀를 기울였다.

"그만…, 못된 여신이 나타나서 할아버님을 유혹하여 어딘가로 멀리 함께 달아나 버렸습니다. 할머님께서는 낙담하셨지요, 그러나 곧 정신을 차리신 할머니께서는 세상 끝까지 돌아다니더라도 할아버님을 꼭 찾아오시겠노라 하시며 집을 떠나셨습니다. 불시에 우리 가족은 불행에 빠져 버렸지요. 나머지 가족들도 뿔뿔이 흩어지고 말았습니다."

서동랑은 고개를 숙이고 눈물을 닦았다.

42

"그것이 나와 무슨 상관이 있다는 말이냐? 그 이야기를 하기 위해 내 단잠을 깨웠단 말이지?"

여신의 눈썹이 꿈틀거렸다.

"잠깐만 제 말을 더 들어 보십시오. 그런데 조금 전에도 말씀드렸지만, 뜻밖에도 헤어졌던 두 분 조부모님을 이 강 위에 있는 언덕배기에서 만났습니다."

"가만! 동방의 노파라?"

정신이 든 여신이 소리쳤다.

"이제 보니 네가 내 말을 하고 있었구나. 그래 술주정뱅이 할망태가 네 할아버지란 말이지, 그리고 밤마다 깡깽이를 켜대며 할아범을 내놓으라고 앙탈을 하는 할망구가 네 할멈이고……."

"아이구, 바로 맞추셨습니다. 그 분들이 바로 저의 할아버님 할머님이십니다."

"흥, 어림없는 소리, 지금 나에게 할망태를 돌려달라고 찾아온 모양인데 절대 그럴 수는 없다. 그는 이미 내 몸의 일부가 되어 버렸다. 그것보다두 내 마음이 그것을 허락지 않아, 나는 소유욕이 강한 여자거든."

여신이 단호하게 거절하였다.

"하오나 여신께서 할아버님과 한몸이라 하셨듯 할아버님은 저희 할머님과도 한몸이십니다. 단, 여신께서는 소유욕으로 할아버님을 차지하시려 하고 할머님께서는 사랑으로 할아버님을 맞이하시려는 것이 다를 뿐……."

"바보 같은 놈, 네가 신의 깊은 뜻을 어찌 안다구 함부로 지껄이느냐!"

"할머님께서는 할아버님과 헤어지신 후 하루도 빠짐없이 할아버님을 찾아다니셨습니다. 세상 끝 안 가보신 데가 없으셨지요. 아마

지옥 끝까지라도 찾아가시려 했을 것입니다."

"앞뒤가 꽉 막힌 할멈 같으니라구, 인간세에는 언젠가는 이별이 있다는 것을 몰랐었단 말인가. 진정 뜻이 그렇다면 할아범을 따라 물이 되어 버릴 것이지."

하신이 입을 비쭉거리며 비웃었다.

"옳으신 말씀이십니다. 할머님께서는 물이 되려 하셨지요. 그러나 질투에 가득 찬 여신께서는 한 발자욱도 물 속에 발을 들여놓지 못하도록 내치셨습니다. 할아버님과의 재회를 눈뜨고 볼 수 없었기 때문이지요."

서동랑이 하신의 비위를 건드렸다.

"발칙하도다, 네가 나를 놀리려 드는구나!"

하신이 자리를 박차고 일어났다. 분노에 찬 여신의 눈에서는 새파란 광채가 번쩍이었다.

"두 분은 노래와 술의 신이십니다. 이미 천지신(天地神)께서도 같은 자리에서 즐거워하셨지요. 세상의 어떠한 장애도 두 분을 떼어 놓을 수는 없습니다."

서동랑이 조금도 물러섬이 없이 여신에게 말하였다.

"듣기 싫다!"

여신의 머리카락이 바람에 날리듯 마구 흩날리었다.

"두 분에게 과거를 돌려주심이 마땅합니다."

서동랑도 단호히 맞섰다.

"에잇! 버릇 없는 놈!"

여신이 획하고 머리채를 흔들었다.

"앗!"

머리카락이 날타로운 채찍이 되어 서동랑을 후려쳤다.

서동랑이 잽싸게 몸을 날려 뒤로 물러섰다.

44

"냉큼 꺼져 버려라!"

이번에는 여신이 머리채를 뒤로 젖혔다가 앞으로 뻗쳤다. 그러자 머리카락 속에서 수백 개의 뾰족한 촉들이 서동랑을 향해 날아왔다. 서동랑은 몸을 옆으로 비끼며 한 손으로 용천단검을 뽑아 촉을 막았다. 그리고 또 한 손으로 만파식적을 입에 물고 획하고 불었다. 그러자 날아오던 촉들이 눈앞에서 떨어져 버렸다.

"비정한 신이시로군요!"

서동랑이 하신에게 소리쳤다.

"천만에, 강은 용(龍)의 삶터, 그리고 나는 숱한 인간들에게 생활의 터전을 만들어 주었다. 다만 내가 갖고 싶은 것은 언제나 갖는다."

"아무리 그렇다 하더라도 사랑하는 사람 사이에 끼여들어 방해를 놓는 것은 잘못된 일이오."

"머리에 피도 안 마른 녀석이 건방지게 사랑타령이라니!"

하신이 갑자기 춤을 추기 시작했다. 그러자 여신의 움직임에 따라 물결이 같이 춤을 추었다.

서동랑은 물결치는 대로 곤두박질쳤다.

"아이구, 정신을 차릴 수가 없구나!"

하신의 춤은 강렬하였다.

온 강물이 뒤집힐 듯 어우러지며 성난 파도가 세상을 덮을 듯 넘실거렸다.

서동랑은 물결에 휩싸여 몸을 가눌 수 없음에도 정신을 차리려고 애썼다.

"음! 하신이 단단히 화가 나나 모양이로구나, 좀더 화를 내야 될텐데."

서동랑은 커다란 물기둥에 찰싹 붙어 소리쳤다.

"남들이 생명처럼 고귀하게 여기는 사랑을 갈라놓고 투정이나 부리는 하신이라면 눈꼽만큼도 존경할 수가 없소."

"앙큼한 것! 네놈을 지렁이 새끼로 만들어 버리겠다."

여신이 두 팔을 벌리고 혼신의 힘을 모아 단번에 삼켜 버릴 듯 서동랑을 덮쳐왔다.

여신이 서동랑을 향해 한꺼번에 힘을 모으자, 머리카락에 매달려 소유되고 있던 여신의 것들이 한꺼번에 그 서슬에서 떨어져 나갔다.

"이때다! 도망치자."

서동랑이 물 위로 뺑소니를 쳤다.

"네 놈이 어디까지 도망가겠다는 거냐, 물 밖으로 나가봤자 금방 햇볕에 비늘이 말라 죽어 버릴 텐데."

하신은 맹렬히 서동랑의 뒤를 쫓았다.

서동랑은 물 위로 떠오르자 다시 사람의 모습이 되어, 멀리 언덕을 향해 만파식적에 소리를 담아 외쳤다.

"아까 말한 대로 빨리 산을 향해 도망치세요!"

자유의 몸이 된 노인과 여인이 손을 잡고 산을 향해 뛰기 시작했다. 죽지랑과 사라양도 반대 방향으로 뛰었다.

하신과 서동랑의 쫓고 쫓기는 실랑이가 한동안 계속되었다. 그러나 서동랑은 곧 여신의 손아귀에 붙들리고 말았다.

"뛰어야 벼룩이지, 네 놈이 이 하신의 손아귀를 벗어날 수 있다고 생각하였느냐!"

"말 몇 마디 잘못했다고 이토록 죽일 듯 화를 낼 게 무어람. 내가 물이 없으면 살지 못하는 건 당연한 일이지만, 또한 비를 오게 해달라고 천신께 빌지 않으면 여신께서도 흙탕물이나 갯벌 속에 갇혀 살아야만 할 게요."

서동랑이 여신의 손아귀 안에서 버둥거렸다.

"닥쳐라! 내 결단코 네 놈의 버르장머리를 고쳐 주겠다."
여신은 서동랑을 움켜쥐고 그녀의 궁 안으로 향했다.

더 넓고 큰 무대(舞臺)를 향하여

"네 놈은 두 가지 큰 죄를 범했다. 하나는 이 하신을 농락한 죄,
또 하나는 아직 어떤 중생(衆生)도 이 여신의 궁에 발을 들여놓은
자는 없었다. 그런데 네가 감히 이 곳에 발을 들여놓다니, 이 두 가
지 죄로 이제부터 너는 이 하신의 소유물이 되어 나와 함께 천만 년
같이 이곳에서 살아야 된다."
여신의 말에 서동랑은 정신이 아득하였다.
그러나 곧 여신의 관심을 다른 곳으로 쏠리게 할 궁리를 했다.
"조금 전에 할아버님께서는 이제 여신과는 같이 살기 지겹다고
하시면서 할머님과 함께 어디론가 떠나시던데요."
서동랑의 말에 여신이 냉소했다.
"괜찮다. 이제 젊은 네가 생겼으니 그까짓 꼬부라 비틀어진 할아
범은 없어지라고 그러지. 나도 이제 늙은이는 싫증이 나 버렸어."
서동랑은 또다시 난감해졌다.
"잘 모르시는 말씀, 지금 내가 변신술을 써서 그렇지 나이로 따진
다면 아마 여신보다 수천 세는 더 먹었을 게요. 그보다도 할머님께
서는 언젠가 하신을 다시 만나면 항아리 속에 채워 광약을 만들어
마시겠다고 합디다."

서동랑은 어떻게 해서든지 여신이 이성(理性)을 잃기를 바랐다. 아니나 다를까 서동랑의 말에 여신이 발끈 화를 내었다.

"밤마다 나타나서 영감태기를 내놓으라고 앙탈을 하더니, 이제 나를 술로 빚어 먹겠다구!"

"뿐만 아니라 '영감이 밖으로만 나도는 것을 보니 하신도 이젠 너무 늙어빠져서 늙은이 하나 거느릴 힘도 없나 보다' 하시면서 아주 정답게 할아버님 손을 잡고 가시던 걸요."

"으―잉! 이놈의 할망구를 내 가만 두지 않겠다."

여신은 질투심이 북받치자 들고 있던 서동랑을 내동댕이쳤다.

"금방 돌아올 테니 네 놈은 꼼짝 말고 그 자리에 있어."

여신은 곧장 강물 위로 치솟아올랐다. 갑자기 강심(江心)에는 수백길의 물기둥이 솟아올랐다. 물기둥 위에 올라선 하신이 사방을 둘러보니, 동북쪽 산기슭으로 남녀 두 사람이 부지런히 걸어가는 것이 보였다. 여신은 곧 모든 강물을 휘몰아 두 사람을 쫓기 시작했다.

"흥, 날 두고 어디까지 가는가 봐라! 내 기어이 연놈을 붙잡아 나를 배반한 분풀이를 하고 말겠다."

사나운 물굽이를 일으키며 부지런히 두 사람을 쫓던 여신이 잠시 주춤했다. 산기슭 쪽으로 가고 있는 두 사람은 머리가 새까만 젊은 이들이었던 것이다. 잠시 고개를 기웃거리고 반대쪽을 돌아보니 멀리 거기에도 똑같이 달려가는 두 남녀가 보였다. 머리가 하얀 노인들이었다. 여신은 물굽이를 틀어 머리가 흰 두 노인 쪽으로 향해 달려갔다. 그러나 여신은 얼마 가지 않아 또 그 자리에서 멈칫했다.

"가만 있자, 이 놈의 영감태기가 변장술에 능하니, 본래 모습으로 도망갈 리가 없지, 그래, 분명 먼저 산기슭 쪽으로 도망간 머리 까만 그 연놈이 영감태기에 틀림없어."

여신은 다시 방향을 돌려 동북쪽으로 달려갔다.

얼마를 달려가던 여신이 또다시 그 자리에서 멈칫하고 머물렀다.

"아니야, 분명 영감태기는 내가 영감이 변장술을 쓰고 도망갈 것이라고 생각하고 있다는 것을 알아차리고 있을 거야. 그렇다면……."

여신은 또다시 방향을 틀었다.

흰 머리의 두 사람을 쫓으면서도 하신은 마음이 놓이질 않았다.

혹시 검은 머리의 두 사람이 진짜 그 영감태기와 할망구라면…….

그러나 여신은 결국 한 곳으로 방향을 결정하기로 마음먹고 흰 머리의 두 사람을 쫓았다.

하신의 분노는 순식간에 두 사람의 등뒤까지 따라 잡을 수 있었다. 세찬 물굽이로 두 사람을 덮치며 하신이 소리쳤다.

"안됐구먼. 하지만 사랑에는 항시 시련이 따르는 법, 앞으로 오늘 일을 꿈속에나 묻어두게."

이때 흰 머리의 사나이가 고개를 뒤로 돌렸다.

"하신께서 예까지 웬일이십니까, 설사 젊은이의 참 사랑에 질투가 나셔서 찬물을 끼얹으려는 것은 아니실 테죠?"

얼굴이 앳된 젊은이가 뒤를 돌아보며 말했다. 그는 햇볕을 가리기 위해 흰 수건을 머리에 쓰고 있었다.

"아니, 너희들은 누구냐?"

하신이 절망적으로 소리쳤다.

"보면 모르십니까! 이곳에 살던 고기잡이 가족이지요. 그렇지 않아도 동네 사람들이 밤마다 강변에서 나는 시끄러운 소리 때문에 마음들이 상해 정든 고향을 떠나 버렸는데, 젊은이들 사랑놀이에까지 여신께서 끼여들어 방해하셨단 소릴 들으면 어떻게 생각하겠어요. 별 볼일이 없으시다면 돌아가셔서 싸움질이나 계속하시지요."

눈이 초롱초롱한 젊은 여자가 여신을 돌아다보며 쏘아붙였다. 당황한 여신이 젊은이들에게 말했다.

"너무 그러지 말게, 신이라 할지라도 실수는 있는 법. 어떤 사람을 찾고 있었지. 별로 섭섭하게 생각지 말고 두 사람 정이나 두텁게 하게나."

여신은 얼굴을 붉히며 재빨리 물굽이를 틀었다.

"이제 확신이 섰으니, 기필코 두 연놈을 잡아서 앙갚음을 하고 말겠다."

여신은 화가 머리끝까지 치솟아올라 동북쪽 기슭을 향해 질풍같이 달려갔다.

이때 검은 머리의 두 남녀는 산허리를 기어오르고 있었다. 그러나 혼신의 힘을 다한 여신의 물기둥이 산허리에까지 치솟아올라 두 남녀를 훑어내렸다.

아앗!

검은 머리의 두 남녀는 물굽이에 채어 산아래로 굴러 떨어졌다.

"흥, 꼴 좋게 됐군. 날 잡아 술을 빚어 먹겠다더니 너희들이야 말로 이제부터 내 물항아리 속에서 여신을 농락한 죄를 뉘우치며 영원히 물고기 노릇이나 해야 되겠다."

여신은 두 사람의 목덜미를 양손이 움켜쥐고 강으로 향하였다. 여신의 분노가 하늘을 덮었으나 뜨거운 태양 아래 여러 시간 동안 이쪽저쪽으로 우왕좌왕하다보니 물의 대부분이 땅 속에 스며들거나 하늘 위로 증발해 버려 그 힘이 상당히 쇠퇴하여 있었다. 그리하여 여신이 강에 도착하였을 때는 물굽이가 거의 말라 버려서 강 바닥이 시커멓게 드러나 보였다.

"강물 소리가 밤마다 사람들을 미치게 한다고는 들었지만, 죄없는 사람을 잡아다가 물고기를 만든다는 소리는 처음 들었소, 더구나 부처님 순례길에 든 이방 사람을 이렇듯 박대할 수 있는 것입니까?"

여신의 손에 잡힌 검은 머리의 남자가 말했다.

"뭐야, 또 그 변신술이란 걸 써서 여신을 농락할 셈이냐? 이제는 어림없는 줄 알아라."

여신이 코웃음을 쳤다.

"강을 지배하는 여신쯤 된다시면 인간의 실체와 그 생각하고 있는 마음 속까지도 꿰뚫어 아시는 줄 알았는데, 이곳 사람과 이방 사람, 젊은이와 늙은이도 구분할 줄 모르시다니…, 그리고 술을 빚어 먹는 다는 둥, 너그럽지 않은 말씀을 하시니 그 말씀이 무슨 말씀인지 도무지 알아들을 수가 없군요. 우리를 잡아가는 분이 혹시 하신을 가장한 잡귀신이라면 쾌히 잡혀가서 잡아먹히도록 하지요."

손아귀 속에 든 검은 머리의 여자가 말했다.

흥분을 가라 앉힌 여신이 두 사람을 자세히 들여다보니, 정말로 머리가 새까맣고 눈빛이 초롱초롱한 젊은 남녀였다.

"아아! 이토록 몽매할 줄이야."

두 사람을 자세히 뜯어본 하신이 놀라 소리쳤다.

하신은 두 남녀의 말대로 스스로의 부끄러움과 두 노인을 놓쳐 버렸다는 분노 때문에 정신이 아득하였다.

또한 여러 시간 뜨겁게 데워진 한낮의 열기 속을 오락가락하였으므로 기진맥진 힘이 빠져 있었다. 여신은 정신이 헛갈려 어쩔 줄 모르다가 손에 움켜쥔 남녀를 땅에 떨어뜨려 버리고 말았다. 그녀에게는 다시 일을 시작할 기력이 없었다. 여신은 강물 속으로 뛰어 들더니 곧장 그녀의 궁전 깊숙이 몸을 감추어 버렸다.

한편 여신의 궁에서 빠져나온 서동랑은 정신을 차리고 뭍으로 올라왔다. 강변에는 검은 수건을 뒤집어쓴 두 사람이 모래 위에 엎어져 있었다.

"아니, 너희들은 죽지랑과 사라양이 아니냐!"

서동랑이 소리쳤다.

"흰 보자기를 쓰고 달아나라며 길까지 정해 주었었는데……."

그러나 죽지랑이 자리에서 일어나며 투덜거렸다.

"그 백수 노인이 흰 보자기를 달라고 하셨지. 그리고는 먼저 서남쪽으로 달려가시더군. 도대체 흰 보자기와 검은 보자기가 생사를 건 이번 일과 무슨 관계람……."

죽지랑이 물쿵덩이 옷에 달라붙은 모래를 털며 못마땅하다는 듯 얼굴을 찡그렸다.

이때 언덕배기에 숨어 있던 스님과 기파랑이 강가로 내려왔다.

"애들아, 강폭이 좁아진 걸 보니 강물이 줄어 들었나 보다. 이럴 때 재빨리 강을 건너는 것이 상책일 것 같다."

스님이 재촉하였다. 강에 발을 들여놓으니 강의 깊이가 발목까지 밖에 차질 않았다. 그리하여 일행은 쉽사리 강을 건널 수 있었다.

"백수 노인은 정말 여신이 속을 것이라는 그 본심을 알고 있었을까?"

기파랑이 죽지랑에게 말했다.

"글쎄, 전혀 예측할 수 없는 두 갈림길에서 옳다고 생각하는 하나를 선택한다는 것은 운명의 신조차도 난감한 일일텐데?"

죽지랑이 고개를 갸우뚱하였다.

"지금 생각해보니 백수 노인은 신까지도 속여넘길 수 있는 변장술과 신통력을 갖고 있었던 것 같애. 어리석게도 내가 노인에게 도망갈 방편을 지시했었다니……."

서동랑이 겸연쩍게 머리를 긁적거렸다.

"그분들이 아무 탈 없이 고향을 찾아갔으면 좋을 텐데요."

사라양이 노인이 사라진 쪽을 보며 말했다.

"아니, 그들은 과거로 되돌아가지 않아, 미래를 향해 더 넓고 큰

무대와 새로운 관객을 만나기 위해 미지의 세계로 떠난 것이 틀림없어.”

서동랑이 노인들이 사라진 먼 지평선으로 눈길을 모았다.

“아무튼 두 노인의 사랑의 힘은 대단하구나. 강물까지도 물굽이를 바꿀 정도였다니…….”

스님이 놀랍다는 듯 고개를 끄덕이었다.

“……”

“……”

일행은 다시 지난일을 잊고 녹야원을 향해 발걸음을 재촉하였다.

등뒤에서는 푸른 강물이 아무런 일도 없었던 것처럼 지난밤처럼 도도히 소리내어 흘러가고 있었다.

이교도(異敎徒)의 마을

혜초스님 일행은 산굽이를 돌아서서 다음 순례지로 정한 중천국 '파라나시국'을 향해 발걸음을 재촉하였다. 이곳은 계절의 변화가 뚜렷치 않아서 머리 위에는 항상 강렬한 태양이 내려 쪼이었고 풀 한 포기 없는 바위산은 타는 듯 열기를 내뿜었다. 일행은 피로와 함께 더위에 숨을 헐떡였으나, 이 모든 것이 선업(善業)을 쌓는 지름길임을 생각하고 묵묵히 앞을 향해 걸어 나갔다.

다만, 길을 걷고 있는 동안 바위벽 이곳저곳에 이교도의 것으로 보이는 기기괴괴(奇奇怪怪)한 형상의 그림과 부조물들이 그려져 있어 여래의 나라, 서방정토(西方淨土)만을 생각했던 일행의 마음을 혼란시켰다.

한낮이 지나서야 일행은 사람들이 사는 마을을 지나칠 수 있었다.

"스님, 더위에 지쳤으니 물이라도 한모금 얻어 마십시다."

죽지랑은 스님의 대답도 들을 사이 없이 곧장 마을을 향해 달려갔다.

이 마을 역시 이교도의 마을이 틀림없었는데, 마을 사람들은 스님 일행이 이방의 낯선 사람들임을 아는지 모르는지 어떤 의식에 열중하고 있었다. 마을 사람들은 하나같이 뼈대가 밖으로 드러나 보일 정도로 바싹 말라 있었으며 푹 패인 눈에 앙상한 광대뼈가 드러나 곧 쓰러져 죽을 것 같은 모습을 하고 있었다. 마을 사람들 앞에는 유난히 뼈대가 드러난 중노인 하나가 서 있었는데, 얼굴에서부터 발 끝까지 온몸을 낚시 바늘로 꿰었고, 바늘 끝에는 주먹만한 과일을 매달아 늘어뜨리고 있었다. 살갗뿐만 아니라 혀가 입 속으로 들어가지 못하도록 입술을 가로질러 굵은 대바늘로 밖으로 내어민 혓바닥 가운데를 꿰뚫어 놓았고, 양쪽 귀에는 주먹만한 쇳덩이를 매달았으며, 양손에는 돌절구 공이를 들고 서 있었는데, 허리는 쇠사슬로 감아 뒤에 달린 수레에 연결되어 있었다.

수레에는 눈이 먼 사람, 귀가 들리지 않는 사람, 말 못하는 사람, 앉은뱅이, 지체가 부자연스럽거나 없는 사람, 중병에 걸려 얼굴이 일그러진 사람, 지능이 부족한 사람, 거듭되는 좌절로 가슴이 뻥 뚫린 사람 등이 실려 있었다.

수레를 끄는 사람은 바늘이 빽빽이 박힌 나막신을 신고 있었는데, 그 옆에 한 건장한 사나이가 가죽 채찍을 들어 등짝을 후려치면서 수레를 끌도록 재촉하였다. 수레를 끄는 사람은 내려치는 채찍의 아픔에 못 이겨 한 발 두 발 걸음을 떼어놓았다.

"저런 인두겁을 쓴 악귀가 있나?"

죽지랑이 채찍을 든 사람을 보고 주먹을 부르르 떨었다.

"괜한 성미로 일을 난처하게 만들지 마."

서동랑이 죽지랑을 달랬다. 그러나 어느 틈에 수레를 향해 달려간 죽지랑은 땅을 박차고 몸을 날려, 족도로 채찍 든 사람의 명치를 올려 찼다.

'쿵!'

예기치 않은 공격에 사나이가 나무 둥치처럼 나가떨어졌다.

갑자기 수레를 끌던 사람이 균형을 잃고 뒤뚱거렸다.

"안 돼요!"

사라양이 달려가 땅에 떨어진 채찍을 주워들더니 뒤뚱거리는 수레 끌던 사람을 후려치기 시작했다.

"저럴 수가?"

기파랑이 놀라 눈을 동그랗게 떴다.

"정녕, 사라양의 정체는 무엇이냐?"

스님도 놀라서 소리쳤다.

"웬 놈들이냐?"

수레 뒤를 따르던 마을 사람들이 어느 틈엔지 손에 손에 몽둥이를 들고 스님 일행을 향해 몰려왔다.

"애들아, 일이 잘못된 것 같구나. 빨리 이곳을 떠나도록 하자."

혜초스님이 앞서서 도망치자 세 소년과 사라양이 뒤를 따랐다. 마을 사람들은 돌멩이를 던지고 몽둥이를 휘두르며 서슬이 퍼렇게 달려들었다. 스님 일행은 맞은편 산등성이를 향해 죽을 힘을 다하여 도망칠 수밖에 없었다.

"휴 — 하마터면 큰일 날 뻔했구나!"

뒤쫓아오던 마을 사람들이 산 아래로 내려가자 스님은 그 자리에 앉아 안도의 한숨을 쉬었다.

"전에도 말씀드렸지만 이 땅에는 수많은 종파의 사람들이 모여 살고 있습니다. 특히 불교, 라마교, 힌두교는 이 나라 삼대 종교로서, 서로 엇물린 상태의 교리로 이루어져 나가고 있기 때문에 어느 것이 옳고 그르다 판단하기도 구별하기도 힘이 듭니다.

그들은 다른 사람의 믿음을 비방하거나 헐뜯는 일은 없지만 남에게 관여당하거나 모욕받는 일에는 목숨도 불사하고 대항합니다."

사라양이 스님과 세 소년에게 이곳의 풍습에 대해 설명해 주었다.

"그렇다면 아까의 행위도 종교의식이란 말인가?"

기파랑이 물었다.

"물론이지요, 그들에게는 아주 중요한 예식일 겁니다."

"그러나 생사람의 몸에 바늘을 꿰고 채찍으로 후려치며 수레를 끌게 하는 행위는 너무 가혹해."

죽지랑은 아직도 흥분이 가라앉지 않은 듯 주먹을 꼭 쥐었다.

"그보다도 사라양, 어떻게 그렇게 잔혹할 수가 있어. 도와는 주지 못할 망정 고통에 허덕이는 사람에게 채찍을 휘두르다니……."

기파랑이 못 믿겠다는 듯 사라양을 바라보며 혀를 끌끌 찼다.

"이해하기 힘들 거예요. 눈을 돌려 좀더 자세히 보았으면 수레를 끌던 사람 외에 고통을 자초하는 다른 사람들을 보았을 것입니다. 그들의 종파는 잘 알 수 없지만 자신의 몸을 학대함으로 해서 어떤 대가를 구하려는 믿음을 가진 사람들임을 알 수 있습니다.

태양을 곧바로 쏘아보아 눈이 먼 사람, 먹지 않고 생활하여 피골이 상접한 사람, 불 위를 걸어다녀 다리를 못 쓰게 된 사람, 성욕을 억제하기 위해 쇠통바지를 입은 사람, 무릎으로 걷거나 거꾸로 서서 다니는 사람, 별별 행위로 자신을 학대하는 사람들로 가득 차 있었지요. 고통받고 있는 수많은 중생의 아픔을 나누어 가진다는 뜻도

56

있습니다."

"해괴한 종교도 다 있군. 그래서 과일을 매어단 낚시 바늘을 몸에 꿰고, 바늘 신을 신고, 그것도 다 못하여 수레를 끌며 채찍을 맞는단 말인가?"

기파랑이 한심하다는 듯 사라양을 바라보았다.

"그 사람은 마을의 촌장인 듯 싶습니다. 남에게 과시하기 위한 의도적 행위가 없다고는 할 수 없지요. 그러나 그 정신력은 무시할 수 없습니다. 보통 사람이라면 낚시 바늘에 살이 찢기고 바늘 신이 살을 파고들어 그 자리에 쓰러지고 말 것입니다. 그 사람은 오랜 동안의 수련으로 중력(重力)을 초월하는 신비를 터득했다고 할 것입니다. 마치 구름을 타고 하늘을 나는 도인들처럼……

다만 그 집중력의 초점을 후려치는 채찍의 아픔에 맞추는 것이지요.

만약 채찍을 멈춘다면 정신력이 분산되어 그 순간 달려 있던 바늘들이 한꺼번에 그의 살을 찢고, 뼈를 뚫을 것입니다."

사라양의 설명에 모두들 고개를 끄덕이며 그 동안의 의문을 푸는 듯했다.

"그렇다면 그 촌장은 결핍된 사람들을 수레에 태우고 어디로 가려는 것일까?"

스님이 혼잣말처럼 중얼거렸다.

"갈 길이 급한데, 쓸데없이 남의 일에 참견하다가 또 시간만 낭비했잖아. 지난 일은 잊어 버리고 갈 길이나 바삐 갑시다."

기파랑이 자리에서 일어나자 모두들 일어나 기파랑의 뒤를 따랐다.

산 위에서 앞을 바라보니 멀리 웅장한 산맥이 겹겹이 늘어선 고원 지대가 가로놓여 있었다. 대개는 깎아지른 바위로 뒤덮인 민둥산

으로 보였는데 주봉인 듯한 산정에서는 검은 연기가 꾸역꾸역 피어
올라 화산지대가 있음을 알 수 있었다.

"저 앞 산이 우리가 넘어야 할 길인가?"

스님이 먼 산을 바라보며 한숨을 내쉬었다.

"그렇습니다. 저곳은 '데칸'이라 부르는 고원입니다. 동천축국과
중천축을 가로질러 놓여 있지요. 저 산악을 넘지 않고서는 더 이상
순례의 길은 없습니다. 옛부터 저 산에는 마왕 고가리가와 마녀 쟌
다마나가 산다고 들었지요. 부처님을 모함하다가 모두 지옥에 빠졌
답니다. 조심해서 넘어야 될 것입니다."

사라양이 말했다.

"산이 험악한 만큼, 어려운 일이 많겠는데……."

서동랑이 중얼거렸다.

"평범한 순례길이라면 무슨 흥미가 있겠어. 잡귀들이라도 만나 실
랑이를 벌여야 기운이 나지."

죽지랑이 전과는 달리 자신만만하게 가슴을 폈다.

그러나 어마어마하게 크고 높은 산악을 앞에 두고 스님 일행은
긴장을 하지 않을 수가 없었다.

혜초스님이 조용히 발걸음을 떼어놓으며 오언시(五言詩) 한 수를
읊었다.

不廬菩提遠(불려보제원)　　'부다가야'가 멀음을 염려치 않는데
焉將鹿苑遙(언장녹원요)　　어찌 녹야원이 먼 것을 근심하리
只愁懸路險(지수현로험)　　다만 매어달린 듯 험한 길이 걱정일 뿐
悲意業風飄(비의업풍표)　　바람이 휘몰아침도 느낌에 없도다.
八塔誠難見(팔탑성난견)　　여덟 탑 보기가 매우 어려우니
參差經劫燒(참차경겁소)　　이러구러 세월 속에 타버렸도다.

何其人願滿(하기인원만)   어찌 그 사람 소원이 만족하리
目覩在今朝(목도재금조)   눈 들어 바라봄이 오늘 아침에 있도다.

마녀(魔女) 쟌다마나와 마왕(魔王) 고가리가

산은 점점 높아지고 골짜기는 점점 깊어져 갔다.

실낱같이 이어지던 산길도 어디로 사라졌는지 보이지 않고 깎아 지른 절벽 사이를 스님 일행은 겨우겨우 뚫으며 전진할 뿐이었다.

이때, 활화산 꼭대기 암혈에서 마녀 '쟌다마나'와 마왕 '고가리가' 가 스님 일행의 일거일동을 하나도 빠짐 없이 바라보고 있었다.

"이봐 고가리가, 저들을 보고 있지?"

"아까부터."

"차림새로 보아 불자(佛者)들이 틀림없으렷다."

"그런 것 같군. 그것도 아주 도(道)가 높은……."

"아이들은 졸개들에게 맡기고 저 가사 입은 중놈을 잡아와."

쟌다마나가 고가리가에게 명령하였다.

"귀찮게 잡아와서 뭘해, 그냥 죽게 놔두지. 어차피 골짜기로 떨어 져 죽거나 산귀신들에게 잡혀가 버릴 걸."

"제물로 써야지."

"이교도의 자(者)는 순수하지 못할텐데……."

"우리 편으로 교화시켜야지. 더구나 저 자들은 우리의 부모를 지 옥에 빠뜨린 '불타'의 제자들이 아닌가. 저 자들이 어쩌다 이 산을

넘기만 하면 동방 전역이 불도로 가득 찰텐데, 그렇게 되면 우리의 설 땅이 없어지게 돼. 부모의 원수도 갚을 수 없게 되구. 기필코 여기서 막아야지."

"그렇게 대단한 존재들인가? 알았어, 냉큼 잡아 바칠 테니 기다려."

스님 일행이 천인단애의 계곡 위에서 앞으로 전진하지 못하고 허둥대고 있을 때 갑자기 검은 새들이 하늘을 덮기 시작했다.

"가루마예요!"

사라양이 하늘을 가리키며 소리쳤다.

까마득한 계곡 위에서 스님 일행 주위를 유유히 맴돌던 괴조(怪鳥) 한 마리가 스님을 향해 쏜살같이 내려왔다.

"엎드리세요!"

사라양이 외쳤다. 스님 일행은 재빨리 바위 틈에 몸을 엎드리었다. 그러나 나무 한 그루 없는 민둥산에 가파른 계곡에는 어디에도 몸을 숨길 만한 곳은 없었다.

검독수리의 수십배가 넘는 괴조가 날카로운 발톱으로 혜초스님을 움켜잡으려 하였다.

"에잇!"

죽지랑이 옆에 있던 돌을 집어들어 가루마의 머리통을 향해 던졌다. 기파랑도 달려들어 혜초스님을 감싸안았다.

그러나 마치 태풍이 부는 듯한 가루마의 날개 바람에 발을 헛디딘 죽지랑과 기파랑은 천야만야한 계곡 아래로 떨어지고 말았다.

첫번 시도에 실패한 가루마는 계곡 밖으로 날아가 버렸다. 그러나 곧바로 또 한 마리의 가루마가 스님을 향해 살같이 날아 내렸다. 그리고 더욱 사납게 스님을 향해 달려들었다.

"얍!"

가루마의 발톱이 스님을 낚아채려는 순간 서동랑의 손에서 용천단검이 가루마의 심장을 향해 날아갔다.

"꾸우엑!"

계곡이 떠나갈 듯한 외마디 소리와 함께 가루마가 날개를 퍼득였다. 용천단검에 정통으로 가슴을 맞은 가루마는 곧바로 크게 날갯짓을 하며 하늘 위로 솟아올랐다. 서동랑은 칼끝에 달린 줄을 잡아당겨 용천단검을 뽑으려 하였으나 가루마의 몸 속에 깊이 박힌 용천단검은 뽑혀지지 않았다. 그 서슬에 서동랑은 칼끝에 달린 줄에 이끌려 가루마와 함께 하늘 위로 두둥실 떠올랐다. 서동랑이 가루마와 함께 하늘 저편으로 사라져 버림과 동시에 두 마리의 가루마가 연달아 내려와 혜초스님과 사라양을 각각 발톱으로 움켜쥐고 맞은편 활화산 암혈 위로 날아가 버렸다.

"자, 여기 중놈을 잡아왔어."

'고가리가'가 혜초스님을 '쟌다마나' 앞으로 끌고 갔다.

"수고했군. 나머지는?"

"두 애는 계곡에 떨어져 죽고, 또 두 애는 가루마가 자기들 새끼의 밥으로 채어 가지고 날아갔어."

"잘됐군. 그런데 표정이 왜 그렇게 어색해 보이는가?"

"아니, 아무렇지도 않아. 중놈을 보니 입맛이 떨어져서 그런가봐."

'고가리가'가 딴청을 피웠다.

"이곳까지 온 걸 보면 보통내기들이 아닌 것 같아. 쉽사리 죽지 않을는지도 모르지. 계곡 아래 잡귀신들에게 명령해서 살아 꿈틀거리는 놈이 있으면 가차없이 숨통을 끊으라고 해."

"그러지."

쟌다마나와 헤어진 고가리가는 곧장 얼마 떨어지지 않은 자기 굴로 돌아왔다.

"히히히히, 쟌다마나를 간단히 속였군."

고가리가가 굴 속에 웅크리고 앉은 사라양을 바라보며 음흉한 웃음을 지었다.

"얌전히 내 말을 들어. 질투심 많은 '쟌다마나'가 다른 여자를 감추고 있다는 걸 알면 골치가 아프거든."

'고가리가'가 사라양을 위협했다.

"날 내보내줘. 난 고향에 돌아가야 해."

사라양이 고함쳤다.

"앙탈하면 가만두지 않을 테다. 널 여기서 내보낸다 하더라도 이 계곡을 빠져 나갈 수는 없어. 이 골짜기에는 너 같은 여자를 노리는 악귀들이 곳곳에 도사리고 있단 말야."

"아무래도 상관없어. 난 여길 나갈테다."

사라양이 자리에서 일어났다.

"날 성가시게 하지 마. 마귀의 본성이 나타나면 누구라도 용서 못한다."

고가리가는 사라양을 들어 어깨에 둘러메었다.

"서동랑이 가만두지 않을거야."

사라양이 고가리가의 어깨 위에서 발버둥을 쳤다.

"서동랑? 그 꼬맹이들 말이냐? 우하하하하. 생각해봐라. 천길 낭떠러지에 떨어져서 살아날 인간이 어디 있는가? 설사 살아난다 하더라도 저 아래는 잡귀들이 세상이야. 그리고 가루마의 새끼들은 게걸스럽거든. 코끼리 한 마리쯤은 순식간에 뼈만 남기고 먹어치우지. 네가 살 길은 단지 이 마왕 고가리가를 믿고 의지하는 것뿐이야. 내 말만 잘 따르면 넌 이 굴의 여왕이 되고 나와 함께 이 계곡의 지배자가 된다. 자, 우리 신방이나 차리러 가지."

고가리가는 발버둥치는 사라양을 둘러메고 굴 속 깊숙 들어갔다.

62

쟌다마나의 굴 속에서는 마녀 쟌다마나가 혜초스님을 설득하고 있었다. 빼어난 미모의 쟌다마나는 요염한 미소로 혜초스님을 바라보며 입을 열었다.

"혜초, 그대가 이곳에 올 것이라는 예감은 오래전, 아주 오래전부터 갖고 있었지. 어떻게 보면 그대와 이 쟌다마나는 오랜 세월 동안 보이지 않는 인연의 끈에 매어 서로 그 끈을 당기고 있었던 거야. 난 그대의 뜻을 알아. 무엇 때문에 고향을 두고, 먼 이국 땅에서 고행을 하고 있는지를. 대개의 사람들은 맹목(盲目)이라는 것이 있지. 영원한 생명이라든가, 끝없는 행복의 추구 같은……. 그러나 과연 그런 것이 있을까? 혹시 그대는 어떤 연약하고 정신 빠진 자의 세치 혀에 속고 있는 것은 아닐는지. 기억에도 없는 과거의 업보 때문에 현실에서 말못할 고통을 당하고, 그 고통에 대해 한마디 불평을 하면 그것이 죄가 되어 영원히 지옥이라는 곳에서 허덕이고. 과연 똑같은 인간으로 태어나 어떤 깨달음을 얻었다고 해서 그렇게 기고만장 세상이 모두 내 것인 양하고 허풍을 칠 수 있단 말인가. 모든 인간들은 너나 할 것 없이 너무 자신을 과소평가하는 경우가 있어, 아주 형편없는 나무토막이나 돌멩이에도 인간의 능력을 뛰어넘는 그 무엇이 있는 것처럼 겁을 먹고 있지. 혜초, 맹신을 버리게. 모든 것이 현실 위에서 이루어지고 순간에 소멸한다는 신념을 갖게."

"뭐라는 소리인지 모르겠다. 그보다도 네 정체가 무엇이냐? 나를 여기까지 데려온 그 본심을 얘기해봐."

혜초스님이 쟌다마나를 향해 쏘아붙였다.

"그래, 처음 대하니 의심스럽겠지. 진심을 보여 주겠다."

쟌다마나는 혜초스님의 손을 끌고 굴 속 깊숙이 들어갔다.

굴은 속으로 들어갈수록 점점 더 넓고 커졌으며 불그스레한 광채가 앞으로부터 쏟아져 들어왔다. 이제 굴 속은 단순히 원통형의 둥

그런 통로가 아니라 넓고 큰 지하세계였다.

"봐!"

쟌다마나가 손가락으로 한쪽을 가리켰다. 그 곳에는 수많은 사람들이 서로 엉켜 허우적거리고 있었다.

"아니, 저 사람들은?"

혜초스님이 놀라 소리쳤다.

"왜? 구면이라서 놀랐는가?"

쟌다마나가 싸늘한 미소로 혜초스님을 바라보았다.

"저 사람들을 미끼로 어떤 수작을 벌이려는 거냐?"

혜초스님이 쟌다마나에게 대들 듯 다그쳤다.

"성급할 건 없어. 곧 알게 될 테니."

쟌다마나는 사람들 앞으로 가서 손을 높이 쳐들었다. 쟌다마나를 본 사람들이 괴성을 지르며 환호하였다. 그중에는 눈물을 흘리며 열광하는 사람들도 있었다. 그들은 모두 결핍된 사람들로서 이교도의 마을에서 못박힌 나막신을 끌던 사람의 수레에 실려 있던 사람들도 보였다.

"잘 보아. 태어난 때부터 고난을 지고 태어난 사람들, 순간순간의 고통으로 선업조차 쌓을 능력이 없는 사람들이야. '불타'는 그것을 업보 때문이라고 얼버무렸지. 이미 수겁(數劫)의 까마득한 옛날에 있었던 조그만 잘못을 들어 현세에서 이렇게까지 고통 속을 헤매게 한다면 대자대비(大慈大悲)를 자처하는 그의 말과 과연 일치할 수 있는 것인가? 저들이 지금 그날의 잘못을 기억해 내고 땅을 치며 잘못을 후회하고 용서를 빈다면 그대의 신은 자비로서 저들의 눈을 뜨게 하고, 귀를 듣게 하고, 입을 열게 하고, 자리를 박차고 일어날 수 있게 할 수 있겠는가? 그러한 아량과 능력이 과연 있다고 생각하는가?"

쟌다마나는 집요하게 혜초스님을 설득하려 들었다.

"일면을 가지고 전부를 힐뜯으려 하지 마. 부처님께서는 벌줄 자는 받을 만큼 벌을 주시고, 자비를 베풀 자에게는 또 받을 만큼 자비를 베푸신다."

혜초스님의 말이 떨어지기도 전에 쟌다마나가 말을 받았다.

"혜초, 한 번 가졌던 마음을 바꾼다고 해서 자존심에 흠이 가는 것이 아니야. 종전에 보았지. 저들의 환호를. 저들에겐 내가 곧 구원이야. 나는 저들에게 현실의 고통과 그 동안 가슴 가득히 쌓인 한(恨)을 일순간에 사라지도록 해준다."

"눈가림으로 저들을 속이려 하지 마라. 곧바로 너의 정체가 백일하에 드러날걸. 도대체 너 같은 마녀가 어떻게 저 사람들을 구원할 수 있단 말이냐?"

"구원을 생각하는 건 내가 아냐. 바로 저들이지. 그대가 아무것도 없는 헛것을 찾아 구도여행입네, 선업을 이루네 하고 허황되게 세상천지를 돌아다니는 것과 같은 이치야."

"이제야 마녀의 본심을 드러내는군. 너의 그 허황한 구원이란 어떤 것인지 보고 싶구나!"

혜초스님은 쟌다마나가 어떤 행위를 할 수 있는가가 궁금하였다.

"따라오게."

쟌다마나는 스님과 결핍된 사람들을 데리고 어디론가 걸어갔다. 조금 전까지 어둠을 비추던 붉은 빛은 더욱더 강렬해져서 지하세계는 솔불을 켜 놓은 듯 대낮같이 밝았다. 어디선가 물이 끓는 소리가 들리고, 무더운 열기가 주위를 덮었다.

쟌다마나가 발을 멈춘 곳은 지하에서 돌물이 끓고 있는 용암(鎔巖) 지대였다.

쟌다마나는 높은 바위 위에 올라가 용암지(鎔巖池)를 향해 두 팔을 번쩍 들었다.

"태양의 아들, 불의 왕, 만물을 무(無)로 만드는 진실의 신, 여기 제물을 드리오니 이 제물로서 강대한 힘을 발휘하사 어둠을 정복하여, 그 옛날 온 세상이 불덩이였었던 것처럼 다시 한 번 끓는 물로 세상을 지배하소서."

쟌다마나의 주문이 끝나자 용암지가 파도를 치며 부글거리더니 그 한가운데서 시뻘건 불기둥이 공중 위로 솟아올랐다. 그리고 그 불기둥은 불괴물의 형상이 되어 불꽃을 널름거렸다.

쟌다마나가 결핍된 사람들을 가리키며 가까이 오라고 손짓했다.

그러자 모여 있던 사람들이 다투어 용암지 쪽으로 다가갔다.

"신이 부르신다. 구원을 받아라."

쟌다마나의 말이 떨어지자 가까이 온 사람들은 하나하나 용암 속으로 몸을 던졌다.

"이럴 수가! 멈춰라. 도대체 이게 무슨 악랄한 짓이냐!"

혜초스님이 달려가 떨어지는 사람을 막으려 하였으나 쟌다마나가 먼저 혜초스님을 가로막았다.

"신성한 제사를 방해해선 안 돼. 저들에겐 유일한 구원의 방법이야. 일순간만 참으면 끝없는 고통도 사라지고 과거도 미래도 생각하지 않게 된다. 그들은 불이 되어 생전에 찌들리고 위축된 자신을 마음껏 훨훨 불태운다. 진정한 구원의 모습이라고 생각지 않느냐?"

"악마! 믿음을 빙자하여 살인을 저지르다니."

"흥, 너도 네가 믿는 그 위선자처럼 그럴듯한 동정으로 사람들이 가고자 하는 길을 막으려 드는구나."

쟌다마나가 냉소하였다. 한꺼번에 대여섯 명의 사람을 삼킨 용암은 더욱 맹렬한 열기를 내뿜으며 끓어대더니 얼마간의 시간이 지나자 차츰 잠잠해졌다.

"혜초, 과연 인간은 어디서 와서 어디로 가는 것일까? 그대가 지금 눈으로 본 것이 그 해답이 아닐는지. 이제 이 산을 넘지 않아도 되는 까닭을 깨달았겠지."

쟌다마나가 의기양양하게 말했다.

"약한 사람들, 그것도 홀로 서기에 힘든 사람들을 유혹하여 죽음의 길로 몰아넣는 너희야말로 천벌을 면치 못할 악귀로구나."

혜초스님이 준엄하게 꾸짖었다.

"벌, 벌, 벌. 너희들은 그저 벌밖에 모르는군. 누가 그 누구에게 무슨 권리로 왜 그런 걸 주는 것일까? 우리에겐 죄라든가 벌이라든가 하는 것은 없다. 일순간의 고통만 참으면 아무것도 남는 것이 없게 되고 불의 왕께서는 그들을 심지삼아 꺼지지 않고 타오른다. 언젠가 세상은 저 하늘의 태양처럼 또다시 불의 세상이 될 거야."

"망상을 떨쳐 버려. 부처님이 계시는 한 너희들이 날뛰는 날도 멀지 않다. 지금이라도 늦지 않았으니 저 가여운 사람들을 집으로 돌려보내. 세상에 태어났으면 미물일지라도 나름대로 살아갈 권리가 있다."

혜초스님이 혼신의 힘을 다하여 소리쳤다.

"어리석은 자, 너도 결국 불신의 제물이 되어야만 참 뜻을 깨닫게 될 거야. 난 제물을 더 많이 모아 오도록 사자(使者)를 보내야 돼. 쉬면서 좀더 생각해라. 기필코 나는 불타로 향한 네 마음을 빼앗아 내 것으로 만들겠다. 이것만이 지옥에 빠진 우리 부모의 원수를 갚는 길이기도 하구."

쟌다마나는 스님을 그 자리에 남겨 두고 붉은 용암 불빛 속으로 사라져 버렸다.

계곡 아래 잡귀신

한편 가루마의 날개에 채어 계곡 아래로 떨어진 죽지랑과 기파랑은 골짜기에 군락을 이루고 있는 자작나무 가지 위로 떨어졌으므로 잠시 정신을 잃었었으나 곧 정신을 차릴 수 있었다.

"기파랑, 괜찮니?"

죽지랑이 나뭇가지에 매달려 있는 기파랑을 바라보며 물었다.

"별로 다친 데는 없는 것 같애, 너는?"

"나도 괜찮아."

두 소년은 나무를 타고 내려와 잠시 휴식을 취했다.

"스님은 어찌되셨을까?"

기파랑이 절벽 위를 쳐다보며 말했다.

"글쎄, 세상에 나서 보도 듣도 못한 무지무지한 새들이었지. 도대체 그들의 정체는 뭘까?"

죽지랑도 까마득한 하늘을 바라보며 말했다.

"이 계곡에 숨어 사는 마왕의 짓이겠지. 스님께서 어딘가 잡혀 가셔서 수모를 당하고 계실텐데, 서동 형님과 사라양도 그렇고……."

"형님은 지혜가 높시니 웬만한 일은 극복할거야."

"떨어지면서 잠시 하늘을 보았는데 형님이 큰 새에 채어 어디론가 날아가던데."

"그렇다면 큰일이군. 괴조들이 저 불 뿜는 화산 쪽에서 날아왔으니 그곳으로 잡혀갔을 게 분명해. 그리로 가 보자."

죽지랑이 자리에서 벌떡 일어났다.

두 소년은 다시 산을 향해 기어오르기 시작했다.

낭떠러지 아래에는 길 같은 것이 있을 리 없었고, 커다란 바위가 서로 엉겨 있어서 위로 오르기가 수월하지 않았다. 두 소년은 오르기 힘든 바위 쪽을 피해 풀숲을 찾아 걷기로 하였다.

"온다, 온다. 쟤들을 올려 보내면 우릴 모두 불에 태워 죽인다고 했어."

죽지랑과 기파랑이 산을 기어오르는 것을 보자 풀귀신들이 말했다.

"우리 서로 묶자."

풀귀신들이 서로 몸을 묶었다.

풀밭에 다다른 죽지랑과 기파랑은 평평한 길에 안심이 되었으나 곧 결초(結草)에 걸려 자빠지면서 앞으로 도저히 걸을 수가 없었다.

"안 되겠군. 다시 바위를 타고 오를 수밖에."

두 소년은 다시 바위 쪽으로 피해 갔다.

"더 이상 오지 마."

괴상하게 생긴 손가락만한 돌오뚝이가 바위 위에 서서 눈을 부릅 뜨고 두 소년을 쳐다보았다.

"건방진 꼬마 녀석!"

죽지랑이 돌오뚝이를 손가락으로 퉁겨 버렸다. 멀리 날아간 돌오뚝이는 땅에 떨어지지마자 발딱 일어나더니 종전의 두 배로 커져 있었다.

"올라가지 말래두."

돌오뚝이가 어느 틈에 두 소년 앞에 나타나서 성난 얼굴로 눈을 부라렸다.

"비켜, 꼬마야. 우린 갈 길이 급해."

이번엔 기파랑이 손으로 후려쳤다.

돌오뚝이는 언덕 아래로 떼굴떼굴 굴러갔다.

"별 잡귀신이 다 앞을 가로막는군."

죽지랑이 투덜거렸다.

"정말 해보겠다는 거냐?"

어느 틈엔가 종전의 서너 배로 커진 돌오뚝이가 두 소년 앞에 버티고 서 있었다.

"낭떠러지에 떨어져 박살이 난 줄 알았는데 용케도 또 나타났군. 이젠 가만두지 않겠다."

화가 난 죽지랑이 돌오뚝이를 번쩍 들어 바위에다 메다꽂았다.

꿍!

그러나 바위에 부딪힌 돌오뚝이는 또다시 종전의 두 배로 커져서 꼼짝 않고 두 소년을 가로막았다.

"귀찮은 녀석."

죽지랑과 기파랑이 한꺼번에 달려들어 오뚝이를 차고 때리고 넘어뜨렸다.

그러나 매맞은 돌오뚝이는 그럴 때마다 몸을 두 배로 불렸다. 이제 돌오뚝이는 죽지랑, 기파랑보다 더 커져서 밀어 움직이기조차 힘이 들었다.

"할 만큼 다 했냐!"

돌오뚝이는 몸에 붙어 있는 두 손을 갑자기 앞으로 쑥 뻗었다.

"앗!"

죽지랑과 기파랑이 동시에 몸을 피했다. 그와 동시에 놈의 돌주먹이 두 소년을 지나 옆에 있는 바위를 때렸다.

그러자 쿵 소리와 함께 바위 깨지는 소리가 산을 울렸다. 그리고 돌오뚝이는 또 두 배로 몸을 늘렸다.

"잡귀신이라고 얕봐서는 안 되겠는걸."

죽지랑과 기파랑은 놈의 주먹을 피해 이리저리 도망다녔으나 바위 산은 놈의 독무대였다. 돌오뚝이는 사정없이 팔을 뻗으며 두 소년을 공격해 왔다. 죽지랑과 기파랑은 하는 수 없이 좀전에 넘어졌던 풀밭으로 도망쳤다.

"뭐야, 쟤들이 왜 또 이곳으로 오고 있지."

풀귀신들이 수군거렸다.

"그것보다두 저길 봐! 돌오뚝이가 오는구먼. 저 놈은 땅에 한 번 넘어지기만 하면 두 배로 몸이 불어나지. 전에도 저 놈이 몸을 불리고 뛰어다녀서 우리 풀숲이 엉망이 되었었는데……. 이번에는 더욱 단단히 묶세."

풀귀신들이 몸을 오므라뜨렸다.

"이봐, 여기서 풀에 걸려 넘어지기라도 한다면 돌오뚝이의 발에 밟혀 콩가루가 되어 버릴걸. 넘어지지 않게 달아나자구."

두 소년은 온갖 신경을 써서 풀밭에 걸려 넘어지지 않도록 벼룩이 뛰듯 깡총깡총 위로 뛰며 앞으로 나갔다.

돌오뚝이는 여전히 두 주먹을 앞으로 뻗으며 성큼성큼 앞을 향해 걸어 나왔다.

그러나 풀밭에 발을 들여놓기가 무섭게 묶여진 결초에 걸려 쿵하고 나동그라졌다. 넘어진 돌오뚝이는 곧바로 반으로 몸뚱이가 줄어들었다.

"덤벼라, 덤벼."

죽지랑과 기파랑은 좌우로 뛰면서 돌오뚝이에게 약을 올렸다. 돌오뚝이는 연달아 팔을 뻗으며 두 소년을 공격했으나 풀뿌리에 걸릴 때마다 나동그라졌고, 그럴 때마다 몸이 반으로 줄어들었다.

"흙에 닿지 않게 풀밭에 넘어지게 해. 놈의 몸이 커지면 감당하기 힘드니까."

풀귀신들이 서로서로 웅성거렸다. 돌오뚝이는 마음이 급한 나머지 더욱 몸을 재게 놀렸다. 그러나 그럴 때마다 결초(結草)에 걸려 넘어지면서 다시 일어나려고 앙바둥거렸다. 그러나 묶은 풀들이 발을 놓아 주지 않았으므로 계속해서 풀에 걸려 넘어졌다.

돌오뚝이는 반에서 또 반으로 줄어들었다. 몇십 번이고 풀뿌리에 넘어진 돌오뚝이는 급기야 처음의 손가락만한 돌오뚝이로 변했다.

"공연히 힘자랑하다가 큰일 날 뻔했군. 이제 저런 꼬마들이 앞을 막고 겁을 준다 할지라도 못 본 체 지나치도록 하자."

죽지랑과 기파랑은 풀밭을 벗어나 바위산을 오르기 시작했다.

오르는 도중 몇몇 잡귀신들이 나타나 죽지랑과 기파랑을 괴롭혔는데 그중에는 구렁이를 잡아먹는 송장메뚜기, 소보다도 더 큰 도마뱀, 독가루를 뿌리며 날아다니는 호랑나방, 수컷을 송두리째 잡아삼키기도 허기가 차서 허덕이는 왕사마귀, 그 외에도 돌멩이나 나무뿌리 같은 모양으로 모습을 감춘 잡귀신들과도 만났으나 그때마다 용기와 기지로 그들을 피하거나 물리치면서 산 위로 기어올랐다.

두 소년은 천신만고 끝에 검은 연기와 함께 붉은 숯불을 피워 놓은 듯 불꽃을 내뿜는 절벽 꼭대기 가까이에 이르렀다.

정상 바로 아래에는 쟌다마나의 동굴이 있었는데, 두 소년은 굴 속의 사정을 전혀 알 수 없었으므로 조심스럽게 가만가만히 굴 안으로 접근해 들어갔다.

괴조(怪鳥) '가루마'의 세계

가루마의 몸뚱이 아래 매달린 서동랑은 어디론가 알 수 없는 곳으로 한없이 날아갔다.

"아, 이렇게 정처 없이 날아가다가는 영영 스님과 헤어지는 것이 아닌가? 그렇다면 이제까지의 고행도 수포로 돌아가 버릴텐데……."

서동랑은 앞길이 난감하였다.

'부처님께서 우리의 정성을 저버리시지 않으신다면 반드시 길을 열어 주실거야. 호랑이한테 물려가도 정신만 차리면 된다 하였으니, 정신을 똑바로 차려야지.'

서동랑은 굳게 마음을 먹고, 줄을 타고 위로 올라가 가루마의 발에 매달렸다. 그리고 줄을 흔들어 가루마의 몸에 박힌 용천단검을 뽑았다. 칼끝이 짧아 몸 속에 깊이 박히지는 않았으나 뼈 사이를 꿰뚫었기 때문에 칼이 빠지지 않았던 것이다.

점점이 내려다보이는 산과 실오라기처럼 이어진 강을 지나 가루마는 자꾸만 자꾸만 날아갔다. 한동안 앞으로만 날아가던 가루마가 꾸루룩 꾸루룩 울음을 울더니 갑자기 아래로 떨어지기 시작했다. 가루마가 내려앉은 곳은 높다란 산들이 병풍처럼 둘러싸인 커다란 분화구였다.

이곳이 가루마의 서식지인 듯 여기저기 움푹움푹 패인 둥그런 흙더미 속에는 커다란 항아리를 연상케 하는 가루마의 알들이 보였고, 어미라도 먹어치울 것같이 입을 벌리고 먹이를 달라고 아우성치는 가루마의 어린 새끼들과 살아 있는 것이면 무엇이나 쪼아 버릴 것같이 날카로운 눈을 번득이며 사방을 둘러보는 다 자란 새끼들도 있었다. 하늘 위에서는 이따금씩 먹이를 입에 문 어미 새가 날아 내렸다.

'이제까지 다녀본 곳 중에서 가장 위험한 곳이로군.'

서동랑은 가루마의 발에 몸을 붙이고 꼼짝 않고 서 있었다. 용천단검을 가슴에 맞은 가루마 역시 둥지에 웅크리고 앉아 꼼짝하지 않왔다.

'어떻게 하면 이곳을 빠져나갈 수 있을까?'

서동랑은 갖가지 묘안을 궁리해 보았으나 자칫 몸을 움직였다가는 가루마의 부리에 갈갈이 찢길 판국이었으므로 괴조들이 잠이 들 밤을 기다리기로 하였다.

시간이 흐르자 강렬하던 태양이 서서히 열기를 거두기 시작했다.

풀 한 포기 보이지 않는 진흙 땅은 넘어가는 놀빛에 물들어 더욱 붉게 타고 있었다.

새끼에게 먹이를 물어다 주는 어미 가루마들의 날갯짓이 한층 바빠졌고, 먹이를 다투는 새끼 가루마의 울음 소리도 더욱 소란스러워졌다.

'아이구, 귀청이 떨어지겠구나. 이렇게 듣기 싫은 울음 소리는 난생 처음이야.'

서동랑은 꿱꿱거리는 새끼 가루마의 울음 소리에 도저히 견딜 수가 없었다.

서동랑은 가루마의 새끼들이 먹이에 정신이 팔려 있는 동안 가만히 만파식적을 꺼내 입에 대었다.

황량하기 그지없는 황무지, 거기에 어울리게 세상을 뒤집어엎을 듯 울어대는 가루마 새끼들의 울음 소리에 섞여 가슴을 쥐어짜는 듯한 통소 소리가 흘러나왔다.

전혀 걸맞지 않을 것 같은 가루마의 울음 소리와 만파식적에서 나오는 통소의 음향은 이글거리며 타는 놀빛과 조화를 이루어 이 세상에서 이제까지 들어본 적이 없는 미묘한 음률을 이루었다. 그 소리는 땅으로 하늘로 멀리 멀리까지 퍼져서 수미산 꼭대기까지 흘러나갔다. 수미산에 기거하고 있는 불법의 수호신들이 모두모두 들려오는 미묘한 음향에 귀를 기울였다.

　제석천, 범천왕, 인왕, 사천왕, 명왕들 그리고 수많은 부처와 보살들이 음악 소리에 감동이 되어 집 밖으로 고개를 내밀었다.
　그중에서도 통소의 음향에 가장 감동한 것은 가루라였다.
　"참으로 아름다운 선율이로군. 가릉빈가 외에 저토록 아름다운 노래를 할 줄 아는 것은 누구인가?"
　가루라는 자신도 모르게 금빛 날개를 펼쳤다. 그리고 선율이 흘러오고 있는 곳을 향해 수미산을 아래로 날아 내렸다.
　서동랑 자신도 통소 소리에 취해 있었다. 그는 지금 그가 어디에 와 있는지를 잊고 있었으며 오직 먼 고향 산천에 두고 온 어머니 얼굴과 선화공주에 대한 그리움으로 피를 토하듯 통소를 불고 있었다.
　놀빛으로 타고 있던 하늘에 갑자기 검은 구름이 몰려왔다. 그러자 이제까지 세상이 떠나가라고 악을 쓰던 가루마의 새끼들이 뚝하고 울음을 그쳤다. 가루마들은 어미와 새끼를 할 것 없이 머리를 땅에 박고 꼼짝 않고 움직이지 않았다.
　일순간 주위는 물을 끼얹은 듯 적막이 감돌았고, 그 적막을 더욱 가라앉히려는 듯 통소의 선율만이 흐느끼며 흘러나왔다.
　태양을 가리고 하늘을 맴돌던 어마어마하게 큰 새 가루라가 통소 소리가 나는 곳으로 내려앉아 날개를 접었다.
　하늘을 덮었던 검은 구름은 바로 가루라의 날개였던 것이다.
　"음. 누군가 했더니 생각한 대로 너였구나. 어쩐지 가릉빈가의 노랫소리보다 아름답다고 느꼈었지."
　가루라가 눈을 껌뻑이며 서동랑을 보고 말했다.
　"불법수호오부중(佛法守護五部衆)께서 어인 일이십니까?"
　서동랑이 통소를 멈추고 숨어 있던 가루마의 발에서 몸을 내밀었다.
　"도깨비 같은 친구로군. 이곳엔 목숨이 붙어 있는 짐승이 살아 남

을 수 없는 곳인데 어째 이곳에 와 있지? 그래, 가릉빈가와는 잘 지
내는가?"

"그때 일각수들의 숲에서 곧 헤어졌지요. 어떻습니까? 가릉빈가
의 노랫소리를 빼앗아 부르실 때와 지금의 형편은?"

서동랑은 뜻밖에 가루라를 이곳에서 만났으므로 어떤 희망이 보
이는 듯 반가웠다.

"할 일을 잊고 외도를 했다고 여래님께 호되게 꾸중을 들었었지.
그러나 아름다운 퉁소 소리를 들으니 좀이 쑤셔서 가만있질 못하겠
더군. 아마 나에겐 광대 기질이 있는 모양이야. 나도 모르게 날개가
선율이 흐르는 쪽으로 펴지질 않았겠나. 이왕에 다시 만났으니 퉁소
나 한 곡조 더 불어 주게."

가루라는 눈을 지긋이 감고 서동랑의 퉁소 소리를 기다렸다.

"그것보다두 큰일 날 일이 생겼습니다. 스님과 동생들이 괴물들에
게 잡혀갔습니다. 그 동안 쌓아온 구도여행이 한낱 물거품으로 변하
게 되었습니다."

서동랑은 가루라에게 자신의 처지를 털어놓았다.

"뭐, 그렇게 큰일은 아니로군. 가끔씩 불자들이 괴물에게 잡혀가
는 경우가 있지. 그런 데서 살아 나올 수 있다면 그것이 곧 부처님
의 가호를 받은 것이 되니 선업을 쌓는 지름길이라고 볼 수 있지 않
겠는가? 고난을 이기는 자만이 진정 불자가 될 수 있단 말일세."

가루라는 태평스럽게 말했다.

"그렇게 간단히 넘길 일이 아닙니다. 스님은 연약한 인간입니다.
저들은 초능력을 가진 괴물들이구요. 스님께서 어떻게 잘못이라도
되게 되신다면 동방으로 뻗치던 불도의 서기(瑞氣)가 여기서 사라지
게 됩니다. 그렇게 되면 동방 전역은 암흑세계가 되고 악귀들의 노
예가 된 수많은 중생들은 수천 수만 년간 고통 속에 부처님을 원망

하며 살게 될 것입니다.”

서동랑의 말을 들은 가루라가 눈을 슬며시 떴다.

“그렇게 심각한가?”

“물론입니다. 저 ‘데칸’ 고원 활화산 동굴에 마녀 잔다마나와 괴왕 고가리가가 가루마를 시켜 스님을 납치해 가고 아우들을 낭떠러지 아래로 떨어뜨렸습니다. 나는 공격해 오는 가루마의 발을 붙들고 겨우 살아 남아 여기까지 오게 되었구요.”

“무엇이! 가루마를 시켜 스님을 잡아갔다구!”

가루라가 갑자기 화를 내며 입에서 검은 연기를 토해 내었다.

“용 못 된 이무기가 있듯이 가루마는 가루라의 전생의 모습이다. 그들 중에는 언젠가 도를 닦아 나처럼 가루라로 승천하여 내 뒤를 이어 불법수호오부중을 계승하게 될 터인데, 어떤 놈이 감히 가루마를 움직일 수 있단 말이냐!”

가루라가 화를 내자 서동랑은 가루라의 도움을 청할 기회가 이때라고 생각했다.

“그들은 불자들을 납치하여 강제로 교화시킨 다음 불도에 대항하도록 일을 꾸미고 있는 게 분명합니다. 사전에 미리 막지 않으면 수미산까지도 위태로울는지 누가 압니까?”

서동랑이 가루라의 마음을 움직였다.

“불법수호오무중의 임무를 맡고 있는 내가 그 말을 듣고서 가만 있을 수가 있나. 그곳으로 안내해라. 내 당장 놈들을 혼내줄 테니.”

가루라가 서동랑을 등에 태우고 금빛 날개를 폈다. 그리고 가루마들에게 무엇이라 괴성을 지르자 수많은 가루마들이 고개를 쳐들고 일어나 가루라의 뒤를 따랐다. 아직도 노을에 붉게 물들어 있는 하늘 위를 금빛 날개를 퍼득여 날아가는 가루라의 모습은 불법수호신의 위용답게 늠름하였다. 또한 그 뒤를 까맣게 하늘을 덮고 날아오는 가루마의 무리들 역시 그지없는 장관을 하늘 복판에 수놓았다.

불신의 나라

가루라는 단박에 활화산이 타고 있는 데칸 고원의 정상으로 날아
갔다.

"명색이 불법수호신인데 잡귀들과 싸울 수야 있나. 난 여기서 사
태를 주시하겠다. 보아하니 용맹과 기지가 대단한 것 같던데 어때,
스님을 즉시 구해 올 수 있겠지."

가루라는 활화산 맞은편 산꼭대기에 웅크리고 앉아 서동랑을 가
루마에 태워 고가리가의 동굴로 보냈다.

굴 속에서는 사라양을 옆에 두고 기분이 좋아진 고가리가가 술병
을 기울이고 있었다.

"후후후후, 이렇게 예쁜 아가씨와 한 방에 같이 있어 보긴 태어나
서 처음이야. 내가 정성을 다해서 너를 기쁘게 해주겠다."

거나하게 술에 취한 고가리가가 자리에서 일어났다.

"저리 가, 흉칙한 미물아!"

사라양이 소리쳤으나 고가리가는 막무가내로 사라양을 부둥켜안
았다.

"그만두시지."

서동랑이 굴 속으로 들이닥치며 고가리가에게 외쳤다.

"음, 웬 버러지 새끼냐?"

갑자기 나타난 서동랑을 보자 성이 난 고가리가가 눈을 부라리며 옆에 있던 방화봉(放火棒)을 집어들었다.

"싸울 생각은 없다. 스님과 동생들만 돌려줘. 조용히 산을 넘어 가겠다."

서동랑이 고가리가에게 스님을 돌려달라고 부탁했다. 그러나 고가리가는 어림없는 소리라는 듯 방화봉으로 서동랑을 후려쳤다.

"웃기지 마라. 네 놈들이 산을 넘으면 그 불도라는 것이 판을 치게 돼. 그러면 우리의 설 땅이 좁아지지. 그리고 그 석가라는 자는 자기를 비방했다 하여 우리 아버지를 영원히 지옥 속으로 빠뜨려 버렸다. 네 놈들을 미끼로 우리 아버지를 구해낼 테다."

고가리가는 맹렬하게 방화봉을 흔들었다. 용암철로 만든 방화봉을 휘두를 때마다 강렬한 불줄기가 쏟아져 나왔다.

"저 놈은 화공법이 특기로구나."

서동랑은 이리저리 불줄기를 피해 다니다가 굴 속 귀퉁이에서 돌 틈으로 새어나오는 물 한 방울을 받아 입에 물었다. 그리고 만파식적을 입에 대고 고가리가를 향해 획하고 뿜었다. 그러자 만파식적에서 거센 물줄기가 쏟아져 나와 고가리가를 덮쳤다.

"앗, 이게 뭐냐!"

고가리가는 물에 빠진 생쥐가 되어 비틀거렸다.

"별것 아닌 마왕이로군."

서동랑이 만파식적을 들고 놈에게 달려들었다. 그러나 고가리가도 보통 마왕이 아니었다. 이상하게 생긴 무기를 동원하여 계속 불을 뿜어대며 한 손에서는 거미줄 같은 끈끈이 줄을 풀어내어 상대를 묶으려 하였다.

서동랑도 몸을 피하며 만파식적으로 불을 막고 용천단검으로 줄을 끊었다.

"세상은 부처님의 것. 너희 같은 잡귀들이 날뛴다고 너희들 세상이 될 것 같으냐?"

서동랑은 더욱 빠른 몸놀림으로 고가리가를 공격하였다. 고가리가는 도저히 서동랑을 당해내지 못할 것을 알자 굴 속의 어둠을 이용하여 사라양을 들쳐 안고는 어디론가 사라져 버렸다.

서동랑은 야명기법(夜明奇法)을 써서 고가리가가 달아날 굴 속을 향해 달려갔으나 미로(迷路)같이 이리저리 뚫려 있는 굴 속에서 어디를 보아도 고가리가는 없었다.

"저 자를 잡지 않고서는 스님의 생사를 알 수가 없는데……."

서동랑은 여러 갈래로 뚫려 있는 굴 중에서 제일 큰 굴을 향해 조금씩 앞으로 전진해 갔다. 그리고 촉각을 곤두세우고 귀를 기울이니 멀지 않은 곳에서 이상한 기척이 들려 왔다.

고가리가 아니면 또 다른 괴물이려니 하고 생각한 서동랑이 벽에 몸을 붙이고 움직이는 물체로 접근하였다. 여차직하면 용천단검이 날아갈 판이었다. 그러나 맞닥뜨린 상대는 뜻밖에도 죽지랑과 기파랑이었다.

"정녕 너희들이었더냐? 가루마의 날개에 채어 낭떠러지로 떨어질 때 벌써 이 세상 사람이 아닌 줄 알았는데……."

서동랑이 두 소년을 얼싸안았다.

"우리는 형이 가루마의 먹이가 되어 영 못 만나는 줄 알았어."

두 소년도 서동랑을 부둥켜안고 기뻐 어쩔 줄을 몰랐다.

"스님께서는?"

"글쎄, 우리들도 구사일생으로 살아나서 스님을 찾고 있던 중이야."

"전혀 김새도 못 채었단 말이지."

"우리도 지금 막 이 굴에 도착했어. 방금 이상한 불덩이 같은 것이 앞쪽으로 휙하고 지나갔는데, 저쪽이 수상해. 불덩이가 사라진 쪽으로 가보자구."

"그러고 보니 이 굴은 서로 하나로 통해 있었구나."

서동랑은 두 소년을 데리고 불빛이 사라졌다는 방향을 향해 계속 걸어 나갔다. 얼마를 더 걸어 나가니 굴 속이 점점 더 밝아지면서 붉은 기운이 앞쪽으로부터 서려 나왔다. 그리고 멀지 않은 곳에서 쟌다마나와 고가리가의 음성이 들려 왔다.

"뭐라구? 이상한 괴물이 굴 속에 침입했다구? 그래, 천하의 고가리가가 그 따위 인간 하나 당해내지 못하고 도망쳐 왔단 말이냐?"

쟌다마나가 고가리가를 꾸짖었다.

"워낙 강적이라서."

고가리가가 변명을 늘어놓았다.

"듣기 싫다! 못난 녀석. 그런데 옆구리에 끼고 있는 그 계집은 뭐냐?"

쟌다마나가 사라양을 보자 소릴 질렀다.

"그 놈과 같이 들어왔길래 불왕에게 바치려 잡아왔어."

고가리가는 마왕답게 재빨리 둘러대었다. 고가리가는 사라양을 결 핍된 사람들 가운데 던져 넣었다.

"좋다. 지금 우리가 다른 데 신경쓸 때가 아니다. 불신께서 다시 세상 밖으로 나갈 차비를 하고 있어. 여기 잡혀온 자들을 모조리 용 암 속에 집어넣어라. 그들만이 유일하게 불신의 불기운을 북돋을 것 이다. 쟌다마나와 고가리가는 용암지대 쪽으로 사람들을 몰고 갔다.

"저 사람들은 이교도의 마을에서 수레에 실려 가던 사람들이 아 니냐? 빨리 구해내지 않으면 큰일 나겠는데."

서동랑이 사람들 가까이 접근하였다.

"만약의 사태에 대비해야 되니, 너희들은 이곳에서 기다려."

　서동랑은 죽지랑과 기파랑을 그 자리에 있게 하고 쟌다마나와 고 가리가의 주의가 소홀한 틈을 타서 사람들 무리에 끼여들었다. 사람들 속에 혜초스님과 사라양이 있었다.
　"스님, 빨리 이곳을 빠져나가야 합니다. 뒷감당은 내가 하겠으니 사람들 뒤쪽으로 가서 계십시오."
　서동랑이 스님의 가사 자락을 잡아당겼다.
　"아니다. 난 이 사람들과 생사를 같이하겠다."
　스님은 눈을 감은 채 서동랑의 말에 고개를 흔들고는 사람들을 따라 앞으로 걸어갔다.
　"스님께서는 할 일이 많으십니다. 나라의 중흥과 불가의 대성이라는 막중한 사명을 잊으셨습니까?"
　서동랑이 스님의 마음을 달랬다.
　"눈앞에 벌어지는 중생의 고통을 보고 어찌 미래를 생각할 수 있겠느냐. 불자를 자처하는 자가 불의(不義)를 회피한다면 선업을 쌓는 것이 아니라 부처님을 모독하는 것이다."
　"저들은 저들의 신앙을 행하고 있을 뿐입니다. 우리가 희생되는 것은 마신(魔神)의 제물이 될 뿐, 오히려 부처님께 누(累)가 될 것입니다."
　"저것은 믿음이 아니다. 악마의 꾐에 빠져 죽어 가고 있는 것이야. 결핍된 몸으로 사바 세계에 태어난 것만으로도 고해(苦海)를 발버둥치고 있는 것이어늘 어찌 죽음까지도 저처럼 처참하게 죽어야 된단 말이냐."
　혜초스님은 서동랑의 말을 묵살해 버리고 용암지 쪽으로 다가갔다.
　"큰일났군, 막무가내시니."
　서동랑은 어쩔 수 없이 혜초스님을 따라갈 수밖에 없었다.

불신과 가루라

붉은 돌물이 소용돌이치는 용암지 앞에 이르자 쟌다마나가 팔을 높이 쳐들고 불길을 향해 주문을 외었다.

"태양의 아들, 불의 신, 세상을 무(無)로 만드시는 이여. 여기 당신의 동반자들이 모였습니다. 제물을 받으시고 힘을 내시어, 그 옛날 온 누리가 불덩이였었던 것처럼 어둠을 물리치시고 또다시 강렬한 불의 세계를 만드소서."

쟌다마나는 말을 마치고 몸을 돌려 결핍된 사람들을 향하여 섰다.

"결핍된 사람들이여, 그대들은 왜, 무엇 때문에 온전하게 태어나지 못했는가? 업보? 운명? 그런 건 간악한 귀신들이 자기들을 따르라고 만들어 놓은 함정이며 올가미이다. 여기 있는 사람들은 이미 그들에게 버림받아 발길로 채어진 사람들이다. 미래에 또다시 이런 상태로 태어나지 않는다고 누가 단언할 수 있겠는가? 그대들에게 구원이란 없다. 무로 돌아가라. 과거도 미래도 현재도 없는 완전한 무(無), 그것만이 영원한 구원의 길이다. 이리로."

쟌다마나가 손가락으로 용암지를 가리켰다.

사람들은 어기적거리며 쟌다마나가 가리킨 용암에 몸을 던지려 한 발씩 한 발씩 앞으로 걸어 나갔다.

"잠깐만!"

서동랑이 뛰쳐나와 사람들을 가로막았다.

"마녀의 꾐에 속아서는 안 됩니다. 뒤로 돌아가세요."

서동랑이 외쳤다.

"뭣하는 놈이냐!"

쟌다마나가 악을 썼다.

"불쌍한 사람들에게 자비를 베풀지는 못할 망정 불 속에 넣어 죽이려는 이 천인공노할 악귀야!"

서동랑이 만파식적으로 쟌다마나를 내리쳤다. 쟌다마나는 서동랑의 갑작스런 공격에 당황하였으나, 곧바로 몸을 피한 다음 입에서 불을 토하며 서동랑에게 덤벼들었다. 고가리가도 갈고리 같은 무기를 들고 서동랑을 공격하였다. 갑자기 굴 속은 비명 소리와 함께 아수라장으로 변하였다.

"사라양, 스님과 사람들을 데리고 굴 밖으로 피해."

서동랑이 쟌다마나와 고가리가의 공격을 막으며 사라양에게 밖으로 나가라고 소리쳤다.

"여러분, 여기는 마녀의 소굴입니다. 곧 화산이 터져 우리 모두 불에 타서 죽을 거예요."

죽지랑과 기파랑도 달려와 사람들을 잡아끌며 굴 밖으로 피하도록 독려하였다.

그러나 사람들은 눈이 멀었거나 귀가 먹었거나 지체가 부자유한 사람들이었고 좁은 굴 속에서 많은 사람이 한꺼번에 움직여야 했으므로 굴 밖으로 도망치기가 쉬운 일이 아니었다. 개중에는 그 자리에 주저앉아 움직이지 않으려는 사람들도 있었다.

서동랑은 사람들이 다치지 않게 쟌다마나와 고가리가를 굴 깊숙이 유인해서 싸웠다.

"호호호호, 네 놈이 아무리 재주가 좋다 해도 이 쟌다마나의 굴 밖으로는 나갈 수 없을걸. 이제 곧 우리의 불왕께서 세상을 덮으실 것이다. 도망쳐 봐야 너희들은 어차피 불신의 제물이 되게 돼 있어. 불신이여, 잠에서 깨소서!"

쟌다마나는 온갖 마력을 발휘하여 서동랑을 공격하면서 용암지에 대고 괴성을 질렀다. 쟌다마나의 괴성이 떨어지기가 무섭게 별안간 땅바닥이 꿈틀하고 움직였다. 그와 동시에 용암지의 불꽃이 공중 위로 치솟아올랐다.

"불신께서 움직이셨다."

쟌다마나와 고가리가가 공격을 멈추고 그 자리에 엎드렸다. 치솟아오르던 불꽃은 곧 불신의 형상으로 변하였다.

"제물은 어찌 되었느냐?"

불신이 불꽃을 널름거리며 쟌다마나를 향해 소리쳤다.

"조금만 기다리십시오. 제물들은 이 굴 안에 있으니 곧 바쳐 올리겠습니다."

쟌다마나가 모기 소리만한 작은 소리로 얼버무렸다.

"듣기 싫다. 난 지금 세상 밖으로 나가야 해. 여기서는 갑갑해서 견딜 수가 없다. 너희라도 먹고 힘을 내야겠어."

불신이 용트림을 하자, 굴 전체가 부르르 떨며 땅이 갈라지기 시작했다.

"앗! 큰일이로구나! 이러다간 진짜 불신의 제물이 되겠는걸."

서동랑은 재빨리 몸을 피해 밖으로 나가려 하였다.

"어림없다. 네 놈부터 제물로 바쳐야겠다."

쟌다마나가 서동랑을 향해 불올가미를 던졌다. 서동랑은 재빨리 몸을 피하면서 용천단검으로 불올가미를 감아 홱하고 앞으로 잡아채었다. 서동랑의 힘에 쟌다마나가 그 자리에 고꾸라져 버렸다.

불신의 손이 쟌다마나를 향해 뻗쳤다.

"난 죽기 싫어."

쟌다마나가 비명을 질렀다.

그러나 불신은 쟌다마나를 불길로 휩싸 안고 용암 속으로 사라져 버렸다.

쟌다마나가 용암 속으로 사라짐과 동시에 더 큰 지축의 흔들림이 일어났다.

용암의 분출이 한층 심해지며 굴이 무너져 내렸다.

"살려줘!"

고가리가가 불구덩에 빠져 아우성을 쳤다.

서동랑은 고가리가의 비명 소리를 뒤로하고 있는 힘을 다해 굴 밖으로 달음질쳤다. 스님과 다른 사람들은 아직도 굴을 벗어나지 못하고 있었다.

"굴이 무너지고 있습니다. 곧 화산이 폭발할 것 같아요. 빨리 서둘지 않으면 큰일납니다."

죽지랑, 기파랑 그리고 사라양은 결핍된 사람을 들쳐업거나 손을 잡아끌면서 굴 밖으로 탈출하기에 사력을 다하고 있었다. 스님도 나이 들어 걷지 못하는 늙은 눈먼 사람을 업고 있었다. 서동랑도 앉은뱅이 두 사람을 양 어깨에 둘러메고 뛰었다. 위에서 무너져 내리는 돌과 바위를 뚫으면서 그들은 겨우겨우 굴 입구까지 다다랐다. 그러나 굴 입구 아래에는 깎아지른 천인단애(千인斷厓)가 입을 벌리고 있었다. 몸이 튼튼한 사람들도 현기증이 날 정도로 겁이 나는 새까만 낭떠러지였다.

갑자기 천지가 진동할 듯한 굉음(轟音)이 일어나더니 산이 무너져 내리기 시작했다. 불신이 진노하여 그 동안 깊은 땅 속에서 눌려 살던 울분을 한꺼번에 밖으로 터뜨린 것이었다.

이제 모든 사람은 끓는 돌물에 빠져 죽거나 무너지는 바위에 깔려 죽거나 계곡 아래로 떨어져 죽을 판이었다.

"큰일났다. 시간이 너무 없구나."

서동랑은 재빨리 만파식적을 꺼내 가루라가 웅크리고 있는 맞은편 산꼭대기를 향하여 짧게 박쥐음을 쏘아 구원을 청했다.

그러자 가루라 옆에서 웅기중기 웅크리고 있던 가루마의 무리들

86

이 날개를 펴고 쏜살같이 아래로 내려왔다.

"자, 시간이 없습니다. 빨리 가루마의 등 위에 타세요."

서동랑이 재촉하였다.

스님이 몇 사람의 결핍된 사람을 가루마 등에 태우고 하늘 위로 날아갔다. 사라양, 죽지랑, 기파랑도 각각 몇 사람씩을 올려 태우고는 맞은편 산 위로 날아갔다. 서동랑은 그중에서도, 그래도 몸이 성해 마지막까지 남아있는 사람을 태워 날려 보냈다. 이제 굴 입구에는 서동랑 한 사람만이 남아 있었다. 가루마들이 한 마리도 남김 없이 사람들을 태우고 날아가 버렸으므로 서동랑을 구출해 줄 가루마는 없었다. 시뻘건 용암과 무너져 내리는 바윗덩이가 서동랑을 덮치려는 순간 서동랑은 계곡 아래로 몸을 날렸다. 그와 동시에 그의 손에서 용천단검이 맞은편 계곡을 향해 날아갔다. 실로 눈 깜짝할 사이의 일이었다. 용암과 함께 계곡 아래로 떨어지던 서동랑의 몸뚱이는 맞은편 계곡 나무등걸에 박힌 용천단검에 매달린 줄에 의해 그네를 타듯 앞으로 날아갔다.

그러나 워낙 화산의 폭발이 강했으므로 맞은편 계곡까지 불똥이 튀었다. 맞은편 계곡에 다다른 서동랑은 용천단검에 달린 줄을 타고 절벽 위로 올라갔다.

콰광!

천지를 뒤엎을 듯한 굉음이 다시 한 번 일어나더니 산꼭대기부터 강렬한 화산이 터지면서 시뻘건 불줄기가 하늘 위로 솟아올랐다.

서동랑의 아름다운 통소 소리에 취해 귀를 모으던 수미산의 제신(諸神)들이 굉음 소리에 놀라 목을 움츠렸다.

"아마도 천지가 개벽하려는 모양이지. 인자하긴 하시지만 부처님 속마음은 정말 알 수 없으시단 말이야. 의논 한번 안하시고 세상을 바꾸시다니."

제신들은 두려운 나머지 모두 문을 닫고 숨어 버렸다.

하늘로 치솟았던 용암이 맞은편 산까지 덮을 양으로 시뻘건 불덩이를 계곡 아래로 쏟아부었다.

"여기서 영영 죽는가 보구나."

서동랑은 절망한 가운데서도 마지막 수단으로 만파식적을 입에 대고 연달아 박쥐음을 쏘았다. 그러자 맹렬히 떨어지는 불줄기를 뚫고 가루마 한 마리가 계곡을 향해 날아왔다. 서동랑은 몸을 날려 가루마의 등 위로 올라탔다. 가루마는 교묘한 날갯짓으로 불줄기를 헤치며 용암이 떨어지는 계곡 밖으로 빠져나왔다. 가루마의 도움으로 인해 서동랑은 구사일생으로 목숨을 건질 수가 있었다.

"지불신(地火神)이 분노하니 세상이 어수선하구나. 그를 어찌하면 진정시킬 수 있겠는고?"

여래께서 제신들을 모아놓고 의견을 물었다. 제신들은 모두 말이 없이 고개를 떨어뜨리고 있었다.

"지금 불법수호팔부중 가루라가 지불신과 대면하고 있으니 그에게 일단 일을 맡기기로 하고 여의치 않으면 다시 모여 의논해도 늦지 않지 않을까 생각합니다."

구리가라부동명왕이 나서서 말했다.

"그래도 별 탈이 없을 것 같은가?"

여래께서 사방을 둘러보았다. 제신들이 모두 말없이 고개를 끄덕이었다.

천상까지 치솟아올랐다 내려온 불신이 사방을 향해 소리쳤다.

"나를 지하에 가둔 어둠 신은 어딜 갔느냐? 비겁하게 숨어 있지 말고 얼굴을 나타내어라! 이제 더 이상 이 태양의 아들이 가만 놔두지 않겠다."

맞은편 산꼭대기에 앉아 있던 가루라가 불신을 향해 말했다.

"이보게 불신, 그렇게 성질을 부리지 말게. 이 세상에 어디 자네 혼자만 사는가? 자칫 잘못하다가는 부처님께서 만들어 놓으신 이 세상이 엉망이 되겠어."

가루라를 본 불신이 용암을 펄펄 튀기며 외쳤다.

"부처라구. 어리석은 놈. 너는 아무것도 모르는 애송이로구나. 태양신께서 그 몸의 일부를 떼어내어 영원히 빛을 발하도록 나를 이곳까지 보내셨지. 그런데 어둠이 폭우(暴雨)와 짜고 내 몸을 식혀서 빛을 발하지 못하도록 지하세계에 가둬 놓았다. 난 이제 더 못 참아. 그놈의 어둠을 몰아내고 그 옛날 비추던 나의 본체를 다시 찾고 말겠다."

불신은 또다시 천지를 둘러엎을 듯한 굉음과 함께 하늘 위로 솟아올랐다.

세상이 둘로 갈라질 것 같은 무시무시한 폭발이었다.

"잠깐만 참으래두. 진실은 그것이 아니야. 태양신은 너를 이곳에 보내 거죽을 식히고 그곳에 아름다운 세계를 만들어 윤회 속에 태어나는 생명들을 풀어 놓아 불성(佛性)을 얻도록 자비를 베푸신거야. 너는 너를 의지하고 사는 중생들이 행복하게 살도록 자리를 마련해 주고 뿌리를 따뜻하게 해서 열매가 익도록 도와주는 막중한 임무를 부여받은 것이고."

가루라가 불신을 달랬다.

"거짓말! 네 놈이 뭘 안다고 지껄이는 거냐. 난 기필코 내 세계를 되찾고 말거야. 우선 이죽거리는 네 놈부터 먹어치운 다음 일을 시작할테다."

불신이 가루라를 향해 강렬한 불길을 토해냈다. 무쇠도 녹일 것 같은 어마어마하게 뜨거운 열기가 가루라를 덮쳤다. 가루라는 날개 깃을 접어 웅크리고 덮쳐오는 불덩이를 몸으로 맞았다.

"으하하하, 맛이 어떠냐? 이젠 참새구이가 되었겠지."

불신이 기고만장하여 웃음을 터뜨렸다.

"천만에. 나도 명색이 불법수호신이다. 내 날개는 천상에서 어떤 열기에도 녹지 않는 특수 깃털로 만들어졌어. 그리고 네가 불신이지만 나도 불을 토하는 일이라면 자신이 있다. 이열치열(以熱治熱)이라 했으니 불에는 불로 맞설 수밖에."

가루라의 말을 들은 불신이 화가 머리끝까지 올랐다.

"좋다! 네 놈이 불을 뿜는 데는 자신이 있다구? 재미난 얘기로군. 그래 나와 겨뤄 보겠단 말이지. 정 그렇게 나온다면 맛 좀 보여주지."

불신은 온갖 힘을 모아 불덩이를 입에 물더니 아까보다 더 강한 열기를 가루라를 향해 토해냈다. 화가 난 가루라도 날아오는 불길을 맞받아 입으로부터 불줄기를 토해냈다. 해가 넘어가 날은 이미 어두울 때가 지났으나, 세상은 두 신(神)이 내뿜는 불꽃으로 대명천지같이 밝았다. 세상을 양분하는 어둠신이었지만 이때만큼은 감히 두 신 앞에 접근할 엄두를 내지 못하고 멀찍이서 구경만 하고 있을 뿐이었다.

불을 토해내는 싸움은 언제까지라도 끝날 것 같지 않았다.

천상의 신들이 다시 모여 의논했다.

"불신의 노여움이 시들 것 같지 않군."

"저러다간 불법수호오부중께서 지쳐 쓰러질는지도 몰라."

"이봐, 우신(雨神). 그대의 힘이 필요할 것 같네. 불신의 몸에 다가가 소나기 몇 방울 떨어뜨려 봐. 금방 효과가 날 터이니……."

여러 제신들이 웅성거리다가 최종적으로 우신(雨神)의 힘을 빌리는 것이 가장 좋을 것이라는 결론을 얻었다.

우신은 여러 제신과 함께 데칸 고원 하늘 위로 날아갔다.

불신과 가루라가 치열한 불 뿜기 경쟁을 계속하고 있었으나 가루라의 불꽃이 점점 열기를 잃어가고 있었다.

이때 우신이 구름을 모아 와서 소나기를 만들어 불신의 머리 위에 떨어뜨렸다.

"앗, 차가워!"

불신이 비명을 질렀다.

"너희들이 서로 짜고 나를 죽이려 드는구나."

불신이 제신들을 향해 으르렁거렸다.

"굳이 죽이거나 하려는 게 아냐. 세상의 질서를 바로잡으려는 것뿐이지."

제신들이 일제히 불신을 향해 말했다.

우신은 계속해서 소나기를 뿌렸다. 이번에는 소나기에 맞은 불신의 세력이 점점 약해져 갔다. 얼마간의 시간이 지나자 불신은 검은 연기만 남긴 채 분화구 깊숙이로 몸을 숨겨 버렸다.

"이제 불신은 세상에 다시 나오겠단 생각은 못하겠지."

제석천이 제신들을 돌아보며 말했다.

"그가 할 일이 무엇인지 깨달았으면 그렇겠지요. 그러나 그의 심중을 어떻게 알 수가 있어야지……."

옆에서 범천왕이 말을 받았다.

"수고했네. 오부중, 일이 끝난 것 같으니 수미산으로 돌아가세."

"구리가라부동명왕이 가루라에게 권했다.

"먼저들 가시게, 난 숨 좀 돌리고 갈 테니."

가루라가 크게 심호흡을 하였다. 제신들이 떠나자마자 서동랑이 가루마들을 데리고 나타났다.

"불법수호오부중님 위력이 그렇게 대단한 줄 미처 몰랐는데요."

서동랑이 가루라를 찬양하였다.

"우신이 도왔기에 망정이지 조금만 더 시간을 끌었더라면 큰일날 뻔했지. 그보다도 스님은 무사한가?"

"덕분에 모두들……."

서동랑이 고개 숙여 감사함을 표시하였다.

"나는 곧 수미산으로 돌아가야 해. 도와줬으니 그 대가로 퉁소나 한번 멋지게 불어줘."

가루라가 서동랑에게 퉁소 한 곡을 청했다.

서동랑은 눈을 지긋이 감고 '영산회상곡'을 불었다. '데칸' 고원 산 꼭대기에서 부르는 서동랑의 퉁소 소리는 산줄기를 타고 멀리 멀리까지 퍼져나갔다. 그 노랫소리는 이제까지 고해의 바다에서 헤어나지 못하고 허우적거리는 결핍된 사람들의 가슴 속으로 파고들어 듣는 이로 하여금 삶의 의욕과 생에 대한 고귀함, 그리고 마음 속에 평안을 안겨다 주었다.

서동랑이 노래를 끝내고 눈을 떴을 때 가루라는 금빛 날개를 저으며 유유히 하늘 저편으로 날아가고 있었다.

어느 틈엔가 혜초스님과 죽지랑, 기파랑, 사라양도 서동랑의 곁에 와 날아가는 가루라에게 손을 흔들고 있었다.

"마을 사람들은 마녀 쟌다마나와 마왕 고가리가의 꾐에 빠져 큰 죄를 지었노라고 백 번이고 후회했습니다. 앞으로 결핍된 사람들을 위해 일생을 바치며 살겠노라 하였으니, 안심하고 길을 떠나도 될 것입니다."

사라양이 일행에게 말했다.

"하마터면 아무런 가치도 없이 불신의 제물이 될 뻔하였구나! 어려운 난관을 극복할 때마다 한 가지씩 앎을 터득하게 되다니 사람이란 진정 어리석은 존재인가보다."

혜초스님은 멀리 이교도의 마을 쪽을 바라보았다.

"가시지요. 녹야원이 멀지 않은 것 같습니다."

서동랑이 앞장을 서서 산을 내려갔다. 내려가는 길은 올라올 때보다 훨씬 힘이 덜 들었다. 산 아래 멀리에는 스님 일행을 반갑게 맞이하려는 듯, 푸른 숲과 푸른 풀밭이 아름답게 펼쳐져 있었다.

탈해(脫解)

천왕봉 위를 맴돌던 두 마리 청학은 마침 불어오는 역풍을 타고 하늘 높이 치솟아올랐다.

"이보세, 아래를 보세. 저것이 우리가 사는 곳. 비좁다는 생각이 들지 않나. 무릇 인간이란 세상의 넓음을 알아야 자신의 폭이 좁다는 것을 깨닫게 되는 법이네."

청학도사는 눈 아래 점점이 펼쳐져 있는 광경을 내려다보며 감흥에 젖어 있었다.

"놀랍군요. 천계(天界)에 오른 듯 싶습니다. 그런데 천축국으로 가려면 개운포만한 곳이 없을 터인데, 어디로 가려 하십니까?"

선화공주도 흥분을 가라앉히지 못한 채 청학도사에게 물었다.

"저 멀리 앞을 보시게나. 오색(五色) 구름과 광채가 보이는 곳, 가야국(伽倻國)일세. 동쪽은 황산강(黃山江), 서남쪽은 대해(大海)에 면해 있고 서북쪽은 지금 우리가 날아오른 방장산, 오른쪽으로 가야산을 경계로 계림과 맞붙어 있다네. 일찍이 천축국과는 인연이 깊은 나라이지. 신비의 나라이기도 하구. 우리가 가려고 하는 미지에 대한 모든 열쇠를 쥐고 있는 곳이라 생각하네."

두 사람이 이야기하고 있는 동안 청학(靑鶴)은 유유히 방장산으로 부터 가야산을 돌아 곧바로 서남쪽을 향해 날아갔다.

그런데 선화공주와 청학도사가 오색 구름 가까이에 다다랐을 무렵 구름 속에서 머리통이 유난히 큰 한 마리 까마귀가 나오더니 부지런히 동북쪽으로 날아갔다.

"괴상하게 생긴 까마귀로구먼. 그런데 보통 까마귀는 이렇게 높은 하늘에까지는 날아오르지 않는 법인데, 어쩐 일인가? 저 놈을 잡아 한 번 물어봐야겠다."

청학도사는 방향을 돌려 까마귀를 쫓았다. 그리고 소매에서 실오라기를 풀어 까마귀를 향해 던졌다. 실오라기는 그물이 되어 날아가는 까마귀를 덮쳤다. 그러나 그물에 잡힌 까마귀는 곧 뱁새로 변하여 그물을 뚫고 산 아래로 도망쳤다. 청학도사는 학의 등에서 내려 비둘기가 되어 뱁새의 뒤를 쫓았다.

"이봐, 해치려는 게 아냐. 가야국 소식이 어떤가 알아보려는 것뿐이지."

그러나 뱁새는 갑자기 매로 변하여 비둘기를 앞발로 후려쳤다.

"앗, 못된 놈의 까마귀!"

청학도사는 날카로운 매의 발톱을 피했다. 그리고 곧 독수리로 변하여 매를 움켜잡으려 했다. 매는 쫓기어 황매산 기슭에 내려앉더니 즉시 본 모양으로 변하였다. 청학도사도 본래의 모양으로 돌아왔다.

"뭐야! 버릇없이 남 가는 길을 방해하는 자가."

상대방이 신경질적으로 소릴 질렀다.

"아니, 나보다 더 못생긴 녀석이 있다니……!"

상대방의 변한 모습을 보자 청학도사는 깜짝 놀랐다.

사람으로 변한 까마귀는 석 자 정도의 키에 머리통 둘레만 한 자가량 되었으며, 아이인지 어른인지 알 수 없는 주름투성이에 새까맣게 주근깨가 덮인 꾀죄죄한 얼굴을 한 험상궂은 사나이였다.

"미안하게 생각하이. 황급히 날아가기에 사연이나 묻고자 따라온 것뿐, 별 다른 뜻은 없네."

"네 일이나 걱정해. 난 바쁜 몸이야."

상대방은 안하무인격으로 청학도사를 꾸짖고는 자리를 뜨려 하였다.

"잠깐, 가락국은 평안한가?"

청학도사가 상대방의 마음을 누그러뜨리려 하였다.

"에잇, 멍충이 늙은이, 바쁘다는데……!"

상대방은 말이 떨어지자마자 소매에서 쌍절봉을 꺼내어 청학도사의 머리통을 후려침과 동시에 다섯 개의 별진 표창을 한꺼번에 날렸다. 실로 일순간에 일어난 일이었다. 그러나 청학도사는 몸을 옆으로 피하며 오른손으로 쌍절봉을 낚아채면서 왼손 손가락 사이와 입술로 날아오는 표창을 받아 넘겼다. 그리고 오히려 낚아챈 쌍절봉으로 상대방의 머리통을 후려쳤다. 그러자 도저히 무예로서 당해낼 수 없음을 안 상대방은 한 마리 잠자리가 되어 하늘로 날아올랐다. 청학도사는 곧 제비가 되어 잠자리를 물어 내렸다.

"뭣 때문에 자꾸 괴롭히는 거냐?"

상대방이 발악하였다.

"싸우고 싶지는 않다. 사실을 말하여라. 황급히 가야국을 빠져나가는 걸 보면, 분명 나쁜 짓을 하고 도망치는 게 틀림없어. 꽁꽁 묶어 가야국 병사들에게 넘기겠다."

청학도사도 단호히 소리쳤다.

상대방은 조금도 굽힘이 없이 꼿꼿이 서서 말했다.,

"용화산(龍華山) 사자사(師子寺)의 지명법사(知命法師)! 그대가 방장산(方丈山) 천왕봉에 숨어 들었단 말은 익히 알고 있었다. 세상에 나왔으면 조용히 관망이나 할 일이지 무엇 때문에 남의 일에 참견이냐!"

"아니, 네가 나를 어찌 아는가?"

청학도사가 놀라서 물었다.

"도인(道人)의 세계는 같은 그릇의 물인 듯 맑은 것. 불선(佛仙)이 혼합되니 또 다른 경지의 도술이 나타나는구면. 오늘은 내가 한수 졌네. 그러나 도술이란 며칠 사이에도 눈에 띄게 달라진다고 했으니 앞으로 내 결코 오늘의 분을 갚고 말겠다."

상대방의 눈에서는 울분으로 인해 광채가 펄펄 튀었다.

"도대체 네 놈의 정체가 뭐냐?"

이번에는 청학도사가 소리쳤다.

"통성명을 하고 싶단 말인가? 으하하하, 알고 싶다면 말해 주지. 이 몸은 완하국(琓夏國) 함달왕(含達王)의 왕자 탈해(脫解). 수로(首露)의 자리를 빼앗아 가야국을 다스리려 왔었지. 그러나 수로와 재간을 겨룬 결과 내가 지고 말았어. 그 또한 하늘에서 내려온 천자가 아닌가. 또다시 기회를 노리려고 무근도(無根島)에 숨어 들었지. 그랬더니 내 속셈을 눈치챈 수로가 수군(水軍) 오백을 보내 섬을 포위하고 불화살을 쏘아대지 않았겠나. 갈대숲은 삽시간에 불바다로 변해 버렸지. 그래서 까마귀가 되어 허둥지둥 도망치던 참일세."

탈해가 눈 하나 깜짝하지 않고 오히려 분하다는 듯 넋두리를 늘어놓았다.

"남의 나라를 함부로 빼앗으려 들다니, 간교한 친구로군."

청학도사가 잘난 체 떠들어대는 상대를 꼬집었다.

"천만에, 나도 그와 같은 알(卵) 태생, 한통속이지. 나 역시 왕이 될 계시를 받고 태어난 몸일세. 그리고 꼭 왕이 되라는 법은 없지 않은가. 세상 사람 모두가 왕이 될 자격을 갖췄지. 어찌 보면 그와의 대결은 숙명적일세. 같은 시대에 두 귀인이 태어난 것이 불행일 뿐. 지명(知命), 그대도 욕심을 부려 보게. 혹시 십여 호 정도 다스릴 기회가 올지도 모르지……."

탈해는 오히려 청학도사를 비웃으며 자신을 두둔하고 나섰다.

"그 나라는 지금 한 임금 아래 평화롭게 살아 가고 있질 않은가?"

"그래서 가야국은 포기했네. 적당한 곳을 물색해 보아야지. 자, 이쯤 얘기했으면 되었는가? 또다시 괴롭게 굴면 이젠 사생결단 달려들테니 가는 길 막지 말게."

탈해가 청학도사를 쏘아보며 말했다.

"완화국이란 어떤 나라인가요? 혹시 천축국 가는 길목에 있는 나라는 아닌가요?"

이때 선화공주가 곁에서 두 사람의 이야기를 듣다가 탈해 앞으로 나서며 물었다.

"흠, 이건 또 웬 처자인가? 볼품없는 위인이 색시 하나는 그럴듯하게 얻었구먼."

탈해는 선화공주의 아래위를 훑어보더니 멋쩍은 듯 말을 이었다.

"완화국이라면 일본국 남쪽 삼천 리 밖에 있지. 천축국과는 관계가 없지만 가끔씩 그곳을 가던 배가 표류해 머물기는 하는 곳일세."

"우린 지금 천축국을 향해 가고 있는 중입니다. 혹시 항해에 도움이 될 만한 것이 있다면 알려주십시오."

선화공주가 탈해 앞으로 다가섰다.

"천축국을 가는 길이라구? 왜? 무엇 때문에?"

"만날 사람이 있어요."

선화공주가 간곡히 말했다.

"만날 사람이라. 부처는 아니구? 수수께끼 같은 말이라서 알아들을 수가 없구먼. 그런 황당무계(荒唐無稽)한 얘길랑 절간에 가서 부처님께나 하게."

"농(弄)으로 하는 말이 아니에요. 전 꼭 그곳에 가야 합니다."

선화공주가 정색을 하며 말하자 탈해는 딴청을 피웠다.

"나하고는 상관없는 얘기, 난 지금 왕이 되는 것이 시급해. 가야국 수로왕의 왕비가 천축국 사람이니 그곳에 가서 물어 보게나. 그보담두 어떤가, 내가 곧 왕이 될텐데 내 색시가 되는 것이. 그대 같은 미인이 저런 늙은이하고는 격에 맞아 보이지가 않아……."

탈해는 제멋대로 지껄이더니 까마귀가 되어 가야산 뒤쪽으로 날아가 버렸다.

"저 자가 설치는 꼴을 보니, 가야국도 한동안 시끄러웠겠군."

청학도사가 까마귀가 날아간 쪽을 바라보며 혀를 끌끌 찼다.

탈해와 헤어진 두 사람은 산을 내려와 가락국 경내로 들어섰다.

가야국

서(西)로는 백제, 동(東)으로는 계림을 경계로 하고 남(南)은 대해(大海)에 면한 가야국은 하늘에서 내려온 여섯 개의 알에서 깨어난 여섯 임금이 여섯 나라-금관(金官), 대(大), 소(少), 고령(古寧), 성산(星山), 아라(阿羅)-를 다스리고 있었는데 그중 금관가야가 가장 크고 강했으며 수로(首露) 임금이 으뜸 왕이었다.

"어떻게 해서든 왕비님을 만나 천축국 가는 빌미를 만들어야 할 텐데요."

선화공주가 말문을 열었다.

"글쎄, 나도 지금 그 생각을 하고 있던 중이라네. 뭔가 왕비님 마음에 들 만한 일이 있었으면 좋으련만……."

청학도사도 묵묵히 생각에 잠겨 있었다.

"왕비님이 천축국 사람이란 건 틀림없는 말인가요?"

"듣기로는 틀림이 없는 것 같더군. 중천축 아유타국(阿踰陀國)의 공주, 나이는 십육 세, 성씨는 허(許), 이름은 황옥(黃玉), 수로 임금의 총애를 한몸에 받고 있다더군."

"행복한 여인이로군요. 그 나이에 왕비라니."

선화공주는 같은 또래인 자신의 처지를 생각하고 있었다.

'언제 만날 것인가? 언제 이룰 것인가? 아직 아무것도 시작하지 않고 있잖은가?'

선화공주는 갑자기 자신이 초라해지기 시작했다.

두 사람은 가야국의 서울인 금관(金官)을 향해 걸어갔다.

훤칠한 키에 탄력 넘치는 몸매를 가진 선화공주와 땅바닥에 닿을 듯 작달막한 청학도사의 걷는 모습은 멀리서 보면 어머니가 어린 아이를 데리고 다니는 것과 같은 모습으로 보였다.

'이상하도다. 이상하도다.'

뒷짐을 짚고 앞서 가면서 청학도사가 연신 중얼거렸다.

"이보시게 선화, 이곳을 오는 동안 무슨 이상한 느낌을 갖지 못했는가?"

청학도사가 선화공주를 올려다보며 말했다.

선화공주의 눈동자가 반짝거렸다.

"사람들의 모습이 보이질 않는군요. 벌써 여러 마을을 지났는데…

…. 닭울음 소리도 개 짖는 소리도 들리지 않구요. 어쩐지 써늘하고 으스스한 느낌이 듭니다."

청학도사가 머리를 끄덕이었다.

"밖에서 듣기로는 영화롭고 화평스러운 나라로 들리던데. 무슨 연고가 있는 것인가?"

두 사람은 금관의 도성이 보이는 곳까지 다다랐다.

그러나 두 사람은 성 안으로 들어서기도 전에 갑자기 여기저기서 쏟아져 나온 수십 명의 가락 병사들에 의해 꽁꽁 묶이고 말았다.

병사들은 전후 사정을 물을 것도 없이 두 사람을 붙들어 성 안으로 끌고 들어갔다.

성 안의 넓은 뜰에는 이미 많은 사람들이 끌려와 있었는데 모두들 포박이 되어 있었으며 한편에는 병사들에 의해 처형을 당한 시신들도 눈에 띄었다.

"수상한 자는 목을 베라는 임금님의 어명이 내리셨다. 결백을 주장할 자신이 있는 자가 있으면 앞으로 나서라."

몇몇 사람이 나서서 자기는 아무 죄도 없노라고 힘주어 말하였다. 그러나 그들의 주장은 묵살되었고 곧 형장으로 끌려갔다.

"난감한 일이로군. 도술을 써서 망나니의 칼을 무디게 할 수는 있지만 결국 우리를 잡귀로 단정하고 죽이려 들 터이니, 가락국 병사 전부와 전쟁을 벌일 수는 없지, 그렇다고 목을 들이대어 황천객이 될 수는 없고……."

청학도사는 묘안을 찾느라 고심하는 표정이었다.

"명색이 남자로 태어나 이런 일 하나 해결 못한다면야 장차 무슨 큰 일을 하겠어요."

선화공주가 청학도사를 향해 눈을 흘겼다.

"괜한 사람들을 잡아다가 이게 무슨 짓이에요. 그대들이 악귀가 아닌 바에야 죄 없는 백성들을 이렇게 마구 죽이진 못할 거예요."

선화공주가 병사들 앞으로 나서며 소리쳤다.

"이건 또 뭣하는 계집애냐? 나라가 이 모양 이 꼴인데 우리가 이렇게 하지 않으면 안 될 사정조차 모른다면, 응당 참수감일 수밖에 ……."

우두머리 병사가 눈을 부라렸다.

"도(道) 닦느라 방장산 속에서 지냈으니 세상 일을 어찌 알 수 있겠어요. 혹시 우리가 도움이 될는지도 모르니 이곳에 무슨 일이 벌어지고 있는지 전후사나 자세히 얘기해 보세요."

선화공주가 우두머리 병사에게 다그쳤다.

"어리석은 소리 마라. 도술이라면 어느 누구에게 뒤떨어지지 않는 우리 대왕님께서도 당해내지 못한 일을 네까짓 어린 계집애가 어떻게 감당을 하겠다는거냐, 수상한 자들을 하나하나 목베다 보면 언젠가는 진짜도 목이 달아나겠지. 자, 이제 네 차례가 되었으니 이리 와 목을 들이대어라. 억울하다는 생각이 들거든 그것은 염라대왕 전에 가서 따지도록 하고."

병사들이 선화공주와 청학도사를 끌고 형장을 향해 걸어갔다.

"이런 무모한 짓으로는 독안에 든 쥐도 잡지 못하겠어요. 보세요, 저기 구경꾼 틈에 진짜 수상한 자가 숨어 있는데 그런 것도 모르고 엉뚱한 사람만 잡아가다니 장차 그 죄를 어찌 감당하겠어요."

"무엇이 수상한 자가 나타났다구?"

병사들이 구경꾼들을 향해 일제히 눈을 돌렸다. 그러나 그곳에 특별히 수상하게 보이는 사람은 없었다.

"우리 눈에는 보이지 않는 걸. 아무튼 좋다, 손해 볼 것도 없으니 풀어 주지. 어디 숨어 있는지 빨리 찾아내어라. 만약 거짓말인 것이 드러나면 너희 둘은 까마귀 밥이 될 줄 알아라."

병사들은 두 사람을 묶었던 줄을 풀어 주었다.

선화공주는 원두봉을 꺼내 깨끗이 닦았다. 그리고 구경꾼들을 하나하나 비춰 보았다. 그러나 구경꾼 가운데 별로 수상히 보이는 사람은 없었다. 그런데 사람들 주위로 머리통이 유난히 큰 강아지 한 마리가 쫄랑거리며 뛰어다니고 있었다.

"요놈의 강아지!"

선화공주가 원두봉으로 강아지의 엉덩이를 후려갈겼다.

"깨갱!"

엉덩이를 얻어맞은 강아지는 금방 탈해(脫解)로 변하였다.

"도와줄까 해서 왔는데 이렇게 대하기냐!"

탈해가 선화공주를 모진 눈으로 쏘아보았다.

"아니, 저 자는 우리 임금님과 도술을 겨뤘던 탈해란 자가 아니냐? 무근도(無根道)에서 불화살에 맞아 재가 된 줄 알았는데 어떻게 살아서 불쑥 나타났단 말이냐?"

병사들은 칼과 활을 들고 일제히 탈해에게 달려들었다. 그러나 탈해는 어지러이 날아오는 병사들의 화살을 피해 한 마리 참새가 되어 성 밖으로 날아가 버렸다.

"저 자가 왜 또 가락국으로 날아들었을까. 무슨 꿍꿍이 속이 있음이 분명해."

청학도사가 못마땅하다는 듯 탈해가 사라진 성 밖을 바라보았다.

"보기보단 신통력이 있군. 지금은 사람이 필요한 때이니 왕비님께 천거하겠네. 종전의 실례를 용서하게."

우두머리 병사는 아까와는 딴판으로 두 사람에게 겸손하였다.

"따라들 오시게."

우두머리 병사는 두 사람을 데리고 궁 안으로 들어갔다.

궁(宮)은 크고 전아(典雅)하였다. 그러나 어딘지 모르게 섬뜩한 기분이 드는 것이 마치 흉가에 들어선 느낌이었다.

두 사람은 곧 우두머리 병사에 의해 왕비 앞으로 안내되었다.

가락국의 근심

왕비는 이미 듣던 대로 가무잡잡한 얼굴에 유난히 오뚝한 코와 빛나는 눈동자를 가진 이국(異國)의 여인이었다. 그러나 맑은 눈동자에는 방울방울 눈물이 맺혀 있었다.

"그대들을 믿을 수 있었으면 좋으련만."

왕비는 깊이 탄식하였다.

"하늘에 맹세코 의심스런 일은 없을 것입니다. 저희는 피치 못할 일로 천축국으로 떠나려는 사람들이온데 왕비님께서 천축국 분이시란 걸 알고 조언(助言)을 듣고자 찾아오던 길이었습니다. 나라에 근심이 있는 모양이온데 저희에게 말씀을 해주신다면 미력하나마 나누어 갖도록 하겠습니다."

선화공주가 왕비에게 공손히 자신의 뜻을 말하였다. 선화공주에게서 천축국이란 소리를 들은 왕비는 적이 안심이 되는 듯하였다.

"그대들도 아다시피 나는 본디 이 나라 사람이 아니오. 그러나 천운(天運)을 받아 이 나라 왕비가 되었지요."

왕비는 두눈에 흐르는 눈물을 닦았다.

"그런데 내가 시집온 다음부터 이 나라에는 괴이한 일들이 계속 일어나고 있답니다. 완화국 함달왕의 왕자라고 자칭하는 자가 나타나 임금님의 용상을 내어놓으라고 어르더니, 이번에는 밤마다 꼬리가 아홉 달린 흰 여우가 출몰하여 무덤을 파헤치고 시신을 꺼내 먹는데 워낙 요사스러워서 아무도 그 행패를 막지 못하고 있습니다. 또 한편에서는 나라 안에 강과 하천의 다리가 밤 사이에 하나씩 하나씩 없어져 내리는 이상한 일이 일어나고 있으나, 어찌나 감쪽같이 사라지는지 그 까닭과 이유를 전혀 알지 못하고 있는 형편입니다. 엎친 데 덮친 격으로 만어산(萬漁山)의 다섯 나찰녀(羅刹女)가 옥지(玉池)의 독룡(毒龍)과 내통하고 독기를 부리는데, 4년 동안이나 폭우를 내려 농사를 망쳐 놓고 선량한 사람들에게 오계(五戒)를 파괴하도록 부추겨 그들과 같은 악귀로 만들고자 하고 있습니다. 대왕께서는 온갖 방법을 다 동원하여 저들과 싸웠으나 결국 그들의 도술이나 요사스러움을 깨트리지 못하고 오히려 기(氣)를 빼앗기시어 지금 정신을 잃고 혼수상태에 빠져 누워 계십니다. 장차 이 일을 어찌해야 좋을는지……."

왕비의 눈에서는 하염없이 눈물이 흘러내렸다.

"그런 일이 있었었군요. 어쩐 일인지 소문에 듣던 가락국이 아니란 생각이 들었습니다."

청학도사가 침통한 표정을 지었다.

"이 모두가 이 몸의 부덕(不德)한 소치 때문입니다."

왕비는 고개를 떨어뜨리고 눈물을 계속 닦았다.

"희망을 잃지 마십시오. 부족한 저희들이오나 결단코 이 일을 해결하도록 최선을 다하겠습니다."

선화공주가 왕비를 위로하였다.

"그렇게 된다면야 얼마나 좋겠습니까? 도와만 주신다면 나도 그대들의 뜻대로 되도록 혼신의 힘을 다 기울여 돕겠습니다."

왕비가 자리에서 일어나 선화공주의 손을 잡았다.

104

"무고한 사람들이 해를 당하는 일이 없도록 병사들에게 말씀해 주십시오."

선화공주와 청학도사는 왕비께 걱정을 말도록 안심시키고 내전을 나왔다.

"우선 대왕님 병환이 중하다고 하시니 나는 그쪽을 맡겠네. 그대는 나머지 가운데 가장 쉬운 일 하나로 감당해 보도록 하게. 방장산 수련이 고되기는 하였지만 이럴 때 필요한 것이 아니겠나 악귀들과 싸우려면 부족한 점도 많을 것이니 절박한 상황일수록 머리를 써야 한다는 것을 잊지 말게. 생각컨데 세상 밖의 일은 이보다 더 어려울 것으로 생각되네."

청학도사가 선화공주에게 주의를 주었다. 선화공주는 고개를 끄덕여 알아들었음을 알리고 청학도사의 곁을 떠나 우두머리 병사를 찾아갔다.

도깨비들과 선화공주의 씨름

"강이나 시내에 놓인 다리가 하룻밤 사이에 없어진단 말이지요. 오늘 병사들을 시켜 으슥한 냇가에 다리 하나를 놓도록 해 보세요. 까닭이 무엇인지 지켜볼 테니."

선화공주가 우두머리 병사에게 말했다.

"소용없는 일일걸. 우리도 별별 방법을 다 써 봤지만 결과는 마찬가지였어."

우두머리 병사는 선화공주의 말을 시큰둥하게 받아들였다.

"글쎄 한번만 제 말대로 해봐 주세요. 보통 사람보다는 다른 눈이 있으니까요."

선화공주가 재촉하자 우두머리 병사는 귀찮다는 듯 투덜대더니, 병사들을 데리고 숲이 우거진 강가로 가서 나무다리 하나를 만들어 놓았다.

"이제 우리가 할 일은?"

우두머리 병사가 선화공주에게 물었다.

"돌아가들 쉬세요. 저 혼자 해결할 테니."

"위험할텐데, 그러다가 잘못 처녀 귀신이라도 되면 또 우리에게 해코지하려 들 게 아닌가?"

"걱정 말아요. 귀신이 되더라도 천축국 귀신이 될 테니까."

선화공주가 자신 있게 말하자 병사들은 하릴없이 성 안으로 들어가 버렸다.

선화공주는 다리가 잘 보이는 숲속에 몸을 숨기고 밤이 으슥하기를 기다렸다.

밤이 깊어지자 시냇물은 더욱 큰 소리를 내며 흘렀고, 달 없는 하늘에는 몇 개의 별들만이 외롭게 반짝거렸다.

북두칠성의 꼭지가 머리 위에 머문 삼경쯤 되었을 때, 갑자기 다리 주변에 불덩이가 날아왔다.

하나, 둘, 셋, 넷…… 불덩이의 수효는 차츰 많아져 갔다. 선화공주는 원두봉을 꺼내 들고 불덩이가 맴돌고 있는 다리 쪽으로 가까이 다가갔다. 불덩이들은 곧 여러 형상의 도깨비들로 변하였다.

선화공주는 신경을 곤두세우고 극초음(極超音)으로 들려오는 그들의 소리에 귀를 기울였다.

"여기 다리가 놓여 있군. 빨리 가져다가 귀교(鬼橋)를 놓세. 비형랑이 좋아할거야."

불덩이들은 순식간에 다리를 들고 사라져 버렸다.

"음, 이제 보니 다리를 뜯어가는 놈들이 바로 도깨비들이었구나. 그런데 도깨비들이 말한 비형랑이란 어떤 자일까? 일찍이 들어본 기억도 있는 이름 같은데……."

선화공주는 곰곰이 생각해 보았으나 달리 기억에 떠오르지 않았다.

날이 밝자 선화공주는 우두머리 병사에게 다리 하나를 더 만들어 줄 것을 간청하였다.

"소용없는 일이라고 하지 않았나. 공연히 병사들을 혹사시킬 뿐이지. 이젠 지쳐 버렸으니 그만두게."

우두머리 병사가 거절하였다.

"실마리를 찾았어요. 오늘 밤이 고비이니 한 번만 더 제 부탁을 들어 주세요."

선화공주가 간곡히 부탁하자 우두머리 병사는 마지못해 허락하고 어제의 그 자리에다 나무다리 하나를 또 만들어 주었다. 다리를 만들어 놓고 병사들이 가버리자 선화공주는 다시 수풀에 몸을 숨기고 밤이 되기를 기다렸다. 이윽고 밤이 깊어 자정이 되자 어제와 마찬가지로 불덩이들이 하나 둘 나타나 다리 주변을 맴돌기 시작했다.

하나, 둘, 셋…… 열하나, 열둘.

열두 마리의 도깨비들이 다리 주위를 돌면서 제가끔 지껄였다.

귀교를 놓세
귀교를 놓세
황천 냇가에 귀교를 놓세
독각왕 비형랑 건너가게 황천 냇가에 귀교를 놓세.

도깨비들은 다리를 둘러메고 사라지려 하였다.

"꼼짝 마라, 도깨비 놈들. 남이 애써 만든 다리를 소리도 없이 훔쳐 가다니, 염치없는 놈들이 아니냐. 모조리 잡아 바늘에 꿰어 목걸이를 만들겠다."

선화공주가 덤불을 헤치고 뛰어나와 큰 소리로 외쳤다. 도깨비들은 갑자기 나타나 소리치는 선화공주를 보자 모두 놀라서 다리 밑으로 숨어 버렸다. 그러나 그들은 상대가 나약한 여자 한 사람이라는 것을 알자 하나 둘 다리 밑에서 모습을 나타내었다. 다리 밑에서 나온 도깨비들은 모두 열둘이었는데 각각의 모양이 서로 달랐다.

빨강, 파랑, 노랑, 검정, 초록 색깔의 도깨비는 물론 자주, 황갈색인 놈도 있었으며 머리에 뿔이 하나 또는 둘, 셋인 놈도 있었고 다리도 한 짝으로 독각독각 걷는 놈 두 짝 또는 세 짝인 놈도 있었다. 손에는 하나같이 커다란 몽둥이를 들고 있었는데 방망이에는 삐쭉삐쭉 큰 가시가 솟아나와 있었다.

도깨비들은 일시에 달려와 선화공주를 둘러쌌다.

"이제 보니 귀엽게 생긴 여자 아이로구나. 그런데 뭐라고 그랬니? 우릴 꿰어 목걸일 만들겠다고. 해해해해, 해볼 테면 해보라지."

도깨비들은 괴상스런 웃음을 웃으며 선화공주의 주위를 빙빙 돌았다.

"비겁하게 정신만 빼지 말고 정정당당히 덤벼라."

선화공주는 몸을 날려 도깨비들의 머리를 뛰어넘어 둘러싼 테두리를 벗어나왔다.

"앙큼한 계집애로구나. 우리 도깨비들을 우습게 여기다니."

도깨비들이 화가 나서 방망이를 치켜들고 선화공주에게 달려들었다.

"잠깐, 아무리 도깨비들이지만 여자 한 사람한테 이렇게 여럿이 달려드는 법이 어디 있니. 도깨비답게 한 놈씩 덤벼라."

선화공주가 도깨비들에게 소리쳤다.

"홍, 당돌한 계집애로구나. 좋다, 하나씩 덤비겠다. 그런데 무엇으로 상대해 줄까?"

"너희들 좋을 대로."

도깨비들이 한 쪽으로 몰려갔다. 그리고 저희들끼리 수군거리더니 얼마 후에 깡마른 외짝뿔 파랑 도깨비가 앞으로 걸어 나왔다.

"씨름으로 한판 겨루자. 만약 내가 진다면 그 즉시 사라져 버리겠다."

외짝뿔 파랑 도깨비가 어깨에 힘을 주며 으스대었다.

"씨름이라면 우리 모두가 자신이 있지."

도깨비들은 제가끔 손뼉을 치며 좋아하였다.

선화공주는 팔을 걷어붙이고 파랑 도깨비에게 달려들었다.

선화공주와 외짝뿔 파랑 도깨비는 서로를 붙들고 힘겨루기를 시작했다.

외짝뿔 파랑 도깨비는 의외로 몸이 가벼웠다.

"에잇!"

선화공주는 기합 소리와 함께 들배지기로 놈을 들어 땅바닥에 메쳤다. 그러나 놈은 땅바닥에 떨어지는 순간 왼쪽 발로 균형을 잡아 오뚝 서 버렸다. 선화공주는 기회를 주지 않고 앞무릎을 치면서 옆으로 잡아챘다. 놈은 균형을 잡지 못하고 땅바닥에 나가떨어졌다. 외짝뿔 파랑 도깨비는 땅에 몸이 닿자마자 퐁, 소리를 내고 사라져 버렸다.

"모자라는 놈, 이까짓 계집애한테 힘 한번 못 써보고 자빠지다니……."

이번에는 아까보다 몸집이 큰 황갈색 독각다리 도깨비가 앞으로 나섰다.

선화공주는 황갈색 독각다리 도깨비와 다시 맞붙었다. 놈은 먼저 싸운 외짝뿔 파랑 도깨비보다 몸집이 컸으므로 배지기로 넘기기에는 힘든 상대였다. 놈은 선화공주의 허리를 붙잡자마자 외다리로 선화공주의 오른쪽 다리를 후려치면서 힘으로 밀어붙였다. 그러나 선화공주는 잽싸게 발을 빼면서 오히려 안다리후리기로 놈의 한 발을 걸고 가슴으로 밀어 땅바닥에 쓰러뜨렸다. 도깨비는 왼쪽으로 쓰러뜨려야 넘어졌다가 다시 일어서지 못한다는 말을 어렸을 때 사람들에게 들었으므로 될 수 있는 대로 왼쪽으로 쓰러뜨리려고 애썼다.

풍! 독각다리 황갈색 도깨비는 역시 넘어지자마자 사라져 버렸다. 독각다리 황갈색 도깨비가 사라지자 이번에는 외눈박이 자주색 도깨비가 달려들었다. 놈은 그리 크지 않은 몸매였으나 단단한 근육으로 뭉쳐져 있었고, 몸놀림이 날렵했다. 선화공주와 외눈박이 자주색 도깨비는 서로 상대방의 약점을 노리며 씨름 기술을 주고받았으나 상대방을 쓰러뜨리지는 못하였다.

"이놈에게는 남이 쉽게 쓰지 않는 기술을 시도해야겠구나."

선화공주는 기회를 노리며 상대에게 슬쩍 몸을 맡겼다. 이때다 싶은 자주색 외눈 도깨비는 선화공주 쪽으로 몸을 바싹 붙이면서 안아돌리기를 시도하려 하였다. 선화공주는 순간적으로 몸을 받아 바싹 위로 들어올렸다. 그리고 곧바로 방아를 찧듯 아래로 내려뜨렸다. 놈이 무릎이 꺾이며 꿇어앉자 두 손을 합세하여 오금을 끌어당기는 콩꺾기 기술을 시도했다. 놈은 재빠르게 펼치는 선화공주의 씨름 기술에 균형을 잃고 그대로 뒤로 밀리며 뒤뚱거렸다. 선화공주는 택견에서 수도로 상대방을 공격하듯 놈을 향해 손바닥을 펴서 앞으로 쭉 뻗었다. 뒤뚱거리던 놈이 강하게 뻗어오는 수도에 밀려 뒤로 발랑 나자빠져 버렸다. 놈은 땅에 몸이 닿자 역시 픽, 하고는 사라져 버렸다.

외눈박이 자주색 도깨비가 사라져 버리자 나머지 도깨비들은 서로 모여 웅성거렸다.

그러나 곧 뿔이 둘에다가 귀밑에 털이 수부룩한 초록색 도깨비가 뚜벅뚜벅 걸어나왔다. 놈은 먼젓번 도깨비의 곱절쯤 되는 큰 도깨비였다.

"흠, 제법이로군. 그러나 애숭이 도깨비와 나와는 비교 안될걸. 콩가루를 만들어 주겠다."

놈은 자기의 큰 몸집을 이용하여 선화공주를 단박에 제압하려 하였다.

놈은 보기와 같이 힘이 장사였다. 자세를 잡자마자 번쩍하고 선화공주를 잡아 들어올리더니 공중제비로 빙빙 돌리기 시작했다. 그리고는 있는 힘을 다해 땅바닥 아래로 내려 던졌다.

"앗!"

선화공주는 땅바닥에 떨어져 빈대떡이 될 판이었다. 그러나 선화공주는 고양이가 나무에서 떨어질 때 몸을 사뿐히 내려 떨어지듯 몸을 재빨리 움직여 가볍게 땅에 발을 내려놓았다.

"쥐새끼같이 빠른 계집애로구나!"

초록색 도깨비는 약이 오를 대로 올라 씩씩거렸다. 화가 난 초록색 도깨비는 무서운 기세로 선화공주를 넘어뜨리려 달려왔다.

선화공주는 달려오는 초록색 도깨비가 가까이 오기를 기다렸다가 잡힐 듯 몸을 빼면서 덮치려는 놈의 힘을 역이용하여 팔을 잡아 뿌리쳤다. 그와 동시에 넘어지려는 왼발을 걸어 밀어쳤다. 초록색 도깨비는 중심을 잃고 그대로 모로 나가떨어졌다.

팡!

초록색 도깨비는 순식간에 눈앞에서 사라져 버렸다.

"꾸우엑!"

갑자기 천지가 진동할 듯한 고함소리가 들리더니 세눈박이 빨강 도깨비가 무리를 박차고 뛰어나왔다.

놈은 열두 척이나 돼 보이는 키에 근육으로 뭉쳐진 다리와 절구통 두 개를 합친 것 같은 어깨와 가슴 그리고 붉은 털이 온몸에 덮인 보기에도 무시무시한 뿔도깨비였다.

그러나 선화공주는 조금도 겁냄이 없이 달려오는 빨강 도깨비를 받아들였다.

"널 넘어뜨린 다음 꼼짝 못하게 하여 우리의 소굴로 데려가겠다. 생각에 따라서는 이 대왕 도깨비의 색시로 만들 수도 있지."

빨강 세눈박이 도깨비가 선화공주를 위에서 덮쳐 누르며 말했다.

"듣기 싫다. 세눈박이 못난 주제에 누굴 각시로 만들겠다는 거냐. 네 놈의 코를 납작하게 하여 다시는 도적질을 못하도록 버릇을 가르쳐 주겠다."

선화공주는 강하게 누르는 놈의 힘을 등으로 받아 버티며 발악하였다.

"어림 반푼어치도 없는 소리. 날 이길 수는 없지. 만약에 그렇게만 된다면 여기 남아 있는 자들을 모두 데리고 다시는 네 앞에 나타나지 않겠다. 하지만 오늘이야말로 네 인간생활의 끝일걸."

빨강 세눈박이 도깨비는 마치 태산이 누르듯 강한 힘으로 선화공주를 덮쳐 눌렀다. 선화공주는 있는 힘을 다해 두 발을 버티고 서서 놈의 체중을 지탱하고 있었으나 시간이 지날수록 다리의 힘이 빠지고 기력도 쇠퇴하여 갔다. 온몸은 땀으로 범벅이 되고 다리가 후들거려 비칠거렸다.

"으라차."

상대의 힘이 빠진 것을 알아차린 빨강 도깨비는 번쩍 하고 선화공주를 머리 위로 들어올렸다.

'아, 넘어지면 끝장인데……'

선화공주는 공중에 들려 있으면서도 정신을 잃지 않으려고 애썼다.

'이놈은 다른 놈과는 다른 걸. 첫번 시작한 일도 해결하지 못한데서야 무슨 염치로 다음 일을 해결해 보겠다고 나설 것인가.'

선화공주는 당장에 입을 화보다는 앞으로의 일이 걱정이었다.

"계집애가 집에서 바느질이나 할 것이지, 감히 도깨비와 겨루려 들다니 네 명을 네가 재촉했으니, 후회한들 소용 있겠나."

대왕 도깨비는 선화공주를 공중 높이 치켜든 다음 사정없이 땅바닥에 메치려 하였다.

그런데 이때 멀리서 새벽을 알리는 종소리가 들려왔다.

"뭐야, 벌써 날이 새는 건가?"

종소리에 놀란 세눈박이 대왕 도깨비는 스르르 힘이 무너지더니 치켜올렸던 선화공주를 힘없이 땅에 내려놓았다.

"날이 새니 할 수 없군. 오늘 자정에 다시 오겠다. 끝장을 내야지. 계집애와의 씨름이 이렇게 재미있는 줄 미처 몰랐는걸."

말을 마친 세눈박이 대왕 도깨비는 불덩이가 되어 다리 주변을 휙휙 돌더니 나머지 도깨비들을 데리고 동쪽 멀리 사라져 버렸다.

선화공주는 도깨비들이 사라진 뒤에도 한동안 정신을 잃고 있었다. 아침 안개를 뚫고 강렬한 햇살이 몸 속으로 파고들었을 때야 어렴풋이 정신이 되살아났다.

밤 사이에 일어난 일들이 꿈처럼 아득하였다.

"빨강 세눈박이 왕도깨비만 이기면 되겠는데……. 원두봉으로 머리통을 후려칠까? 아니야, 다리를 떼어가는 근원이 무엇인가를 알아보아야 해."

선화공주는 마음을 단단히 먹고 또다시 밤이 오기를 기다렸다.

하루해가 빠르게 지나가고 다시 자정이 돌아왔다. 사방이 어둠에 덮였을 무렵 불덩이들이 숲으로 날아들었고 곧 도깨비들로 변했다.

"오늘은 단판에 끝내야 돼. 시간을 끌다가 날이라도 새면 다리를 옮기지 못했다고 어떤 벌이 떨어질는지 몰라. 비형랑은 무서워."

도깨비들은 서로 마주보며 웅성거렸다.

"자, 다시 시작하자."

선화공주를 본 세눈박이 빨강 왕도깨비가 앞으로 다가왔다.

"좋을 대로. 각오는 돼 있겠지."

선화공주도 팔뚝을 걷어붙이고 앞으로 나섰다.

놈은 맞붙자마자 어제와 같이 덮누르기 공격을 가했다. 놈에 비해 몸집이 작은 선화공주는 놈의 가슴을 파고들어 뒤집기를 시도해 보려 하였으나 덮누르는 힘이 워낙 강했으므로 꼼짝할 수가 없었다.

"이놈에겐 힘과 기술이 먹혀들지 않겠군."

선화공주는 힘으로 해결하기 힘든 때에는 꾀를 써야 한다는 청학도사의 말을 생각해 내었다.

"세긴 세구나. 못 당하겠는걸. 이럴 때 비형랑이 나타나 도와만 준다면 단번에 해치울 수 있을텐데……."

선화공주는 은근히 놈의 의향을 떠보았다.

"뭐, 뭐라구? 비형랑이라고 그랬니? 도대체 네가 비형랑을 어찌 안단 말이냐?"

세눈박이 빨강 왕도깨비는 비형랑이란 말에 당황하였는지 몸의 균형을 잃고 뒤뚱거렸다.

"에잇!"

순간을 놓치지 않은 선화공주는 혼신의 힘을 다하여 덮눌렀던 어깨를 옆으로 빼면서 빙그르르 몸을 돌렸다. 비형랑이란 소리에 정신을 빼앗긴 세눈박이 빨강 도깨비는 갑작스런 상대방의 뒤집기 기술에 휘말려 발라당하고 선화공주의 어깨 아래 깔리고 말았다.

"아 아, 졌구나."

왕도깨비는 어쩔 수 없이 땅바닥에서 버둥거렸다.

"약속대로 꺼져 버려, 그리고 다시는 이곳에 나타나지 말아!"

선화공주가 호통을 쳤다.

"한번만 용서해줘. 다리를 갖고 가지 않으면 혼이 날텐데……."

세눈박이 빨강 왕도깨비가 풀이 죽은 소리로 애원하였다.

"도대체 너희를 혼낸다는 비형랑이란 자가 어떤 자냐?"

선화공주가 도깨비들에게 물었다.

"조금 전에 안다고 그랬으면서."

왕도깨비가 말했다.

"알게 뭐야, 비형랑인지 코형랑인지 너희들 말 속에서 들었을 뿐이야. 아무튼 내일 밤 이 자리에서 내가 만나잔다고 해라. 여기 있는 다리는 가지고 가도 좋으니……."

"고마워. 그렇게 전할게."

도깨비들은 불덩이가 되어 주위를 맴돌더니 삽시간에 다리를 들고 사라져 버렸다.

비형랑(鼻荊郎)

하루 해가 지고 또 자정이 돌아왔다. 선화공주는 도깨비를 혼내준

다는 비형랑이란 자가 어떤 자이며, 어떤 신통력을 가졌을까 몹시
궁금하였다. 다리가 놓였던 냇가의 수풀에 몸을 숨기고 있으려니,
커다란 불덩이 하나가 여러 개의 작은 불덩이들을 데리고 와서 주위
를 빙빙 돌았다. 그리고 얼마 후 큰 불덩이는 준수하게 생긴 소년으
로 변하였고, 작은 불덩이들은 어제의 도깨비들로 변하였다.

선화공주가 숲속에서 모습을 나타내었다.

"너희들에게 겁을 준 계집애가 이 애냐?"

비형랑이 선화공주를 보자 도깨비들에게 소리쳤다.

기가 죽은 도깨비들이 비형랑의 눈치를 살피며 고개를 끄덕이었
다.

"당돌한 계집애로군. 버릇을 가르쳐 주겠다."

비형랑이 채찍을 들고 앞으로 걸어 왔다.

"이제 보니 네가 도깨비들에게 다리를 도둑질시킨 나쁜 녀석이로
구나. 생긴 것은 반반한데 마음 속에는 도둑 심보가 들어앉았으니
내가 그 놈의 심보를 올바로 고쳐 주지."

선화공주도 원두봉을 들고 사나이 앞으로 나섰다.

비형랑의 얼굴에는 싸늘한 냉소가 감돌았다.

그는 채찍을 들고 서서히 선화공주의 주변을 돌았다.

획!

비형랑의 손에서 채찍이 날아왔다. 선화공주는 날아오는 채찍을
원두봉으로 막았다. 어느 틈엔가 두 사람은 한 덩어리가 되어 한치
의 양보도 없이 무예를 주고받았다. 도깨비들은 멀찍이서 두 사람의
싸움을 흥미로운 눈으로 바라보고 있었다.

희미한 달빛 아래 펼쳐지는 두 사람의 무예는 싸움이라기보다 정
다운 사람끼리 어르는 한마당의 춤이었다. 두 사람의 공방은 언제까
지나 그칠 것 같지 않았다. 그러나 차츰 차츰 선화공주가 밀리기 시

작했다. 방장산에서 청학도사에게 배운 갖가지 무예를 시도했으나,
비형랑은 신묘한 비법(秘法)으로 선화공주의 공격을 무력화시키면서
한발 한발 선화공주 앞으로 접근해 왔다.

"대단한 녀석이로구나!"

선화공주는 비형랑을 당해낼 수 없음을 깨닫고, 어떻게 해서든 그
의 공격권을 벗어나야겠다고 생각했다.

비형랑은 상대의 무예가 별것이 아니란 것을 알아차리자 사정없
이 채찍을 휘둘러댔다.

힘이 빠져 버린 선화공주는 드디어 속수무책(束手無策) 채찍을 받
아들여야 했다.

원두봉도 채찍에 감겨 날아가 버리고 채찍에 맞아 찢어진 저고리
사이로 날카로운 가죽 끝이 파고들어 살을 훑었다.

"앙탈하는 계집을 섣불리 다뤘다가는 콧대만 높아지지……."

비형랑은 뱀이 또아리를 튼 것처럼 피멍에 범벅이 되어 있는 선
화공주의 몸뚱이를 보고도 매를 놓지 않았다. 옷이 터지고 살이 찢
겨졌다.

선화공주는 아픔을 견딜 수 없었다.

"도깨비의 세계는 남녀 구별도 안하더냐. 연약한 여자에게 이토록
잔인할 수가……! 아아, 법도(法度) 높은 계림의 사나이들이 이 꼴
을 보았다면, 저 놈의 사지(四枝)를 가만두지 않았을텐데……."

선화공주가 절망적으로 소리쳤다.

비형랑의 손이 갑자기 멈춰졌다.

"방금 뭐라고 그랬니? 계림의 사나이들이 어쩐다고? 너는 어느
나라 여인이냐?"

"지금은 아니지만 금성에 살았지."

"금성 어디쯤에?"

"궁궐 안에."

"궁궐이라구? 궁궐 안에서 시녀 노릇이라도 하다 쫓겨난 게로구나."

"모든 것이 운명이었어. 어제는 공주의 몸으로 호의호식하다가 이제 정처없는 나그네 신세로 떠돌아다녀야 하다니……"

"아니, 그렇다면 그대가……!"

갑자기 비형랑이 채찍을 버리고 그 자리에 꿇어앉았다.

"공주였으면 무엇해. 잊혀진 이름인걸."

"죽을 죄를 지었습니다. 무례를 용서하소서."

비형랑이 땅바닥에 엎드려 머리를 조아렸다.

선화공주는 전신에 상처투성이가 되어 몸을 가눌 수가 없었다.

부끄러움과 좌절감이 엄습하여 눈물이 쏟아졌다.

'세상에는 강자(强者)가 많구나. 뛰어넘어야 할 장벽이 너무도 많구나.'

그녀는 방장산 수련이 보잘것 없음을 깨달았다.

"무엇하느냐! 공주님을 보살펴 드리지 않구!"

비형랑이 도깨비들에게 꾸짖었다.

뒤편에서 꾸물거리던 도깨비들이 비형랑의 소리에 놀라서 다투어 앞으로 튀어나왔다. 그리고 들고 있던 방망이를 두드려 여러 가지 약재를 쏟아놓았다.

물을 가져다 약을 먹이고 몸에 바르니 얼마 후 선화공주는 전처럼 깨끗이 원기를 회복하였다.

"그대는 누구신가?"

정신을 차린 선화공주가 비형랑에게 물었다.

"소인은 계림의 진평대왕 아래에서 녹(祿)을 먹고 있는 비형이란 자(者)입니다. 궁(宮)에 들어간 후에 선화공주님이 누명(陋名)을 쓰고 유배(流配) 들어섰다는 걸 알았지요. 임금님께서는 그 후 공주님께 잘못된 판단을 내리셨음을 후회하시고 저에게 공주님을 찾아오라는 어명(御命)을 내리셨습니다. 그러나 그 동안 온갖 곳을 찾아 돌아다녔으나 생사(生死)조차 알 길이 막연하여 난감해 하던 참이었는데…… . 오늘 이처럼 공주님을 만나게 됨은 하늘의 도우심입니다."

비형랑은 그 자리에 무릎을 꿇고 엎드렸다. 그리고 선화공주에게 궁으로 돌아갈 것을 권하였다.

이미 두 사람은 전처럼 생사를 걸고 싸우는 적이 아니라 서로를 필요로 하고 이해하는 친근한 사람으로 변해 있었다. 비형랑은 정처 없이 찾아다니던 사람을 만났고, 선화공주도 괴소년 비형랑을 만난 것을 내심(內心) 다행으로 생각하고 있었다.

"그대가 아바마마의 신하라니, 참으로 반갑고 다행이구료. 그러나 나는 지금 당장 궁으로 돌아갈 수는 없소이다. 나에겐 나대로의 계획이 있습니다."

선화공주가 비형랑에게 궁으로 돌아갈 수 없음을 말하였다.

"하오나, 무엇 때문에 이곳 저곳을 방황하며 고초 속에 사시려 하십니까? 궁성에서는 왕비마마를 비롯하여 온 나라 백성들이 공주님을 맞이할 모든 채비를 갖추고 있습니다."

비형랑이 간곡히 말하였다.

"이 몸은 서동랑과의 깊은 약조가 있습니다. 그를 만나야 하오."

"아니, 소문에 듣자 하니 나랏님을 속이고 온 나라 백성을 속이고, 공주님을 꾀여낸 놈이 그 서동이라는 자(者)라던데. 그 놈을 만나시겠다구요. 어디 있습니까? 그 자가, 내가 당장에 혼쭐을 내주겠습니다."

비형랑이 흥분하여 채찍을 들고 자리를 박차고 일어났다.

"소문과는 다르오. 우리에겐 미래가 있습니다. 지금 그는 손에 닿지 않는 먼 곳에 있으나, 기필코 다시 만나 이제까지의 오해를 풀고 새 날을 설계할 것입니다.”

“공주님께서는 그 놈의 술수에 빠져 있습니다. 어리석은 꿈에서 벗어나십시오. 영화로움이 기다리고 있습니다.”

“미래가 없는 영화로움은 원치 않습니다. 비형랑, 부탁이오. 내가 이곳에 있었단 말은 누구에게도 말해선 안 됩니다.”

선화공주가 비형랑을 붙들고 간곡히 말했다. 비형랑은 선화공주의 다짐에 어찌할 방도를 모르고 안타까워할 뿐이었다.

“그런데 그대는 누구의 자손이며, 어찌해서 도깨비들의 우두머리가 되어 남의 나라에서까지 와서 다리(橋)를 훔쳐가는 것이오?”

선화공주가 화제를 돌렸다.

“궁금하셨을 것입니다. 저는 선대 임금님이신 사륜왕(舍輪王)의 혼령과 민간의 기혼녀였던 어머니 도화랑 사이에서 태어났습니다. 선친(先親)의 혼령에 힘입었음인지, 태어날 때부터 도깨비들을 다스릴 수 있는 신통력을 얻었지요. 밤마다 궁(宮)을 빠져나가 황천(荒川) 냇가 언덕으로 가서 도깨비 떼들과 놀았습니다. 그런 사실을 안 진평대왕(眞平大王)께서 저를 불러 ‘네 신통력이 그러하다면 도깨비 떼를 부려 신원사(神元寺) 북쪽 개천에 다리를 놓아 보라’고 하셨습니다. 그래서 도깨비들을 시켰더니 하룻밤 사이에 돌을 다듬고 쪼아 귀교(鬼橋)를 이루어 놓았습지요.

그 후론 내가 시키지 않았는데도 도깨비들은 이곳 저곳에 다리를 놓았습니다. 저는 그들의 일을 신통하게 여겼을 뿐 별달리 이상하게 생각하지 않았습니다. 정녕 가락국의 다리를 떼어다가 갖다 놓는 줄은 꿈에도 몰랐습니다. 다만, 자기들 일에 방해하는 여자가 있다기에…….”

비형랑은 머리를 조아리며 그 동안의 일들을 자세히 들려 주었다.

"그랬었군요. 그런 일로 이 나라는 민심이 흉흉해지고 국운(國運)에까지 어려움이 미치고 있었습니다."

비형랑이 이제사 전후사를 안 듯 고개를 끄덕거렸다.

"공주님 말씀을 들었겠지. 또다시 다리를 훔쳐 오는 일이 있으면 가만두지 않겠다."

비형랑이 도깨비들을 향해 꾸짖었다.

도깨비들은 고개를 끄덕이며 비형랑이 무서워 어쩔 줄 모르고 몸을 움츠렸다.

희뿌연 새벽 빛이 동쪽으로 솟아오르고 총총히 빛나던 별빛은 그 자태를 잃어갔다. 어디선가 장닭이 울었다.

"저는 이만 가봐야 합니다. 밤에는 비록 도깨비들과 희로애락을 같이하지만 낮에는 임금님을 모시는 충직한 신하입니다. 거처를 알려 주신다면 친히 모시러 오겠습니다."

비형랑이 날이 밝아오자 황급히 돌아가려 하였다.

"비형랑, 거듭 부탁이지만 날 찾지 말아요. 언젠가 내 발로 찾아갈 때가 있으리다."

선화공주가 또다시 간곡히 다짐하였다. 선화공주의 참뜻을 알아차린 비형랑은 더 이상 돌아갈 것을 간청하지 못하였다.

"말씀대로 따르겠습니다. 여인의 몸으로 세상을 헤쳐나가자면 어려운 일도 많을 것입니다. 혹시 말못할 어려움이 있으시면 제가 드리는 이 주문을 외우십시오. 세 번은 제가 찾아와 도움을 드리겠습니다."

비형랑은 주문이 쓰인 종이 쪽지 하나를 선화공주에게 남겨 놓고는 곧바로 도깨비들과 같이 새벽 안개 속으로 사라져 버렸다.

두 번째 난관

아침이 되어 궁중으로 돌아온 선화공주는 왕비를 찾아가 다리를
훔쳐 가는 도깨비들을 물리쳤으니 안심하라고 아뢰었다. 실상 그날
이후부터 나라 안의 다리(橋)들은 예전처럼 그 자리에서 없어지지
않았다.

"한 가지 일은 해결이 되었으니, 다음은 무덤을 파헤친다는 흰 여
우를 처치해 보겠습니다."

선화공주는 자신 있게 말하고 궁전을 나왔다.

"연약한 여자의 몸으로 악귀들과 싸우려면 여간 조심하지 않으면
안 될텐데, 내 병사 삼백을 풀 터이니 같이 떠나도록 하오."

왕비가 염려하며 말했으나 선화공주는 정중히 사양하고 혼자서
길을 떠났다.

궁을 나와 얼마를 가니 사람들이 웅기중기 모여 수군거리고 있었
다. 그들은 모두 공포에 질린 얼굴을 하고 있었는데 선화공주가 가
까이 다가가자 뿔뿔이 자기들 집으로 들어가 버렸다. 다만 한 여인
만이 땅바닥에 앉아 곡을 하고 있었다.

"어인 일로 슬피 우십니까?"

선화공주가 가까이 가서 물었다. 여인은 흐르는 눈물을 닦으며 말
하였다.

'그 놈의 몹쓸 구미호(九尾狐)가 무덤을 파헤쳐 시신을 꺼내 먹더
니, 이제는 산 사람까지 잡아가는구랴. 어제는 덕순네 막내가 없어
지더니 오늘은 우리집 둘째 딸애가 없어져 버렸지 뭐유. 세상에 이
런 날벼락이 어디 또 있단 말이오."

여인은 땅을 치며 통곡하였다.

"그 놈의 구미호를 어디 가야 만날 수 있습니까?"

선화공주가 물었다.

"낸들 어찌 알겠수. 워낙 신출귀몰(神出鬼沒)한 놈이니, 오밤중에 무덤가에 가면 만날는지……."

여인은 연신 눈물을 뿌렸다.

"심상찮은 일이 벌어진 모양이구나. 간악한 구미호, 어린애들까지 잡아가다니."

선화공주는 마을 밖 묘지가 많은 산 언덕을 찾아갔다. 야트막한 동산 위에는 봉봉이 무덤들이 널려 있었는데, 여기저기 파헤쳐진 봉분들이 귀신의 집처럼 을씨년스럽게 흩어져 있었다.

한 쪽을 보니 아직 흙이 마르지 않은 무덤이 보였다.

'오늘 밤은 여기서 지켜보기로 하자. 새로운 무덤이니 놈의 코가 냄새를 놓치지 않을걸.'

선화공주는 무덤 옆 숲에 몸을 감추고 밤이 오기를 기다렸다.

날이 어두워지자 사방은 괴괴하였고, 낮 동안 몸을 감췄던 어둠의 것들이 서서히 그들의 자태를 나타내었다. 바람에 갈리는 나뭇잎 소리는 더욱 크고 미묘(微妙)하였으며, 갖가지 풀벌레들은 질세라 목청을 돋우었다. 온갖 만물이 한데 어울려 돌아가는 — 빛과 어둠이 스치고, 태어남(生成)과 죽음(死滅)이 스치고 시간과 공간이 스치는 — 소리들이 온 세상을 덮으며 귀를 따갑게 울려왔다.

'정녕 이 가운데 나는 무엇인가? 지금 내가 하고자 하는 일은 내 삶의 어느 부분이며, 이 세상과는 무슨 관계를 맺고 있는가?'

선화공주는 어둠이 짙어오듯 깊은 생각에 빠져들었다.

'마음 속에 절대적 가치로 차지하고 있는 서동이란 사람은 참으로 하늘이 내게 준 천연(天緣)의 관계인지, 비형랑의 말대로 부모 형제가 기다리는 곳을 버리고 헛된 꿈을 찾아 떠도는 어리석은 인간은

아닌지……?'

선화공주는 수많은 의문 속에서 명확한 답을 찾으려 애썼다. 그러나 그녀의 마음 속에는 스스로 이루어야 한다는 성취욕과 이제껏 맛보지 못한 새로운 세계에 대한 동경, 그리고 한 사내를 위해 자신을 바친다는 열정이 불꽃처럼 피어 올랐다. 이미 그녀는 어린 소녀의 가녀린 꿈에서 깨어나 있었던 것이다.

구미호(九尾狐)

선화공주가 상념에 빠져 있는 동안 밤은 점점 깊어갔다. 무덤 근처에는 칠흑 같은 검은 장막이 한 치의 앞도 볼 수 없을 만큼 검게 드리워져 있었다.

수리부엉이가 가까이서 울었다. 그러자 그것을 신호로 한 듯 숲속 여기저기서 수런대는 소리가 들려왔다.

선화공주는 정신을 바짝 차리고 귀를 기울여 들려오는 소리들을 하나하나 분간해 내었다.

'가만 있자, 처음 듣는 이상한 소리가 들려오는군.'

선화공주는 자리에서 일어나 소리가 나는 쪽을 향해 짧게 박쥐음을 쏘았다.

박쥐음은 멀지 않은 곳에서 움직이는 물체에 부딪혀 되돌아왔다.

"음, 열 마리의 짐승이 한데 뭉쳐 오는구나."

선화공주는 다시 그 자리에 엎드리어 다가오는 짐승들을 주시했다. 야명기법(夜明奇法)을 써서 바라보니 다가오는 짐승은 꼬리가 아홉 달린 구미호였다. 구미호는 무덤 앞에 오자 쿵쿵거리고 냄새를 맡더니 팔딱팔딱 재주를 넘었다. 그러자 여우의 모습은 사라지고 소복한 젊은 여자가 무덤 앞에 앉아 있었다.

'이렇듯 눈을 흐리게 하다니 둔갑술이 놀랍구나.'

선화공주는 온몸의 힘을 모아 정신을 집중시키고 구미호를 응시했다.

젊은 여자로 변한 구미호는 무덤 앞에 꿇어앉아 곡을 하기 시작했다.

애고애고 설운지고
북망산천 설운지고
각시방에 초롱켜고
어와둥둥 사랑가로
천년만년 살렸더니
대문밖이 저승이라
장가간 날 첫날 밤에
저승사자 웬말이뇨.

구미호는 간장을 찢듯 애절하게 울어대더니 손톱으로 무덤을 파헤치기 시작하였다.

"묻은 지 얼마 안 되어서인가 심장 뛰는 소리가 들리는구먼. 싱싱한 고기를 먹게 생겼으니 오늘은 운이 좋은 날인걸."

구미호는 이를 빠드득 빠드득 갈며 무덤을 파헤쳤다.

"그만둬! 몹쓸 놈의 흰 여우야!"

선화공주가 수풀 속에서 뛰어나오며 소리쳤다. 갑자기 사람이 나타나자 놀란 구미호가 획하고 몸을 날려 서너 장 뒤로 물러났다.

"흥, 어디서 심장 뛰는 소리가 들린다 했더니 바로 네년의 심장 소리였구나. 뭣하는 계집이냐? 나처럼 사람으로 둔갑한 백여우냐?"

구미호가 싸늘한 눈으로 선화공주를 노려보았다. 아마도 여느 사람 같았으면 노려보는 눈초리만으로도 심장이 얼어붙어 그 자리에서 죽어 버릴 것이었지만 그 동안 백호라든가 도깨비들과 싸워 본 경험이 있는 선화공주로선 그저 한낱 화생(化生)이거니 하고 생각할 뿐이었다.

"어림없는 소리, 내가 너 따위 요괴일게 뭐람. 인간은 존엄한 것, 비록 시신(屍身)이라 할지라도 함부로 다뤄서는 안되는 것이어늘, 아무리 미물이라 할지언정 어찌 무덤을 파헤쳐 시신을 꺼내 먹는단 말이냐!"

선화공주가 날카롭게 꾸짖었다. 그러나 구미호는 자리에서 꼼짝 않고 흉칙한 입을 열어 대꾸하였다.

"건방진 계집. 존엄하다고? 누가? 너희 인간들이? 우습다. 너희들은 신에게도 짐승에게도 따돌림을 받는 불필요한 존재들이야."

구미호가 코웃음을 쳤다.

"어리석은 소리. 우리는 대신(大神)의 모습으로 탄생됐다. 그리고 신을 받든다. 그래서 만물의 영장(靈長)으로 모든 짐승 앞에 선다."

선화공주가 구미호에게 말했다.

"괴변(怪辯)이로군. 인간이 신에 의해 만들어진 것은 사실일는지 모르지. 그러나 결코 만물의 영장은 아니다. 신은 창조하지만 다시 원상(原像)으로 돌려놓는다. 그런데 너희 인간들은 신의 창조물을 마치 자기 것인 양 마음대로 주무르고 파괴하며 다닌다. 너희는 신을 모방할 줄은 알지만 제자리에 돌려놓을 줄 몰라. 생각해 보아라. 만약 인간이란 존재가 생겨나지 않았다면, 이 세상은 얼마나 고요하

126

고 질서 정연히 이루어져 가고 있을까를. 너희들은 결단코 존엄한 존재가 아니야. 신의 실패작, 이렇게 할 수도 저렇게 할 수도 없는 골칫덩어리들이지."

"구미호답지 않게 잔말이 많군. 우리가 얼마나 세상을 아름답게 만들려고 노력하고 있는지 알기나 하니. 정녕 질서를 파괴하는 건, 너 같은 악귀들이다. 남에게 공포와 불안을 가져다주는 행위만도 천벌을 받아야 마땅한데, 고귀한 시신을 해하기까지 하다니. 당장 열 동강을 내기 전에 빨리 무덤을 덮고 사라져 버려라."

선화공주가 크게 꾸짖었다.

"철딱서니 없고 어리석은 계집. 죽은 시신 따위가 너희들에게 무슨 의미가 있다는 게냐. 오늘 하루 동안에도 이 나라 안에서는 소 오백 마리, 돼지 천 마리, 닭 삼만 마리가 인간들의 뱃속을 채우기 위해 죽임을 당하였다. 호랑이 열 마리, 곰 스무 마리, 여우 오십 마리는 털가죽을 벗기웠고, 노루, 토끼, 사슴, 꿩, 오리들이 사냥터에서 무참히 심장을 찢기웠으며, 물고기 수만 마리가 난도질당하였다. 자, 그런데도 죽어 자빠진 너희 인간 몸뚱이 하나가 그렇게도 아깝고 소중하단 말이냐!"

구미호는 조금도 지지 않고 선화공주를 공박하였다.

"그건 자연의 섭리다. 큰 물고기는 작은 물고기를 잡아먹고 호랑이는 들짐승은 물론 사람까지도 해친다. 그러나 그들은 모두 인간을 위해 태어났고 존재한다. 그들이 희생되어 먹히는 순간, 인간의 한 부분을 담당하게 되며, 힘과 기(氣)가 되어 인간으로서의 삶을 누리게 되는 것이다. 대신(大神)의 넓고 큰 뜻을 너 같은 악귀가 알 턱이 없지. 잔말 말고 무덤이나 덮어라!"

선화공주가 원두봉을 빼어 들고 구미호 앞으로 몸을 날렸다.

"흥, 네가 나를 당해내겠다고 억측으로 지껄이더니 말문이 막힌

게로구나."

구미호는 치마폭에서 아홉 개의 꼬리를 끄집어내었다.

획! 구미호가 첫번째 꼬리를 흔들었다.

그러자 수십 개의 새파란 불덩이들이 선화공주를 향해 날아왔다. 불덩이들은 기기괴괴(奇奇怪怪)한 마귀의 형상을 하고 사면팔방으로 선화공주에게 달려들었다. 선화공주는 달려드는 불덩이들을 원두봉으로 후려쳤다. 그러나 불덩이들은 원두봉을 피해 집요하게 달려들었다. 선화공주의 몸놀림도 차츰 빨라졌다. 방장산에서 탱팽과의 수련으로 이런 공격에 익숙해져 있었으므로 파고드는 불덩이를 막는 것은 어려운 일이 아니었다.

얼마후 원두봉의 위력 앞에 불덩이들은 힘을 잃고 사라져 버렸다.

구미호는 첫번째 공격이 실패했음을 알자 두번째 꼬리를 흔들었다.

이번에는 꼬리털들이 바람에 날려 날아오더니 무성한 가시나무가 되어 선화공주를 얽어매려 하였다.

선화공주는 곧 남산신(南山神)의 상엽무(霜曄舞)를 펼치며 조여오는 가시나무 사이를 이리저리 뚫고, 몸 하나 다침이 없이 무사히 빠져나왔다.

"보통 계집애가 아니로군."

구미호가 세번째 꼬리를 흔들었다.

그러자 오뚝이같이 생긴 다섯 명의 동자(童子)가 튀어나오더니 주위를 빙빙 돌았다. 그리고 손에 들고 있던 쇠고리를 던졌다. 날아온 쇠고리는 목과 가슴과 허리와 두 발과 손에 걸려 죄어들기 시작했다. 선화공주는 곧 풍영무(風影舞)를 추며 바람과 그림자가 되어 고리에서 빠져나왔다.

"에잇!"

구미호가 네번째 꼬리를 흔들었다.

열 마리의 검정개가 허연 이를 드러내고 선화공주를 물어뜯으려 덤벼들었다.

"너희들은 누구냐!"

선화공주가 초전음(超傳音)으로 말하였다.

그러나 검정개들은 선화공주의 말에는 아랑곳하지 않고 덤벼들었다.

"말귀를 못 알아듣는 것을 보니 허깨비들이로구나."

선화공주가 선채무(扇彩舞)를 추어 바람을 일으키니 검정개들은 여우털이 되어 날아가 버렸다.

구미호가 다섯번째 꼬리를 흔들었다. 그러자 언덕 위에서부터 세찬 물줄기가 쏟아져 내렸다.

선화공주는 삽시간에 몰아친 물 속에 빠져 허위적거렸다.

구미호가 여섯번째 꼬리를 흔드니 물 속에서 물귀신들이 나와 선화공주를 물 아래로 끌어 내렸다.

'이런 때는 무엇으로 대적해야 하나?'

선화공주는 잠시 망설였으나 곧 청학도사에게서 배운 어룡무(魚龍舞)를 생각해 내었다. 그러자 물결이 요동을 치며 물귀신들과 어룡(魚龍)이 한데 어우러져 한바탕 싸움을 벌였다. 어룡도 물귀신도 파도에 휩쓸려 사라져 버렸다. 구미호의 수공법(水功法)도 무위로 돌아가고 말았던 것이다.

구미호는 자신의 공격이 실패로 끝나자 이번에는 방법을 바꾸기로 하였다.

일곱번째 꼬리를 흔들어 광풍(狂風)을 일으킴과 동시에 수염 몇 개를 뽑아 선화공주를 향해 날렸다. 선화공주는 갑자기 불어온 광풍을 피하려고 몸을 움츠렸다.

그 사이에 바람을 타고 화살처럼 빠르게 여우의 수염 한 개가 날아와 정통으로 선화공주의 가슴 한복판에 박히고 말았다. 그러나 그녀는 그러한 사실을 깨닫지 못하였다.

구미호가 콧수염 한 가닥을 만지작거렸다. 그러자 가슴에 박힌 수염을 통해 선화공주의 마음 속에 간직된 생각들이 구미호의 콧수염으로 옮겨져서 여우의 내면에 전달되었다.

'저 여자를 지배할 수 있는 것은 오직 사내에 대한 일념뿐이구나.'

선화공주의 마음 속을 꿰뚫은 구미호는 여덟번째 꼬리를 흔들었다.

그러자 향긋한 향내가 바람을 타고 퍼져 와 선화공주의 콧속으로 스며들었다.

선화공주는 냄새를 맡는 순간 깜빡, 정신이 아득해짐을 느꼈다. 이제까지 어두웠던 세상이 밝아지면서 긴장감도 적개심도 사라져 버렸다.

구미호가 다가온다고 생각했으나 그녀 앞에는 준수하게 생긴 사나이가 미소를 머금고 서 있었다.

"아―! 서동랑, 분명 그대시구료. 날 만나러 찾아오셨구료."

선화공주는 너무나 반갑고 황홀한 나머지 사나이 품에 스르르 쓰러지고 말았다. 이 모든 것이 순간에 벌어진 일이었다.

선화공주를 품에 안은 구미호는 송곳니를 드러내고 낄낄거렸다.

"계집이란 이렇게 하나같이 사내에게 약한가? 누군지 모르지만 서동랑이란 자가 부럽군."

구미호는 선화공주를 바쳐 안고 어둠 속으로 사라져 버렸다.

비형랑과 길달(吉達)

어두컴컴하고 음침한 동굴. 선화공주는 넙적한 바위 위에 누워 있었다. 동굴 안에는 구미호가 먹다 버린 뼈와 해골들이 어지러이 널려 있었고, 그 사이로 지네나 독사들이 이리저리 기어다녔다.

구미호는 안쪽에서 숫돌에 칼을 갈고 있었다.

선화공주는 혼몽한 상태에서 서동랑에 대한 꿈을 꾸고 있었다.

탱팽탱팽.

어디선가 귀에 익은 음향이 들려온다.

그 소리는 선화공주의 신경을 박박 긁어대는 날카로운 소리였다.

선화공주를 안고 가던 사나이가 그녀를 땅 위에 내려놓았다.

'안 돼요, 서동랑. 제발 가지 말아요. 이제 떨어져선 안 돼.'

선화공주는 결사적으로 사나이를 붙들려 했다.

이때 맞은편 하늘에서 청학도사가 독수리를 타고 내려왔다.

선화공주는 청학도사에게 도움을 청하려 하였다. 그러나 청학도사는 등뒤에서 혼령봉(魂靈奉)을 꺼내더니, 다짜고짜 사나이를 후려치기 시작했다.

"그만둬요. 그 사람은 나쁜 사람이 아니에요."

선화공주가 일어나 청학도사에게 울며 매달렸다. 그러나 청학도사는 막무가내로 사나이를 공격하였다.

선화공주가 꿈 속을 헤매고 있는 동안 구미호는 시퍼런 칼을 갈아 들고 선화공주에게로 다가왔다.

"으흐흐흐, 참으로 신선한 피를 먹게 생겼구나."

구미호는 선화공주의 가슴을 풀어 제쳤다. 희고 탄력 있는 여인의 살결이 적나라하게 드러나 보였다.

"아—, 인간의 육체는 이토록 아름다운가? 너무 오랫동안 화생 (化生)으로 떠돌았어. 이 여자를 먹고 나도 인간으로 태어날 테다."

구미호는 서서히 칼을 들었다.

선화공주는 목숨이 경각(頃刻)에 있음을 아는지 모르는지 계속해서 꿈 속을 방황하고 있었다.

청학도사가 인정 사정 없이 무방비 상태의 사나이를 공격하자 선화공주는 분노가 치솟아 올랐다. 평생으로 몸바쳐 섬길 사람을 초죽음으로 만들다니……

"에잇, 심술궂은 늙은이."

선화공주는 원두봉을 들고 청학도사에게 달려들었다.

"으하하하, 선화. 그 동안 방장산에서 정(情)이 들 만큼 들었을텐데, 나를 버리고 겨우 저런 젖비린내 나는 애숭이를 좋아하다니…… 내 오늘 저 놈을 없애버리고 너를 차지하겠다."

청학도사는 이미 도인(道人)이 아닌 마왕(魔王)의 모습이 되어 있었다.

청학도사는 더욱 맹렬하게 봉을 휘둘러댔다. 선화공주도 결사적으로 달려들었으나 청학도사의 기세에 속수무책 달리 어쩔 수가 없었다.

무섭게 날뛰던 청학도사가 사나이의 마지막 숨통을 끊으려는 듯 봉을 높이 치켜들었다.

'아, 이를 어쩜담. 그래, 비형랑에게 부탁해 보자.'

선화공주는 비형랑이 가르쳐준 주문(呪文)을 생각해냈다.

성제의 혼께서 낳은 아들(聖帝魂生子)
비형랑의 집 여기로세(鼻荊郎室亭)
날고 뛰는 귀신의 무리야(飛馳諸鬼衆)

이곳에 함부로 머물지 말라.(此處莫留停)

청학도사의 봉이 사나이의 급소를 향해 내려옴과 구미호의 칼이 선화공주의 심장으로 내려짐은 거의 동시였다.

구미호의 날카로운 칼끝이 선화공주의 심장에 닿으려는 순간, 어둠 속에서 바람이 일며 용의 초리 같은 것이 날아와 선화공주를 향해 내려오던 구미호의 칼을 휘감아 낚아채었다.

"어느 놈이냐!"

구미호가 어둠을 향해 앙칼지게 소리쳤다.

"길달(吉達), 네 놈의 짓이었구나!"

동굴 한쪽에서 한 사나이의 목소리가 들려왔다.

사나이는 곧 구미호 앞에 모습을 나타내었다.

"비형랑, 네 놈이로군. 여기까지 웬일이냐?"

구미호의 목소리가 떨렸다.

"배은망덕한 놈. 나는 왕명을 받들어 도깨비였던 네 놈을 추천(推薦)하여 나랏일을 맡겼었다. 그리고 양아버님까지 모셔 주고, 행복하게 살도록 갖은 정성을 기울였었다. 그런데 그 뜻을 저버리고 백여우로 둔갑하여 무덤을 파헤쳐 시신을 꺼내 먹고 사람들을 공포로 몰아넣다니. 오늘이 네 놈의 제삿날인 줄 알아라."

비형랑이 채찍을 높이 들었다.

"흥, 전에는 내가 너에게 쩔쩔맸었지만 이제는 마음대로 안 될걸. 내가 정사를 그만둔 것은 인간들의 왕이란 것들이 으스대는 꼴이 보기 싫어서였다. 그리고 난 빛이 싫다."

구미호가 몸을 도사리며 비형랑에게 달려들려 하였다.

"잔말 말고 껍질을 벗어라. 그리고 본래의 모습인 몽당 빗자루로 돌아가라. 네 놈을 갈기갈기 찢어놓기 전에."

비형랑이 한 발 다가섰다.

"도대체 저 계집이 너와 무슨 관계이길래 여기까지 나타나 행패를 부리는 것이냐!"

"도술을 밥먹듯 쓰는 네 놈이 이 분이 누군 줄도 모르고 날뛰었니, 이 분은 네 놈이 녹을 먹던 진평대왕님의 셋째 따님이신 선화공주이시다."

"그랬었군. 어딘가 기지와 무예, 용모가 뛰어나다고 생각했었지. 하지만 비형랑, 이 여인을 빼앗을 권리는 네게는 없다. 너나 인간들 틈에서 아첨하며 살면 될 것 아니냐. 나는 이 녀를 먹고 그 누구보다 더 빼어난 인간으로 태어날 테다."

"어리석은 미물(微物). 천벌을 받을 놈이 인간으로 태어나겠다고? 네 놈이 인간으로 태어난다면 또다시 인간을 살육하는 살인귀가 될 텐데, 하늘인들 네 놈을 가만히 놔줄 줄 아느냐!"

비형랑이 채찍을 들어 구미호를 후려쳤다. 그러나 구미호도 질세라 채찍을 피하더니 아홉 개의 꼬리를 동시에 흔들었다. 그러자 온 세상이 한데 섞이듯 캄캄해지며 막강한 광풍이 일어나더니 천둥 번개와 함께 갖가지 악귀들이 비형랑을 향해 달려들었다. 그러나 비형랑은 조금도 굽힘이 없이 채찍을 휘두르며 악귀들에 맞서 나갔다. 한번의 채찍이 날릴 때마다 악귀들은 낙엽같이 흩어져 떨어졌다.

"못된 놈의 검정 도깨비! 이제까지 살아 있었음을 후회하게 될 것이다."

비형랑의 채찍은 시간이 갈수록 더욱 힘을 발휘하였다. 맹렬히 휘두르는 채찍은 하늘과 땅을 가르고 채찍에 맞은 악귀들은 순식간에 여우의 털이 되어 날아가 버렸다. 얼마 후 알몸뚱이의 구미호는 싸울 힘을 잃고 동굴 한구석에서 발발 떨며 숨어 버렸다.

"너 같은 허깨비 따위에 겁낼 비형랑이 아니다."

비형랑은 사정없이 채찍을 휘둘렀다.

캥캥! 캥캥!

채찍에 맞은 구미호의 몸뚱이가 종잇장처럼 찢겨 날아갔다. 그리고 얼마 안 있어서는 그 형체조차 보이지 않게 해체되어 사라져 버렸다.

날이 밝아오자 선화공주가 혼몽에서 깨어났다. 눈을 뜨니 강렬한 아침 햇살이 무덤가를 비추고 있었다. 어젯밤 수없이 들리던 소리들과 움직임들이 빛 속으로 스며들고, 어둡고 무겁게 가슴을 누르던 공포의 순간도 빛으로 씻겨져 버렸다.

구미호도 서동랑도 청학도사도 보이지 않았다.

"한 가닥 꿈이런가?"

선화공주는 자리를 털고 일어났다. 주위에는 부러진 빗자루와 지푸라기들이 여기저기 흩어져 있었다. 선화공주는 어젯밤의 일을 상기시켰다. 그리고 빗자루와 지푸라기들이 도섭하여 꼬리 아홉 달린 여우로 소란을 떨었다는 것을 깨달을 수 있었다.

그녀는 무덤가에 흩어져 있는 몽당 빗자루와 지푸라기들을 모아 가지고 궁궐로 들어갔다.

선화공주는 왕비와 대신들과 병사들을 궁전 뜰에 모아 놓고 모아온 지푸라기들을 태웠다. 연기가 일어나 흰 여우의 모습을 하더니 "원통, 원통" 소리를 내고는 바람과 함께 사라져 버렸다.

"이제 구미호에 대한 공포는 사라졌습니다. 다시는 무덤이 파헤쳐지는 일은 없을 것입니다."

선화공주가 모인 사람들에게 구미호를 물리쳤음을 말해 주었다.

"고맙소. 대단한 일을 하셨구료."

왕비는 선화공주의 손을 잡고 기뻐하였다. 대신들과 병사들도 안도의 한숨을 쉬었다.

"임금님께서 병환의 차도는 어떠하시온지?"

선화공주가 왕비에게 물었다.

"아직은 앞날을 점칠 수 없습니다. 청학도사의 손에 달려 있지요."

왕비의 얼굴에 그늘이 비쳤다.

"아무 염려 마십시오. 근심하시던 일들이 하나하나 해결될 것입니다."

선화공주는 주위의 사람들을 안심시켰다. 그리고 왕비의 곁을 떠나 수로왕이 앓고 있는 침전으로 들어갔다.

수로대왕(首路大王)의 병환(病患)

선화공주가 수로대왕이 앓고 있는 침전 앞에 이르렀을 때, 청학도사는 조그만 두 남녀 아이를 앞에 놓고 무엇인가 열심히 이야기를 하고 있었다.

"백의군사(白衣軍士)들이 흑의군사(黑衣軍士)들에게 일방적으로 당하고 있단 말이지?"

두 아이가 고개를 끄덕거렸다.

"다시 한 번 시도해 보자. 우선 팽은 어떻게 해서든 대동맥의 맑은 피를 백의군사들에게 날라다 주어 원기를 회복토록 하여야 한다. 지금 대왕의 맥박이 차츰 느려지는 것으로 보아 앞으로 예측 못할 사태가 발생할는지도 모르니까. 그리고 탱, 너는 흑의군사 진지 깊숙이 침입하여 내가 준 일곱 가지 색깔의 화살을 쏘아 그중 어느 빛깔의 화살을 맞아야 흑의군사가 쓰러지는지 확인하고 오너라. 나는 그 동안 계속해서 대왕께 기(氣)를 불어넣겠다. 실패 없도록."

청학도사가 명령을 하자 두 아이는 두 손을 가지런히 하고 공손히 절하여 예의를 표하고는 서로의 손을 잡았다.

탱팽세광(撑澎細光)!

두 아이는 힘찬 기합과 동시에 아주 작은 불빛으로 변하였다.

"어떻게 된 일입니까?"

선화공주가 물었다.

그제서야 옆에 사람이 있음을 안 청학도사가 고개를 들었다.

"그대의 일은 어찌되었는가?"

청학도사가 되물었다.

"모두가 도깨비들의 짓이었습니다. 뜻밖에 계림의 괴동(怪童) 비형랑을 만나 다리(橋)를 훔쳐 가는 도깨비들과 구미호(九尾狐)로 둔갑한 도깨비를 물리칠 수 있었습니다."

"다행한 일이로구면. 염려했었는데."

"그런데 대왕님의 병환은 차도가 있으신지요."

청학도사가 머리를 가로저었다.

"이상한 일이로세. 내 십수 년 동안 의술에 깊이 심취해 있었네만 이번 대왕의 병환처럼 근원을 알 수 없는 병환은 처음 대한다네. 최선을 다하고는 있지만 앞일이 염려되는구면."

청학도사는 깊이 한숨을 내쉬었다.

"아이들은요?"

"탱과 팽, 결국 그들은 다툼을 멈췄다네. 탱은 사내아이, 팽은 여자아이 이란성(二卵性) 쌍생아(雙生兒)로 탱이 오빠, 팽이 누이동생으로 합의를 보았지. 세상의 음양(陰陽)을 나눠 가졌으니 이번 일에 큰 몫을 할 것을 기대한다네."

청학도사는 눈에 보일 듯 말 듯 작은 불꽃으로 변한 탱팽을 데리고 수로대왕이 앓고 있는 침상으로 다가갔다. 그리고 기(氣)를 모아 그 기(氣)를 수로대왕의 몸 속에 불어넣는 한편 엄지손가락을 바늘로 따서 피를 흘리고 그 핏줄 속으로 탱팽을 밀어넣었다.

탱팽은 혈맥을 타고 수로대왕 몸 속 깊이 침투하여 들어갔다. 피의 흐름을 따라 들어가는 동안 여기저기 백의군사(白衣軍士)들이 쓰러져 있었고, 이따금 빠른 속도로 몇 명의 흑의군사(黑衣軍士)가 나타나 탱팽에게 달려들었다. 그러나 탱팽은 재빠르게 몸을 움직여 흑의군사들을 거꾸러뜨리며 앞으로 나갔다.

"자 팽, 이쯤에서 헤어지자. 나는 흑의군사들 진지 깊숙이 들어가서 적의 동태를 살피고 오겠다. 너는 사부님께서 말씀하신 것처럼 정맥혈(靜脈血)을 타고 곧장 심장으로 들어가거라. 그리고 동맥혈(動脈血)로 나와 맑게 흐르는 피를 재빨리 백의군사들에게 부어주어야 한다."

탱과 팽은 반대 방향으로 역류하여 흑의군사들이 진(陣)을 치고 있을 위장(胃腸) 속으로 들어갔다.

위장(胃腸)은 그 둘레 벽에 새끼줄 같은 주름과 무성한 숲 그리고 고드름이 주렁주렁 매달려 있는 듯한 돌기(突起)로 가득 차 있었는데, 흑의군사들이 침투하여 사방이 시커멓게 썩어 있었다. 탱이 나타나자 돌기에 붙어 있던 흑의군사들이 일시에 달려들었다. 탱은 놈들의 공격을 활을 쏘아 간신히 물리치고 한쪽 모서리로 도망을 쳤다. 그리고 놈들의 죽은 시체를 뒤집어쓰고 그들의 움직임을 살폈다.

흑의군사들은 백의군사들을 잡아다가 즉석에서 먹어치웠는데, 그러면 곧 몸뚱이가 둘로 갈라져서 두 배의 흑의군사로 늘어났다.

138

"가만 있자, 화살을 쏘아 놈들을 물리치기는 하였으나, 어떤 화살
이 놈들에게 치명적(致命的)이었을까?"

탱은 으슥한 곳에 숨어 놈들이 나타나기를 기다렸다. 얼마 있으려
니 이제 막 태어난 흑의군사 두 명이 이쪽으로 오고 있었다. 탱은
시위에 살을 먹여 연달아 당겼다. 빨강 화살을 맞은 놈은 그 자리에
쓰러져 물거품이 되어 버렸다. 그러나 주홍 색깔의 화살을 맞은 놈
은 맞은 즉시 다시 일어나 몸에 박힌 화살을 빼어 그 자리에서 분질
러 버리고는 더욱 힘이 세어져서 어디론가 사라져 버렸다. 다음에
나타난 놈들에게는 노랑, 초록, 파랑과 남빛의 화살을 쏘아보았다.
놈들 역시 화살을 뽑아 분지르고는 더욱 힘이 왕성하여져서 돌기 깊
숙이로 들어가 버렸다. 나머지 보라색 화살을 쏘아 맞추니 화살을
맞은 놈이 물거품이 되어 사라져 버렸다.

"빨강과 보라색 화살이라."

탱은 흑의군사들이 알아채지 못하게 몸을 숨기고 위장(胃腸)을 탈
출하여 아래쪽 신장(腎臟)을 통해 방광(膀胱)으로 내려와 요도(尿道)
를 타고 오줌과 함께 밖으로 나왔다.

그러는 가운데서도 흑의군사들은 계속해서 백의군사를 공격하며
세력을 넓혀 나갔다.

수로대왕의 몸 밖으로 나온 탱은 곧 청학도사에게 아뢰었다.

"흑의군사의 세력으로 보아 도저히 백의군사들이 감당해 내기는
어려운 것 같습니다. 놈들은 빨강과 보라색 화살을 맞고는 물거품이
되었으나, 그 외의 화살을 맞고는 오히려 강해져서 더욱 날뛰었습니
다. 이대로 가다가는 백의군사는 곧 전멸해 버릴 것입니다."

탱의 이야기를 들은 청학도사는 한동안 말없이 생각에 잠기더니
깊이 한숨을 들이쉬었다.

"팽의 이야기를 들어본 후 대책을 모색해 보자꾸나."

청학도사는 계속해서 수로대왕의 몸에 기(氣)를 불어넣을 뿐이었다.

한편, 정맥혈(靜脈血)을 타고 수로대왕의 심장을 향해 가고 있는 팽은 검붉은 피와 탁(濁)한 공기를 헤치며 어려운 전진(前進)을 계속하고 있었다.

피 속에는 때때로 흑의군사의 시체와 백의군사의 시체들도 눈에 띄었으며, 흐름은 완만하였고 사방에서 강한 열기(熱氣)가 불어와 무더웠다.

쿵쾅거리는 소리가 가까워질수록 열기는 더욱 심했다.

한편에서는 백흑(白黑)의 군사들이 치열하게 싸우고 있었는데, 흑의군사들이 백의군사를 포위하여 순식간에 먹어치우고 갑절로 수를 불려갔다.

빨갛던 피의 흐름은 점점 더 검붉어지고 아래에서부터 부글부글 수포가 끓어올랐다. 그리고 수포(水泡)가 터짐과 동시에 흑의군사가 그 속에서 나타나 팽에게 덤벼들었다. 팽은 침선봉(針線棒)으로 그들을 물리치며 쿵쾅 소리가 들리는 곧을 향해 전진을 계속하였다. 흐르던 피가 갑자기 굴 속으로 빨려들어 갔다.

팽도 몸의 균형을 잡을 여유도 없이 고꾸라지면서 굴 속으로 빠져 버렸다. 그리고 소용돌이치는 피와 함께 다시 굴 아래로 곤두박질쳤다. 쿵쾅쿵쾅, 세상을 뒤집어엎을 듯한 굉음(轟音)과 함께 굴 주위의 벽들이 옥죄었다 넓어졌다 요동을 치더니, 어디인가로 내동댕이쳐진다고 생각하는 순간 굴 속을 빠져나왔다. 흐름은 다시 완만하였고 강물처럼 앞을 향해 도도히 흐르고 있었다. 이번에는 갑자기 위쪽에서부터 세찬 바람이 불어왔다. 어디론가 날아가 버릴 것 같은 엄청난 바람이었다. 팽은 혈관(血管)의 벽을 붙들고 날아가지 않으려고 버둥대었다. 그러자 이번에는 아래쪽에서 격하고 냄새나는 바

람이 전번의 바람보다 더 세차게 불어 올랐다. 팽은 벽면을 붙들고
혼신의 힘을 다하여 모진 바람을 견뎌 내었다. 그리고 바람이 잠시
멈춘 순간 몸을 날려 앞으로 뛰어나갔다. 그리고 꽈리를 무수히 매
달아 놓은 듯한 큰 방을 지나 다시 혈맥을 타고 아래로 내려왔다.

"바람을 조심하여라. 만약에 돌풍에 휩싸이기만 하면 밖으로 날아
가 버린다. 그러면 처음부터 다시 일을 시작해야 해. 이제까지의 일
이 물거품으로 돌아가 버리지."

팽은 청학도사가 염려하는 바를 깊이 명심하고 있었다.

지금의 흐름은 종전에 격함과는 달리 매우 잔잔하였고 맑고 깨끗
하였다. 좌심방(左心房)을 지나 좌심실(左心室)로 내려오니 굴의 통
로가 넓어지면서 시야가 탁 트이었다. 강(江)의 폭도 한결 넓어졌다.
새빨갛고 선명(鮮明)한 흐름이 온 세상을 활기차고 싱싱하게 물들이
며 세차게 흘렀다.

드디어 대동맥에 이른 것이다. 그러나 얼마 가지 않아 팽은 흑의
군사들과 맞부딪치게 되었다.

흑의군사들은 대동맥(大動脈)을 거슬러 올라오며 백의군사들을 공
격하고 있었다. 이미 수많은 백의군사들이 적에게 먹히어 사기가 점
점 떨어져서 전의를 상실하고 있었다.

팽은 부지런히 맑은 피를 날라다 백의 진영에 부어주었다. 그리고
앞장서 나가 침선봉으로 적의 선봉(先鋒)을 무찔렀다. 흑의군사들은
팽의 기세에 눌리는 듯하였으나 곧 전열을 가다듬고 무서운 기세로
달려들었다.

맑은 피는 순식간에 검붉고 칙칙한 빛으로 변했으며 수포(水泡)가
피어 올라 격한 냄새를 피웠다. 백의군사들은 차츰차츰 그들의 마지
막 보루(堡壘)인 대동맥 입구로부터 좌심실(左心室) 쪽으로 밀리기
시작했다.

'안 되겠다. 적들이 대왕의 심장(心臟)에까지 미쳤다가는 그야말로 모든 것이 끝장이다."

팽은 위험을 감지하고 역류(逆流)하여 심장 속으로 다시 들어갔다. 왔던 길을 다시 돌아가기란 올 때보다 곱절 이상의 힘이 들었으나 좌심실에서 날름막이 열리자마자 위로 솟구쳐 좌심방으로, 다시 허파정맥을 통해 허파로 들어가서 격한 낼숨과 함께 기관지를 거쳐 콧구멍 밖으로 빠져나왔다. 실로 눈 깜짝할 사이의 몸놀림이었다.

"어떠하더냐?"

팽을 본 청학도사가 다급히 물었다.

"속수무책입니다. 흑의군사들이 대왕의 전신에 퍼져 있습니다. 그들은 오장육부에 파고들어 모든 기능을 완전히 마비시키고 있습니다. 백의군사는 곧 전멸될 것이며, 적은 곧 심장까지 침투할 것으로 보입니다."

"큰일이로구나. 흑의군사가 대동맥을 차단하여 심장까지 침투한다면 그야말로 대왕의 생명은 끝나고 만다. 이를 장차 어찌해야 좋을 것인가?"

청학도사는 자신의 무능을 한탄할 뿐, 달리 대책을 세우지 못하였다.

수로대왕의 기(氣)는 점점 빠져나갔다. 맥의 움직임조차 희미했으며, 호흡도 들리지 않았다.

청학도사는 대왕의 침전을 나왔다.

"이보시게 선화, 어찌하면 좋단 말인가? 대왕의 생사가 경각에 달렸으니. 만에 하나 대왕이 돌아가시게 된다면 이 나라 조정은 물론 우리의 목숨까지도 부지할 수 없게 되는지도 모르이."

청학도사는 절망적이었다.

"자신 있게 나설 때는 언제고, 이제 와서 발뺌을 하면 어쩌자는 겁니까? 큰소리치는 사람치고 자기 앞가림하는 사람 없다더니……."

선화공주가 실망의 빛으로 청학도사를 향해 뽀로통하여 눈을 흘겼다.

"온몸에 흑의군사가 창궐(猖獗)해 있다네. 오백 가지 약재로도 소용이 없으니……. 그대의 천축국 행(行)은 여기서 포기해야 되겠네."

청학도사가 힘없이 그 자리에 주저앉았다.

'어찌한다.'

선화공주는 이제까지의 노력이 허사가 되는 것이 안타까웠다.

'그렇지. 그에게 다시 한 번 부탁해 보자. 그러면 대왕의 병을 고칠는지 몰라.'

선화공주는 마음을 경건히 하고 주문을 외웠다.

성제의 혼께서 낳은 아들(聖帝魂生子)
비형랑의 집 여기로세(鼻荊郞室亭)
날고 뛰는 귀신의 무리야(飛馳諸鬼衆)
이곳에 함부로 머물지 말라(此處莫留停)

주문이 끝남과 동시에 비형랑이 나타났다.

"어찌 부르셨습니까? 무슨 곤경에라도……?"

비형랑이 선화공주 앞에 무릎을 꿇으며 물었다.

"이 나라 대왕이 위독하오. 백방으로 약을 써도 차도가 없으실 뿐 아니라 오히려 생사가 촌각에 달렸으니 어찌하면 좋소. 그대가 묘방(妙方)을 써서 대왕을 구해 주시오. 은혜는 잊지 않으리이다."

선화공주의 말을 들은 비형랑은 고개를 끄덕이더니 품에서 한 개의 알약을 꺼내 주었다.

"이것으로 쾌차(快差)하시기는 힘들 것입니다만 위독한 고비는 넘길 것입니다. 지금은 제가 활동할 시간이 아니니 이따가 자정(子正)에 한 번 더 불러 주십시오. 비형랑은 말을 마치고 곧 사라져 버렸다.

선화공주는 알약을 물에 타서 수로대왕의 입에 털어 넣었다. 그러자 죽은 듯 고요하던 대왕의 맥박이 서서히 움직이더니 다시 쿵쿵 뛰기 시작하였다.

용기를 얻은 청학도사와 선화공주는 비형랑의 말대로 자정이 오기를 기다렸다.

청학도사는 다리(脚)에서 털을 뽑아 여러 가닥으로 나누어 눈에 보이지 않을 만큼 작은 화살을 만들었다. 그리고 투명한 유리조각을 햇빛에 비추어 무지개를 만든 다음 넘빨강살과 넘보라살을 화살에 쐬였다.

적에게 치명적이 될 수 있는 특수 화살이었다. 탱의 말대로 특수 화살이 아니면 그들은 죽지 않기 때문이었다.

자정(子正)이 되자, 선화공주는 다시 주문을 외었다.

주문이 끝나자 비형랑은 힘이 세어 보이는 다섯 마리의 도깨비를 데리고 나타났다.

"자, 이제부터 수로대왕의 몸 속으로 들어가 흑의군사들과 싸울 것입니다. 그들이 대왕의 목숨을 위기에까지 몰아온 만큼 우리들의 목숨도 장담하기 힘듭니다. 끝까지 싸워 보아야지요."

비형랑이 선화공주를 바라보면 침통하게 말하였다.

"우리도 갈 것입니다."

탱과 팽이 활을 메고 비형랑 앞으로 나섰다.

비형랑(鼻荊郞), 흑의군사(黑衣軍士)를 무찌르다

비형랑은 초미세광법(超微細光法)을 써서 다섯 도깨비들과 함께 아주 작은 불꽃으로 변하였다. 그리고 들숨을 통하여 대왕의 기관지를 거쳐 허파로 들어갔다. 탱팽도 곧장 비형랑을 뒤쫓았다.

폐(肺)에 이른 일행은 실핏줄을 뚫고 허파정맥을 지나 좌심방(左心房)에 이르렀다. 아직 여기까지는 흑의군사의 모습이 보이지 않았다.

"다행한 일이로군. 흑의군사가 폐에 이르렀다면 일이 크게 어려워질 뻔하였는데."

비형랑은 날름막을 빠져나와 좌심실을 거쳐 대동맥에까지 단숨에 다다랐다.

이에 이르자 백의군사들은 보이지 않고 노도(怒濤)같이 흐르는 피의 흐름을 역류(逆流)하여 심장으로 침투하려는 흑의군사들이 바로 실(室)의 문앞에까지 도달해 있었다.

"에잇! 악독한 놈들."

비형랑이 채찍을 휘둘렀다.

도깨비들도 방망이를 휘두르며 흑의군사들에게 덤벼들었다.

탱과 팽은 활통에서 화살을 꺼내 적을 향해 쏘았다. 흑의군사들은 비형랑의 채찍에 맞아 사면팔방으로 흩어졌다. 또한 도깨비들의 방망이에 맞아 그 자리에 고꾸라져서 일어나지 못하였다. 그리고 탱과 팽이 화살을 날릴 때마다 비명을 지르며 쓰러졌다. 잠시 동안 심장 근처의 흑의군사들은 파죽지세(破竹之勢)로 흩어지는 듯했다.

그러나 그들의 수효는 너무나 많았다. 그들은 흩어지면 다시 뭉치고 또 흩어졌다가는 다시 모여서 언제까지나 똑같은 모습으로 덤벼들었다.

"이러다간 부지하세월, 힘만 빠지겠구나."

비형랑은 다시 방법을 모색해 보기로 하였다.

탱이 말했다.

"적은 이미 대왕의 몸 전부를 지배하고 있습니다. 흑의군사를 물리치기 위해서는 단순한 방법으로는 되질 않습니다. 그들을 이겨낼 단 한 가지 방법으로는 그들의 천적(天敵)을 발견하여 대적토록 해야 하는 것입니다."

"천적이라? 그들의 천적은 무엇인가?"

비형랑이 물었다.

"백의군사입니다."

"그들은 지금 전멸 상태에 있지 않은가?"

"그런 것 같습니다. 그러나 어딘가 한둘이 숨어 있을는지도 모르지요."

"우리가 저들의 진로를 막고 있는 동안 찾아보도록 함이 어떨까?"

"그렇게 해보도록 하지요."

말을 마친 탱팽은 곧 활을 메고 백의군사를 찾으러 나섰다.

"지난번 형편으로 보아 심장 안으로 들어갔거나 심장 근처의 작은 실핏줄 속에 숨어 있을지도 몰라."

탱팽은 이곳까지 올 때에 한 명의 백의군사도 눈에 띠지 않은 것을 감안하여 실핏줄 속을 찾아보기로 하였다. 흑의군사들이 작은 실핏줄 속까지 침투해 들어와 있었으므로 그들을 만날 때마다 빨강살과 보라살을 쏘아 거꾸러뜨리며 이곳 저곳을 찾아보았다. 얼마 동안 헤매던 탱팽은 소동맥(小動脈)을 잇는 모세혈관(母細血管) 속에서 거의 초주검이 되어 있는 백의대장 한 명을 발견하였다.

탱팽은 백의대장을 부축하여 비형랑에게로 돌아왔다.

비형랑은 도깨비들을 시켜 백의대장을 소생시키도록 하였다. 그 동안에도 흑의군사들은 살과 뼈와 피에 스며들어 제멋대로 날뛰고 있었으며, 비형랑의 채찍 앞에서도 계속 앞으로 전진하였다.

탱팽은 맑은 피로 백의대장의 몸을 씻기고 들숨으로 들어온 맑은 공기를 쐬었다. 얼마 후 백의대장은 간신히 눈을 떴다.

"정신이 좀 듭니까? 이제 안심해도 됩니다. 우리가 도와드릴 테니 우리를 믿으십시오."

탱팽은 백의대장이 정신이 들자, 전후 사정을 말하고 안심하라고 일렀다.

그리고 넘빨강살과 넘보라살을 쐬어 만든 광철(光鐵) 갑옷을 입히었다.

"자, 이젠 적을 두려워할 것은 없습니다. 우리가 있으니까요. 만약 대장께서 적에게 화를 당하게 되면 그와 함께 대왕의 목숨도 끝나게 됩니다. 용기를 가지십시오."

백의대장은 역전의 용사였다. 그는 곧 힘을 내어 칼을 치켜들고 적진 속으로 뛰어들어 갔다. 그의 뒤를 비형랑과 도깨비, 그리고 탱이 따랐다.

흑의군사들도 더욱 군사를 늘려 이번에야말로 남은 적을 물리치고 완전히 그들의 세계를 장악하려고 대대적인 공격을 시작하였다.

"우리는 시체가 맛있어. 우리는 썩은 고기가 맛있어."

흑의군사들은 소리소리 지르며 공격하였다.

삽시간에 흑의군사들이 백의대장을 빽빽이 둘러쌌다. 그러나 빛으로 만든 갑옷을 입은 백의대장 앞에서 그들은 쉽게 달려들지 못하였다. 백의대장은 둘러싸인 흑의군사에게 칼을 휘둘러 그들을 쓰러뜨렸다.

비형랑과 탱, 그리고 도깨비들도 사정없이 채찍을 휘두르고 활을 쏘고, 몽둥이를 휘둘러 흑의군사를 무너뜨렸다. 그럼에도 불구하고 흑의군사들은 꾸역꾸역 모여들었다.

이런 상태로는 흑군의 세력은 조금도 줄어들 것 같지 않았다. 쓰러진 흑군들은 그들 군사들에 의해 뒤쪽으로 운반되었는데 그러면 죽은 시체들은 뼈와 살에 달라붙어 살을 녹이고 뼈를 깎았다.

"저들의 시체를 빼앗겨서는 안 됩니다. 팽이 있는 쪽으로 옮겨다 놓으십시오."

탱이 활을 쏘아 적을 쓰러뜨리며 말하였다.

"너희들은 흑군의 시체를 뒤로 운반하여라."

비형랑이 다섯 도깨비에게 말하였다.

싸움은 격렬하였다.

비형랑은 맹렬히 채찍을 휘둘러 적을 흩뜨려뜨렸고, 백의대장은 혼신의 힘을 다해 적을 쓰러뜨렸다. 탱은 멀찍이서 활을 쏘아 적을 거꾸러뜨렸는데, 그러면 도깨비들은 쓰러진 흑의군사를 떠메고 좌심실 앞에 대기하고 있는 팽 앞에 가져다 놓았다. 팽은 대동맥에서 흐르는 맑고 깨끗한 피로 죽어 넘어진 흑의군사의 몸을 씻었다. 죽었던 흑의군사는 잡혀 먹혔던 백의군사로서 맑은 피에 씻기니 곧 흰 모습의 백의군사로 변하면서 눈을 뜨고 자리에서 일어났다.

그리고 앞뒤도 돌아보지 않고 곧장 싸움터로 나가 흑의군사와 싸우기 시작했다.

"됐다! 우리의 생각이 맞았어. 이제부터 희망이 보인다."

비형랑이 기뻐서 소리쳤다.

비형랑과 도깨비, 그리고 팽은 다만 적을 쓰러뜨릴 뿐이었으나, 백의군사가 적을 쓰러뜨릴 때는 쓰러진 적은 곧 백의군사로 변하였다. 흑의군사들이 백의군사를 쓰러뜨릴 때 흑의군사로 변하는 것과 같이 백의군사로 변하였던 것이다. 그리하여 한 명의 백의군사는 한 명의 흑의군사를 쓰러뜨려 두 명의 백의군사가 되었고, 두 명의 백의군사는 각각 한 명씩의 흑의군사를 쓰러뜨려 네 명의, 네 명의 백의군사는 여덟 명, 열여섯은 서른두 명, 그리고 예순네 명, 백 스물여덟 명, 이백 쉰 여섯 명으로 늘어나더니 순식간에 오백 열두 명에서 천 스물 네 명으로 그 곱절인 이천 마흔 여덟 명, 사천 아흔 여섯 명, 팔천 백 아흔 두 명에서 만 육천 삼백 팔십 네 명으로 불어났다. 그리고 얼마후 십삼만 천 일흔 두 명에서 이십육만 이천 백 마흔 네 명, 백 사만 팔천 오백 일흔 여섯 명이 되더니 또 얼마 후에는 천 육백 삼십 칠만 칠천 이백 열 여섯 명의 군사로 불어났다. 일방적으로 몰리던 백의군사는 서서히 흑의군사와 대등히 싸우기 시작했다.

시간이 지날수록 백의군사는 점점 불어났다. 천만(千萬) 군사는 곧 일억 삼천 사백 이십 일만 칠천 칠백 스물여덟 명의 군사가 되었고, 백 칠십 일억 칠천 구백 팔십 육만 구천 백 여든 네 명의 대군(大軍)이 되었다. 이제는 백의군사와 흑의군사의 숫자가 엇비슷해져 있었다.

비형랑은 백의대장을 불러 백의군사들을 오장육부(五臟六腑)로 출정토록 하는 한편 일개의 대군들은 죽은 다음에 살과 뼈와 피에 붙어 악취를 일으키며 부패해가는 흑의군 시체의 찌꺼기들을 깨끗이 긁어내어 제거하도록 하였다. 시간이 지남에 따라 대왕의 맥박은 전처럼 순조로웠고, 오장과 육부의 기능도 정상으로 돌아왔으며, 시커멓게 그을렀던 살과 뼈도 종래의 불그스레한 모습으로 하얀 뼈대로 변하였다.

그러나 아직 전투는 곳곳에서 치열하게 벌어지고 있었다. 놈들은 워낙 견고하게 성을 쌓아 놓았으므로 수많은 군사들이 적에게 먹히어 흑의군사가 되었고, 다시 백의군사들의 공격으로 죽음을 당한 후 백의군사로 변하는 공방전이 계속되었다. 한동안의 시간이 지난 후에야 전선(戰線)이 조용해졌다. 그런데 갑자기 췌장(膵臟) 쪽에서 웅성거리는 소리가 들렸다. 달려가 보니 유난히 크고 흉칙하게 생긴 흑의군사 하나가 길길이 날뛰며 백의군사들과 싸우고 있었다.

"저 놈이 원흉(元兇)입니다."

백의대장이 날뛰는 흑의군사를 가리키며 소리쳤다.

놈이 날뛸 때마다 수백 명의 백의군사가 쓰러졌다.

"난생 처음 보는 놈인데, 저놈은 분명 타국에서 왔거나 돌연변이(突然變異)가 틀림없어."

탱이 말했다.

비형랑과 도깨비들은 다시 살아나는 흑의군사와 싸우고 있었다.

"팽, 저 놈의 목줄기를 넘빨강살로 겨눠. 난 넘보라살로 놈의 심장을 꿰뚫을 테니."

탱과 팽은 동시에 화살을 날렸다. 화살은 정통으로 날아가 흑의대장의 목줄기와 심장을 뚫었다.

"으악!"

흑의대장이 비명 소리와 함께 앞으로 고꾸라졌다.

"천하에 무도한 놈."

백의대장이 달려들어 쓰러지는 흑의대장의 목을 칼로 베었다.

흑의대장은 그 자리에 쓰러져 꿈틀거리더니 물거품이 되어 사라져 버렸다. 그와 함께 끝까지 버티던 흑의군사들도 비형랑의 채찍과 도깨비들의 방망이에 흔적도 없이 사라지고 말았다.

"무엇으로 감사에 대신하여야 할는지."

백의대장이 머리를 숙여 치하하였다.

"악을 위해 싸웠다면 그것으로 족합니다."

비형랑이 답례하였다.

"안녕히들 가십시오. 이제 우리의 군사는 종전의 삼백오십억의 대군을 확보하여 대왕의 몸을 지킬 수 있는 정상적인 숫자가 되었습니다. 우리는 목숨이 다하는 날까지 여기에 남아 대왕을 지켜드려야 할 의무가 있습니다."

백의대장이 석별의 정을 나누었다.

"높으신 충의(忠義)에 고개가 숙여집니다."

비형랑과 도깨비들 그리고 탱팽은 작별 인사를 마치고 백의대장과 헤어졌다.

"힘이 지쳤으니 대동맥을 역류하여 나가기는 몸에 부칠거야. 세상이 조용해졌으니 흐르는 강에 몸을 맡겨 보세."

비형랑이 도깨비들과 탱팽에게 말했다.

"뉘신지 모르오나 이번 일에 함께해주셔서 대단히 고맙습니다."

탱팽이 비형랑에게 고마움을 표하였다.

"나중에 선화공주님께 우리의 정체를 물어보게나. 우리들은 오늘 이후론 공주님이나 자네들 앞에는 모습을 나타내지 못할 것일세. 우리 선화공주님께서는 험난한 세상을 혼자서 헤쳐나가려 하실 것이네만, 여인의 몸으로 어찌 고난과 역경이 없겠는가. 탱팽, 그대들의 도움이 필요하네. 우리 공주님을 진심으로 도와주게나."

비형랑은 탱팽의 손목을 꼭 쥐었다.

일행은 피의 흐름을 타고 여러 가지 장(臟)과 부(腑) 그리고 갖가지 기관(器官)을 지나갔다. 주기적으로 들리는 맥박의 고동은 아름다운 음악처럼 부드러웠으며 유유히 흐르는 혈맥의 피들은 병정들이 행렬을 하듯 정연히 사방으로 퍼져 나갔다.

모든 것들이 자신의 맡은 바 임무에 따라 오르고 내리며 오고 가는 모습은 밤하늘에 반짝이는 별들의 운행(運行)과 같이 질서 있고

아름다웠다. 혈맥을 빠져 나온 비형랑과 일행은 땀샘을 통하여 수로
대왕의 몸 속으로 빠져 나왔다. 그리고 곧 동편 하늘로 사라졌다.

오랜 병고에 헤매던 수로대왕이 자리에서 일어났다. 그리고 크게
기지개를 켜고 심호흡을 하였다.

"짐이 오랜 동안 잠에 빠져 있었나보구먼."

수로대왕은 완전히 원기를 회복하였다.

"그런데 그대들은 누구신가?"

수로대왕이 청학도사와 선화공주에게 물었다.

왕비가 나서서 그 동안의 자초지종을 낱낱이 들려 주었다.

"그랬었구먼. 이 은공을 어떻게 갚아야 할는지."

수로대왕이 두 사람을 치하하였다.

"대왕님께서 국사(國史)에 너무 심취하신 탓이옵니다. 이제 염려
놓으시고 마음 편히 하소서."

두 사람은 임금님의 치하에 답례하였다.

죽음의 굴 속처럼 암울(暗鬱)하던 궁성은 수로대왕의 쾌차(快差)
로 기쁨이 돌았다. 왕비의 얼굴에도 안도의 빛이 역력하였다. 나라
안은 일순간 기쁨으로 술렁거렸다.

독룡과 나찰녀

수로대왕의 완쾌로 가락국은 생기를 찾는 듯했다. 그러나 그것도
잠시뿐, 갑자기 하늘에 시커먼 구름이 몰려오더니 뇌성벽력이 일어

나며 폭우가 쏟아지기 시작했다. 대왕과 왕비는 물론 온 나라 백성들은 또다시 근심 걱정에 휩싸였다.

"독룡이 노(怒)한 까닭입니다."

대신들이 겁에 질려 대왕께 말하였다.

"왕후님께 잠시 듣기는 하였사오나, 어떤 사연인지 자세히 알려 주십시오."

선화공주가 대신들을 돌아보며 말하였다.

한동안 세차게 몰아치는 빗발을 바라보던 수로대왕이 조용히 입을 열었다.

"언제부터인가 만어산(萬魚山)에 다섯 명의 나찰녀가 터를 잡더니 산 아래 옥지(玉池)의 독룡과 사통을 하면서 악행(惡行)을 저지르기 시작했소. 그들은 4년 동안 뇌우(雷雨)를 내리게 하여 곡식을 망쳐 놓아 백성들을 기근(饑饉)에 빠뜨렸으며, 오계(五戒)를 무너뜨리도록 부추겨 인륜(人倫)과 도덕(道德)과 근본 양식을 잊게 하였소. 짐이 온갖 능력을 다 발휘해 저들과 대적해 보았지만 이렇게 병만 얻었을 뿐 그들을 어쩌지 못하였소."

수로대왕은 다시 입을 굳게 다물었다.

"정녕 이 나라에서는 저들과 대적할 만한 인재가 없는 것입니까?"

말없이 듣고만 있던 청학도사가 답답한 듯이 대왕에게 물었다.

"이 나라 사직(社稷)이 세워진 지 이제 몇 년에 불과하오. 아직 조정이 굳건하지 못한 터에 기둥이 될 만한 인재 또한 찾지 못하고 있소이다. 천지신명(天地神明)께 저들을 물리쳐 달라고 빌었으나 신원(伸寃)의 기원이 하늘에 닿기도 전에 저들이 막아 버려 그 또한 허사가 되고 말았소. 결국 이 나라는 악마의 제국이 되어 버릴 것이오."

수로대왕은 침통하게 한숨을 쉬며 고개를 떨어뜨렸다.

"그들이 그렇게 쉽게 이 나라를 어쩌지는 못할 것입니다. 보셨겠거니와 저희들은 도깨비들과 구미호를 물리쳤습니다. 그들이라고 별다른 능력이 있겠습니까? 제가 그들을 만나 담판을 지어 보겠습니다."

선화공주가 앞으로 나서며 말했다.

"독룡과 나찰녀는 여느 잡귀와는 다르오. 하늘도 두려워하지 않는 저들이 하찮은 인간 따위에게 어찌 굴복을 하겠소."

옆에 있던 대신 한 사람이 말하였다.

이때 하늘에서 독룡의 소리가 들려왔다.

"수로, 정녕 내 명령을 어길 테냐! 마지막으로 여유를 줄 테다. 사흘 안으로 그 '파사석탑'(波沙石塔)인가 뭔가 하는 것을 부숴 버려라. 그리고 그 자리에 나의 신상(身像)을 세우도록 하라. 만약 그 시간까지 명령을 듣지 않을 때는 이 나라는 물바다가 될 것은 물론 너희들 목숨까지도 부지하지 못할 것이다."

독룡은 수로대왕에게 명령을 내리고는 구름 속으로 사라져 버렸다. 독룡이 사라진 뒤에도 천둥 번개와 함께 무서운 회오리 바람이 일어나며 세상을 뒤집을 듯하더니 비가 그치고 구름은 만어산 쪽으로 몰려가 버렸다.

수로대왕과 왕비, 그리고 대신들은 공포에 질려 얼마 동안 어쩔 줄 모르고 안절부절하였다.

"독룡의 명령에 따르십시오. 우선은 사나운 발톱을 피하는 것이 상책이 아닙니까."

왕비가 대왕의 옷자락에 매달렸다.

"아니 되오. 그럴 수는 없소. 탑을 파괴함은 그대와 나와의 인연이 끝남을 뜻하는 것이오. 그리고 독룡상(毒龍像)을 세운다는 것은 그후부터 짐과 이 나라 백성은 그의 밑에 노예가 되어 신상의 숭배자로서 언제까지나 자유 없는 삶을 누려야 함을 의미하는 것이오."

수로대왕은 단호하게 왕비의 말을 거절하였다.

"파사석탑이라시면 저 천축국으로부터 온……."

청학도사가 물었다.

"그렇소, 왕비가 멀리 천축국으로부터 이 나라로 시집올 때 모국(母國)인 아유타국에서 가져온 것이오. 풍랑과 악귀를 물리치며, 파도를 잠재워 무사히 이곳까지 이르게 함은 왕비의 부왕(父王)께서 주신 저 탑의 덕분이었소."

대왕은 궁전 안뜰에 고이 모셔 놓은 파사석탑에 눈을 돌렸다.

"나무관세음보살."

청학도사가 탑을 향해 합장을 하였다.

"저 탑(塔) 때문에 그 동안 독룡도 이 금관가야만큼은 쉽게 넘보질 못하였소. 그러나 이제는 계속되는 뇌우(雷雨)로 농사를 못 짓게 하고 백성들의 마음을 불안과 공포로 몰아넣어 짐을 굴복시키려 하고 있소. 사흘 후 독룡과 나찰녀들은 그들의 막강한 힘으로 이 나라를 파괴할 것이오."

수로대왕은 깊게 한숨을 쉬었다.

"이 일은 우선 저에게 맡겨 주십시오. 남해의 청룡대왕과 저는 친분이 있는 사이였습니다. 그분은 지금 이 세상에 없지만 독룡이라 할지라도 용(龍)인 바에야 대면하고 나면 어떤 실마리를 찾을 수 있을는지 모릅니다."

청학도사가 자신의 뜻을 대왕에게 아뢰었다.

"그렇게만 된다면 오죽이나 좋겠소. 내 군사 삼천을 줄 터이니 독룡을 무찌르도록 데려가 주시오."

수로대왕이 청학도사의 말에 방색을 하였다.

"아직 적의 힘과 능력을 모르는 이상, 섣불리 심성을 건드려서는 안 됩니다. 말 한 필만 주십시오. 옥지에 가서 힘 있는 데까지 그를 설득해 보겠습니다."

청학도사가 수로대왕에게 정중히 아뢰었다.

"정히 그렇다면 그대의 뜻대로 해보도록 하오."

수로대왕은 병사들을 시켜 백마 한 필을 가져오도록 하였다.

"대왕님, 저는 만어산의 나찰년가 무엇인가 하는 것들을 찾아가 보겠습니다. 저에게도 말 한 필을 주십시오."

선화공주가 수로대왕 앞으로 나섰다.

"아니, 연약하기 그지없는 그대가 그 흉폭한 나찰녀들을 상대해 보겠다니, 그것은 안 될 말, 그대는 이곳에서 쉬도록 하오."

대왕이 만류하였다.

"겉만 보고 나약하다 하심은 부당하옵니다. 조금 전에도 말씀드렸지만 다리(橋)를 훔쳐 가는 도깨비들과 무덤을 파헤치는 구미호를 물리친 것은 저 혼자의 힘이었습니다. 나찰녀들이 강하다고는 하나 같은 성(性)을 가진 여인끼리니 한번 맞서봄직도 한 일이 아니겠습니까?"

선화공주가 수로대왕의 말에 반박하였다.

"모를 일이로고, 공연한 인명만 손실할 뿐인데……. 그들은 사람의 살과 피를 먹으며 하늘을 날아다님은 물로 날래고 빠르기가 이를 데 없는 악귀들이라 들었소."

수로대왕이 거듭 만류하였으나 선화공주는 듣지 않았다. 그녀는 우두머리 대장에게 부탁하여 검은 말 한 필을 가져오게 하였다.

그리하여 청학도사는 독룡이 산다는 옥지(玉池)로, 선화공주는 다섯 나찰녀가 웅거(雄據)해 있다는 만어산을 향해 각각 말머리를 향했다.

옥지(玉池)의 독룡(毒龍)

한 필의 백마에 몸을 얹은 청학도사는 만어산 기슭 아래 있다는 옥지(玉池)를 향해 한 발씩 한 발씩 접근해 갔다.

깎아지른 듯한 절벽이 좌우로 치솟아 오른 돌길을 지나 얼마쯤 더 들어가니 멀리 옥지가 보였다.

옥지에 다다르니 너비를 알 수 없는 수면 위에는 운해(雲海)처럼 안개가 짙게 드리워져 있었고, 그 안개는 계곡의 좁은 틈 사이로 피어올라 금방이라도 무슨 괴물이 튀어나올 것 같은 분위기를 자아내었다.

청학도사가 못 앞으로 접근하자 갑자기 부글부글 물 끓는 소리와 함께 강하고 음산한 바람이 불어왔다. 청학도사는 눈을 똑바로 뜨고 연못을 응시했다.

그러자 못의 한가운데로부터 물기둥이 솟아오르더니, 물기둥을 타고 검은 물체 하나가 나와 그 자리에 우뚝 버티고 섰다. 잠시 후 검은 물체는 물안개를 헤치며 청학도사를 향해 천천히 다가오고 있었는데 다가오는 물체를 자세히 보니 그것은 검은 말을 탄 장수의 모습이었다.

장수는 청학도사와 아주 가까운 거리에서 말을 멈췄고 부릅뜬 눈으로 청학도사를 바라보았다. 그의 키는 십여 척에 몸에 걸맞는 우람한 말을 타고 있었으며, 비늘로 장식된 검푸른 갑옷에 사슴뿔이 달린 용투구를 쓰고 있었고, 오른손에는 가지가 다섯이 달린 긴 창을 거머쥐고 있었다.

그는 청학도사 앞에 우뚝 서서 번득이는 눈망울을 굴리더니 벽력같이 큰 소리로 외쳤다.

"이봐, 지명(知命), 뭣하러 나를 찾아왔는가? 한번 겨뤄 보자는 겐가? 아니면 잔소릴 늘어놓으려고 왔는가?"

독룡의 고함 소리가 어떻게 큰지 청학도사는 말과 함께 하마터면 앞으로 고꾸라질 뻔하였다. 그러나 가까스로 말을 고쳐 세운 청학도사는 정신을 바싹 차리고 독룡과 맞섰다.

"우룡(雨龍), 나는 대왕의 부탁을 받고 왔네. 간곡히 말하네만 자네의 행패를 자중해 주게나."

청학도사가 독룡에게 애걸하다시피 말하였다.

"우하하하하, 쥐뿔 같은 놈, 네 놈이 감히 이 용대왕(龍大王)님께 충고를 하겠다는 거냐? 네가 청룡과 친하게 지냈을 때는 어땠을런지 모르지만 지금은 눈 하나 깜짝할 내가 아니다."

독룡이 으르렁거렸다.

"보아하니 태어났을 때부터 심성(心性)이 고약하진 않았을텐데 무슨 원한으로 이렇듯 괴팍해졌는가?"

"후후후후, 알기는 아는구먼. 나도 전에는 한 나라의 임금을 섬기는 충직한 신하였었지. 어느 날 왕은 내가 정성껏 짜다 바친 우유를 내동댕이치며 이유도 없이 꾸짖었었다. 그때, 나는 굳게 마음을 먹었지. 내가 죽으면 독룡이 되어 꼭 앙갚음을 하고 말겠다고."

"살다가 보면 궂은 일도 있는 법. 그렇다고 네 원한과는 관계가 없는 나라에 와서 4년 동안이나 비를 내리게 하고 이곳 백성을 다 굶어 죽이게 하려는 것은 옳지가 않아."

"옳든, 옳지 않든 나도 내 마음대로 하겠어. 내가 인간이었을 때는 이렇게 생각했었지. 사람은 모두가 같은 조건하에 평등히 자유롭게 살다가 죽는 것이라고. 그래서 남도 나같이 슬플 땐 울고, 기쁠 땐 웃는 것이니, 될 수 있으면 남의 처지를 내 맘처럼 알아 그들이 마음을 상하지 않고 편안히 살게 해주어야겠다고. 그런데 왕이란 것

158

들은 그렇지가 않아. 남을 기쁘게 해주기는커녕, 그 힘을 이용해서 자기의 비위에 거슬리면 목숨까지도 빼앗으려 하지. 약한 자는 살 수 없는 곳, 살더라도 복종과 굴복 속에 허우적대다가 비참하게 죽는 곳이 인간 세상이야. 난, 인간이 싫어. 수로왕도, 네 놈도 마찬가지야."

"일방적인 생각이야. 소수가 그렇다고 인간 전부를 매도(罵倒)해선 안 돼. 그대는 한쪽으로 삐뚤어져 있어. 또한 고고(孤高)한 성품이었던 그대가 악귀인 나찰녀들과 어울려 근본을 더럽히는 것도 그대답지가 않네."

청학도사가 독룡을 달랬다.

"후후후후, 그렇지만 안됐네. 내 핏속에는 이미 선(善)이라든가 진실(眞實) 같은 건 흐르지 않아. 이글이글 타오르는 증오의 불길, 그것을 그 누구도 끌 수는 없어. 설사 그것이 부처라 하더라도."

독룡의 눈에서는 불똥이 펄펄 튀었다.

"더 이상 귀찮게 굴기 전에 네 놈의 목을 동강내어 옥지의 고기밥을 만들겠다."

독룡은 오룡창(五龍槍)을 높이 치켜들었다. 그리고는 말고삐를 채어 바람같이 청학도사를 향해 지쳐 왔다. 말발굽 소리는 하늘을 무너뜨리고 땅을 꺼지게 하듯 우렁차게 들려왔다. 마치 천군만마(千軍萬馬)가 한꺼번에 달려오는 위력이었다.

독룡은 오룡창을 들어 청학도사의 목을 향해 휘둘렀다. 창끝에서는 바람을 가르는 소리와 함께 섬광이 튀었다.

"잠깐, 싸우고 싶지 않다."

청학도사가 간신히 창끝을 피하며 소리쳤다.

"죽는 게 겁이 나는 모양이지. 하지만 운명은 이미 결정지어진 것. 내 창날을 피할 수는 없다."

독룡은 그 말이 떨어지자마자 청학도사의 몸을 두 동강 내려는 듯 사정없이 창을 휘둘러댔다.

"앗! 그만둬."

청학도사는 등허리에서 혼령봉(魂靈棒)을 꺼내 독룡의 예봉을 막았다.

"쥐새끼 같은 놈. 용케도 피하는군."

휙! 휙!

하늘을 가는 독룡의 창날은 더욱더 예리해져 갔다.

'안 되겠다. 도망치는 수밖에……'

청학도사는 위기의 순간을 온갖 술법을 다 써서 피해 가면서 차츰차츰 뒤로 물러나기 시작했다.

독룡의 창술과 힘도 힘이려니와 그가 탄 말은 몇 달을 싸워도 지칠 줄 모르는 용마(龍馬)였다. 그러나 청학도사의 말은 그의 체구(體軀)에 비해 고른 조랑말에 불과했으므로 금방 지쳐 버려 용마의 상대가 되질 않았다. 청학도사는 일방적 공격을 피하여 겨우겨우 옥지로부터 계곡 밖으로 빠져 나왔다.

그리고는 말머리를 돌려 산 기슭 아래로 있는 힘을 다해 도망쳐 버렸다.

"휴—! 보통 놈이 아니로구나. 백만대군이라도 당해 내지 못할 힘이로군."

청학도사는 커다란 바위 틈에 몸을 숨기고 숨을 달랬다.

"으하하하하, 목이 달아나지 않은 것만 다행으로 알아라."

독룡은 산이 무너질 듯 찌렁찌렁한 소리를 지르더니 더 공격할 생각은 않고 옥지 속으로 사라져 버렸다.

만어산(萬魚山)의 다섯 나찰녀(羅刹女)

한편 선화공주는 다섯 나찰녀가 웅거(雄據)하고 있다는 음혈(陰穴)을 찾아 만어산의 비탈길을 오르고 있었다.

굴 속에서는 다섯 명의 나찰녀들이 달만큼 커다란 유리구슬 앞에 둘러앉아 선화공주가 산에 오르는 모습을 비춰 보고 있었다.

검은 도복에 검은 말을 타고, 치렁치렁 긴 머리를 바람에 날리며 산을 오르는 선화공주를 보고 나찰녀들은 침을 꿀꺽 삼켰다.

"온다."

"온다."

"계집애가 온다."

"잘나게도 생겼구먼. 잡아먹어 버립시다."

둘째 나찰녀가 말했다.

"안 돼, 잡아먹을 인간들은 얼마든지 있다."

첫째 나찰녀가 말했다.

"그럼 어쩔 심산이오?"

셋째 나찰녀가 말했다.

"누가 더 강한가를 시험해 보아야지."

첫째 나찰녀가 말했다.

"호해호해호해, 언니두 참, 웃기지 말아요. 우리의 잔혹성, 날래고 강한 힘, 인간의 머리를 뛰어넘는 초능력. 어떻게 그들이 우리의 상대가 되겠어."

넷째 나찰녀가 웃어제꼈다.

"글쎄, 그렇게도 생각이 되겠지. 그러나 그렇게 쉽게 보아 넘겨서는 안 돼. 인간이란 것들은 참으로 알지 못할 데가 있거든. 불에 타재가 되어 바람에 날려 없어진 것 같았는데, 다시 눈을 비비고 보면 그 재 속에 불꽃이 남아 다시 피어오르고, 또 피어오르는 끈기가 있지.”

“그까짓 것쯤으로 맞대결은 너무 싱겁잖아요.”

둘째 나찰녀가 말을 받았다.

“만만히 보아서는 안 돼. 그들은 맹목적으로 어떤 신(神)을 선정하고 온몸을 던져 미칠 듯 매어달리다가도 파도가 밀려가듯 한순간에 내동댕이쳐 버리거든. 천상(天上)의 뭇 신들이 지상(地上)에다가 그들의 세계를 이루어 보려 갖은 노력을 써 봤지만 어느 하나 자신들 뜻대로 펼쳐 본 신은 없었어. 결과는 배신과 좌절의 아픔뿐. 패배의 슬픔만 안고 이곳을 떠나가 버렸지. 세월의 흐름 속에 명멸(明滅)한 뭇 신들의 신전이 수천 수백으로 폐허가 되어 남아 있는 것을 보아도 알 수 있지. 우리가 지금 저들을 움켜쥐고는 있지만 한순간 한눈을 파는 사이 언제 저들의 화살이 우리들의 심장을 파고들지 알 수 없어.”

“무능한 신들과 우리를 비교하지 말아요. 지금 우리는 인간들의 일거일동 그 마음 속까지 꿰뚫고 있잖아. 그들은 우리 손아귀 안에서 옴쭉달싹도 못해.”

둘째 나찰녀가 말했다.

“무능한 신들과 무능한 인간들을 두려워서 하는 말이 아니야. 그동안 저 아이의 행동과 내면(內面)을 주시(注視)해 보고 있었지. 우리가 가장 싫어하고 경계하는, 인간만이 가지고 있는 그 본성(本性)이라는 것을 측정(測定)해 보았거든. 그런데 놀랍게도 저 계집애는 악(惡)에 맞서는 선(善)과 불의(不義)에 대항하는 정의(正義)와 미래에 대한 이상(理想)과 중생(衆生)을 아끼고 살피는 자비(慈悲)와 한 남자에 대한 끝없는 열정(熱情), 여자만이 갖는 포용력 그리고 명석

한 두뇌와 사리를 분별할 줄 아는 이성(理性)까지도 골고루 갖추고 있었어. 그리고 뛰어난 미모까지……. 저 계집애는 우리가 다른 인간에게서 쉽게 찾아보지 못했던, 끔찍하게 싫어하는 것들을 주렁주렁 매달고 있단 말이야."

"호하해호하해, 저렇게 완벽한 듯 보이는 인간일수록 무너지기도 쉬운 법. 너무 과장되게 평가하지 말아요. 목숨만 가져가면 순간에 흉칙한 뼈대로 변하는 게 인간이야."

셋째 나찰녀가 깔깔거렸다.

"하기사 완전한 인간이란 있을 수 없지. 어수룩한 듯한 속에 들어 있는 인성(人性), 그것이 더 큰 문제야. 하여튼 선화(善化), 저 애야말로 지금은 이 가락국 안에서 가장 인간다운 심성(心性)을 갖춘 인간이라고 할 수 있다."

"저 애를 시험삼아서 얻는 것이 무엇이겠어요?"

넷째 나찰녀가 말했다.

"완벽을 기하자는 것뿐이지. 그리고 좀전에도 말했지만 인간들 밑바닥에 이중 삼중으로 깔려 있는—서로 죽도록 좋아한다고 법석을 떨다가도 상대를 증오하고 죽이기까지 하고, 구속받기 싫다고 아우성치다가도 추종자에게 목이 매여 끌려다니며, 천만 년 살아갈 듯 쌓고 올리다가도 하루 아침에 헐어버리기도 하는, 그 위선(僞善)과 우매(愚昧), 아집(我執)과 맹신(盲信)— 것들을 파헤쳐 우리것으로 만들자는 것이야. 상대를 알아야 그 다음부터 우리 손아귀 안에 넣고 마음대로 주무를 것이 아니겠어."

"듣고 보니 재미난 이야기로군. 미처 생각 못했던 일인걸. 그래, 저 아이를 본보기로 삼아 인간 본성을 캐어 보자는 것이로군요."

둘째 나찰녀가 말했다.

"이제야 귀가 뚫렸나보군. 순종하는 인간들이야 맛도 없고 재미도 없잖은가. 저 애의 심성을 하나하나 무너뜨려 우리것으로 만드는 재미, 저 애의 패배는 곧 인간의 패배. 저 애를 완전히 무너뜨린 다음 승리를 축하하는 의미로 저 애를 완전히 발가벗겨서 머리털에서 발톱까지 하나도 남기지 말고 아기작아기작 씹어 먹어치우세."

첫째 나찰녀가 말을 마치고 이빨을 뿌드득 갈자 나머지 나찰녀들도 침을 줄줄 흘리며 서로를 쳐다보고 깔깔거리며 웃었다.

선화공주 영육(靈肉)이 나뉘다

선화공주가 나찰녀들이 산다는 음혈(陰穴) 앞에 이르니 하얗게 늙은 노파 하나가 선화공주를 맞았다.

"기다리고들 있지. 이리로⋯⋯."

노파는 선화공주를 나찰녀들이 있는 굴 속으로 데리고 들어갔다.

어두컴컴한 굴 속을 얼마 동안 걸어 들어가자, 앞이 탁 트이면서 커다란 방이 나왔는데 불그스레한 광채가 방 전체를 비추고 있었으며, 다섯 명의 여인이 둘러앉아 제가끔 머리를 단장하고 있었다.

여인들은 풍만한 몸매에 잠자리 날개 같은 투명한 옷을 걸치고 있었는데, 하나같이 세상에서는 보기 힘든 빼어난 미녀들이었다.

선화공주를 보자 다섯 여인이 자리를 바로 하고 선화공주를 향해 돌아앉았다.

"거기 앉게, 선화."

첫째 여인이 말했다.

"아니, 어찌 제 이름을……."

선화공주가 놀라서 물었다.

"죽, 보고 있었지. 그래 무엇 때문에 예까지 찾아왔나?"

여인들은 생각했던 것과는 달리 상냥하고 다정하였다.

"드릴 말씀이 있습니다."

"말해 보게나."

"가락국에 뇌우(雷雨)를 내려 농사를 망치게 하고, 백성들에게 오계(五戒)를 파괴토록 하여 인간의 착한 심성을 무너뜨리는 것이 이곳 만어산의 나찰녀들이라 들었습니다. 백성들에게 예전과 같이 본성을 되찾게 하고 풍요한 결실 속에 화평(和平)스런 날을 살게 해주십사고 찾아왔습니다."

선화공주는 마음먹은 바를 거침없이 말하였다.

선화공주의 말을 들은 다섯 나찰녀들은 서로 둘러앉아 얼굴을 맞대고 무어라 중얼거렸다.

"말한 대로지?"

"쓸만하군. 도적질을 시키면."

"말을 잘하는 걸 보니 남을 속이는 데는 따를 자가 없을거야."

"곡차만 먹여 놓으면 부처라도 파계시킬걸."

한동안 쑥덕대던 다섯 나찰녀가 다시 선화공주에게 얼굴을 돌렸다.

"듣고 보니 어려운 얘기가 아니로군."

첫째 나찰녀가 빙긋이 웃었다.

"그렇게만 해주신다면 은혜는 평생 잊지 않겠습니다. 그리고 이 만어산에서 편안히 여생을 보내실 수 있도록 대왕님께 아뢰겠습니다."

선화공주가 기뻐 소리쳤다.

"우리에게도 부탁이 있네."

둘째 나찰녀가 말했다.

"말씀하십시오. 가능한 부탁이라면 맹세코 들어드리도록 하겠습니다."

선화공주가 기쁜 마음으로 나찰녀들 앞으로 다가섰다.

나찰녀들도 미소를 머금고 선화공주 앞으로 다가왔다.

"내가 보니, 날렵하고 재치가 있어 보이는군. 나와 손잡고 세상에 있는 왕궁의 보물들을 모조리 훔쳐서 우리 것으로 만들자구. 네 몫은 듬뿍 주겠다."

두번째 나찰녀가 말했다.

"말솜씨를 들어 보니, 혀 놀림이 보통이 아니로군. 어떤가 세상에는 어리숙한 왕(王)이나 신들이 많지, 나와 같이 세 치의 혀를 놀려 그들의 마음을 녹여 버리고 그 자리를 탈취해서 우리도 크게 행세(行勢)나 한 번 해보도록 하지. 별것 있겠나, 가진 자만이 갖고 있는 세상, 한바탕 둘러엎는 거지."

셋째 나찰녀가 말했다.

"이것 봐, 내 요구도 좀 들어보게. 네가 한 남자에게만 마음을 두고 있는 걸 알고 있다. 하지만 사내란 건 사귀어 보면 다 똑같애. 사내 하나만으로 만족해하는 계집치고 변변한 꼬락서니가 없어. 나를 따르게. 사내와 살이 맞닿는 순간 그대의 살과 피가 황홀감에 날뛰도록 하여 줄 테니."

넷째 나찰녀가 말했다.

"아니야, 언니들 말은 들을 필요 없어. 인생의 참 즐거움은 광약(狂藥)에 있네. 한 번 흠뻑 취해 보라구. 세상에서 일방적으로 선정해 놓은 법(法)이나 계율(契律) 따위는 우스워지지. 오계(五戒) 없는 세상에서 멋대로 사는 즐거움. 이것 또한 진정한 삶이 아닌가?"

다섯째 나찰녀가 병에 든 술을 들어 보였다.

"아 — 아, 그런 것이 아니에요."

선화공주는 나찰녀들의 말을 듣자 너무나 큰 충격에 비틀거렸다.

"잠깐, 흥분할 건 없어. 끝으로 말하겠다. 너는 농사를 잘 지어 백성들을 풍요롭게 살도록 해달라고 했다. 그렇게 하도록 하지. 그런데 우리는 낟알을 먹질 못해. 어떻든 살아 가자면 뭔가 먹긴 먹어야겠는데, 그중 우리가 즐겨하는 것이 사람고기야. 잘 먹고 잘 살게 되면, 인간들이 통통하게 살이 찔텐데, 하루에 한 명씩 우리 굴로 들여보내 주게. 어떤가? 대왕에게 약속할 수 있도록 부탁해 주겠나?"

첫째 나찰녀가 말했다.

"흥, 이제 보니 너희들이야말로 말못할 악마들이로구나. 너희들을 가만두지 않겠다."

선화공주는 울분에 북받쳐 원두봉을 꺼내들었다.

"나쁜 애 아니야? 자기 요구는 들어 달라고 조르면서, 우리의 부탁에 저렇듯 화를 내며 못 들어 주겠다고 발광을 하니."

다섯째 나찰녀가 쭉 째진 눈을 가늘게 떴다.

"조금만 더 기다려!"

첫째 나찰녀가 다섯째 나찰녀를 막았다.

"너의 좁은 생각이 너를 흥분하게 만들었겠지. 그러나 이쪽을 좀 봐라."

첫째 나찰녀가 달구슬을 손으로 가리켰다.

"보이니? 사람들의 모습이……?"

달구슬에는 가야국 사람들의 모습이 보였는데, 술에 취해 비틀거리거나 싸움질을 하거나 도적질을 하거나 남녀(男女)가, 남남(男男)이, 여여(女女)가 서로 난잡하게 부둥켜안고 있었으며 살생도 서슴

지 않는 모습들이 비춰졌다. 그들은 순박한 백성들이 아니라 나찰의
모습을 닮은 반귀신(半鬼神)의 모습들이었다.

"저럴 수가?"

선화공주가 달구슬에서 눈을 돌렸다.

"우리의 요구를 들어준다면 저들을 정상적으로 만들어 놓겠다."

첫째 나찰녀가 선화공주에게 말했다.

'이들은 세상에 다시 없는 악귀들이야. 내가 저들의 말을 듣는다
고 저들이 내 말을 들어 준다고 믿을 수 없어.'

선화공주는 고개를 가로저었다.

"영리하지 못한 계집애! 그렇다면 좋다. 나와 아우들의 요구 중에
네 가지 요구만 들어다오, 저들을 구해내줄테니."

첫째 나찰녀가 말했다.

'마찬가지야, 저들은 나를 이용할 뿐 결국 자기들의 행위를 그칠
것들이 아니야.'

선화공주는 또다시 고개를 가로저었다.

"세 개만!"

그래도 선화공주는 고개를 저었다.

"그럼, 두 개만이라도."

선화공주는 역시 고개를 가로저었다.

"나쁜 년, 그렇다면 한 개만이라도 들어다오."

나찰녀들이 애원하였다.

"너희같이 흉측한 괴물들과 같은 행동을 하라니. 설사 내 몸이 찢
겨져 죽는다 한들 그런 요구는 들어줄 수 없어. 너희들을 굴복시켜
서 내 스스로 가야국 사람들을 구원할 테다."

선화공주가 나찰녀 가운데로 뛰어들었다.

"그것 봐, 잡아먹자고 내가 말했을 때 들었더라면 이런 수선은 없

었을 게 아냐."

둘째 나찰녀가 짜증을 내었다.

"그래, 네 말이 맞다. 어쨌든 애초부터 잡아먹으려던 계획이었으니, 손해볼 것이야 있는가."

나찰녀들이 가면을 벗었다. 그러자 이제까지의 아름다웠던 얼굴은 사라지고, 돼지 같은 코에 시뻘겋게 충혈된 눈, 한 자나 되는 송곳니, 그리고 당나귀 같은 귀에 박쥐 같은 날개를 달고, 곰같이 뒤뚱거리는 몸뚱이를 한 모습으로 변해 버렸다.

"에잇! 악독한 마귀들아."

선화공주는 원두봉으로 나찰녀들을 후려쳤다.

"호해호해호해, 미련한 것, 그까짓 장난감으로 우리를 어떻게 하겠다는 거냐."

나찰녀들은 훌쩍 몸을 날려 한쪽 구석으로 몰리더니 눈에서 새파란 광채를 내뿜었다.

"앗!"

광채가 몸에 닿자 선화공주는 그 자리에 쓰러져 정신을 잃고 말았다.

"인간은 우리의 상대가 못 돼. 앞으로는 인정사정 볼 것도 없이 우리 뜻대로만 밀고 나가자구."

셋째 나찰녀가 말했다.

"배도 고프니 나누어 먹읍시다."

넷째 나찰녀가 말했다.

"요리라면 이 막내에게 맡겨 둬."

다섯째 나찰녀가 말했다.

다섯 명의 나찰녀들이 달려들어 선화공주를 발가벗겨 방 가운데 놓고 송곳니를 드러내며 침을 흘렸다. 나찰녀들이 막 그들의 식사를 시작하려 할 즈음에 굴 속이 갑자기 흔들리기 시작했다. 그리고 달구슬이 마구 요동을 치더니 그 속에서 독룡의 모습이 나타났다.

"이것 봐, 그 애를 살려둬."

독룡이 나찰녀들에게 소리쳤다.

"당신이 무슨 참견이유. 이 애는 우리 소관인데."

첫째 나찰녀가 알구슬에 나타난 독룡에게 말했다.

"내 말을 들어봐. 사흘 안에 가야국은 내 손아귀에 완전히 들어온다. 그러면 금관가야는 내 차지, 나머지 대가야, 소가야, 아라가야, 성산가야, 고령가야는 너희들에게 하나씩 나누어 주겠다. 그러면 너희들은 인간들을 파괴하는 재미에 나에 대한 관심도 없어질 걸. 그 애의 정신과 육체를 분리하여 유리관 속에 저장해 두어라. 너희가 가지고 있는 가장 악독한 특성만 골라, 그 애의 머리와 심장에 스며들게 하겠다. 그 다음엔 이 독룡의 짝이 되는 것이지. 후하하하하!"

독룡은 굴이 떠나가도록 웃어제치고는 구슬 속에서 사라져 버렸다.

"흥, 늙은 주제에 젊은 애라면 사족을 쓰지 못하다니……."

첫째 나찰녀가 시큰둥하니 쓰러진 선화공주를 바라보며 말했다.

"우리의 여섯째가 생긴다는 건 좋은 일이 아니겠어. 착한 척하는 것들이 악(惡)의 맛을 들이면 더욱 흉악해지거든. 독룡 왕의 말대로 하도록 하지, 오가야(五伽倻)를 우리 손에 각각 맡긴다고 하지 않았는가."

둘째 나찰녀가 말했다.

"맛있는 요릿감을 놓치고 말았군."

셋째 나찰녀가 침을 꼴깍 삼켰다.

"요릿감이야 얼마든지 있지 않은가. 결국 인간에 대한 우리의 승리니까 그것으로 만족하자구."

넷째 나찰녀가 말했다.

나찰녀들은 유리관을 가져와 발가벗겨진 선화공주의 몸뚱이를 그 속에 누이고, 영혼은 빼어 작은 유리병 속에 담아 놓았다.

"저 유리관을 좀 봐. 인간의 본체(本體)는 어항 속의 물고기보다 아름답군."

다섯째 나찰녀가 나신(裸身)으로 누워 있는 선화공주의 몸매에 탄성을 발하였다.

"자, 우리가 할 일은 앞으로 인간들을 어떻게 개조시키는가 하는 것이야. 사흘을 기다리세. 우리의 날을 멋있게 장식하세."

나찰녀들은 얼마 동안 좋아 날뛰더니 하나하나 그 자리에 쓰러져 스르르 잠이 들어 버렸다.

탈해(脫解)의 조언(助言)

청학도사가 바위 틈에서 숨을 돌리고 있는데, 맞은편 소나무 위에 개 크기만한 까마귀 한 마리가 날아와 앉았다. 그리고 듣기 싫은 소리로 깍깍 하고 세 번 울더니 빙그르르 소나무 아래로 재주를 넘으며 뛰어내렸다.

까마귀는 땅에 발이 닿기도 전에 기골이 장대한 구척 장신(九尺長身)의 털북숭이 사나이로 변하였다.

사나이는 계곡이 떠나갈 듯 커다란 소리로 웃어제꼈다.

"우하하하하, 기는 놈 위에 나는 놈이 있다는 걸 알지 못했구먼.

물에 빠진 쥐 꼴이라니……."

"넌, 어느 놈이냐?"

청학도사가 깜짝 놀라 혼령봉을 꺼내 들고 소리쳤다.

"우하하하하, 이것 봐, 지명(知命), 어찌 혼이 났으면 사람도 알아 볼 줄 모르는가? 날세, 탈해의 변신된 모습이지. 이만은 해야 왕골(王骨)로서 행세할 수 있다고 생각했지."

탈해는 전번의 초라한 모습에서 덩치가 큰 대장부의 모습으로 탈바꿈하고 있었다.

"그러고 보니, 자네로구만. 그런데 이곳엔 또 뭣하러 나타났나. 귀찮게 굴 생각이라면 빨리 사라지게."

청학도사가 탈해를 쏘아보며 말했다.

"뭐야, 그물을 던져 나를 낚아채어 처음부터 시비를 건 것이 누구인데."

탈해의 얼굴에는 웃음이 가득 차 있었다.

"우리 일에 참견하지 말아."

청학도사가 쏘아붙였다.

"용렬(庸劣)한 사람. 자네 일에 참견하려는 게 아냐. 지금 선화의 처지가 어찌 됐는 줄 아나, 나찰의 먹이가 될 일보 직전에 달렸네."

"무엇이라구?"

청학도사가 또다시 놀라 소리쳤다.

"이보게, 지명(知命), 그대가 용화산 아래 미륵사를 지을 때 그 터를 어떻게 닦았는가?"

탈해가 다그쳐 물었다.

"그야, 하룻밤 사이에 산을 헐어 못을 메우고 터를 마련하였었지."

청학도사가 말했다.

172

"그렇지. 자네의 신통력은 이 동방(東方)에 따를 사람이 없었지. 그 방법을 써보는 것이 어떤가? 만어산을 헐어 옥지(玉池)를 매우면 독룡도 나찰들도 거처할 곳이 없어지지 않겠는가? 어떤가? 내 멋진 생각이……."

탈해가 큰 소리로 떠들었다.

"당장은 좋은 일일는지도 모르지. 그러나 저들이 다른 곳에 터를 잡으면 역시 그곳 사람들을 괴롭힐 테고, 이곳까지 보복을 하려들 것이 아닌가? 여하튼 이곳에서 저들의 횡포를 막아야 하네."

청학도사는 탈해의 말을 일축해 버렸다.

"독룡과 나찰녀들은 부처님 힘으로 밖에 물리칠 수는 없어. 어찌했든 선화를 구해야 될 것이 아닌가?"

"나도 지금 그런 생각을 하고 있었네. 다만 그 동안 선도(仙道)에 심취하느라 불도(佛道)에 소홀히 했었지. 지금은 정신이 통일되지가 않아. 앞으로 백일 참선은 하면 또 모를까. 산은커녕 바위 하나도 움직일 수 있을는지 모르겠군."

청학도사가 안타까워하였다.

"이보게 지명(池命), 듣기로는 독룡이 사흘 안에 파사석탑(波沙石塔)을 부숴 버리고, 독룡상을 세우지 않으면 가락국을 쑥밭으로 만들어 버리겠다고 위협했다는 말을 들었네. 그렇다면 시간이 없잖은가? 부처님의 자비가 잠시 외도를 했다고 아주 멀어져 버리기야 하겠는가. 그대의 하고자 하는 일이 부처님께서도 원하시는 일일텐데 무얼 주저하겠나. 찰나가 모여 영겁(永劫)이 되는 것. 백일 참선을 하루나 이틀 동안에 할 수 있도록 진력(盡力)해 보게, 지성(至誠)이면 감천(感天)이라 했으니, 그렇게 하면 분명 부처님께서도 미동(微動)하실 걸세."

탈해가 청학도사에게 자신감을 주었다.

"남의 자리나 엿보는 몰지각한 인물인 줄 알았더니, 앞뒤가 툭 트인 통 넓은 면도 있구먼. 대체 자네가 갑자기 가락국을 도우려는 속셈은 뭔가?"

청학도사가 탈해를 보고 멋쩍게 웃었다.

"나도 처음엔 가락국에 미련을 두었던 것은 사실이지. 그러나 지금은 달라. 확고한 계획이 섰거던. 그리고 장차 나도 왕이 될텐데 나라를 넘보는 악귀들이 있으면 물리쳐야 될 것 아닌가. 또한 수로 대왕을 존경하네. 자네도 이곳을 올 때 오색 구름을 보았겠지만 별자리를 짚어 보니 대왕이 이번 일만 넘기면 그 자손이 번창하여 오백 년 왕업(王業)은 능히 지켜 나갈 것으로 점괘가 나왔네. 이번 기회에 대왕에게 은혜를 갚고 싶어."

탈해의 말을 들은 청학도사는 적이 마음이 놓였다.

"자네를 믿겠네. 그럼 난 용화산 미륵사로 가서 부처님께 가락국과 선화를 도와 달라고 참선을 하겠네. 그 동안 무슨 위급한 일이 일어나면 나에게 좀 알려주게."

청학도사는 탈해의 손을 붙들고 간곡히 부탁하였다.

"만약 이번 일이 그릇되면, 모든 것이 내 책임일세. 청룡대왕과 서동랑과의 약속을 어기고서야 무슨 낯으로 세상에 얼굴을 들고 다니겠는가?"

청학도사는 탱팽을 불러 청학(靑鶴)이 되게 한 다음 그 위에 올라타고 구천동 너머 미륵사를 향해 바삐 날아갔다.

녹야원(鹿野苑)의 금사슴

혜초스님 일행은 항하(恒河)의 한 지류(支流)를 건너 사대영탑(四大靈塔)이 있는 녹야원(鹿野苑)을 향해 부지런히 걸어갔다.

며칠을 걸어 한 곳에 이르니, 나무가 빽빽이 들어찬 숲이 나타났다.

"숲에는 사나운 짐승도 많고 길을 잃기도 쉬우니 돌아서 가면 어떨까요?"

서동랑이 스님을 돌아보며 말하였다.

"그럴 필요는 없다. 따가운 햇볕도 피할 겸 곧장 숲을 질러 가도록 하자꾸나. 어느 곳으로 가든 힘들기는 마찬가지가 아니겠니."

스님은 염주 앞을 굴리며 조용히 숲속으로 들어갔다.

아름드리 나무가 하늘로 치솟은 숲속은 대낮인데도 어두컴컴하였다. 다만 바람에 나무가 흔들릴 때마다 한줄기 햇살이 숲을 뚫고 들어왔는데 나무 아래는 가시덩쿨이나 잡풀이 무성할 것이라는 예상과는 달리 비단을 펼쳐 놓은 듯 파란 잔디가 깔려 있었고, 나무의 여기저기서는 이름 모를 새들이 아름다운 소리로 지저귀고 있었다.

"평화로운 숲이로군요. 혹시, 이곳이 여래님께서 초전법륜(初轉法輪)을 이루신 녹야원(鹿野苑)이 아닐까요?"

기파랑이 스님께 물었다.

"글쎄다, 짐작은 간다마는 확인할 수가 없구나. 앞으로 좀더 걸어나가 보도록 하자꾸나."

스님이 맨 앞장을 서서 걸었고, 죽지랑과 기파랑이 스님의 뒤를 바싹 따랐으며, 사라양이 서너 발 뒤에서 쫓아갔다. 서동랑은 네 사람을 보호하며 맨 뒤에 처져 걸었다. 그는 허리춤에서 통소를 꺼내 입에 대었다. 그리고 들려 오는 숲속의 새소리라든가 벌레소리에 맞춰 통소를 불었다. 컴컴한 숲을 걷기에 모두들 조심스럽긴 하였으나 즐거운 마음이었다.

얼마를 걸어 나가니 좀처럼 끝날 것 같지 않던 나무 숲이 그치고 일행 앞에는 훤하게 트인 초원이 펼쳐졌다.

사방을 둘러보니 초원은 담을 쌓듯 나무 숲으로 둘러져 있었는데 갖가지 색깔의 풀과 꽃들이 어우러져 바람에 하늘거리고 있었다.

"아, 아름다워라!"

사라양이 소리치며 제일 먼저 풀밭으로 뛰어나갔다. 그리고 들에 핀 작은 꽃들에 입을 맞추며 즐거워하였다.

들판은 수십 가지의 물감이 한꺼번에 채색된 듯 황홀히 빛을 뽑아내고 있었다.

"저길 좀 보셔요. 사슴떼들이 풀을 뜯고 있네요."

기파랑이 한가롭게 풀을 뜯고 있는 사슴떼를 가리키며 소리쳤다.

"오랜 행각(行脚)에 피로가 심하니 예서 잠시 쉬기로 하자."

혜초스님도 등에 진 바랑을 내려놓고 풀밭에 주저앉았다.

"평화로운 곳이로군. 부처님께서 만드시려는 세상이 정녕 이런 곳이 아닐런지?"

죽지랑이 멀리 아름답게 펼쳐진 초원을 바라보며 감탄하였다.

"애초에 부처님께서는 이런 세상을 주셨던 거야. 그러나 인간들에게 파괴되고 더럽혀졌지."

기파랑이 죽지랑의 말을 받아 중얼거렸다.

스님 일행은 그 동안의 피로도 잊고, 펼쳐진 숲의 아름다움에 도취되어 있었다.

그런데 멀리 앞에서 한가롭게 풀을 뜯고 있던 사슴의 무리들이 갑자기 사방으로 흩어지더니 그 사이에서 황금색으로 반짝이는 금사슴 한 마리가 황급하게 이쪽으로 뛰어왔다.

그리고 스님 일행을 보자,

"저를 좀 숨겨 주십시오. 악한이 뒤쫓아오고 있습니다."

하고 애원하였다.

"아니, 이런 평화스러운 곳에 악한이라니, 호랑이라도 나타났단 말인가?"

스님은 갑자기 나타난 황금 사슴을 보고 당황하지 않을 수 없었다.

숲속이라면 몰라도 사방이 트인 풀밭에는 숨길 만한 장소도 없었다. 황금 사슴은 연방 뒤를 돌아다보며 안절부절 어쩔 줄 모르고 있었다.

사라양이 풀밭에 황금 사슴을 누이고 치마로 덮었다. 서동랑이 웃저고리를 벗어 사슴의 얼굴을 가리고 죽지랑과 기파랑도 사슴 뿔 위에 옷을 걸쳐놓았다.

조금 있으려니 황금 사슴이 뛰어온 쪽으로부터 황소만한 뿔사슴 한 마리가 나타났다. 뿔사슴은 스님 일행 앞에 다다르자 성난 소리로 말하였다.

"이쪽으로 지나가는 노랑 사슴 한 마리를 보았겠지?"

"글쎄, 네가 찾는 사슴이 어떤 사슴인지 잘 모르겠는걸. 저길 봐, 풀밭에는 여러 사슴들이 풀을 뜯고 있잖아 거기 가서 물어보렴."

서동랑이 뿔사슴에게 말하였다.

"저 녀석들은 목숨을 걸고라도 가르쳐 주지 않을걸. 이쪽으로 온 것이 분명한데, 바른 대로 말해."

뿔사슴은 엄포를 놓았다.

"우리도 모른다면 모르는 거야. 네가 겁을 준다고 모르는 걸 억지로 델 수는 없잖아."

죽지랑이 뿔사슴에게 말하였다.

"저 애는 왜 저러구 앉아 있니?"

뿔사슴이 부자연스럽게 앉아 있는 사라양을 바라보며 말하였다.

"옷을 말리는 중이지. 먼 거리를 여행하느라 땀이 배어 냄새가 나거든."

기파랑이 말했다.

"나중에 거짓말한 게 드러나면 이 뿔로 모조리 받아 버릴 테다."

뿔사슴은 눈을 부라리며 뿔을 흔들어 겁을 주더니, 일행을 지나쳐 나무가 우거진 숲을 향해 뛰어갔다.

"고마워요. 구해 주셔서……."

뿔사슴이 사라지자, 자리에서 일어난 황금 사슴이 말하였다.

황금 사슴은 눈부시게 반짝이는 황금빛 털을 가지고 있었다.

"무슨 사연인지는 알 수 없지만 뿔사슴이 숲으로 들어갔으니, 안심해도 될 것 같군. 빨리 반대쪽으로 달아나도록 해요."

혜초스님이 황금 사슴에게 말하였다.

황금 사슴은 고개를 숙여 고마움을 표하고는 날쌔게 오던 길을 돌아 들판 저쪽으로 사라져 버렸다.

"난생 처음 보는 아름다운 사슴이로구먼."

혜초스님은 멀리 사라지는 황금 사슴의 뒷모습을 바라보고 있었다.

그런데 황금 사슴이 사라져 버리자 풀을 뜯던 꽃사슴 무리가 스님 일행이 있는 쪽으로 모여들었다.

그 가운데 미끈하고 튼튼하게 생긴 젊은 사슴 하나가 스님 앞으로 나섰다.

"지금 황금 사슴께서 무엇이라 말씀하시던가요?"

젊은 꽃사슴이 스님께 물었다.

"별다른 말은 없었어. 다만 구해달라고 했을 뿐……."

서동랑이 말했다.

그러자 젊은 꽃사슴은 근심스런 눈을 껌뻑이더니 사슴 무리에게 무엇인가 중얼거렸다.

"왜? 무슨 일이라도 일어났니?"

서동랑이 젊은 꽃사슴에게 물었다.

"황금 사슴이 뿔사슴에게 쫓긴다는 것은 선(善)이 악(惡)에게 쫓기고 있다는 증거입니다. 좋지 못한 징조이지요. 아마도 여러분들이 악마에게 화를 당할는지 모르겠습니다."

젊은 꽃사슴이 근심스레 말하였다.

"네가 그런 것을 어떻게 아니?"

서동랑이 물었다.

"사실 황금 사슴은 석존께서 보살로 수행하실 때 모습이며, 뿔사슴은 평소에 석존을 죽이려 별별 수단을 다 썼던 '데바달다(提婆達多)'의 모습입니다. '데바달다'는 지옥에 떨어져 세상 밖으로 모습을 보이지 않고 있었는데, 저렇게 나와서 설치는 것을 보면 분명 어딘가에서 악마들의 음모와 악행이 자행되고 있다는 증거입니다."

젊은 꽃사슴의 말에 옆에 있던 다른 사슴들도 모두 고개를 끄덕이었다.

"세상엔 악(惡)이 항상 날뛰는 법. 우리로선 어쩔 수 없는 일이 아닌가?"

서동랑이 말했다.

"문제는 당신들 앞에 그들이 나타났다는 것입니다. 아무한테나 보이지 않던 그들이 모습을 드러냈다는 것은 어떤 상징적인 의미가 있는 것이 아닐까요?"

꽃사슴의 말을 들은 일행은 은근히 근심이 되었다. 꽃사슴들은 또

다시 그들끼리 모여 무엇이라 수군거렸다.

괴노인(怪老人)

"그분께 물어보면 까닭을 알 수 있을는지도 모를텐데……."
사슴 무리 속에서 누군가가 말하였다.
"그래, 그분에게 한번 물어보자."
모든 사슴들이 입을 모아 찬성하였다.
"그분이란 누구인가?"
혜초스님이 꽃사슴에게 물었다.
"저희를 따라와 보십시오."
젊은 꽃사슴이 말하였다. 사슴들은 해뜨는 쪽을 향해 걸어갔다.
스님 일행은 자리에서 일어나 꽃사슴 무리의 뒤를 따랐다.
어디를 둘러보아도 사람이 살 만한 곳이라고는 보이지 않는 들판, 이름 모를 풀꽃만이 벌과 나비에 싸여 한껏 자태를 뽐내고 있는 사이를 헤치고 꽃사슴들은 한동안 앞을 향해 걸어갔다. 얼마를 걸어가던 꽃사슴들이 한 곳에서 발을 멈췄다. 그곳에는 조그만한 풀더미가 한 무더기 모아져 있고, 야트막한 나무 등걸이 잎도 없이 솟아 있었는데, 나무 한 그루 없는 들판에 솟아 있는 등걸은 마치 바다 한가운데 떠돌고 있는 조각배와 같아 보였다.
젊은 꽃사슴이 나무 등걸 앞에 가서 꾸뻑 하고 절을 하였다.
"한 삭(朔) 전에 왔을 때도 똑같은 자세시더니, 아직도 한 동작이 끝나지 않으셨나요?"

스님 일행이 자세히 보니, 그것은 나무 등걸이 아니라 가부좌를 개고, 팔짱을 낀 자세로 머리를 풀밭에 박고 꺼꾸로 서 있는 노인의 모습이었다. 노인은 바싹 마른 체구에 햇볕에 그으른 살갗을 갖고 있었으므로 마치 나무 등걸처럼 보였던 것이었다.

"요가(yoga)는 그만 끝내시고 제 말씀 좀 들어 보세요. 데바달다가 초원에 나타났으니, 장차 이 들판에 무슨 변괴가 일어날는지 알 수 없어요."

젊은 꽃사슴이 말하였다. 그러자 언제까지나 움직일 것 같지 않던 노인이 빙그르르 몸을 돌더니 턱하고 바른 자세로 풀밭에 앉았다.

"뭐라구? 데바달다가 나타났다구. 큰일이로구먼. 세상이 전처럼 악귀들의 천지가 되겠는걸."

꽃사슴의 말을 들은 노인이 감았던 눈을 번쩍 하고 떴다.

"염려했던 대로야. 요즈음 이곳 저곳에서 불도에 대항하는 무리들이 하나 둘 머리를 들고 있거든……."

노인이 중얼거렸다.

"그렇게 요가나 하시고 한가하게 지낼 시간이 어디 있으세요. 이 녹야원에도 언제 위험이 닥칠지 알 수 없는데……."

암사슴 한 마리가 불평을 털어놓았다.

"모르는 소리. 꺼꾸로 서 있긴 했지만 그 동안 나도 세상 돌아가는 모습을 눈여겨보고 있었지. 북천축국(北天竺國) 하라국 옥지(玉池)의 독룡과 다섯 명의 나찰녀가 감금당하고 있던 나찰혈(羅刹穴)을 탈출했다네. 하지만 그들은 이곳을 떠나 멀리 도망쳤으니 염려할 것 없어."

노인이 긴 수염을 날리며 하늘을 쳐다보았다.

"하지만 여래께서 '데바달다'에게 쫓기시는 것을 보면 심상치 않은 일이 일어날 것 같던데요."

젊은 꽃사슴이 근심스레 말하였다.

"하기사 큰일은 큰일이지. 그들의 횡포로 한 나라가 망가뜨려질 위기에 처해 있으니."

노인이 입맛을 쩍 하고 다셨다.

"그곳이 어느 나라입니까?"

서동랑이 물었다.

"동방의 가야국."

노인은 서슴지 않고 대답했다.

"아니, 동방의 가야국이라구요?"

기파랑과 죽지랑이 놀라서 소리쳤다.

노인은 대답 대신 고개를 끄덕이더니 빙그르르 돌아 요가의 자세로 꺼꾸로 서 버렸다.

"그렇다면 그 화(禍)가 곧바로 계림과 이웃 나라에까지 미칠 것이 아닌가?"

혜초스님이 염려하였다.

"저 노인의 말이 정말이라면 큰일입니다. 지금 가락국에는 독룡이나 나찰들과 대적할 만한 인물이 없습니다. 왕후께서 비록 천축국 분이시기는 하지만 아직 그곳에는 불법(佛法)이 스며들지 못해 부처님의 가호가 닿지 못하고 있습니다."

서동랑이 근심스레 말하였다.

"노인장께서는 어찌 그토록 세상 일에 능통하시오? 이곳에서 동방까지는 수로 20여만 리 길인데, 어떻게 그곳 사정에 손금 보듯 하십니까?"

혜초스님이 노인에게 물었다.

노인이 몸을 빙그르 돌려 바로 앉았다.

"날 무시하는 눈치로군. 그대가 20여만 리를 떠나왔다고는 하지만 그 동안 태양은 어떻던가? 항상 그대의 머리 위를 떠나는 법이 없었지. 달도 그렇고, 별도 마찬가지가 아니었던가? 가만히 하늘을 바라보고 있으면 거기에는 삼라만상(森羅萬象) 온갖 일들이 거울에 비치듯 환하게 비쳐지고 있지. 우리가 사는 땅이 넓다고는 하지만 무한한 우주에 비하면 그대 말대로 손바닥만한 것 아니겠는가? 그래, 자네는 수도승을 자처하면서 아직 그런 단계도 터득치 못했단 말인가?"

노인은 스님을 꾸짖듯 퉁명스레 말하였다.

"사슴들의 말에 의하면 '데바달다'가 우리 눈에 비쳤다는 건 우리에게도 어떤 어려움이 닥칠 것이라고 말하던데요. 어떻습니까?"

서동랑이 노인에게 물었다.

서동랑의 말에 노인이 눈을 들어 서동랑을 똑바로 쳐다보았다.

"앗! 너는?"

노인은 서동랑을 보자 갑자기 비명을 지르며 쓰러질 듯 비틀거렸다.

"아니, 웬일이십니까?"

죽지랑과 기파랑이 달려들어 노인을 부축하였다.

노인은 정신을 차리고 다시 서동랑을 뚫어져라고 바라보았다.

"음, 진정 참 용(龍)은 아니로구먼. 나는 독룡이 사람으로 둔갑한 줄 알고 깜짝 놀랐었지."

노인이 안도의 한숨을 쉬었다.

"저는 반인반용(半人半龍)의 몸입니다. 그러나 인간의 심성을 더 많이 타고났지요."

서동랑이 노인에게 자신을 소개하였다.

"가만, 가만, 아무 말도 하지 말게. 지금 자네를 보는 순간 무언가 머리를 스쳐가는 불길한 예감을 느꼈네. 잠깐 나를 따라와 보게."

노인은 자리에서 일어나더니, 옆에 쌓인 풀무덤을 벗겼다. 그러자 거기에는 사람이 하나가 들어갈 만한 구멍이 땅 밑으로 뚫려 있었다. 노인이 구멍 속으로 들어가면서 서동랑에게 따라들어 오라고 손짓을 했다. 구멍으로 들어가니 좁은 방이 있었는데 그곳에는 잡다한 물건들이 발 디딜 틈 없이 가득히 들어차 있었다. 노인은 먼지가 잔뜩 낀 잡동사니 속에서 대접만큼한 거울을 찾아내어 걸레로 닦았다. 그리고 작은 호리병에다가 굴의 천장에서 떨어지는 물을 받아 담고 서동랑의 머리카락을 뽑아 잘게 썰어 넣은 다음 여러 번 흔들었다. 그리고 알아들을 수 없는 이상한 주문을 한동안 중얼거리더니 호리병의 물을 거울에다 부었다.

그러자 거울에서 뿌우연 안개가 일어나면서 우물 속에 하늘의 구름이 비치듯 그림이 비치기 시작했다.

"자세히 들여다보게. 그대와 관계 있는 일이 나타날 테니……."

서동랑은 긴장을 하고 거울을 들여다보았다. 바람처럼 빠르게 지나가는 그림 속에는 유리관 가운데 누워 있는 자신의 모습이 비쳤고, 그 주위에 이빨을 드러내고 금방이라도 달려들어 물어뜯을 것 같은 나찰들의 모습이 보였다. 그리고 또 하나의 유리관 속에는 나신(裸身)의 여자가 누워 있었는데 그 관을 험상궂은 용(龍)이 감싸고 있었다. 잠시 후 안개가 걷히자 거울 속의 그림들도 사라져 버렸다.

"그래, 뭐가 비치던가?"

노인이 서동랑에게 물었다.

"유리관 속에 나 자신과 어떤 여인이 누워 있고 나찰과 용이 감싸고 있었습니다. 그것이 어떤 의미를 내포하고 있는 것입니까?"

서동랑이 노인에게 물었다.

"그대는 아직도 용(龍)과 인간의 반쪽이지 완전한 인간은 아닐세. 완전한 인간이 되기 위해선 그에 합당한 대가를 치러야 하네. 지금부터의 시련은 그대가 완전한 인간이 되기 위한 과정의 일부일세. 만약에 이번의 난관을 이기지 못한다면 지금의 반용 형태로 평생을 살아가든가 다시 아주 용(龍)으로 되돌아가든가 해야 하네. 그대 옆에 있던 유리관의 나신은 바로 그대의 분신(分身)일세. 지금 육신과 정신이 분리되어 독룡의 여자로 태어날 운명에 빠져 있네."

"아니, 그 말이 진정 참말입니까? 어떻게 그녀가 거기에 있을 수 있습니까? 이 일이 사실이라면 장차 어찌해야 좋겠습니까?"

서동랑이 놀라서 노인을 붙들고 물었다.

그러나 노인은 더 이상 이야기하려 하지 않았다.

노인과 서동랑은 다시 굴 밖으로 나왔다.

"나는 원인과 결과에 대해서는 해결책을 몰라. 그대에게 과정만을 보여준 것이지. 어떻든 자네의 일이니 자네가 알아서 해결하도록. 자, 내가 할 일은 끝났나보이."

노인은 땅구멍을 풀더미로 덮고 그 자리에 꺼꾸로 서서 전처럼 요가의 자세로 돌아갔다.

'선화공주는 어찌해서 가야국에까지 가 있으며 또 독룡의 제물이 되게 되었는가? 그녀는 내가 천축국을 다녀올 때까지 구천동 계곡에서 어머니를 모시고 기다리겠노라 하지 않았는가?'

서동랑은 한꺼번에 몰려오는 여러 가지 의문과 불안한 생각에 마음을 바로잡을 수가 없었다.

"무슨 일이 있었수?"

죽지랑이 서동랑의 표정을 보고 물었다.

"가락국과 나의 신상(身上)에 화가 미쳤어. 노인의 말로는 내가 사흘 안에 이 일을 해결하지 못하면 가야국은 멸망하고 나는 영원히 독용(毒龍)의 몸으로 죄를 짓고 살아가야만 한대. 어떻게 하면 좋을까?"

서동랑은 괴로움에 젖어 고개를 떨어뜨렸다.

서동랑의 말을 들은 일행은 너무 갑자기 일어난 일이라 말문을 열지 못했다.

"노인의 말이 전부 맞을 리는 없어. 그리고 독룡과 나찰녀들이 제 아무리 강하다 한들 가락국에 수만 병사들이 있는 한 자기들이 어쩔려구. 뭐, 염려할 것 있나."

죽지랑이 말했다.

"잘 모르고 하는 말이에요. 저 노인의 신통력은 아마도 이 세상 누구도 따를 수 없을 것입니다. 그리고 나찰들이 날뛰는 곳은 금강 역사라 할지라도 겁을 냅니다. 더구나 독룡이 돕고 있으니, 몇십만의 병사가 한꺼번에 달려든다 해도 그들은 눈 하나 깜짝하지 않을 것입니다."

옆에서 듣고 있던 젊은 꽃사슴이 말했다.

"동방은 여기서 20여만 리. 손 하나 까딱 못하고 당해야 하다니. 이렇게 당황하고 난감할 데가 어디 있는가?"

서동랑이 안타까워 어쩔 줄을 몰라했다.

"금사슴에게 의탁할 수밖에 없습니다."

젊은 꽃사슴이 말했다.

"석존께서는 그 옛날 보살(菩薩) 수행을 하실 때 이곳에서 사슴의 형상으로 그 무리의 왕노릇을 하셨었지요. 그런데 사람들의 왕이 사냥의 재미로 사슴들을 마구 죽였습니다. 그때 사슴 왕께서는 '그러면 멀지 않아 사슴의 씨가 마를 것이니 우리 가운데 차례로 한 마리씩 궁으로 가서 식탁의 반찬으로 오르겠노라'고 제안을 하셨습니다.

사람의 왕도 그 말이 옳겠다고 생각하고 허락하였습니다. 이곳에는 또 한떼의 사슴 무리가 있었는데, 마침 그 무리 중에 새끼를 밴 암사슴이 궁으로 갈 차례가 되었습니다. 어미가 될 사슴은 차마 뱃속의 아기 사슴까지 희생시킬 수가 없어 그 사슴 무리의 왕을 찾아가 사정 이야기를 하고 새끼를 낳은 이후에 궁으로 가게 해달라고 애원하였습니다. 그러나 그 사슴왕은 일단 정해진 일은 번복할 수 없다고 하면서 암사슴의 간절한 애원을 단호히 거절을 하였지요. 암사슴은 눈물을 흘리며 궁으로 가던 중 이쪽 사슴떼 근처를 지나게 되었습니다. 암사슴의 사정을 들은 금사슴께서는 궁으로 가려는 암사슴을 만류하고 대신 궁으로 들어가셨습니다.

사람의 왕이 까닭을 물었습니다.

"너는 사슴의 왕인데 어찌 많은 부하를 놓아두고 스스로 죽음을 택하러 왔느냐?"고 금사슴께서는 전후사를 이야기하고 새끼 밴 암사슴 대신에 왔노라고 하였습니다. 사람의 왕이 그 말에 감동하였습니다. "너는 짐승의 탈을 썼으나, 그 마음은 사람의 마음을 뛰어넘고 있구나."

그후부터 사람의 왕은 일체 사슴 사냥을 중지함과 동시에 이 숲에서 마음 놓고 살도록 보살펴 주었습니다. 바로 그 사슴왕이 보살 수행 때의 석존의 모습이며 암사슴을 내쫓은 이웃 사슴왕이 '데바달다'입니다.

그후 석존께서는 부처가 되신 후에도 예전의 보살 시절을 회상하시고 가끔씩 이 녹야원(鹿野苑)에 내려와 저희들에게 설법을 하시고 하늘로 올라가십니다."

젊은 꽃사슴이 말을 마치자 스님 일행도 그 말에 모두 감동하여 고개 숙여 합장하였다.

"시간이 없어, 그 분은 시간 관념이 없으시니까 몇 겁(劫)의 시간

도 찰나(刹那)로 여기실텐데, 언제 또 나타나실지 알 수 없는 일이
아닌가?"

서동랑이 안절부절하였다.

"조급히 굴지 마세요. 오늘 밤 달이 뜨면 우리 모두가 하늘을 우
러러 구슬피 울겠습니다. 어쩌면 우리의 애절한 울음 소리를 듣고
금사슴께서 궁금히 여기시어 이곳에 모습을 나타내실런지 모릅니
다."

"너희들이 나를 도우려는 까닭은 무엇인가?"

서동랑이 꽃사슴에게 물었다.

"세상에 악(惡)이 행해지면 제일 먼저 피해를 입는 것이 우리 같
은 약한 짐승들입니다. 사나운 짐승의 울음 소리만 들어도 가슴을
죄는 우리들이라서 피어오르려는 악의 기운을 사전에 막지 않고서는
살아갈 방도가 없습니다."

젊은 꽃사슴의 말에 스님 일행은 마음이 숙연해졌다.

"그렇게만 해준다면 은혜는 잊지 않겠다."

서동랑이 꽃사슴에게 애절히 말했다.

"너희들을 위해서라도 독룡과 나찰녀들을 물리쳐야겠구나."

죽지랑이 옆에서 주먹을 불끈 쥐었다.

"독룡의 화가 계림에 미칠까 두렵구나."

혜초스님은 동녘 하늘을 바라보며 합장을 하였다. 그러나 누구 하
나 입을 열지 않았다. 고국의 일이기는 하지만 너무 멀리 떨어져 있
을 뿐만 아니라, 설사 노인의 말이 진실이라 하더라도 자신들의 힘
으로서는 어쩔 수 없었기 때문이었다. 수많은 괴물을 물리친 서동랑
이었지만 그 역시 이번 일을 감당하기에는 힘이 미치지 못했다.

그러는 동안에 해는 점점 기울어 붉은 노을이 푸른 들판을 덮었
다. 이제까지 갖가지 색깔로 바람에 하늘거리던 초원의 꽃들은 붉은

빛을 받아 또 다른 색소를 내뿜으며 하루의 마지막을 장식하고 있었다.

'나라의 위태로움을 돌보지 못하고, 선업을 쌓는단들 무슨 소용이 있단 말인가. 이제라도 수행을 그만두고 고국으로 돌아가 나라에 방패가 되어줘야 하지 않겠는가?'

혜초스님은 망연히 생각에 빠져버렸다.

'단지 선업(善業)을 쌓는다는 일념으로 마음 깊이 간직한 여인을 두고 이역만리로 떠돌아 다님은 경솔한 짓이 아니었을까. 장차 한 나라의 임금이 되지 못한다 하더라도 구천동 맑은 물소리를 들으며 어머니와 함께 오손도손 모여 촌부로 살아가는 것이 인생의 더 큰 기쁨일지도 모르는데……. 아, 그녀가 나찰녀로 변하여 독룡의 아내가 되다니, 이 무슨 기구한 운명인가? 당장에라도 그곳만 갈 수만 있다면 목숨을 걸고 싸워서라도 그녀를 구하겠는데.'

서동랑은 자신의 처지가 한없이 초라해짐을 느꼈다. 그리고 이제까지 먼 후일을 생각하며 인내해 왔던 선화공주에 대한 그리움이 용솟음치듯 가슴 속에서 솟구쳐 올랐다.

빛이 내리다

어느 틈에 날은 완전히 어두워지고 멀리 보이던 달도 눈앞에 가까이 다가왔다. 혜초스님은 풀밭에 가부좌를 개고 앉아 눈을 감고 밀교의 비경(秘經)을 염송하고 있었다. 스님을 중심으로 좌우로 죽지랑과 기파랑이 앞쪽에 사라양과 서동랑이 역시 같은 자세로 원을 그리며 둘러앉아 깊은 사색이 빠져들었다. 그 주위로 사슴떼들이 둘러앉아 역시 묵묵히 고개를 숙이고 있었다.

눈을 감고 깊은 사색에 빠져 있는 서동랑의 귀에 어디선가 가늘고 은은한 소리가 들려왔다.

그 소리는 멀리서부터 낮게 깔려 퍼지듯 차츰 차츰 다가왔는데, 그것은 마치 수만의 스님들이 목청을 낮추어 한꺼번에 염송하는 독경 소리와 같기도 했고, 억조창생이 하늘에 고축(告祝)하는 서원(誓願)의 소리 같기도 하였다. 어느 틈엔가 서동랑은 자신도 모르게 그 소리에 맞춰 웅얼거리기 시작했다. 그 웅얼거림은 서동랑의 가슴 속에서부터 피를 토해내듯 밖으로 쏟아져 나와 까마득한 하늘에까지 울려 퍼졌다. 은은히 들리던 독경 소리가 더욱 크게 들려왔다.

서동랑은 조용히 눈을 떴다. 서동랑의 눈에는 주위의 사슴들이 하늘을 향해 목을 길게 늘이고 울부짖는 모습이 비춰졌다.

얼마 후 울음 소리에 대답이나 하듯 한 줄기 광채가 하늘로부터 쏟아져내렸다. 그리고 그 광채를 타고 낮에 보았던 금사슴이 보살의 형상으로 미끄러져 내려왔다. 서동랑은 그 자리에 엎드리어 일백 번 고개를 숙여 예(禮)하였다.

"나에게 이를 말이 무엇이뇨?"

빛 속의 보살이 말하였다.

"천상천하 유아독존(天上天下唯我獨尊)이신 분이시여, 가락국이 악귀의 손아귀에 들었다 함이 참말이옵니까? 그리고 나찰녀로 변하려 하는 한 여인이 있다는 것도……?"

서동랑은 목이 막혀 제대로 말을 잇지 못하였다.

빛 속의 보살은 대답 대신 머리를 끄덕였다.

"제 여인을 구해 주십시오."

서동랑이 애원하였다.

"혜초(慧超)와 지명(知命)의 정성이 하늘에 닿았고, 네 지성이 또한 지극하니 내 어찌 감응(感應)하지 않을 수 있으리. 그러나 독룡과 나찰녀가 동방에 있는 한 그들을 섣불리 다룰 수는 없느니라. 다만 그들이 내 명을 어기고 나찰혈을 탈출하여 세상을 어지럽히는 이상, 가만히 두고 볼 수 없는 일이로다. 내 부처님께 간구하여 일만의 제천(諸天)과 화불(化佛)을 거느리고 가락국으로 갈 것이니라."

"망극하신 자비(慈悲)이십니다."

서동랑이 머리를 조아렸다.

"그러나 한 가지 명심하여야 할 것이 있다. 사실상 이번 일은 어떻게 보면 너의 윤회(輪廻) 가운데 일어난 업보(業報) 때문에 닥친 일이기도 하다. 그러므로 네 노력이 없이는 어떠한 결과도 거두기 어려우니라."

"무엇을 어떻게 하여야 이루어질 수 있겠습니까? 사명(使命)을 주시옵소서."

서동랑이 또다시 머리를 조아렸다.

"지난번 독룡과 나찰녀가 하라국에서 날뛰고 있을 때 그들을 붙잡아 나찰혈에 가두고 불상(佛像)을 만들어 스스로 죄를 깨달아 새 길을 걷도록 하였었다. 그 불상이 없이는 그들의 횡포를 막는다 하더라도 일시적인 방편에 불과할 뿐 그들을 영원히 붙잡아 두기는 어렵다. 그 불상만이 그들을 묶어둘 유일한 물건이니 내일 새벽 해뜨기 전까지 그 불상을 모셔다가 바로 이 장소에까지 가져다 놓아야 하느니라. 꼭 명심하여 수행토록 하여야 한다."

"예, 명심하여 이루도록 하겠나이다."

서동랑이 고개를 조아려 답하였다. 그리고 다시 얼굴을 들어 보살을 우러렀을 때, 빛은 서서히 거두어지고 보살의 모습도 금사슴의 모습도 어둠 속으로 사라져 버렸다. 빛이 사라진 곳에 둥근 보름달만이 인자한 모습으로 세상을 내려 비추고 있었다.

"하라국은 어디인가?"

서동랑이 눈을 감고 묵상에 잠겨 있는 사라양을 흔들어 깨웠다.

"하라국이라구요? 그 나라는 북천축에 있으며 여기서부터 삼사백 리 밖에 떨어져 있는 나라입니다."

사라양이 말했다.

"해가 뜨기 전까지 그곳을 다녀와야겠어. 어느 방향에 있는지 알 수 있겠는가?"

서동랑이 사라양을 붙들고 재촉하였다.

"갑자기 하라국이라니요? 안 됩니다. 이 밤중에 어두운 길을 헤치고 나가기도 어렵거니와 그곳을 다녀오자면 낮길이라 하더라도 사나흘은 족히 걸릴 것입니다."

사라양이 만류하였다.

"어떠한 일이 있더라도 갔다 와야 해. 방향을 좀 가르쳐줘."

서동랑이 간곡히 애원하였다.

"이 분의 말이 맞습니다. 하룻밤은 무리예요. 그보다도 금사슴님은 만나 보셨습니까?"

젊은 꽃사슴이 물었다.

"아니, 방금 이 앞에 나타나셔서 사명을 주고 가셨는데, 너희들은 보지 못했단 말이냐?"

그러나 서동랑의 말에 스님도 죽지랑과 기파랑도 사라양도 그리고 사슴까지도 모두 고개를 좌우로 흔들었다.

"그렇다면 그 분은 나에게만 모습을 나타내셨단 말인가?"

서동랑은 멀리 달빛을 우러러 합장 배례하였다.

"그 분께서 내리신 사명이 무엇입니까?"

젊은 꽃사슴이 물었다.

"내일 새벽 해뜨기 전까지 북천축 하라국의 나찰혈에 있는 돌부처를 이곳까지 모셔다 놓으라는 계시였어. 그리하면 일만 제천과 화불을 거느리시고 가락국에 가서 악귀들을 다스릴 것이라고 하셨지."

"아―! 다위일체(多位一體)이신 분. 그렇다면 빨리 그곳을 다녀와야겠구나."

혜초스님이 옆에서 말했다.

"삼사백 리 길을 밤 사이에 다녀온다는 것은 불가능한 일이에요. 이럴 때 현장스님의 제자들이라도 만났으면 좋을텐데……."

죽지랑이 옆에서 말했다.

"아니야. 천 리 밖이라도 갔다와야 해. 설혹 가다가 길에서 쓰러져 죽는 한이 있더라도…… 꽃사슴아, 너희들은 길을 알고 있겠지?"

"저 분의 말대로 하룻밤에 하라국을 다녀온다는 것은 무리입니다. 그러나 제가 아는 지름길로 간다면 백여 리 길은 능히 단축하여 갈 수 있습니다. 다만 길이 험하고 가팔라서 어떨지 모르겠지만……. 정히 가시겠다면 우리가 돕도록 하지요."

젊은 꽃사슴이 말했다.

"고맙다. 정말 은혜는 잊지 않겠다. 지금 별자리를 보니 초경(初更)이 좀 넘은 것 같은데 해가 뜨는 묘시(卯時) 전까지는 여기에 도착해야 한다. 자, 빨리 출발하도록 하자."

서동랑이 다급히 재촉하자 젊은 꽃사슴은 그들의 사슴 무리 속에서 역시 젊고 힘세어 보이는 아홉 마리의 사슴들을 뽑아 대열을 만들어 앞장을 섰다.

"자―! 그럼 떠나도록 하시지요."

젊은 꽃사슴은 사슴 무리를 이끌고 앞서 뛰기 시작하였다.

"죽지랑, 기파랑, 스님을 부탁해."

서동랑은 말을 마치자 비호같이 사슴들의 뒤를 따라 뛰어 나갔다.
"잠깐, 나도 같이 가겠어요."
사라양이 자리를 박차고 일어났다. 그러나 이미 사슴떼와 서동랑
은 어둠 속으로 사라진 뒤였다.

달려라, 북천축국으로

사슴들은 곧장 들판을 가로질러 북극성을 바라보며 달려나갔다.
보름달이 가는 길을 밝혀 주기는 했지만 낯설고 험한 밤길을 뛰어간
다는 것은 보통 힘드는 일이 아니었다. 그러나 사슴들은 거칠 것 없
이 바람처럼 달렸다.
서동랑도 사슴들을 놓치지 않으려고 있는 힘을 다해 사슴의 뒤를
뛰었다.
들판이 끝나는 곳에 숲이 나타났고, 숲이 끝나는 곳에 강물이 흘
렀다. 강물을 건너니 산이 가로막고 있었으며 가파른 계곡을 오르고
내리니 이번에는 모래 벌판이 나타났다. 모래 벌판은 이제까지 뛰어
온 곳 중에서 가장 힘이 드는 곳이었다. 돌길과 숲을 통과하느라 발
바닥이 이미 터지고 벗겨졌는데, 모래가 살갗을 파고들어 아픔이 극
에 달했다. 이제까지 거침없이 달리던 사슴들도 여기서만은 어쩔 수
없이 허우적거리며 걸을 도리밖에 없었다.
"얼마만큼 왔을까?"
서동랑이 앞서 가는 사슴에게 물었다.

194

"아직 시작인걸요."

"더 빨리 뛸 수 없을까?"

"여기서 속력을 내려고 하다가는 그곳에 닿기도 전에 지쳐 죽을 것입니다. 힘이 남은 듯 뛰어야지요. 너무 조급히 굴지 마셔요."

"큰일 났구나. 이렇게 꾸물거리다가는 달이 다 져 버릴 텐데……."

서동랑은 안타까웠으나 달리 방도가 없었다.

모래 벌판은 좀처럼 끝날 것 같지 않았다. 때때로 강한 모래바람이 불어와 눈을 뜨지 못하게 하였으며 모랫벌 속에 발이 푹푹 빠져서 더욱 전진을 어렵게 만들었다. 사슴들도 지쳤는지 비틀거리며 겨우겨우 걸어 나갔다.

천신만고 끝에 모래밭을 벗어나니 또다시 깊은 숲이 전개되었다. 앞서 달리던 사슴들이 갑자기 서동랑을 에워쌌다.

"여기서부터는 사나운 짐승들이 많습니다. 자칫하다가는 몸을 상할지도 모르니 특별히 조심하세요."

젊은 꽃사슴이 말하였다. 아니나 다를까, 젊은 꽃사슴의 말이 떨어지기가 무섭게 숲속에서 횃불이 번쩍이더니 황소만한 호랑이 한 마리가 바람을 날리며 나타났다.

"내게 맡겨."

서동랑이 만파식적을 손에 들고 호랑이 앞으로 나섰다.

"안 됩니다. 시간 낭비예요. 저희들에게 맡기십시오."

뿔이 날카로운 사슴 한 마리가 쏜살같이 호랑이 앞으로 뛰어 나갔다.

"이쪽으로."

젊은 꽃사슴은 나머지 사슴들을 데리고 서동랑을 호위하여 호랑이 쪽을 피해 달아났다.

"아니, 저 사슴 혼자서는 호랑이를 당해낼 수 없을텐데……."

서동랑이 소리쳤으나 나머지 사슴들은 아랑곳하지 않고 이리저리 숲을 뚫고 앞으로 뛰어나갔다. 뒤에서는 호랑이의 날카로운 울음과 사슴의 애처로운 비명 소리만이 메아리칠 뿐이었다.

숲을 벗어나니 바위산이 앞을 가로막았다. 험악한 돌산을 오르내리는 동안 서동랑은 차츰 힘이 떨어지기 시작했다. 그의 몸에는 용의 피가 흐르고 있었으나 오랜 동안 여행의 피로와 변변히 먹을 것을 얻어먹지 못한 까닭에 체력이 급격히 떨어져 버렸던 것이다. 옷은 나뭇가지에 걸려 찢기고 발바닥은 돌에 채어 만신창이가 되어 있었으며, 땀이 흘러 온몸이 비에 젖은 듯 질척거렸다.

정신이 점점 혼미해져서 뛰고 걷는 것조차 인식할 수 없었다. 다만 그의 머리 속에는 나찰녀들에게 둘러싸여 희롱당하고 있는 선화공주의 모습만이 아른거릴 뿐이었다.

"얼마쯤 왔을까?"

서동랑이 또 물었다.

"이제 반 정도는 왔을 것입니다."

"조금 쉬었다 갈 수 없을까?"

"안 됩니다. 여기서 쓰러지면 다시 일어나기 힘듭니다. 자시(子時)까지는 나찰혈에 도착해야 합니다. 앞으로도 포악한 짐승들이 많이 나타날 텐데, 그들을 피해 가자면 부지런히 뛰어야 제 시간까지 갈 수 있을 것입니다."

젊은 꽃사슴은 조금도 여유를 주지 않았다.

"그래, 네 말이 맞다. 뛰다가 죽지 않는다면 내 어디서 죽는단 말이냐?"

서동랑은 다시 용기를 내어 사슴의 뒤를 따랐다. 달은 중천에 높이 떠서 일행을 따라오고 있었다. 산을 넘고 또 물을 건넜다.

196

그러는 동안 사나운 짐승과 싸우다 하나둘 희생이 된 사슴들은 아홉 마리나 되어 이제 남은 것은 젊은 꽃사슴과 서동랑 둘뿐이었다.

서동랑은 가물가물한 의식 속에서 팔다리만 간신히 움직일 뿐이었다. 숨이 차다거나 다리가 아프다 하는 것은 이미 느껴지지 않았다. 모든 감각이 마비된 속에서 그는 그가 가고자 하는 곳이 까마득히 먼, 이 세상에는 없는 곳으로만 생각되었다.

한 여인이 걸어오고 있다. 그 여인은 웃으면서 서동랑에게 다가왔다. 그러나 가까이 왔을 때 그 여인은 웃는 것이 아니라 고통에 일그러져 비명을 지르고 있는 모습이었다. 여인은 서동랑의 뒤쪽으로 사라져 버렸다.

"선화, 기다려요."

서동랑이 소리쳤다. 차가운 밤바람이 얼굴을 스쳤다. 꿈이었다. 환상이었다. 그는 쓰러질 것 같았으나 아직 팔다리를 휘저으며 뛰고 있었다.

'아나사산'의 돌부처

산을 넘고, 물을 건너고, 숲을 헤치고 또 들판을 달렸다. 아무리 달려도 목적지는 나타날 것 같지 않았다.

"저길 보셔요!"

꽃사슴이 외쳤다.

"'아나사산'입니다. 저 꼭대기에 독룡과 나찰녀들이 살았지요."

서동랑이 고개를 들어 바라보니 멀지 않은 곳에 마치 검은 장막이 드리워지듯 우뚝하고 높은 산이 앞을 가로막고 있었다.

"저곳에 돌부처가 모셔져 있단 말인가?"

꽃사슴이 고개를 끄덕였다.

얼마 후 서동랑은 '아나사산' 절벽 아래 다다랐다. 그러나 산은 너무나 높고 경사가 급격하여 도저히 위로 오를 수가 없었다.

"이 산 꼭대기 어디에 나찰혈이 있을 텐데……. 입구를 발견할 수 있는 방법을 어떻게 찾을 수 있을까?"

"저들은 날아다녔으므로 길 같은 것이 필요 없었을 것입니다. 다만 저기 보이는 저 못에 독룡이 살았는데 나찰녀들과 사통(私通)을 하였다고 하였으니 물 밑 어딘가에 산으로 오를 수 있는 통로가 있을 것입니다."

꽃사슴이 연못을 가리켰다.

"알겠다. 너는 여기서 잠시 숨어 기다리거라. 내 어떻게 해서든지 돌부처를 모셔 올 테니."

서동랑은 곧 용지(龍池)로 달려갔다.

'아나사산'의 검은 그림자가 물의 표면을 덮은 가운데 달빛을 받은 용지는 금방이라도 무슨 괴물이 튀어나올 것 같은 검푸르름으로 입을 벌리고 있었다.

서동랑은 몸을 단단히 웅크린 다음 차디찬 물 속으로 몸을 던졌다. 갑자기 한기가 스미며 온몸이 오그라들었다. 그러나 그는 더욱 정신을 집중하고 물 속으로 헤엄쳐 들어갔다. 물 밑은 내려갈수록 캄캄했으나 서동랑은 야명기법(夜明奇法)을 써서 굴의 입구를 찾으려 애썼다. 그러나 어디를 보아도 통로 같은 것은 없었다. 그는 몸을 회전하여 소용돌이를 일으켰다. 가만히 귀를 기울여 보니 한쪽 귀퉁이에서 바위에 물이 부딪히는 소리가 들렸다. 서동랑은 그쪽을 향해 가서 몸을 솟구쳤다. 사슴의 말대로 솟아오른 곳에 입구가 물 속에 잠긴 시커먼 굴의 아가리가 나타났고, 위로부터 서늘한 바람이 불어왔다. 서동랑은 물에서 나와 굴 속으로 들어갔다. 굴은 나선형으로 구부러져 있어 위로 오르기는 수월하였다. 한동안 쉬지 않고 위로 오르니, 통로가 끝나는 곳 맞은편에 또 다른 큰 동굴이 나타났다. 서동랑은 조심스럽게 굴을 향해 발걸음을 옮겼다. 어두운 굴 속에서는 계속해서 찬 바람이 불어 왔는데, 천장 꼭대기에는 수많은 눈동자들이 이쪽을 노려보고 있었으며, 바닥에는 독충과 지네들이 설설거리며 기어다니는 소리가 들렸다.

갑자기 요란한 소리를 내며 눈동자들이 서동랑을 향해 달려들었다. 서동랑은 몸을 웅크리고 용천단검을 빼어 달려드는 눈동자들을 후려쳤다. 그들은 굴 속에 사는 흡혈 박쥐였다. 박쥐들을 물리친 서동랑은 또다시 한 발 한 발 앞으로 걸어 나갔다. 여기서 잘못하여 독충이나 지네들에게 물리기라도 하는 날이면 도저히 시간에 맞춰 돌아갈 수 없었기 때문이었다. 얼마를 안으로 더 들어가니 굴의 안쪽에서 서광(瑞光)이 비쳤다. 그것은 한 자(尺) 크기의 돌부처에서 발하는 빛이었다.

'아! 돌부처. 그렇다면 여기가 나찰혈이 틀림없구나.'

서동랑은 부지런히 돌부처를 향해 걸어 들어갔다. 그런데 돌부처는 가까이 갈수록 빛이 엷어지더니 거의 다 다가왔다고 생각하는 순간 어디론가 사라져 버렸다.

'큰일났구나! 여기까지 와서 돌부처를 잃어버리다니, 이 무슨 괴변이란 말인가?'

서동랑은 허탈감에 빠져 어떻게 해야 할지 방도가 생각나지 않았다.

"분명, 어떤 요괴의 짓이 틀림없어."

서동랑은 굴의 입구 쪽으로 다시 나와 사방을 둘러보았으나 별다른 징조는 없었다. 그런데 다시 굴 속을 들여다보니 아까 있던 자리에서 돌부처가 똑같이 빛을 발하고 있는 것이 아닌가.

'이상한 일이로군.'

서동랑은 다시 조심스레 돌부처를 향해 걸어갔다.

그러나 서동랑이 돌부처 앞에 다다랐을 때는 빛도 돌부처도 보이지 않았다.

"가만 있자. 내가 지금 무슨 착각에 빠져 있는 게 분명해."

서동랑은 선 자리에서 한 발 두 발 뒤쪽으로 물러났다. 그랬더니 처음 돌부처가 있었던 자리에서 점점 빛이 솟아나더니 얼마만큼 뒤로 물러났을 때는 아주 선명하게 본래의 돌부처 모습이 보였다. 그러니까 돌부처는 가까이 다가가면 사라지고 멀리서 보면 빛을 발하는 미묘한 형태로 만들어졌던 것이다.

"영묘(靈妙)하게 만든 부처로구나. 나찰녀와 독룡을 묶어 둘 만한 신비로군."

서동랑은 뒤로 물러난 자리에서부터 어림잡아 앞으로 걸어 나갔다. 빛은 없어져 굴을 어두웠지만 대강 돌부처가 있던 곳을 어림하고 손을 저으니 돌부처가 손에 잡혔다. 서동랑은 돌부처를 고이 받들어 바랑 속에 집어넣었다. 한 자 반 가량의 묵직한 돌부처였다. 굴 밖을 나와 하늘을 보니 별자리들이 훨씬 서쪽으로 물러나 있었고, 달빛도 밝음을 잃어가고 있었다.

"이곳에서 너무 시간을 지체했군."

서동랑은 바랑을 단단히 묶어 어깨에 메었다. 그리고 용천단검의 끈을 바위에 묶고 자신의 몸을 다른 한 쪽 끈에 묶었다.

"에잇!"

　서동랑은 기합 소리와 함께 수직으로 솟아 있는 '아나사산' 계곡 아래로 몸을 던졌다.

　나찰녀들조차 오르내리기 힘들었을 수천 길 높이의 '아나사산', 그 아래로 몸을 던진 서동랑은 한 마리 독수리가 먹이를 채려고 날아 내리는 그런 모습이었다. 서동랑은 계곡 아래 땅에 닿을 만큼 떨어진 다음 몸의 균형을 바로잡았다. 다행히 몸이 바위에 닿지 않아 상한 곳은 없었다. 그는 곧 용천단검의 줄을 풀었다. 바위 틈에 기다리고 있던 꽃사슴이 뛰어 나왔다.

　"생각보다 빨리 찾으셨군요. 지금 시간을 보니 대략 자시(子時) 초에 들어선 것 같습니다. 재촉해서 길을 간다면 묘시(卯時)까지는 녹야원까지 닿을 수 있을 것입니다."

　젊은 꽃사슴이 말했다.

　"그래, 서둘러서 뛰어 가자꾸나!"

　이번에는 서동랑이 앞장을 섰다.

　또다시 산을 넘고 물을 건너는 역주가 계속되었다. 그러나 이번에는 올 때보다도 더욱 힘이 들었다. 그것은 이미 기력이 쇠약할 대로 쇠약해진 데다가 무거운 돌부처까지 바랑에 지고 달려야 하니 그 중압감에 온몸이 억눌렸기 때문이었다.

　얼마 가지 않아 서동랑은 비틀거리기 시작했다. 한 발을 떼어놓는 것이 천 리 길처럼 까마득하게 느껴졌다. 바위 산을 걷던 서동랑은 급기야 그 자리에 쓰러지고 말았다.

　"아―! 여기서 더 못 가겠다."

　서동랑은 자신의 몸이 균형을 잃고 수천 길 계곡 아래로 떨어지는 어지러움을 느꼈다.

　"안 됩니다. 여기서 쓰러지면 모든 일이 수포로 돌아가고 맙니다."

꽃사슴이 서동랑에게 일어나라고 재촉하였다.

서동랑은 꽃사슴의 말에 간신히 일어나기는 했으나 몇 발자욱 걷다가는 힘을 잃고 다시 쓰러져 버렸다.

"안 되겠다, 꽃사슴아. 더 걸을 수가 없구나. 아마도 전생에 지은 업보대로 나는 세상과 인연을 끊고 고독한 축생의 몸으로 살아가야 하나보다."

서동랑은 절망하였다.

"정녕, 가락국과 사랑하는 여인을 버리실 작정이십니까? 그리고 독룡과 나찰들의 악(惡)이 세상에 퍼져 수많은 중생들이 그 고통으로 허위적거리는 나날을 그냥 둬두고 보고만 계실 작정이십니까?"

꽃사슴이 용기를 내라고 애원하였다.

"그래, 일어나마. 이래 죽으나 저래 죽으나 죽기는 마찬가지가 아니겠니."

서동랑은 또다시 자리에서 일어나려고 버둥거렸다. 그러나 팔다리만 허공을 휘저을 뿐 몸이 말을 듣지 않았다. 서동랑의 모습을 보고 있던 꽃사슴의 눈에서는 눈물이 주르르 흘러 내렸다. 꽃사슴은 고개를 들어 환하게 비추는 둥근 달에 잠시 눈을 돌렸다. 그리고 서동랑을 향해 입을 열었다.

"서동랑님, 제 말씀을 잘 들어 주십시오. 우리가 길을 떠날 때 같이 왔던 꽃사슴들과 저는 거의 보살의 수행을 마쳤습니다. 그래서, 마지막 선업(善業)으로 살신성인(殺身成仁)의 길을 택한 것입니다. 이제 그들은 자기 희생으로 보살의 경지로 들어갔고, 저 하나만 남았습니다. 아마도 제가 이 일을 끝까지 이루도록 도와드리지 못한다면 먼저 간 분들께 대죄를 짓는 결과가 됨은 물론 이제까지의 보살 수행도 물거품으로 돌아가고 말게 됩니다. 이제 제가 바위에 머리를 부딪혀 죽겠습니다. 그러면 제 뿔 사이에서 흐르는 피를 받아 잡수십시오. 힘이 날 것입니다. 제 말대로 따르지 않으시면 저는 이 험한 산에서 들짐승과 벌레들에게 뜯겨 의미 없는 죽음을 하고 말게됩니다. 제 말의 뜻을 잘 헤아리시고 그렇게 하도록 해주시기 바랍니다."

"안 돼. 그럴 수는 없어!"

서동랑이 소리쳤다. 그러나 꽃사슴은 서동랑의 말에 아랑곳하지 않고 바위에 몸을 날려 머리를 부딪히고는 그 자리에서 쓰러져 죽어버렸다.

"어리석은 짓이야. 생명은 고귀한 것, 이렇게 쉽게 목숨을 버리다니……."

서동랑은 꽃사슴을 부둥켜안고 눈물을 흘렸다. 그러나 슬픔도 잠시뿐, 피냄새를 맡은 사나운 짐승들의 울음 소리가 사방에서 들려오기 시작했다. 서동랑은 마음을 고쳐먹었다.

"그래, 네 말대로 하겠다. 너의 숭고한 피가 내 영혼에 스며들어 세상의 악을 물리치는 데 앞장서도록 도와주기 바란다. 나 역시 그대들의 값진 죽음에 보답하기 위해서라도 끝까지 이 일을 수행하고 말 것이다."

서동랑은 사슴의 이마에서 흐르는 피를 두 손으로 받았다. 그리고 두 눈을 감고 입에 가져다 대어 마셨다.

서동랑은 곧 원기를 되찾았다. 그는 풀을 뜯어 사슴을 덮어 주고는 다시 오던 길을 되짚어 스님 일행이 있는 들판을 향해 뛰기 시작하였다.

산을 넘고 물을 건너고 또 들판을 내달렸다.

나찰혈을 향해 갈 때에는 사슴들이 앞장을 서서 도와주었으므로 비교적 쉽게 따라갈 수 있었다. 그러나 이제 서동랑은 그 혼자였으므로 모든 것이 익숙치 못했다. 더구나 언제 나타날지 모르는 맹수

와 자신 혼자라는 고독감이 그를 초조하게 만들었다.

'얼마만큼 왔을까?'

그는 하늘을 올려다보았다. 별들의 움직임으로 보아 축시(丑時) 말(末)은 됨직하였다.

'부지런히 뛰어야 하겠구나.'

그는 혼잣말로 중얼거리며 빠르게 발을 떼어놓았다. 달은 멀리 숲 너머로 보이고, 밤은 깊어 주위는 을씨년스러웠다. 그는 무성한 숲 사이를 뛰어가고 있었다. 그런데 그에게 또다시 피곤이 엄습해 왔다. 사슴 피의 영향으로 한동안 힘을 얻기는 하였으나, 그 효력이 차츰 사라져 버렸던 것이다. 그는 다시 몽롱한 의식 속에 비틀거리기 시작했다.

'여기서 쓰러지면 정말 모든 것이 끝장이다. 정신을 차려야겠는데 ……'

서동랑은 안간힘을 다해 버텨 보려 애썼으나 몸과 정신이 따로따로 움직였다. 그런데 숲속에서 서동랑의 일거일동을 주시하는 눈동자들이 있었다. 그들은 이 숲을 근거로 생활하는 원주민들로서 자기들의 영토에 낯선 사람이 들어오면, 독화살을 쏘아 죽이거나 붙잡아 나무에 매달아 굶겨 죽이는 풍습이 있었다.

서동랑이 정신을 잃고 비틀거리자 토인들은 한꺼번에 달려들어 서동랑을 결박하였다. 그리고 서동랑을 끌고 그들의 마을로 향했다. 토인들의 마을은 숲 가까운 곳에 있었다. 토인들은 서동랑을 그들의 추장 앞으로 데리고 들어갔다.

"생김새를 보니 가까운 마을의 종족은 아니로구먼. 하지만 신성한 숲을 침범했으니 독화살로 쏘아 죽여라."

추장이 서동랑을 보자 명령을 내렸다.

토인들은 마을 밖으로 서동랑을 끌고 가서 나무에 묶어 놓았다.

204

그리고 활 잘 쏘는 장정 다섯을 시켜 두 개씩의 화살을 쏘게 하였다.

"만약 열 개의 화살로도 죽지 않으면 닷새 동안 나무에 거꾸로 매어 놓겠다. 그래도 죽지 않으면 호랑이가 지나다니는 길목에 하룻밤 동안 묶어 놓겠다. 그래도 죽지 않는다면 '시바신'의 자비로 알고 살려 준다."

추장은 장정들로 하여금 삼십 장쯤 되는 거리에서 활을 쏘게 했다.

다섯 명의 장정들은 각기 기량을 다해 활을 쏘았는데, 세 개는 머리 위 나무에 꽂혔고, 두 개는 좌우로 날아갔고, 또 두 개는 발 아래 떨어졌다.

세 개의 화살이 정확하게 서동랑의 심장을 향해 날아왔으나, 다행스럽게도 바랑을 앞으로 하고 묶었으므로 모두 돌부처에 맞아 퉁겨 나갔다.

"운이 좋은 녀석이로군. 그러나 닷새 동안 나무에 매달아 놓으면 피가 말라 죽을 테지."

추장은 장정들을 시켜 서동랑을 높은 나무에 거꾸로 매달았다.

"아, 이대로 죽게 되는구나. 시간이 없으니 여기서 살아난다 한들 무슨 소용이 있겠는가."

서동랑은 발 아래 말없이 떠 있는 달을 바라보고 탄식하였다. 밤이 더욱 깊어지자 토인들은 모두 잠자리에 들었는지 마을은 괴괴하였다. 서동랑은 나무에 매달려 또 다른 고통에 신음하고 있었다.

이때 아래쪽에서 작은 나뭇가지 부러지는 소리가 들려왔다.

"서동랑 님, 잠깐만 참으십시오. 곧 풀어드릴 테니."

가까운 곳에서 사람의 목소리가 들렸다.

"그대는 누구신가?"

몽롱한 의식 속에서 서동랑이 물었다. 그러나 검은 그림자는 대답 대신 재빠르게 나무 위로 기어오르더니 서동랑이 묶인 끈을 풀었다.

얼마 후 서동랑은 간신히 나무에서 내려올 수 있었다.

"자, 지금이라도 늦지 않았습니다. 올 때에는 사슴들이 길을 잘못 들어 모래밭길로 들어섰었지요. 저기 보이는 산 모퉁이에 좁은 계곡이 있는데 저만 알고 있는 지름길이 있습니다. 그 길로 들어서면 많은 시간을 단축할 수 있을 뿐 아니라 거리도 좁힐 수 있습니다."

검은 그림자는 말을 마치자 날쌔게 앞서 뛰기 시작했다. 서동랑은 그림자를 놓칠세라 혼신의 힘을 다해 그림자의 뒤를 따라 뛰었다.

검은 그림자는 펼쳐진 모래 벌판을 앞으로 바라보며 곧장 계곡으로 들어갔다. 계곡은 좁고 험했으나 모래밭처럼 더디지는 않았다.

"저 분은 분명 하늘이 보내신 관음보살님이 틀림없을거야."

서동랑은 엄습해 오는 피로를 한 점 초점에 맞추며 필사의 경주를 계속하였다.

달은 점점 기울어지고 별들도 빛을 잃자 동녘 하늘에 먼동이 트기 시작했다. 서동랑은 여기까지 오는 동안 너무나 많은 땀을 흘려 갈증을 참을 수 없었다. 서동랑은 탈진 상태에서 겨우 겨우 걸음을 옮겨 놓았다. 어디선가 계곡의 시냇물이 맑은 소리를 내며 흐르고 있었다.

"아, 물, 물을 마시고 싶다."

서동랑은 자신도 모르게 물소리가 나는 쪽을 향해 뛰어갔다. 그리고 물웅덩이에 뛰어들어 발을 담그고, 손으로 물을 움켜 벌컥벌컥 들여마셨다. 그러자 온몸의 피로가 한꺼번에 풀리듯 생기가 솟아났다.

물을 마시던 서동랑은 웅덩이에 비친 물그림자를 바라보다가 소스라치게 놀랐다. 물 바닥에는 아리따운 소녀가 웃음을 머금으며 서

206

동랑을 바라보고 있었다.

"앗, 그대는 사라양. 어떻게 이곳에?"

서동랑이 고개를 들었을 때 사라양은 저만치 뛰어가고 있었다.

"시간이 없습니다. 빨리 따라오세요."

사라양은 토끼처럼 가볍게 계곡을 빠져나갔다.

서동랑은 용기가 솟아 바랑을 짊어지고 사라양의 뒤를 부지런히 따랐다.

계곡을 벗어나 물을 건너고 또 들판을 달렸다.

"큰일 났군. 아침이 뒤꼭지까지 따라왔으니. 들판은 얼마나 더 남았을까?"

서동랑은 조바심을 금할 수가 없었다.

사라양은 쉬지 않고 잘도 달렸다. 검은 머리를 휘날리며 뛰는 모습은 힘에 넘치는 준마가 갈기를 날리며 들을 달리는 건강한 모습이었다.

고개를 넘던 사라양이 손을 들어 먼 곳을 가리켰다. 사라양이 손으로 가리킨 곳에 스님 일행이 머물고 있는 들판이 보였다.

"이제 얼마 남지 않았구나! 아직 동녘에 붉은 기운은 보이지 않으니 마지막 힘을 내자."

서동랑은 혼신의 힘을 다리에 집중시켰다. 그러나 그는 뛰어간다기보다 걷고 있었으며 오히려 기어가고 있다는 표현이 옳았다. 둘러멘 돌부처가 천근의 무게로 내리눌렀다.

"조금만 더 힘을 내세요. 촌각이 바쁩니다."

사라양이 옆에서 소리쳤다. 사라양은 바랑을 자신이 메고 가겠노라고 하였으나 서동랑은 그것을 자신의 선업(善業)에 흠이 되는 것이었으므로 사양하였다.

졸리웠다. 눈이 점점 감겨들었다.

　서동랑의 눈앞에 나찰과 독룡의 모습이 보였다.

　"바랑을 내려놓고 쉬어라. 무엇 때문에 죽을 고생을 하는 것이
냐? 금사슴은 거짓말쟁이야. 여기서 어떻게 그 먼 곳까지 힘이 미
칠 수 있겠니. 선화공주는 네가 올 때까지 우리가 잘 보살피고 있겠
다. 무사히 다녀오면 너희 둘을 잘 살도록 해주지."

　나찰녀와 독룡이 서동랑을 유혹했다.

　"그럴까, 너희들 말이 사실이지?"

　서동랑이 말했다.

　"아무렴, 같은 용끼리 거짓말을 시킬려구."

　독룡이 말했다.

　"네 말을 믿겠다."

　서동랑은 그 자리에 쓰러지려 하였다.

　"안 돼요, 서동랑! 그들의 말을 믿지 마세요. 그들은 악마, 용기
를 내어 조금만 더 뛰세요."

　선화공주의 애원하는 소리가 귓전을 울렸다.

　서동랑은 다시 발에 힘을 모으고 언덕을 내려와 들판을 달렸다.
머지 않은 곳에 혜초스님 일행이 기다리고 있는 모습이 희미하게 보
였다.

　그러나 서동랑은 그가 지금 어디에서 무슨 일을 하고 있는지 의
식을 갖지 못했다. 탈진 상태에서 팔다리만 허우적거리던 서동랑은
풀밭 한가운데 다다르자 그만 그 자리에 쓰러지고 말았다. 날이 밝
아져서 동편 하늘에는 아침 해가 그 모습을 드러낼 찰나에 있었다.

　사라양은 쓰러진 서동랑의 바랑 안에서 돌부처를 꺼내 풀밭 한가
운데 고이 모셔 놓았다. 혜초스님과 죽지랑, 기파랑이 달려와 돌부
처 앞에 합장 배례하였다. 이때, 동편 산 위로부터 붉은 해가 서서
히 자태를 나타냄과 동시에 한 줄기 광채가 돌부처를 향해 강렬하게

쏟아져 내렸다. 혜초스님 일행은 너무도 강한 햇빛에 눈이 부셔서 눈을 뜰 수가 없었다. 잠시 후 네 사람이 다시 정신을 차리고 눈을 떴을 때는 내려 쪼이던 햇빛과 함께 앞에 놓여 있던 돌부처는 어디론가 사라져 보이지 않았다.

"대자대비(大慈大悲)하심이 가락국에 머무소서."

혜초스님이 합장을 하고 동쪽을 향해 숙배(肅拜)하였다.

밝은 아침 해는 어젯밤의 고통을 씻기라도 하듯 찬연히 일행의 머리 위로 떠오르고 있었다. 주위의 숲과 나무, 조그마한 풀꽃까지도 그 찬란한 햇빛을 받아 어둠을 털어내리고 아름다운 자태를 서서히 드러내기에 힘을 기울였다. 스님 일행은 언제까지나 동편 하늘을 바라보며 합장한 채 자리에서 일어날 줄을 몰랐다.

미륵사의 지명(知命) 법사(法師)

청학도사 지명(知命)은 미륵사 선방(禪房)에 들어앉아 면벽(面壁)을 하고 부처의 섭리가 선(禪)의 경지로 떠오르기를 기다리고 있었다. 탈해의 말대로 그 동안 외도로 잃었던 불도의 경지를 단 이틀 동안의 정진으로 다시 터득되어질 수 있다면, 얼마나 다행한 일이겠는가? 그러나 그의 머릿속에는 희고, 검은 색깔의 공간만이 교차될 뿐, 아무런 징조도 나타나지 않았다.

그는 더욱 마음을 비우고 불(佛)과의 일체를 위해 진력하였다. 억겁(億劫)의 세월이 흐른 듯 스쳐간 공간 저쪽에서 하나의 점이 다가

오고 있었다.

그 점은 점점 커지더니 문수보살의 형상으로 나타났다.

"지(知)의 보살께서 어인 일이십니까?"

지명이 넙죽이 절하였다.

"그대의 외도(外道)로 불세계(佛世界)의 한 귀퉁이가 비인 듯 썰렁하더니만 그대야말로 어쩐 일인가? 다시 삼보에 귀의(歸依)하고자 하는 뜻은?"

문수보살이 청학도사를 바라보며 빙긋이 웃었다.

"성품이 용렬하다 보니 한 곳에 머무르지 못하고 이렇듯 주책 없이 방황하고 있었습니다. 가락국 사정이 하도 급박하와 염치를 무릅쓰고 부처께 다시 의탁하고자 하였사오나 아직 이렇다 할 징조를 보내시지 않는 것을 보면 부처님의 진노(震怒)가 대단하신 것 같습니다."

청학도사가 근심스레 말하였다.

"여래께서 그대가 생각하듯 마음 쓰임이 그렇게 좁으시다고 생각하시는 건가? 대자대비하신 그 분께서는 흉폭한 나찰까지도 잘못을 뉘우치기만 한다면 천상의 한 부분을 떠맡기시려는 복안을 갖고 계시다네. 어제 아침 천축국을 떠나실 때 그대의 지성에 감응하셨으니 아무 염려 말고 가락국으로 떠나세."

문수보살이 또다시 빙그레 미소를 지었다.

"그 말씀이 진실이옵니까? 방탕을 사랑으로 받아들이시다니. 이같은 대자대비하심이 천상천하에 어디 또 있겠습니까? 게으른 습성 때문에 여러 해 굴 속에만 처박혀 있었습니다만 이번 일만 무사히 벗어난다면 다시 불도에 전력함은 물론 선화공주와 함께 천축국 구도여행을 떠날까 합니다."

청학도사가 무릎을 꿇고 합장배례하였다.

"이보시게 지명, 그대는 청룡남해대왕에게 구천동 계곡에 남아 있는 그의 식솔들을 보살피겠다고 굳게 약조하지 않았는가? 갑자기 구도여행이라니 알 수가 없구먼."

문수보살이 궁금스런 얼굴로 청학도사를 바라보았다.

"일이 그렇게 되었습니다. 세상 모든 일이 본인의 뜻대로 된다면야 무슨 걱정이 있겠습니까? 아마도 운명이란 것이 한 곳에 머무르지 못하도록 장난을 치고 있는 것인지도 모르지요."

"모를 일이로군. 미래를 꿰뚫던 현철한 그대가 며칠 사이에 운명을 논하다니. 여하튼 자세한 이야기는 나중에 듣세. 가락국 사정이 급하이."

말을 마친 문수보살은 청학도사를 구름에 태우고 가락국으로 날아갔다.

여래께서 독룡과 나찰녀를 만어산에 가두시다

독룡이 수로왕에게 파사석탑을 파괴하고 독룡상을 세우라고 명령한 사흘째 날이 다가왔다.

가락국 하늘은 며칠 동안 검은 구름에 뒤덮여 있었는데 이날따라 구름은 점점 더 깊어지고 천둥 번개가 으르렁거리면서 굵은 빗방울이 억수같이 떨어지기 시작했다. 진시(辰時) 말(末)에 이르자 모진 광풍이 성 안을 휘몰아치더니 구름 속에서 검푸른 말(馬)에 검푸른 갑옷을 입은 독룡이 창을 비껴들고 나타났다. 그의 주위에는 호화찬란한 옷을 입은 나찰녀들이 역시 말을 타고 날아 내렸는데 하나같이 빼어난 미녀들이었다.

"수로, 아직도 내 명(命)을 받아들이지 않았구먼. 그렇다면 그에 대한 응당한 대가를 치러 주겠다."

독룡은 말을 마치자마자 말을 휘몰더니 육중하게 쌓아 놓은 금관성의 성벽을 창을 날려 부수기 시작하였다. 순식간에 남문(南門)이 박살이 나고 동문(東門)이 날아가 버렸다. 얼마 후 성은 담이 없는 집처럼 덩그라니 궁전만 남긴 채 쓸쓸히 서 있었다.

"자, 나의 위력을 보았겠지. 이젠 저 쓸모없는 집들을 부수겠다."

독룡은 다시 창을 꼬나잡고 궁전을 향해 말을 달렸다. 흙바람과 함께 순식간에 독룡의 창에 맞아 궁전 다섯 채가 돌더미로 변했다.

금관성의 자취는 어디서도 찾을 수 없이 폐허가 되어 버렸다. 이제 내전 하나만이 남아 있을 뿐이었다. 수로대왕과 왕비는 내전에 몸을 숨기고 운명을 오직 하늘에 맡길 뿐이었다.

내전 앞에는 아유타국에서 왕비가 시집을 때 가지고 온 파사석탑(婆娑石塔)이 오똑히 서 있었다.

파사석탑을 본 독룡의 눈이 번득거렸다.

독룡은 창을 높이 치켜들고 파사석탑을 향해 말을 치닫기 시작했다.

"저 놈의 파사석탑만 부숴뜨리면 가야국은 내 손 안에 들어온다."

독룡은 단 한 창에 탑을 날려 버리려는 심산으로 난폭하게 말을 휘몰아쳤다. 나찰녀들도 좌우로 독룡을 호위하며 뒤를 따랐다.

바야흐로 가락국의 운명은 바람 앞에 등불이었다.

그러나 독룡이 파사석탑 앞에 이미 다다랐을 것이라고 생각하며 창을 높이 치켜들어 내려치려 하였으나 탑은 처음 독룡이 출발했던 지점의 거리만큼에서 조금도 좁혀지지 않고 저만치 서 있었다.

화가 난 독룡의 코에서는 세찬 강풍이 일어났다. 그는 더욱 거세게 말을 몰아쳐 앞으로 치달렸다. 그러나 아무리 기를 쓰며 말을 몰아쳐도 종전과 마찬가지로 파사석탑은 오십여 장 거리 밖에서 조금도 거리가 좁혀지지 않은 채 그대로 그 자리에 서 있을 뿐이었다.

독기가 머리끝까지 오른 독룡은 미친 듯이 말에 채찍을 가했다. 독룡이 날뛸 때마다 천둥 번개가 세상을 뒤집어 엎을 듯 쿵쾅거리며 한치의 앞도 볼 수 없을 만큼 쏟아지는 장대비와 함께 폭풍이 몰아쳤다. 가락국은 당장에라도 비바람에 날아가 버릴 지경이었다.

"아아, 모든 것이 끝이로구나."

수로대왕과 왕비는 서로 부둥켜안은 채 그 자리에 쓰러지고 말았다. 바야흐로 가락국은 바람 앞에 등불이었다.

그러나 이때, 구름 한쪽에 구멍이 뚫리면서 한 줄기 햇살이 파사석탑을 향해 강하게 내리쏘였다. 그리고 그 빛은 다시 파사석탑에서 반사되어 사면팔방으로 뻗쳐 나갔다. 파사석탑을 향해 돌진하던 독룡이 강렬한 햇살에 눈을 뜨지 못하고, 날뛰는 말의 고삐를 잡아채다가 말에서 그만 떨어지고 말았다. 그 서슬에 다섯 나찰녀도 말에서 떨어졌다. 잠시 후 파사석탑 속에서는 아름다운 선율이 울려퍼지면서 은은한 광채가 계속해서 쏟아져 나왔다.

그 서광(瑞光)과 운율을 타고, 연좌대(蓮坐臺) 위에 고이 앉은 석가여래께서 인자한 미소를 띠며 모습을 나타내었다. 그리고 그 뒤로 수천 수만의 제천(諸天)과 화불(化佛)들이 차례를 지어 꾸역꾸역 쏟아져 나왔다. 그와 함께 하늘에 덮였던 검은 구름은 어느 틈엔가 서쪽으로 사라져 버려서 가락국은 참으로 오랜만에 햇빛으로 가득 차 있었다.

말에서 떨어진 독룡과 다섯 나찰녀가 석가여래의 현신을 보자 소스라치게 놀라 몸을 뒤틀었다. 그들은 이미 온몸이 오그라들었으며 그 자리에 엎드리어 손톱으로 땅바닥을 긁으며 두려움에 떨고 있었다.

여래께서 그들 앞으로 가까이 다가갔다.

"너희들은 왜 여기에 와 있는가?"

그러나 그들은 물음에 답하지 못하고 몸을 더욱 오그라뜨렸다.

"무슨 죄업(罪業)을 행했는지 일러 보아라."

여래께서 다시 그들에게 물으시었다.

"여래께옵서 베푸신 자비를 저버리고, 하라국 나찰혈에서 도망친 죄입니다."

독룡과 다섯 나찰녀가 겁에 질려 삐뚤어진 입을 모아 말했다.

"그것뿐인가?"

"가야국을 넘보아 왕과 왕비에게 참기 힘든 고통을 맛보게 하였습니다."

독룡이 땅을 긁으며 말했다.

"오계를 깨뜨리도록 가락국 사람들을 부추겼습니다."

다섯 나찰녀가 동시에 말했다.

"그밖에 지은 죄는 없는가?"

"그 외에는……."

다섯 나찰녀가 손톱으로 땅을 긁으며 몸을 오그라뜨리며 얼버무렸다.

"생사람을 잡아다가 나찰녀로 만들고자 한 죄는?"

화불(化佛)의 뒤쪽에서 청학도사가 소리쳤다.

"저 말이 참 말인가?"

독룡과 나찰녀들은 더욱 몸을 오그라뜨리며 두려움에 떨 뿐이었다.

"자비에 따라 행하고 행하지 않고는 너희의 마음에 달렸다. 선업

(善業) 뒤에 오는 행복도 죄과(罪科) 뒤에 오는 고통도 자신의 업보에 의한 것이다. 어찌하겠느냐? 영겁(永劫)을 삼악도(三惡道) 제일 밑바닥에서 허우적거리겠느냐? 이제까지의 지은 죄를 씻고 새 삶을 살아가겠느냐?"

다섯 나찰녀들은 말을 잇지 못하고 땅바닥에서 버둥거리며 몸만 뒤틀 뿐이었다.

"전에 하라국에서도 같은 말을 하셨을 때, 용서를 빌고 선업을 닦겠다고 맹세했었습니다. 그런데 이제 또다시 용서를 빈다고 어찌 저희를 용납할 수 있으시겠습니까?"

독룡이 머리를 조아리며 입을 열었다.

"아무리 천만 번 헛 용서를 빌었다 하더라도 그 순간 진실로 잘못을 뉘우쳤다고 스스로가 믿고 말한 것이라면 언제나 용서를 받아들일 수 있는 것이 불(佛)의 자비(慈悲)이니라."

둘레의 제천과 화불들이 모두 합장 배례하였다.

"누리 같으신 자비로 다시 한 번 저희들의 죄를 용서하옵소서. 다시는 맹세코 이런 일은 없을 것입니다."

독룡과 나찰녀가 온몸을 뒤틀며 죄의 용서를 빌었다.

"그 말이 진정이라면 다시 한 번 지난 과오를 용서하겠다. 그 대신 너희들이 그 동안 저질러온 잘못을 맨 처음의 자리로 다시 돌려 놓아야 한다. 그리고 그후에 만어산의 동굴 속에 들어가 몇 겁(劫)이 되든 완전한 새 마음을 갖고 탄생할 수 있을 때까지 근신하여야 하느니라. 명심하겠느냐?"

독룡과 다섯 나찰녀는 몇백 번이고 고개를 조아려 다시는 과오를 범하지 않고 말씀에 명심하겠노라고 다짐하였다.

"성(城)부터 예전처럼 고쳐 놓도록 하여라."

독룡은 명(命)이 떨어지기가 무섭게 무너뜨린 궁전을 일으키고 성

벽과 성문을 쌓아 종전처럼 말끔히 성곽(城郭)을 세워 놓았다.

"다섯 나찰녀는 오계를 파괴하고 있는 가락국 사람들에게 예전의 순박한 마음을 되찾도록 하여 주어라."

명(命)이 떨어지자 다섯 나찰녀는 곧바로 다섯 가락국으로 날아가 살생, 투도(偸盜), 사음(邪淫), 망어(妄語), 음주(飮酒) 등을 자행하며, 괴로워하고 있는 사람들에게 가서 그들의 몸에 얼기설기 묶여 있는 사슬을 풀어 주었다.

여래께서는 다시 독룡과 나찰녀들을 데리고 만어봉(萬魚峯) 음혈을 향해 올라갔다.

"유리관 속에 누워 있는 저 아이의 영혼과 육신을 일치시켜 놓도록 하여라. 행위가 자기만의 행위로 끝난다면 그것은 큰 죄가 아닐 것이다. 그러나 자신 밖으로 나가는 죄는 자기 자신을 파괴하고 다른 사람을 파괴하고 나아가서 세상의 질서를 파괴한다. 온 누리의 삼라만상은 지금, 한치의 틈도 없이 주어진 그대로 차분히 움직이고 있다. 너희같이 질서를 파괴하는 무뢰한들이 이 세상에 다시는 나타나지 않게 하기 위하여 이 음혈에 가둬두겠다. 진정 지은 죄를 뉘우치고 새롭게 탄생될 때까지 이 속에서 근신하여라. 주어진 기회는 이제 단 한 번뿐이다."

여래께서는 서동랑이 북천축국 나찰혈에서 녹야원까지 가지고 온 돌부처를 굴 가운데 고이 모셔 놓았다.

"또다시 사악한 마음이 일어나거든 이 부처의 영상(影像)을 보고 마음을 진정시켜라. 너희들이 이곳을 도망치고저 할수록 부처의 빛이 너희를 붙잡아 두려고 더욱 밝게 빛을 발할 것이니라."

여래께서는 독룡과 다섯 나찰녀를 굴 속에 가두고 혈문을 막아버렸다. 그리고 제천과 화불들로 하여금 주위의 산들을 떠다가 만어산을 덮고 흙을 밟게 하여 그들이 빠져나갈 수 없도록 빈틈 없이 견고하게 굴을 다져놓았다.

"자, 우리의 일은 이제 끝났나보구나. 가락국에 평화가 찾아왔으니 임금과 백성들은 합심하여 누천년 영화로운 나라를 이루어 나가기 바란다."

여래께서는 말을 마치자 제천 화불들과 함께 오색구름을 타고 서쪽 하늘로 날아가 버렸다.

가락국의 평화

"유아독존(唯我獨尊)이신 분."

청학도사는 합장을 하고 언제까지나 여래께서 사라진 서쪽 하늘을 바라보았다.

"나도 내 자리로 돌아가겠네. 다만 나에게도 남해청룡대왕에게 그 집 가문을 지켜주기 위한 약속이 있었다네. 태백산 천지(天池) 속에서 선업(善業)을 쌓고 있는 청룡대왕이 그 뜻을 이루고 해탈되어 나올 수 있도록 그의 아들을 돌보아줌이 그대와 나의 임무가 아니겠는가?"

문수보살이 청학도사에게 말했다.

"그러한 줄 알고 있습니다. 그러나 저는 예기치 않은 일에 그만 말려들어 뜻에 없는 천축국 여행을 하게 될 것 같습니다."

청학도사가 아직 정신을 차리지 못하고 바위 한 귀퉁이에 멍하니 앉아 있는 선화공주를 바라보며 말하였다.

"아, 그 운명이 어떻구 한 것이 바로 저 여인 때문에 일어난 일이란 말인가? 종전에 여래께서도 말씀하셨던 것처럼 그건 운명이 아니고 질서일세. 물 흐르듯 흐르는 세상의 질서 속에 그대가 발을 들여놓은 것이니, 뜻대로 해보게나. 그대가 이제껏 느끼고 간직하고 터득한 능력을 한껏 펼칠 좋은 기회가 찾아온 걸세. 흥미롭게 생각이 되는구만."

문수보살은 청학도사를 바라보며 즐거운 표정으로 껄껄거리고 웃었다.

"다음에 만날 때는 훨씬 성숙된 모습이 되어 있겠군. 기대해 보겠네."

문수보살은 말을 마치자 역시 오색구름을 타고 서쪽 하늘로 날아가 버렸다.

청학도사와 선화공주는 만어산을 내려와 금관성으로 향했다. 졸지에 일어난 일이었고, 엄청난 일들을 한꺼번에 겪었으므로 두 사람은 무슨 말을 해야 할는지 몰라 묵묵히 걷기만 하였다.

성에 다다르니 수많은 가야국 사람들이 두 사람을 환영하였고, 수로대왕과 왕비도 맨발로 뛰어나와 두 사람을 맞이하였다.

"진정 평생의 은인이오."

수로대왕과 왕비가 두 사람을 붙들고 치하하였다.

"언제까지나 우리와 함께 같이 삽시다. 그대들의 여생이 편안하도록 최선을 다하겠소."

수로대왕이 두 사람에게 가락국에서 같이 살 것을 권하였다.

그러나 선화공주는 고개를 좌우로 흔들었다.

"황공하신 말씀이오나, 저희는 이루어야 할 일이 있습니다. 전에도 말씀드린 것처럼 천축국으로 구도여행을 떠난 어떤 사람을 찾으러 가야 합니다. 저희가 이 나라에 발을 들여놓았던 까닭도 실은 왕비님이 천축국 분이시라는 소문을 듣고 그곳으로 갈 수 있는 뱃길과 방법을 알기 위해 찾아왔던 것이었습니다."

선화공주는 왕비가 앉아 있는 용상 쪽으로 한발 가까이 다가갔다.

"왕비님께서 대왕님을 만나기 위해 수만 리 뱃길을 멀다 않고 찾아오신 것처럼 소녀도 사랑하는 이를 찾아 수만 리 뱃길을 떠나려 하고 있습니다. 도와주시옵소서."

선화공주가 왕비에게 간곡히 말하였다.

"갸륵하도다. 그대가 진정 한 사람을 위해 그토록 불타는 열정을 간직하고 있다면 그 길을 막을 사람이 어디 있겠는가. 나 역시 부모님을 떠나 이곳에 왔으니 그대의 간절함을 마음 바닥까지 꿰뚫어 알 수 있겠노라."

왕비의 눈에서는 감격의 눈물이 흘렀다.

"천축국은 뱃길로 수만 리 길, 아무리 유능한 도사공이라도 목숨을 하늘에 맡기지 않고는 갈 수 없는 곳. 그러나 그대의 뜻이 진정 그렇다면 배 한 척과 넉넉한 식량과 내가 천축국에서 데리고 온 부하 중 뱃길에 밝은 도사공과 몇 명의 일꾼을 그대에게 보내 주겠노라."

왕비는 선화공주의 소망에 적극적 협력하기로 약속하였다.

사랑하는 사람을 찾아서

화신(花信)을 알리던 꽃바람도 가야산 뒤쪽으로 날아가 버리고 대해(大海)로부터 싱싱한 초여름 바다 냄새가 가야국을 덮었다.

독룡과 나찰녀의 횡포로 찌들렸던 가야국 사람들은 언제 그런 일이 있었던가싶게 명랑하고 활기찬 모습으로 그들의 생업을 위해 열심히 일하고 있었다. 바다에 면한 조그만 갯마을 앞에는 그리 크지는 않으나 단단하게 생긴 배 한 척이 닻을 내리고 있었고 항해에 필요한 여러 가지 물건들을 싣고 있었다.

"서(西)로는 화국(華國), 남으로는 왜국(倭國), 그 옆으로 대마도라는 섬이 있다네. 그 사이를 빠져나가면 망망대해가 여러 달 계속될 것일세. 그 다음에는 미지의 섬나라들이 줄을 잇고 서 있는데, 이교(異敎)의 나라, 미개(未開)의 나라, 그리고 갖가지 풍속과 종족이 다른 나라들이 있어서 그곳을 뚫고 나가기가 여간 힘들지가 않네. 또한 사악한 악귀들이 편안한 사람들을 그냥 보고 놔두질 않아서 그 또한 큰 장애가 되지. 그보다도 더 난감한 것은 자칫 뱃길을 잘못 들어서면 그대로 끝없는 대해로 들어서게 되는데, 다시 제길로 찾아들기란 전혀 불가능한 일이라고 할 수 있네. 이 모든 것이 기우(杞憂)로 끝나 주기를 바라네. 부처님의 가호가 늘 함께하시기를……."

왕비는 천축국으로 떠나는 선화공주에게 여러 가지 어려움을 들려 주었다.

그러나 선화공주의 마음은 바다 건너 저 멀리 한 개의 점, 서동랑이라는 한 사나이에게 머물고 있었으므로 아무런 소리도 귀에 들어오지 않았다.

그녀에게는 시간과 공간의 일치일 뿐. 일신의 안위(安危) 따위를 생각할 여유가 없었다.

"부디 뜻하는 바를 이루고 돌아와 다시 만날 날을 기다리겠네."

수로왕과 왕비는 닻을 올리고 떠나가는 선화공주와 청학도사에게 손을 흔들어 배웅하였다.

하늘은 맑고 파도는 잔잔했다. 적당한 마파람이 남쪽에서 불어와 돛배를 바다 쪽으로 서서히 몰아내었다.

선화공주는 배의 선수에 서서 출렁이는 망망대해를 바라보았다.

그녀는 사랑하는 사람을 만나러 간다는 기쁨에 마주 불어오는 바람을 쾌히 가슴으로 받았다. 그녀는 결코 작은 정(情) 때문에 그녀가 머물었던 것에 미련을 두지 않았다.

그녀는 까마득히 육지가 사라져 보이지 않을 때까지 맞바람을 맞으며 그 자리에 선 채 언제까지나 움직일 줄 몰랐다.

곡녀(曲女)들의 역습(逆襲)

녹야원의 금사슴에게서 가락국의 평안을 전해들은 혜초스님 일행은 사대영탑 전역을 답파하기 위해 또다시 순례의 길을 재촉하였다. 깎아지르듯 가파르게 솟아 있는 데칸의 산굽이를 벗어나니 평탄한 들판이 일행을 맞았다. 그러나 때마침 건기가 시작되는 계절이었으므로 하늘에서는 강렬한 태양이 내려쪼이고 땅에서는 무더운 열기가 훅훅 솟아올랐다.

"지독한 더위로군. 어디 냇물이라도 있으면 풍덩 하고 뛰어들었으면 좋으련만."

기파랑이 짜증을 내며 손바닥으로 햇빛을 가렸다.

"땡볕으로 강물이고 냇물이고 다 말라 버렸나봐. 목욕은 고사하고 목이나 축일 물이라도 있었으면 다행일텐데……."

죽지랑이 혓바닥으로 입술을 적셨다.

"조금만 참고 기다려 봐요. 저 멀리 산이 보이지요. 그 산 너머가 우리 고향 카냐굽차랍니다. 고향에 가면 편히 쉬게 해드릴게요. 저 산 골짜기에는 맑은 시냇물이 많답니다. 조금만 참고 걸으면 물도 마시고 목욕도 할 수 있을 거예요."

사라양은 무더위에도 아랑곳하지 않고 고향을 찾는 기분에 들떠 있었다.

"카냐굽차라? 어디서 들어본 적이 있는 이름 같은데."

기파랑이 고개를 갸우뚱하였다.

"왜 얼마전 대수선인의 도술에 걸려 등이 굽은 공주들을 구해준 일이 있었지. 그 공주들의 나라가 카냐굽차라 하지 않았더냐."

서동랑이 기파랑을 향해 말했다.

"참, 그랬었군. 그 등 굽은 공주들과 사라양의 고향이 같은 나라 사람이라니 기가 막힌 인연이로군. 사라양, 사라는 그 공주들의 이야기를 알고 있나?"

기파랑이 사라양을 바라보며 물었다.

"글쎄요. 어릴 때 떠나왔기 때문에 명확한 기억은 없지만 아버지께서 들려 주시기를 이 나라 전역 다섯 천축국 가운데 카냐굽차가 있는 중천축국이 가장 강대하다는 이야기를 들었지요. 이곳 임금님께서는 900마리의 코끼리를 갖고 계시며 대수령들도 200~300마리씩의 코끼리를 갖고 있어서 주변의 나라들이 싸움을 걸어 오더라도 쉽게 물리치므로 감히 카냐굽차를 넘보는 나라들이 없다고 하셨지요. 임금님이 사시는 큰 궁궐 옆에 아름다운 정원의 저택이 있는데 그것이 저의 집이라고 하셨어요. 아직도 그때의 꽃밭과 날 돌봐주던 사람들의 얼굴이 눈에 선하답니다."

사라양은 매우 행복한 표정이었다.

"공주님들이 우리를 보면 알아볼 수 있을까? 생명의 은인이니 잊지는 않았겠지."

죽지랑이 산너머 쪽을 바라보며 중얼거렸다.

해가 서쪽으로 뉘엇뉘엇 기울고 있었을 때쯤 해서야 스님 일행은 겨우 카냐굽차의 등뒤에 있는 산 아래 당도할 수 있었다. 그러나 애초의 기대와는 달리 어디를 둘러보아도 물이라고는 찾아볼 수 없었다. 계곡의 물은 모두 말라버려 바위투성이뿐이었고 바위틈 사이에서 자라던 풀들도 생기를 잃고 시들어 있었다. 모두들 실망과 갈증에 지쳐서 아무렇게나 돌바닥에 주저앉았다.

"해가 곧 질 것 같으니 어쨌거나 오늘은 여기서 잠자리를 마련하도록 하시지요."

서동랑이 스님을 향해 말하였다.

"그래야 될 것 같다. 그런데 조금이나마 남아 있던 물도 다 마셔버렸으니 내일 행군이 걱정되는구나."

혜초스님이 물병을 거꾸로 들어 보이며 근심에 싸인 얼굴로 서동랑을 바라보았다.

"염려 놓으십시오. 한밤이 되면 세상이 조용해질텐데 그때 정신을 차려 귀를 기울이면 어디선가 물 흐르는 소리가 들릴 것입니다. 그때 제가 물을 구해 오도록 하겠습니다."

서동랑은 스님을 안심시키고 평편하고 아늑한 공터를 잡아 잠자리를 마련하였다.

"오늘도 이슬 피하기는 틀렸군. 무슨 놈의 산이 나무 한 그루 없이 돌투성이뿐이람."

죽지랑이 또다시 불평을 털어놓기 시작했다. 노루꼬리만큼 남았던 햇빛도 사라지고 산허리에는 칠흑 같은 밤이 한꺼번에 몰려왔다.

"산을 넘으면 카냐굽차라는 나라가 있다고는 하지만 이 산은 마치 유령이라도 나올 듯 을시년스럽군."

기파랑이 겁먹은 소리로 말했다.

"오늘 일은 너무 힘들었어. 귀신들이 떼거지로 나타나 잡아간다 하더라도 잠부터 자고 봐야지."

죽지랑은 자리에 눕자마자 곧장 코를 드르렁거리며 잠에 떨어져 버렸다.

스님 일행이 깊은 잠에 빠져 정신없이 자고 있을 때, 어디서부터 날아왔는지 새파란 불덩이가 스님 일행을 향해 몰려들기 시작했다. 처음에는 열 개, 스무 개이던 불덩이가 순식간에 백여 개로 불어나 스님 일행을 에워싸고 거리를 좁혀 왔다.

서동랑이 이상한 기척에 선잠이 깨어 일어났다. 그러자 주위를 감쌌던 불빛들이 눈 깜짝할 사이에 사라져 버렸다. 서동랑이 일어나 주위를 살폈으나 캄캄한 어둠 속에 별만이 한두 개 반짝일 뿐 사방은 괴괴하고 이따금씩 후텁지근하고 스산한 바람만이 얼굴을 스치고 지나갔다.

"어디 물 흐르는 소리가 나는가 들어봐야겠군."

서동랑은 만파식적을 땅에 대고 귀를 기울였다. 밤의 세상은 낮보다 더 크고 묘한 소리로 가득 차 있었다. 멀리 산꼭대기 쪽에서 쏼쏼거리는 소리가 들려왔다.

서동랑은 물주머니를 어깨에 메고 물소리가 들리는 산 위쪽을 향해 조심조심 바위를 더듬어 나갔다. 서동랑이 자리를 뜨자 자취를 감췄던 반딧불 같은 파란 불빛이 재빠르게 바위 틈에서 솟아나와 스님 일행을 향해 다시 모여들었다. 그리고는 곤하게 잠들어 있는 사람들을 하나씩 떠메고는 어디론가 홀연히 사라져 버렸다.

서동랑은 물소리가 나는 곳을 향해 이리저리 찾아다녔으나 바람에 나뭇잎 갈리는 소리뿐 어디에도 물은 없었다. 서동랑은 하는 수 없이 스님 일행이 잠들어 있는 산허리로 내려왔다. 그러나 어찌된 일인가, 분명 제자리를 찾아 돌아왔다고 생각했는데 거기에는 아무런 사람의 흔적이 없었다. 주위를 돌아보았으나 마찬가지였다.

"귀신이 곡할 노릇이로군. 스님 일행이 감쪽같이 사라지다니. 이 산에도 낯모를 잡귀가 도사리고 있었단 말인가?"

서동랑은 몸을 솟구쳐 제일 높은 바위 위로 뛰어올랐다. 그리고 있는 대로 시야를 넓혀 사방을 둘러보았다. 한치의 앞도 내다보이지 않는 깜깜한 밤중이었으나 정신을 집중하고 한 곳을 바라보니 오른쪽 산 아래로 수없이 반짝이는 작은 불빛들이 골짜기를 향해 빠르게 움직이고 있었다. 서동랑은 몸을 날려 불빛을 뒤쫓기 시작했다. 그러나 서동랑이 불빛이 보이던 곳까지 왔을 때는 이미 그곳엔 아무것도 보이지 않았다.

"낭패로군. 여기서 실마리를 찾지 못한다면 스님의 운명이 어찌될 것인지 장담할 수 없어."

서동랑은 넓적한 바위에 만파식적을 대고 또다시 정신을 집중하였다. 그러자 어디선가 타박타박거리는 사람들의 발자국 소리가 들려왔다. 서동랑은 그 소리를 더듬으며 빠르게 몸을 놀려 소리나는 곳을 향해 달려갔다. 맞닿을 듯 빽빽이 솟아 있는 계곡과 계곡 사이로 사람 하나가 겨우 비집고 걸어 들어갈 만한 작은 길이 끊어질 듯 이어져 있었는데 발자국 소리는 그 앞쪽에서 들려왔던 것이다. 서동랑은 그 소리를 놓칠세라 부지런히 골짜기를 뚫고 들어갔다. 얼마를 안으로 들어가니 갑자기 앞이 툭 터지면서 커다란 바위 굴이 나타났다. 서동랑이 야명기법(夜明奇法)을 써서 주위를 둘러보았다. 굴 입구에는 대수선인영생선도원(大樹仙人永生禪道院)이란 팻말이 붙어 있었다.

대수선인의 부활

"괴이한 일이로군. 대수선인은 지난번 양귀비꽃 밭과 함께 새까맣게 타버렸는데……? 영생이란 글귀를 보니 그럼 아직 죽지 않고 살아 있단 말인가? 그렇다면……!"

서동랑은 스님과 나머지 사람들 생각을 하니 덜컥 겁이 났다. 서동랑은 몸을 숨기고 조심스레 굴 속으로 들어갔다.

굴 속은 안으로 들어갈수록 점점 넓어졌다. 얼마쯤 걸어가니 앞쪽에서 환하게 불빛이 보이고 두런두런 사람들의 말소리가 들려왔다. 서동랑은 벽 쪽에 몸을 붙이고 조심스럽게 소리 나는 곳을 향해 접근하였다. 굴 한가운데는 횃불이 훨훨 타고 있었는데 그 횃불을 둘러싸고 아주 몸집이 작고 뚱뚱하게 생긴 사람들이 모여서 무어라 수군거리고 있었다.

서동랑은 좀더 앞으로 접근해 갔다. 수군거리고 있는 사람들의 수효는 어림잡아 백여 명쯤 되어 보였는데 검은 천으로 몸을 두르고 얼굴까지도 눈만 남기고 천으로 가리고 있어 어떤 형태의 사람들인지 혹은 괴물들인지 알아볼 수가 없었다. 그들이 둘러싼 한가운데 스님과 기파랑, 죽지랑 그리고 사라양이 꽁꽁 밧줄에 묶이어 땅바닥에 꿇어앉혀져 있었다. 갑자기 굴 위쪽에서 횃불이 밝아지면서 굴 전체가 환히 밝혀졌다. 그곳은 굴 안 옆쪽에 위치해 있는 커다란 바위 꼭대기였는데, 거기에도 역시 검은 천을 두른 세 사람이 나타나 한 사람을 가운데 두고 양쪽에서 두 사람이 호위하면서 횃불을 높이 치켜들고 있었다. 그들이 서 있는 바위 맞은편에는 바위보다 더 크고 괴상하게 구부러진 고목 등걸이 서 있었다. 가운데 있던 사람이 그 고목 등걸을 향해 두 손을 번쩍 들고 소리를 질렀다.

"생성의 신, 우리들의 운명을 관여하시는 대목선인 망령이시여, 여기 우리를 감언이설로 속여 선인을 불덩이로 만들어 죽음의 늪으로 빠지게 한 간악한 무리들을 잡아 왔나이다. 이제 이들의 심장을 꺼내어 바치겠사오니, 죽음의 잠에서 깨어나시어 예전과 같으신 신통력으로 우리의 영육을 다스리소서."

말을 마친 검은 외투의 사람이 시퍼런 칼을 들고 바위 옆에 내려진 철삭을 타고 내려왔다.

"가만있자, 그렇다면 저들은 등 굽은 공주들이 아닌가. 무사히 고향으로 돌아가 평안한 생활을 하고 있는 줄 알았는데, 그런데 그녀들은 왜 고향에 돌아가지 않고 이곳에서 저런 모습으로 살아가고 있는 것인가?"

서동랑은 의아심을 감추지 못하였다.

칼을 든 사람은 그 목소리로 보아 큰 공주임에 틀림이 없었다. 나머지 공주들은 제일 먼저 혜초스님을 둘러메어 고목 등걸 아래 넙적한 바위 위에 올려놓았다. 비수를 든 언니 공주가 스님이 누워 있는 너럭바위 쪽으로 다가갔다. 횃불은 더 크게 밝혀지고 조그맣게 보이던 사람의 그림자가 횃불에 비춰져 굴 천장에까지 높여져서 마치 커다란 괴물이 굴 전체를 덮치듯 위압감을 느끼게 했다.

"우리의 아름다움을 예전 그대로 돌려주소서."

큰언니 공주가 칼을 높이 쳐들고 소리치자 나머지 공주들도 한꺼번에 합창을 하듯 따라 소리쳤다.

큰 공주는 겁에 질려 누워 있는 스님 앞으로 가까이 다가갔다. 그리고 날카롭게 빛나는 칼을 스님의 심장을 향해 겨누었다.

"원망은 마라. 너희들의 신, 불타가 자비의 신이라면 죽은 영혼만큼은 내치지 않고 극락이란 곳으로 보내 주겠지."

큰언니 공주는 곧장 칼을 높이 쳐들었다.

"야단났군. 스님의 목숨이 경각에 달렸으니."

서동랑이 허리춤에서 용천단검을 뽑아 던진 것과 큰언니 공주의 손에 든 칼이 혜초스님의 심장을 향해 내려짐이 거의 같은 시각이었다.

"쨍그랑!"

용천단검은 곧바로 날아가 큰언니 공주의 손에 든 칼을 날려 버렸다.

"까!"

갑자기 일어난 일에 놀란 백여 명의 공주들이 한꺼번에 소리를 질렀다. 그러나 곧 정신을 가다듬고 칼이 날아온 방향을 향해 일시에 고개를 돌렸다.

"어느 놈이냐!"

백여 명의 살기 찬 눈이 한꺼번에 서동랑을 향해 쏟아졌다.

"안녕들 하십니까? 접니다. 그대들을 대수선인에게서 구해준 서동랑이올시다."

서동랑이 뚜벅뚜벅 공주들을 향해 걸어갔다.

"서동랑? 흥, 바로 네 놈이로구나. 우리를 속여 마지막 남았던 희망조차 앗아간 나쁜 놈. 네 놈을 만나면 살을 저미고 뼈를 깎아 원을 풀기로 맹세했었는데 참으로 잘 찾아와 주었다."

공주들은 일제히 몸에 두른 검은 천과 머리에 쓴 두건을 벗어 버렸다. 그러자 예전에 보던 모습보다 더 늙고 말라비틀어지고, 등이 굽은 추한 모습이 드러났다.

"이 모양을 보고도 네 놈이 한 짓이 어떤 것인가 알지 못할 테냐!"

백여 명의 공주가 일제히 비수를 들고 서동랑을 향해 달려들었다.

"무슨 짓들입니까! 우리는 공주님들이 고향에 돌아가 부처님을 섬기며 아름다운 옛 모습으로 행복하게 사시는 줄 알고 있었습니다."

서동랑이 두 손을 저어 공주들을 막으려 했다.

"듣기 싫다, 나쁜 놈. 네 놈의 간교함에 속에 우리의 마지막 소원마저 사라져 버리고 이렇게 언제까지나 추한 모습으로 살아가야 할 처지가 되어 버렸다. 네 놈의 심장을 도려내어 대수선인께 바쳐 용서를 빌고 다시 예전의 우리 모습을 되찾고야 말겠다."

말을 마친 공주들은 칼을 휘두르며 미친 듯이 서동랑을 향해 달려들었다.

"기다리시오. 무슨 오해가 있는 게 틀림없소."

서동랑은 성난 공주들을 막아 보려 했으나 사생결단으로 달려드는 그녀들을 피할 수는 없었다.

"안되겠군. 저들의 험악한 눈빛으로 보아 섣불리 맞섰다가는 살아날 길이 없겠는걸."

서동랑은 몸을 솟구쳐 굴 옆 바위벽에 몸을 의지한 다음 곧바로 바위 옆에 켜 놓은 횃불을 들고 그들이 세워 놓은 나무 등걸 위로 뛰어올랐다.

"가까이 오지 마시오. 더 이상 가까이 오면 이 나무 등걸은 잿더미가 될 테니까."

서동랑이 횃불을 들어 나무 등걸 가까이로 들이대었다.

"안 돼, 그것만은!"

몰려오던 공주들이 그 자리에서 발을 멈췄다. 그녀들에게 있어서 나무 등걸은 유일한 희망이요 믿음이며 구원이었던 것이다.

"뭔가 잘못 생각하고 있는 게 틀림없소. 대수선인은 이미 재가 되어 이 세상에서 흔적도 없이 사라져 버렸습니다. 그런 그를 다시 떠받드는 것은 어리석은 생각이오. 더구나 그는 오늘의 당신들을 이같이 만들어 놓은 여러분들의 원수요 둘도 없는 흉악한 괴물입니다. 그것보다도 고향에 돌아가지 않고 어찌 이런 곳에……?"

"군소린 필요없다. 거기서 빨리 내려와라."

"사연을 이야기해 준다면……!"

큰언니 공주는 잠시 망설이더니 고개를 끄덕였다.

"좋다. 그 나무 등걸만 불태우지 않는다면 얘기는 들려주지. 그렇다고 너와 단합하자는 건 아니야. 결국 너희들은 저 제단의 제물이 되고 말 테니까."

큰언니 공주가 분함을 이기지 못해 씩씩거렸다. 이때 바위 한 귀퉁이에서 흰 옷으로 몸을 가린 훤칠한 키의 여인 하나가 나타났다. 공주들의 눈이 일제히 그 여인에게로 쏠렸다.

"흥, 사내라면 사족을 못 쓰는군. 여긴 네가 나설 자리가 아냐!"

큰언니 공주가 소리쳤다.

"내가 자초지종을 말할 거예요."

흰 옷의 여인이 나무 등걸을 향해 사뿐사뿐 걸어 나왔다. 대수선인에게 시집갔던 막내 공주였다.

"허튼 수작을 했다간 그냥 놔두지 않을 테다."

큰언니 공주가 눈을 부라렸다. 공주들의 흥분이 가라앉자 서동랑은 고목 등걸에서 내려와 막내 공주와 대면하였다.

"그때, 대수선인을 불태워 버린 우리들은 이제 모든 희망이 이루어진 기쁨을 갖고 귀향길을 재촉하였습니다. 비록 살생으로 인한 업죄 때문에 대부분 언니들이 등이 굽어 있었지만 얼굴 모습은 예전의 아름다움을 되찾았으므로 그 동안의 고생도 잊어 버리는 듯했습니다."

막내 공주는 잠시 말을 멈추고 깊은 수심에 빠져들었다.

"그런데 어찌됐습니까? 그 놈의 대수선인이 다시 살아나기라도

230

했단 말입니까?"

서동랑이 다그쳐 물었다. 막내 공주가 고개를 좌우로 흔들었다.

"고향에 돌아가 절을 짓고 부처님께 공양을 드려 굽은 등을 펴고 부모님과 함께 여생을 누리리라는 것이 저희들의 희망이며 기대였습니다."

"그러면 왜 고향에 돌아가지 않고 이런 곳에 머물러 이상한 짓들을 하고 있는 것입니까?"

서동랑은 성급한 나머지 막내 공주의 말을 끝까지 들어볼 여유가 없었다. 막내 공주는 한숨을 크게 내쉬고는 다음 말을 계속하였다.

"우리 일행은 부모님을 만난다는 기쁨에 재잘거리며 산 너머 카나굽차로 들어갔지요. 그러나 산도 넘기 전에 수많은 병사들에 둘러싸였습니다. 우리들은 우리가 누구라는 신분을 밝히고 카나굽차로 들어가겠다고 했습지요."

"병사들이 알아보질 못하던가요?"

"그들은 우리가 대수선인의 마술에 걸려 집을 떠났던 공주들이라고 자세히 설명을 했는데도, 병사들은 들은 체도 하지 않았습니다. 오히려 채찍을 들어 사정 없이 우리를 내몰았지요."

"아니, 저런. 한 나라의 공주들에게 일개 병사들이 채찍을 들다니……."

서동랑이 분개해서 주먹을 불끈 쥐었다.

"그들은 우리가 말을 듣지 않고 귀찮게 굴면 모조리 잡아 불에 태워 죽이겠다고 했습니다. 우리는 어쩔 수 없이 카나굽차를 뒤로하고 다시 방랑의 길로 들어서게 된 것입니다."

막내 공주는 고개를 떨어뜨리고 두 눈에 흐르는 눈물을 닦았다. 서동랑은 그 까닭이 어디에 있는가 손에 턱을 괴고 곰곰이 생각을 해보았다.

"그러나 우리는 고향을 잊지 못해 고향 땅 가까운 이곳에 숨어들었지요. 언니들은 등 굽어 추한 모습이 보기 싫어 부모님들이 우리를 내쫓은 것이라고 생각해 다시 아름다움을 찾으려고 대수선인을 살리고자 나무 등걸을 생각해냈던 것입니다."

"모습이 보기 싫다고 자식을 버리는 부모는 없었습니다. 무슨 그럴 만한 연유가 틀림없이 있을 것입니다."

"언니들은 완전히 자신감을 잃었습니다. 등 굽은 모습이 흉하다고 검은 천으로 온통 몸을 감아 버렸습니다. 그리고 대수선인의 모습을 닮은 나무 등걸을 세워 놓고 저렇듯 맹신을 갖고 사람을 해하려 하고 있습니다."

"야단났군. 미신이란 그 무엇보다 무서운 것인데……."

생각에 잠겨 있던 서동랑이 결심을 한 듯 작은 공주에게 말했다.

"이렇게 살아서는 안됩니다. 큰언니 공주와 담판을 하겠어요. 어떻든 작은 공주는 나를 믿으셔야 됩니다."

서동랑은 한쪽 구석에 도사리고 있는 큰언니 공주를 향해 걸어갔다.

"무슨 쓸데없는 계획을 꾸미고 있었지. 하지만 어림없는 수작은 말아. 탈출은 불가능하니까."

아직도 큰언니를 비롯한 나머지 공주들의 눈에는 살기가 번득였다.

"작은 공주에게 그간의 전후사를 들었습니다. 가만히 생각해 보니 왕궁의 사정이 어떠한지 알아보지 않고서는 일의 전말을 말할 수가 없을 것 같습니다. 이틀의 시간을 주십시오. 카나굽차에 들어가 그곳 형편을 직접 살피고 오겠습니다. 우리를 나무 등걸에게 제사 지내는 일은 그때 하더라도 늦지 않을 것 아니겠습니까."

서동랑이 큰언니 공주를 달랬다.

"약삭빠른 수작은 그만둬. 그때 네 놈들을 잡아 즉시 대수선인님께 가져다 바쳤더라면 우리는 벌써 도술에서 풀려나 예전의 아름다움을 되찾았을 거야. 그랬었다면 임금님께서는 우리를 반갑게 맞았을 텐데. 모든 것이 네 놈의 간교 때문이야. 대수선인을 불태운 것은 우리들 일생일대의 큰 실수였어. 이제 두 번 다시 속지 않는다."

큰언니 공주는 분함을 이기지 못하는 듯 몸을 떨었다.

"잘못된 생각이오. 그대들이 살아 남을 길은 서로 합심하여 부처님을 섬기고 이 어려운 처지를 극복하려는 의지뿐입니다."

"부처님? 알게 뭐야. 그런 허깨비가 있는지 없는지, 우리는 오직 네 놈들의 심장을 떼어 대수선인님께 바치는 일뿐이다."

공주들은 또다시 칼을 들고 덤벼들 태세였다.

"어리석은 사람들 같으니라구. 정 그렇게 나온다면 우리도 그냥 죽을 수는 없지. 그대들이 비록 백여 명의 숫자로 덤벼든다 해도 아직도 힘이 넘치는 네 명의 남자와 한 명의 여자를 그렇게 간단히 해칠 수 있을 것 같은가. 어디 해보시라지. 우리도 끝까지 싸울테니까. 그러면 그대들도 반수 이상은 희생이 될걸. 일이 벌어진 다음에 오는 비애와 후회를 감당할 수 있을 것 같은가. 자칫만 하면 우선 저 나무 등걸부터 불태워 버릴 테니까 후회는 접어 두시라구."

서동랑은 또다시 횃불을 치켜들고 나무 등걸 위로 올라갔다.

"그래요. 저 분의 말이 맞아요. 우리의 하는 일이 어떤 것이며 왜 이러고 있는지 그 원인을 깊이 생각해 본 적이 있었어요. 그저 그럴 것이라는 선입견과 감정만 가지고 일을 처리해 왔지요. 만약에 카냐굽차에 무슨 일이 생겨서 아버님 어머님이 곤궁에 빠지셨다면, 그렇다면 우리가 힘을 모아 그 분들을 도와드려야 하지 않겠어요. 지금 우리는 너무 일방적으로 우리의 처지만을 생각하고 있는 건 아닐까요?"

막내 공주가 나서서 공주들을 설득했다.

"아버님 어머님께서 무슨 일?"

그때서야 공주들은 잠에서 깨어나듯 치켜든 칼을 아래로 내려뜨렸다.

"날이 밝는 대로 카냐굽차로 들어가겠습니다. 그래서 자세한 내막을 알아 가지고 오겠어요. 일단 오늘은 마음을 푸시고 편히 쉬시기 바랍니다."

서동랑은 여러 공주를 돌아보며 안심하라고 타일렀다.

"이건 예상에 불과해, 어쨌든 시간은 주겠다. 그러나 약속대로 이틀의 시간뿐 그 후에 일어난 일은 책임질 수가 없다."

큰언니 공주가 단언하였다.

"좋습니다. 저 소녀와 같이 갈 것이니 허락해 주십시오. 어릴 때 떠나오기는 했지만 고향이 그곳이니 길도 밝힐 겸 나에겐 여러모로 도움이 될 것입니다."

서동랑이 사라양을 가리켰다.

"그건 허락하겠다. 나머지는 꼼짝 말고 이곳에 머물러야 한다."

큰언니 공주가 엄명을 내렸다.

"휴—! 하마터면 쥐도 새도 모르게 나무 등걸의 제물이 될 뻔했군. 저 놈의 나무토막은 시도 때도 없이 나타나 우리를 괴롭힌단 말이야."

다섯 사람이 한 자리에 다시 모이자 기파랑이 을씨년스럽게 서 있는 나무 등걸을 바라보며 못마땅하다는 듯 중얼거렸다.

"그보다 목이 말라죽겠군. 어제 낮부터 물 한모금 먹질 못했으니
……."

죽지랑이 터진 입술을 혓바닥으로 핥으며 입맛을 다셨다.

"가만 있어봐. 이 많은 공주들이 살아가려면 물이 없이는 불가능

할 것 아니겠니, 어딘가 공주들이 살아갈 만큼의 샘이 있을지도 모르지……."

서동랑이 막내 공주에게로 가서 사정 이야기를 하며 물을 청하였다. 막내 공주는 고개를 끄덕이더니 일행을 이끌고 굴 안쪽, 좀더 깊숙이 들어갔다. 그리고 다시 경사가 급한 굴 아래쪽으로 얼마간 내려갔다. 굴은 미로같이 수십 갈래로 갈라져서 자칫 방향을 잘못 잡기만 하면 영원히 헤어나올 수 없을 것같이 엉켜 있었다. 비탈길 아래쪽으로 조금 더 내려가니 머리 위에서 물방울이 방울방울 떨어져 내렸다. 내려갈수록 물방울은 더욱 굵어지고 아래로 떨어진 물방울은 작은 물줄기가 되고 다시 어디론가 흘러 들어갔다.

"물이다, 물!"

스님 일행은 물 속으로 뛰어들어 어린애처럼 즐거워하였다.

"눈을 씻고 봐도 물 한방울 없더니 이렇게 옥같이 맑은 물이 흐를 줄이야."

죽지랑이 물을 움켜쥐고 놀랍고 신기해서 어쩔 줄 모르며 손으로 물을 떠서 벌컥벌컥 마셨다.

"이곳은 바깥 세상이 아무리 가물어도 조금도 물이 마르지 않습니다. 그러나 목마를 때 갑자기 많은 물을 마시면 좋지 않으니 천천히 목을 축이도록 하세요."

스님 일행은 막내 공주의 말을 듣는 둥 마는 둥 허리춤까지 오르는 물 속에 뛰어들어 목욕도 하고 물장구를 치며 시원한 물을 마음껏 들여 마셨다.

카냐굽차

날이 밝자마자 서동랑은 사라양과 함께 동굴을 나와 산 너머 카냐굽차 성으로 향하였다. 산굽이를 돌아 산의 정상에 오르니 멀리 뿌우연 아침 안개 속에 웅장한 카냐굽차의 도성이 한눈에 들어왔다.

"저것이 사라의 고향 카냐굽차인가? 굉장하군. 저렇게 아름답고 큰 성은 난생 처음이야."

서동랑이 탄성을 질렀다.

"오천축국 중에 가장 강대한 나라의 도성이지요."

사라양은 성의 웅장함보다 고향을 찾은 감회에 눈시울을 붉히고 있었다. 두 사람은 조심조심 산 아래를 향해 걸어 갔다. 보기보다는 산세가 험했으므로 두 사람은 해가 머리 위에 솟아오를 때쯤 해서야 성문 앞에 다다를 수가 있었다. 그런데 성문 앞에는 칼과 창을 든 병사들이 삼엄하게 지키고 서서 성으로 들어가려는 사람들을 일일이 조사를 하고 있었다. 성으로 들어가려는 사람들은 대개는 장사꾼들이었는데 병사들은 그들을 윽박지르기도 하고 물건을 빼앗기도 하면서 마치 짐승을 다루듯 난폭하게 굴었다.

"화평스런 나라라고 들었는데 병사들의 행패가 어찌 저리 심하담."

서동랑은 병사들의 행동에 놀라면서도 그들의 눈을 어떻게 하면 피할까 하는 생각에 골몰하고 있었다.

"차도르를 더욱 깊게 눌러 쓰세요. 성 안에도 물이 귀할 테니 물장수로 변장하면 우리를 별로 의심하진 않을 거예요."

사라양은 물동이를 머리에 이고 서동랑은 가죽 물주머니를 어깨에 메었다. 그리고 조심스럽게 성문으로 접근하였다.

"뭣하는 것들이냐?"

장대같이 키가 크고 얼굴에 온통 털투성이의 병사가 두 사람을 보자 눈을 부라렸다.

"물장수입니다. 햇님이 온통 세상의 물을 다 잡숴 버리고 우리가 먹을 물은 조금도 남겨 놓지 않으시니 어떻게 살겠어요. 먹을 양식이 조금만 남았어도 이 귀한 물을 팔지는 않을 텐데."

사라양이 병사들이 들으라는 듯 큰 소리로 말했다.

"반은 내려놓고 가야 할 걸."

키 큰 병사가 엄포를 놓았다. 사실상 병사들도 온종일 성문을 지키느라 목이 말라 있었는데 그들에게 배당된 물로는 목을 축이기조차 부족했던 것이다. 서동랑은 어깨에 멘 물주머니를 끌러 키 큰 병사에게 내밀었다.

"그렇지 않아도 목이 말라죽을 지경이었는데 마침 잘됐다."

털북숭이 키 큰 병사가 물주머니를 열어 벌컥벌컥 물을 마셔댔다. 그러자 옆에 있던 병사들도 우르르 물주머니 쪽으로 몰려들었다. 그 틈을 이용하여 서동랑과 사라양은 무사히 성 안으로 들어설 수가 있었다.

성 안은 밖에서 본 것보다 더욱 넓고 아름다웠다. 호화롭게 채색된 건물과 이름 모를 신들의 조각과 부조물들, 크고 넓게 뚫린 큰길. 그러나 그러한 외형과는 달리 거리에는 다니는 사람들이 드물었고 이따금씩 칼과 창을 든 병사들이 거리에 나타났다 사라지곤 하였다. 궁성은 다른 건물보다 훨씬 높았기 때문에 쉽게 눈에 띄었다. 그리고 궁성 옆 사라양의 집도 쉽게 찾을 수 있었다. 사라양의 집은 거상의 저택답게 크고 으리으리하였다.

"여기 잠깐 서 계세요. 곧 모시러 올 테니."

사라양은 서동랑을 문 앞에 세워 두고 대문 앞으로 걸어갔다. 대문은 두 명의 건장한 사나이가 지키고 있었다. 사라양이 자기의 신분을 애기하고 안으로 들어가려고 하였다. 그러나 두 사나이는 고개를 가로저을 뿐 사라양의 말에 귀를 기울이려 하지 않았다.

"글쎄, 얼마 전까지는 어땠었는지 모르지. 하지만 지금은 너의 집이 아냐."

"왜요, 우리 아버지가 어쩌지 않은 한 이건 분명 우리집이예요."

사라양이 문지기에게 대들었다.

"세상 돌아가는 걸 모르는 어린애로군. 하기사 어른들 세상을 아이들이 알 수는 없지. 앙탈부리지 말고 여기서 썩 꺼져 버려. 주인님이 아시면 네 목숨도 부지하지 못할 것이니까."

건장하게 생긴 문지기 하나가 사라양을 힘껏 떠다 밀었다.

"어머니는요? 우리 어머니는요?"

사라양이 울부짖었으나 문지기들은 들은 체도 안하고 굳게 닫힌 대문 안으로 들어가 버렸다.

"일이 자꾸만 이상하게 꼬여가는군."

서동랑은 땅에 엎드려 울고 있는 사라양을 안아 일으켰다.

"어려운 일이 닥칠 때일수록 정신을 차려야지. 이 나라에 도착했을 때부터 모든 일이 정상이 아니었어. 걱정은 되겠지만 고향에 돌아왔으니 사람들을 만나 자초지종 이야기를 들어 보자구."

서동랑은 사라양을 부축하여 사람들의 왕래가 뜸한 골목길로 접어들었다. 그러나 사라양조차 어릴 때 이곳을 떠났었으므로 모든 것이 눈에 설고 아는 사람조차 없었다. 그런데 두 사람이 저택 앞에서 서성거릴 때부터 유심히 두 사람의 행동을 눈여겨보며 뒤를 따르는 한 여인이 있었다. 그 여인은 골목에 들어서자 사방을 두리번거리더니 사라양의 소매를 끌어당겼다. 그리고 골목 안을 이리저리 돌아 어떤 야트막하고 낡은 집안으로 데리고 들어갔다. 집안으로 들어간

238

여인은 사라양을 안심시키고 얼굴에 두르고 있던 차도를 벗었다.

"사라 아가씨가 틀림없지요? 분명 사라 아가씨가 분명하지요?"

여인이 사라양을 붙들고 다그쳐 물었다.

"그런데요. 아주머니께선……?"

사라양이 뜻밖에 나타난 여인을 보고 의아해서 물었다.

"절 모르시겠어요, 젖어미예요, 젖어미……."

그때야 사라양의 얼굴에 기쁨의 빛이 돌았다. 어릴 때 일이라 낯설기는 했지만 여인의 얼굴 어딘가에 친숙함이 있었던 것이다. 두 사람은 부둥켜안고 한동안 눈물을 흘리며 떨어질 줄을 몰랐다.

"그런데 어머니는요? 살아 계신가요?"

사라양이 젖어미에게 다급히 물었다.

여인은 고개를 끄덕였다.

"그런데 주인님은 어찌되셨습니까? 편안히 계시겠지요?"

여인의 말에 사라양은 고개를 떨구고 눈물을 삼켰다.

"어머니는 어디 계신가요? 그리고 우리집은 어떻게 된 것입니까?"

사라양이 여인에게 또다시 다그쳤다. 그러나 젖어미도 말문을 열지 못한 채 눈물만 계속 흘렸다.

이때 문 밖이 소란스럽더니 키가 작달막하고 통통하게 생긴 사나이가 문을 박차고 들어왔다.

"나쁜 놈들. 장사할 물건을 반이나 빼앗아 가다니……!"

사나이는 분에 못 이겨 씩씩거렸다.

"사라 아가씨란다."

여인이 사나이에게 나직이 말했다.

"뭐라구요? 사라 아가씨가 살아서 돌아왔단 말입니까? 주인님은요?"

   사나이가 눈을 크게 뜨고 사라양을 훑어보았다. 그러나 두 사람의
표정에서 무엇을 느꼈음인지 입을 다물고 숙연해 하였다.
   이 사나이는 젖어미의 아들 데루였다.
   "어머니한테서 사라 아가씨의 이야기는 종종 들었습니다. 이렇게
만나 뵙게 되니 정말 반갑습니다. 제 이름은 데루라고 합니다."
   사나이가 사라양에게 정중히 고개 숙여 인사를 하였다.
   "그런데 이 나라는 왜 이렇게 분위기가 어둡습니까? 밖에서 듣기
에는 평화스러운 나라라고 들었었는데."
   서동랑이 데루를 향해 말문을 열었다.
   "당신은 누구요?"
   그제서야 옆에 또 한 사람이 있다는 것을 깨달은 데루가 서동랑
을 향해 눈을 돌렸다.
   "아, 인사가 늦었군요. 동방에서 순례차 이곳에 들른 서동이란 사
람입니다. 오는 도중 사라양을 만나 동행하게 되었지요. 그런데 사
라양이 들려준 카냐굽차와 지금 이곳의 형편이 딴판이라서……. 무
슨 괴물이라도 나타나서 이 나라를 꼼짝 못하게 지배하고 있는 것은
아닌지요."
   서동랑은 자기 소개와 함께 숨 돌릴 틈도 없이 데루를 향해 카냐
굽차의 형편에 대해 물었다.
   "사라양을 도와 예까지 왔다니 우린 친구 사이로군요. 우선 자리
를 정한 다음 천천히 얘기하기로 합시다."

시칸의 음모

데루는 두 사람을 조용히 옆방으로 데리고 들어갔다. 젖어미는 차를 끓여 오고 세 사람은 얼굴을 맞대고 자리에 앉았다. 들여온 차를 한모금 마신 다음 데루가 천천히 입을 열었다.

"일의 발단은 북방 기마족의 출현으로부터 시작됩니다. 목축 생활로 전전하던 북방의 기마족들이 하나 둘 단합을 하더니 급기야 막강한 힘을 가지게 되었지요. 그들은 주변의 나라들을 밀어붙여 하나 둘, 통합을 시키고는 계속해서 서로 동으로 내려와 결국 이 나라 코앞에까지 다다르게 되었습니다. 사태가 위급해지자 임금님께서는 대수령 시칸에게 나라일을 맡기고 코끼리 군대를 이끌고 전쟁터로 떠나셨습니다."

"북방의 기마족이라면 우리 동방에서도 늘 경계의 대상이 되는 족속들이었는데 그들이 이 먼 서역까지 손을 뻗쳤군요. 그래, 그후 어찌 되었습니까?"

서동랑이 근심스러운 얼굴로 데루를 바라보았다.

"그런데 문제는 전쟁터도 그렇지만 이곳 나라 안의 문제가 더욱 위태롭게 되었습니다. 임금님께서 굳게 신임하고 나라 일을 맡긴 대수령 시칸이 임금님이 없는 동안 음흉한 생각을 품은 것입니다. 그는 북방의 기마족이 막강한 힘을 가졌다는 것을 알고 임금님이 전쟁에 패할 경우 자기 욕심을 채울 속셈으로 이 나라를 손아귀에 넣을 계획을 꾸민 것입니다. 왕비님과 왕자들을 성 안의 지하 감옥에 가둬 놓고 백성들이 가지고 있는 재산은 모조리 몰수하였습니다. 그리고 그것도 모자라서 백성들에게는 전쟁에 드는 비용이 필요하니 세금을 종전보다 더 많이 내야 한다고 병사들을 시켜 닦달을 하게 하고 있습니다. 그러니 자연 나라는 황폐하여 가고 사람들은 도탄에 빠지게 되었지요."

데루의 말을 들은 사라양과 서동랑이 그간의 사정이 어떠했다는 것을 깨달은 듯 고개를 끄덕이었다.

"대수령 시칸에게는 시탄이라는 동생이 있는데 그 자는 세금을 거둬들이는 일을 맡고 있습니다. 지금 사라 아가씨의 집은 그 시탄이란 자가 소유하고 있습니다."

"어머니는요?"

사라양이 애타게 물었다.

"저택 안에 계실 겁니다. 시탄이란 자는 주인님이 여러 해 집을 비우시자 주인님의 집을 차지하고 오히려 주인 행세를 하면서 이미 주인님은 죽었으니 마님에게 함께 살자고 갖은 협박을 다하고 있습니다. 지금은 밖에 외출도 제대로 못하시고 집안에 감금되어 있는 형편이지요."

데루의 말을 들은 사라양의 두 눈에서는 눈물이 그칠 줄을 몰랐다.

"그래서 공주님들이 이곳에 발을 들여놓지 못했군. 그런데 어쩐담, 이 일은 임금님이 아니고서는 해결할 방법이 없겠으니……."

서동랑은 일의 실마리를 풀어 보려고 머리를 짜냈으나 뾰족한 묘책이 떠오르지 않자 고개만 갸웃거렸다.

"변방의 기마족들은 그 기세가 매우 등등하여 도성 삼백 리 밖까지 쳐들어와 있습니다. 전쟁의 승패가 풍전등화 같은데 나라의 임무를 떠맡은 대수령이라는 자가 저렇듯 횡포를 부리고 있으니 장차 이 나라의 운명이 어찌 되려는지……."

데루가 길게 한숨을 내뿜었다.

"이렇게 큰 일을 감당해낼는지 어떨지는 모르겠지만 내가 전쟁터

242

로 나가 직접 임금님을 만나 보아야겠습니다. 북방 기마족의 전술이라면 평소에 익히 알아둔 바도 있으니 혹시 싸움에 도움이 될 수도 있을 것입니다. 그리고 이곳 사정도 알려 드려야 하지 않겠습니까?"

서동랑이 데루에게 자신의 의사를 알렸다.

"글쎄, 그게 그렇게 쉬운 일일까요. 시탄이란 자가 아가씨가 나타났다는 걸 알면 그냥 놔두려 하지 않을 것입니다. 벌써 병사를 풀어 찾고 있는지도 모르지요. 그리고 당신같이 기마족과 생김새가 같은 사람이 전장에 나타나면 어쩌겠어요. 첩자로 오인받아 임금님 앞에 나서기 전에 중도에서 창칼에 맞아 죽을 것입니다. 우선은 시칸의 군대를 피해 성을 빠져나가는 것이 급선무일 겁니다."

데루는 고개를 내저으며 서동랑의 말을 막았다.

"머뭇거릴 때가 아닙니다. 어차피 이래 죽으나 저래 죽으나 죽기는 마찬가지라면 어떤 결단이든 내려야 하지 않겠어요. 우선 이곳을 빠져나갈 궁리부터 해봅시다."

서동랑과 데루 그리고 사라양은 머리를 맞대고 앞으로의 계획을 숙의하였다.

"사라양은 우선 동굴로 돌아가 이곳 사정을 알리고, 공주들이 고향에 들어오지 못한 까닭을 이해시키도록 해. 그리고 가능하면 임금님을 도울 생각을 갖도록 노력하라고 타이르고. 그리고 데루와 나는 싸움터로 나가 임금님께 카냐굽차의 사정을 알려드리고 전쟁의 양상도 알아볼 테니까."

"그 다음은요?"

사라양이 물었다.

"그 다음은 나도 모르겠어. 북방의 기마족이 물러가느냐 아니냐에 따라 우리의 운명도 달라지겠지."

서동랑은 차도르를 몸에 감아 여장을 하고 세 사람이 물장수인

것처럼 꾸며 도성을 빠져 나왔다. 그리고 사라양은 곡녀들의 동굴을
향해, 서동랑과 데루는 전쟁터를 향해 헤어졌다.

서동랑, 임금님을 만나다

서동랑과 데루는 성문을 무사히 빠져 나와 곧장 전쟁터가 있는
서북쪽을 향해 걸어갔다. 그리고 하루 낮 하루 밤을 지나서야 전쟁
터가 보이는 언덕 위에 도착하였다. 서동랑은 데루와 함께 바위 틈
에 숨어 전쟁의 양상을 살펴보기로 하였다. 언덕 아래에는 넓은 평
야가 펼쳐져 있었는데 지금 막 임금님의 코끼리 군대와 북방 기마
군대의 전쟁이 벌어지고 있었다. 코끼리 군대는 코끼리 한 마리에
여섯 명의 병사들이 올라타고 긴 창으로 달려드는 기마 군대를 맞아
싸웠는데 기동력이 빠른 기마병들은 요리조리 코끼리 군대를 피해
가며 활을 쏘아 코끼리 군대를 괴롭히고 있었다. 서동랑은 동방에
있을 때 북쪽의 오랑캐들이 말을 타고 수없이 국경을 침략해 왔었으
므로 그들의 전술을 대강이나마 알고 있었다.

그리고 그들의 침략을 받아 국운이 풍전등화처럼 위태로운 때, 백
성들이 힘을 모아 그들을 물리쳤던 장수들의 이야기를 익히 들어 알
고 있던 관계로 기마족들의 취약점이 무엇인가도 알고 있었다. 코끼
리 군대는 앞으로 달려가 몰려오는 말들은 밟아 죽이기도 했지만 여
러 마리의 코끼리들이 화살에 맞아 상처를 입고 비틀거리고 있었다.

"임금님 병법에 문제가 있군."

서동랑이 중얼거렸다.

그러나 이번 싸움은 기마족들이 카냐굽차의 형편을 알아보기 위한 시도에 불과했으므로 그들은 얼마간 카냐굽차의 병사들을 괴롭히고는 곧 물러가 버렸다.

"웬 놈들이냐, 꼼짝마라."

갑자기 등뒤에서 고함소리가 나더니 수십 명의 창을 든 병사가 서동랑과 데루를 에워쌌다. 임금님의 수비 군사들이었다.

"적이 아닙니다. 카냐굽차의 소식을 가지고 임금님께 전하러 가는 밀사입니다."

데루가 얼버무렸다.

"카냐굽차에서 왔다구? 밀서를 보여라."

"아, 물론 이 자루 속에 있지만 시칸님께서 임금님이 아니면 절대로 보여선 안된다고 해서."

병사들은 두 사람을 아래위로 훑어보더니 별로 이상한 기미가 없다고 생각했는지 임금님이 거처하는 커다란 천막으로 데리고 갔다. 임금님은 전쟁에 몰두하느라 몹시 지쳐 보였다.

"시칸이 보내서 왔다구? 밀서를 내어놓아라."

임금님이 데루에게 말했다. 데루가 임금님 앞에 무릎을 꿇었다.

"죽을 죄를 지었습니다. 사실 저희는 시칸 대수령의 밀사가 아닙니다. 카냐굽차의 형편이 너무나 절박하여 임금님께 알려드리려고 온 사람들입니다."

데루가 땅바닥에 머리를 조아렸다.

"카냐굽차의 형편이 절박하다고? 무슨 일이라도 일어났느냐?"

임금님이 수심 띤 얼굴로 데루를 바라보았다.

"그렇습니다. 시칸이란 자의 횡포가 카냐굽차 전역에 가득 차 있습니다. 잠시 소인들의 말에 귀를 기울여 주시기 바랍니다."

서동랑이 차도를 벗으며 임금님께 말했다.

"아니, 네 놈은 북방족속이 아니냐. 그렇다면 기마족의 첩자로구나!"

서동랑의 얼굴을 본 호위병들이 칼을 빼어들고 서동랑에게 달려들었다.

"그만들 둬라. 첩자가 감히 제발로 이곳까지 걸어 들어 왔겠느냐. 우선 할 말이 있다니 무엇인지 들어 보도록 하자."

임금님은 서동랑과 데루를 가까이 오게 하였다.

"저는 멀리 동방에서 부처님 나라에 순례차 여행하던 중 이곳까지 오게 되었습니다."

서동랑은 정중히 자기 소개부터 한 다음 공주들을 대수선인에게서 구해준 이야기이며 공주들이 임금님을 만나러 고향에 돌아가던 중 시칸의 군사에게 쫓겨 동굴 속에 숨어살고 있다는 것들을 자세히 들려주었다.

"정녕 공주들이 무사히 살아 있단 말인가?"

서동랑의 말을 들은 임금님은 너무나 놀랍고 반가워 두 눈에서 눈물이 하염없이 흘러 내렸다. 데루 역시 그간의 카냐굽차의 형편과 시칸의 횡포를 낱낱이 고하였다.

"나라는 적 앞에 위태롭고 군사들의 사기도 떨어져 가는데 나라의 일을 맡긴 자가 오히려 나라를 망치려 들다니, 이 일을 어쩌면 좋을꼬."

임금님이 깊이 탄식하였다.

"임금님께서는 전혀 모른 체하시고 싸움의 승리를 위해 몰두하십시오. 그 길만이 문제를 해결할 수 있을 것입니다. 임금님께서 카냐굽차의 소식을 눈치채고 있다는 것을 알면 시칸이란 자가 또 어떤 계교를 부릴지 알 수 없습니다."

데루가 임금님께 간하였다. 이때 밖에 소란스러워지더니 병사 하나가 적장이 보낸 편지를 들고 나타났다. 편지를 받아 든 임금님이 찬찬히 글을 읽어 보더니 낯빛이 굳어지기 시작했다.

"끝장이로구나."

임금님은 힘이 겨웠던지 손에 든 종이를 땅바닥에 떨어뜨렸다.

"어쩐 일이십니까?"

주위의 병사들이 임금님을 감싸안았다.

"나흘의 여유를 줄 테니 그때까지 항복하지 않으면 백만대군을 이끌고 와서 이곳을 완전히 쑥밭으로 만들고 말겠다는구나."

임금님은 말을 마치고 그 자리에 쓰러질 듯 몸을 가누지 못하고 비틀거렸다.

"임금님, 제 말에 잠시 귀를 기울여 주십시오. 북방의 기마족들은 그들의 군대를 늘 백만이라고 허풍을 떨어 상대에게 공포를 주고 있습니다. 그러나 정작 알고 보면 그 숫자는 십만 내지는 이삼십만을 넘지 못합니다. 우선 숫자상의 공포에서 벗어나십시오. 그리고 기마 군사들에게도 약점이 있다는 것을 눈여겨보셔야 될 것입니다."

서동랑이 나서서 임금님을 안심시키려 하였다.

"어린 녀석이 무얼 안다고 감히 임금님 앞에서 지껄이느냐."

옆에 있던 수비 대장이 버럭 소리를 질렀다.

"우리 나라에도 수시로 북방의 기마족들이 국경을 침범하여 국운이 바람 앞에 등불처럼 위태로운 적이 한두 번이 아니었지요. 어떤 때는 정말 백만의 대군을 맞아 싸운 때도 있었습니다. 그러나 그럴 때마다 을지문덕 같은 용장들이 나타나 백성과 군사를 똘똘 뭉쳐 이끌고 탁월한 용병술로 적을 제압하였습지요. 싸움의 승패는 적의 약점을 어떻게 간파하느냐에 달려 있다고 봅니다. 저에게 그들을 물리칠 묘안이 있으니 제 말에 관심을 가져 주셨으면 합니다."

서동랑이 자신있게 말하였다.

작전회의

"듣고 보니 네 말에도 수긍이 가는 점이 있다만 우리도 그 정도의 상식은 알고 있다. 다만 우리가 염려하는 것은 이제껏 많은 싸움을 겪어 왔지만 말을 탄 기병과의 전투는 이번이 처음이라는 점이다."

임금님이 말하였다.

"싸움을 하는 도중 가장 어려웠던 점이 무엇입니까?"

서동랑이 임금님께 물었다.

"조금전에 그대가 말한 것처럼 우리가 그들의 전술에 익숙치 못하다는 것이야. 야생의 말들이 들판에서 어슬렁거리며 풀을 뜯고 있어 우리 병사들이 방심을 하고 쉬고 있을 때, 갑자기 말 뱃속에서 사람들이 튀어나와 화살처럼 달려와서 우리를 공격하거든. 병사들은 '말사람'들이 공격해온다고 겁을 집어먹고 싸울 생각도 않고 도망치기 일쑤이고……."

임금님은 또다시 말을 할 기력을 잃었는지 고개를 떨어뜨리며 한숨을 푹 쉬었다.

"말의 뱃속에서 사람이 나온다구요?"

서동랑이 의아해서 물었다.

"그렇다니까. 그보다 더 더욱 우리를 곤경에 빠뜨리는 것은 우리

코끼리 군사들이 그들을 반격하여 바싹 뒤를 쫓아 공격할 때 그들은
도망을 가면서도 몸을 뒤로 돌려 활을 쏜다는 점이지. 이를테면 그
들은 정면 공격 때나 퇴각할 때나 똑같이 우리에게 피해를 입히거
든."

수비 대장이 임금님 곁에서 말을 거들었다. 서동랑은 그들의 전술
을 대강 짐작하고 있었으므로 무엇을 깨달은 듯 고개를 끄덕거렸다.

"그리고 소문에 의하면 그들에게 놀랄 만한 무기가 있다던데…
…."

수비대장이 말을 얼버무리며 임금님의 눈치를 살폈다.

"놀랄 만한 무기라니요? 어떤 무기랍니까?"

서동랑이 수비대장에게 다그쳐 물었다.

"확실히는 모르겠지만 저들에게는 불을 토하는 코끼리가 있다는
거야."

수비대장이 겁먹은 얼굴을 지었다.

"불을 뿜는 코끼리가 있다구요?"

서동랑과 데루가 눈이 휘둥그래져서 동시에 소리를 질렀다. 기병
의 공격만으로도 힘이 벅찬데 엎친 데 덮친 격으로 불 뿜는 코끼리
까지 있다면, … 그런데 그 불 뿜는다는 코끼리의 정체는 과연 무엇
인가?

서동랑은 곰곰이 머리를 짜 생각해 보았으나 도무지 떠오르는 것
이 없었다.

"우선 시급한 것은 먹을 물이 없다는 것이다. 아마 적과 싸우기도
전에 모두 갈증에 허덕이다 죽을 거야."

임금님은 혼잣말처럼 중얼거리며 또다시 고개를 떨어뜨렸다.

"도대체 해결해야 할 문제가 한둘이 아니로군. 그렇다고 여기서
손을 뗄 수도 없구."

서동랑은 여러 가지 생각으로 머리가 복잡했으나 결국 부처님 나라에 와서 부처님 나라 사람들을 돕지 않으면 안된다는 결론으로 마음을 귀착시켰다.

"임금님, 너무 심려하지 마십시오. 하늘이 무너져도 솟아날 구멍이 있고, 호랑이에게 물려가도 정신만 차리면 산다고 하였습니다. 우선 저에게 말 한 필과 창과 칼 그리고 활과 화살을 좀 주십시오. 적들이 어떤 마술을 부리는가 보여 드리겠습니다."

서동랑이 풀이 죽어 있는 임금님 앞으로 다가서며 말했다.

"글쎄, 우리에겐 기병이 없으니 말 같은 것이 있을는지 모르겠다."

임금님이 턱으로 수비대장에게 어떤가고 물었다.

"마침 적들이 버리고 간 말 한 필이 있습니다."

수비대장은 부하들을 시켜 말을 가져오도록 하였다.

서동랑은 어깨에 활을 메고 긴 칼을 차고 한 손에는 창을 들었다.

"제가 지금부터 기병들이 쓰고 있는 마술이 어떤 것인가를 보여 드리겠습니다. 전군의 병사들을 한 자리에 모아 저의 말 타는 재주를 관전하도록 해주십시오."

말을 마친 서동랑은 비호같이 말에 올라탔다. 그리고 모든 병사들이 바라볼 수 있도록 언덕 아래 평편한 잔디밭으로 내려갔다. 평지로 내려간 서동랑은 말에 채찍을 가하면서 여러 가지 재주를 발휘하기 시작했다. 우선 말을 달리면서 말의 배에 찰싹 붙기도 하고 오른쪽 배에서 왼쪽으로 왼쪽에서 오른쪽으로, 말 궁둥이에 꼬리를 잡고 매달리는가 싶더니 어느 틈에 갈기를 붙들고 말 머리로 나아가면서 말 잔등에 올라앉기도 하였다. 서동랑의 재주를 보고 있던 병사들은 처음에는 서동랑의 말 타는 재주에 놀라서 눈이 휘둥그래졌으나 차츰 눈에 익숙해지자 손뼉을 치며 찬사를 아끼지 않았다. 서동랑은 계속해서 말 잔등에 올라 창을 휘두르며 세워 놓은 기둥 찌르기, 칼을 휘둘러 목베기 등을 선보였는데 특히 말을 타고 앞으로 달리면서 뒤로 몸을 틀면서 과녁을 향해 활을 쏘아 명중시키는 대목에서는 모든 병사들이 놀라움을 금치 못하고 탄성을 질렀다. 한동안 말과 사람이 한덩이가 되어 진중을 달리던 서동랑이 훌쩍 말에서 내려 임금님 앞으로 다가섰다.

"보십시오. 말의 배에서 사람이 나왔다든가 짐승과 사람이 한 몸뚱이에 붙어 있는 말사람이라든가 하는 것은 모두 적들의 마술 솜씨가 뛰어나다는 것뿐 별로 공포의 대상이 아닌 것입니다. 모든 병사들이 저의 말 타는 솜씨를 보았으니 이제부터는 적들이 어떤 형태로 공격해오든지 놀라는 일은 없을 것입니다."

서동랑의 말을 들은 임금님과 병사들은 모두 고개를 끄떡이며 이제까지 적들에게 속아온 것을 부끄럽게 생각하였다.

"거듭 말씀드리겠습니다만 싸움에 이기기 위해서는 적의 동태를 낱낱이 살펴보고 거기에 대한 방비책을 세워 대처해 나가는 것뿐입니다. 적들의 공격은 첫째 빠른 기동력으로 코끼리 군대의 진영을 흐트러뜨리고 그 사이를 비집고 다니면서 기선을 제압하는 것입니다. 그리고 만약 불리한 경우에는 퇴각을 하면서 쫓아오는 코끼리 군대에게 활을 쏘아 치명상을 입히는 것이지요. 종전에 제가 보여드린, 앞으로 말을 달리면서 뒤로 몸을 틀어 활을 날리는 것이 그것이며 이 기술은 북방의 기마족들이 처음으로 개발해낸 기마전의 한 가지로 어떤 군대이든 저들의 술법에 말려 패퇴하고 마는 것입니다. 그러니 적을 쫓더라도 너무 바싹 쫓는 것은 오히려 적을 이롭게 하는 것입니다. 코끼리가 말보다 수십배 힘은 세지만 달리기로는 당할 수가 없지요. 저들이 코끼리 군대의 약점을 최대한으로 이용해서 공격하는 만큼 이쪽에서도 기마족들의 약점을 최대한 이용해서 싸운다면 분명 승리는 이쪽에 있을 것입니다. 이제 나흘의 시간이 남았으니 차근차근 대비책을 세워 나가도록 해보도록 하십시오."

서동랑은 임금님에게 적이 진군해 올 만한 벌판에 적의 눈에 뜨이지 않도록 가로질러 쇠줄을 치도록 하고 코끼리 몸에는 엷은 대나무 껍질로 옷을 만들어 입히도록 하였다. 그리고 적과의 싸움에서 정면돌파는 피하고 측면 공격 그리고 지형을 잘 이용하도록 권하였다. 임금님은 잠깐 동안의 일이었지만 서동랑의 사람됨을 눈여겨보고 서동랑을 신임하고 있던 터이라 서동랑의 말에 무조건 따르기로 결정하고 만반의 준비를 갖추기로 약속하였다.

"부족한 물은 어떻게 해서든지 구해 오겠습니다. 이곳에서 제일 낮은 골짜기에 둑을 쌓으십시오. 그리고 될 수 있는 대로 병사들에게 휴식을 취하도록 해주십시오."

서동랑은 밤이 되기를 기다려 몸이 날쌔고 지형을 잘 아는 몇 명의 병사와 함께 적진을 살피기로 하였다. 임금님 진중에서 백여 리 떨어진 곳에 북방의 기병들이 야영을 하고 있었다. 서동랑은 야음을 타서 제일 먼저 적병의 규모와 식량 그리고 그들이 자랑하고 있는 불 뿜는 코끼리가 어떤 것인가를 살피기로 하였다. 연전연승에 들떠 있는 적들은 밤이 되자 횃불을 대낮같이 밝히고 승전의 기쁨에 들떠 있었다. 그들은 술에 취해 정신을 놓고 있었으므로 적진을 살피기에 어려움은 없었다. 서동랑은 대충 적중을 돌아보고 다시 임금님 진중으로 돌아왔다.

"적들의 사기는 높아 있습니다. 그러나 그것은 술기운 때문이겠지요. 그들도 물이 부족해 고난을 당하고 있을텐데, 저렇게 술에 취해 몸을 무리해서야 어떻게 싸움에 힘을 쓰겠습니까. 식량도 많은 것 같지 않으니 그들도 사흘 이상은 더 버티지 못할 것으로 생각됩니다. 다만 염려되는 것은 그들이 말하는 불을 뿜는 코끼리가 어떤 것인지 정말 그런 동물이 있는 것인지를 확인하지 못한 것입니다."

서동랑은 적진을 돌아보고 온 내용을 임금님께 자세히 보고하였다.

"이제 물을 구하러 가 보겠습니다. 어떻게 해서든지 물은 마련하여 가지고 올 테니 삼일간만 참고 기다려 보십시오. 그동안 제가 말씀드린 적을 막을 준비를 철저히 해두도록 해주십시오."

말을 마친 서동랑은 준비한 말에 올라타고 다시 카냐굽차를 향해 달려갔다.

안개 섬

서동랑을 만나야 한다는 일념으로 무작정 배에 오른 선화공주는 험한 파도를 헤치며 남으로 남으로 항해를 계속하였다. 끝이 보이지 않는 푸른 물결은 금방이라도 배를 집어삼킬 듯 용트림하며 출렁거렸고 수천길 깊이에서 울부짖는 해신의 울음 소리는 배에 탄 사람들을 공포로 몰아넣었다.

"왠지 앞날이 불길해."

청학도사가 겁먹은 소리로 중얼거렸다.

"어디서나 똑같은 소릴 하는군요. 겪어 보지도 않고 미리부터 마음을 졸여서야 일이 되겠어요. 정 겁이 나시면 학을 불러 타시고 두류산 골짜기로 날아가 버리지요."

선화공주가 핀잔을 주었다.

"난 항해는 질색이거든."

청학도사는 선화공주의 말을 듣는 둥 마는 둥 넘실거리는 파도를 바라보며 겁에 질려 눈을 굴렸다.

선화공주도 난생 처음 맛보는 항해라서 두려움이 온몸을 휩쌌지만 서동랑을 만난다는 기대와 이제까지 보지 못했던 또 다른 세계에 대한 신비함에 도취되어 넉넉히 두려움을 떨쳐 버릴 수 있었다. 낮과 밤이 여러 번 바뀌고 또 바뀌었다. 이제는 돛대 위를 맴돌던 갈매기들도 보이지 않고 푸른 하늘과 바다, 그 가운데 좁쌀처럼 떠 있는 작은 배 한 척뿐이었다. 때때로 엄청나게 큰 파도와 먹구름, 그리고 온통 세상을 끓이듯이 이글거리는 태양, 이런 것들이 눈에 보이는 전부였다. 배에 탄 사람 모두는 목적하는 곳을 머리에 그리고 있었으나 배는 마치 커다란 늪 속에 갇힌 양 조금도 앞으로 나가는 기색이 없었다.

"정말 무모한 항해일까?"

선화공주는 차츰 초조해지기 시작했다.

자기 스스로의 신념만 믿고 기약 없는 항해를 강행했는데 뜻대로 일이 이루어질 수 있으려는지…….

선화공주와 청학도사는 벌써부터 흔들리는 배멀미에 지쳐 있었다. 그러나 도사공 메단과 아홉 명의 뱃사람들은 묵묵히 배를 돌보며 항해에 열중하였다.

세상은 온통 빛깔의 잔치였다. 캄캄했던 어둠이 가시고 여명이 터오면 바다와 하늘은 어느 틈에 주홍빛으로 물들었다. 그리고 해가 하늘 위로 떠오르면 서서히 푸른 빛깔로 변했다. 그리고 저녁 해가 서쪽 수평선으로 사라질 때에는 그야말로 형형색색의 세상이 시시각각으로 미묘한 빛깔을 뿌리며 장관을 이루었다. 선화공주는 그런 빛깔들에 도취되어 항해의 피로함도 잊고 색깔의 잔치를 음미했다. 선화공주는 그 빛깔 속에서 여러 가지 형상들이 나타났다 사라지는 것을 보았다. 고향에 두고 온 부모님 얼굴과 덕유산 구천동에 홀로 살고 있을 청룡 부인의 모습이 떠오르기도 하고 그리고 서동랑의 얼굴도 떠올랐다 사라졌는데 그럴 때면 아련하고 포근한 분위기에 젖어들면서 어릴 때 뛰어놀며 즐거워하던 꽃밭의 벌 나비, 오색의 꽃잎과 영롱한 이슬들이 빛깔 속에 아롱거리는 꿈을 꾸었다.

"참 아름답기도 해라."

선화공주는 항해의 피로도 잊은 채 변해가는 색깔의 황홀함에 빠져 헤어난 줄 몰랐다. 그러던 어느 날 아침이었다. 검은 밤이 지나가고 아침이 밝았다. 주홍빛 빛줄기가 동쪽으로 뻗쳐 오르는가 싶더니 붉은 빛이 사라지고 온 세상이 흰 색깔로 변하기 시작했다. 그 빛깔은 목화 송이보다 한겨울에 내리는 눈송이보다 더 희고 맑은 색깔이었다.

"떠나오길 잘했지요. 어디서 이런 아름다운 광경을 찾아볼 수 있겠어요."

선화공주가 옆에 있는 청학도사에게 자랑삼아 말하였다. 그러나 청학도사는 재빠르게 주역을 펼치고 팔괘를 그려 보더니 쓴 입맛을 쩍쩍 다셨다.

"천지가 괴변을 보이면 무언가 좋지 못한 일이 주위를 감싸고 있다는 징조야."

청학도사가 사방을 둘러보며 중얼거렸다.

"큰일났습니다. 한치 앞도 보이지 않을 뿐더러 방향도 잡을 수 없습니다."

도사공 메단이 당황해 하며 소리쳤다.

하얗게 보이던 세상은 짙은 안개였던 것이다.

"배를 멈추고 안개가 걷힐 때까지 기다리는 것이 어떨까?"

청학도사가 메단에게 말했다.

"글쎄요. 바다가 깊어 닻을 내릴 수도 없고, 그렇다고 이대로 다 두었다가는 어디로 흘러 가려는지 예측할 수도 없으니……."

메단이 걱정스런 얼굴로 선화공주를 바라보았다.

"이러다간 천축국은커녕 안개 속을 헤매다 물귀신이 되겠는걸……."

청학도사가 투덜거렸다.

"세상의 이치를 손바닥 손금 보듯 한다는 분이 한치 앞도 예측할 수 없다는 말을 하시다니 헛 이름만 세상에 떠돌았던 건가요?"

선화공주가 샐쭉해서 청학도사에게 쏘아붙였다.

"이곳은 내 테두리가 아니야. 그리고 안개의 두께가 이토록 두터우니 어찌 도인이라 한들 앞을 꿰뚫어볼 수가 있단 말인가."

청학도사가 한숨을 푹 쉬었다. 메단과 뱃사람들도 어쩔 수 없이 파사석탑에 운명을 맡기고 흐르는 물에 흔들리며 떠다닐 수밖에 없었다.

"암초에나 부딪히지 말았으면 좋을텐데."

"이 바다 근처에는 배를 삼켜 버릴 만한 큰 괴물이 살고 있다고 들었는데 별 탈이나 없었으면……."

메단과 뱃사람들은 두려운 눈으로 짙게 깔린 안개 속을 더듬으며 경계를 늦추지 않았다. 안개는 산처럼 무겁게 돛배를 짓누르며 그 위용을 흐트러뜨리지 않았다. 선화공주와 그 일행은 언제까지나 짙은 안개에 갇혀 헤어나올 것 같지 않았다.

그러던 어느 날 배 앞이 뿌옇게 트이더니 눈이 탁 터지면서 푸른 하늘과 바다가 한꺼번에 모습을 드러내었다.

"와! 안개가 걷혔다. 이제 살았구나."

배에 탄 사람들이 환성을 질렀다.

256

"안개가 걷힌 것이 아니야. 안개 속을 빠져 나온 것뿐이지."

청학도사가 배 뒤쪽을 가리켰다. 청학도사의 말대로 배의 뒤쪽에는 두터운 안개가 구름대를 형성하고 성벽처럼 드리워져 있었다.

"안심해선 안돼. 지금 우리는 안개의 세계 안에 갇혀 버렸거나 어떤 보이지 않는 힘에 의해 낯선 세계로 끌려 들어온 것이 분명해. 자칫 잘못했다가는 이 세계에서 영원히 헤어날 수 없을는지도 모르지."

청학도사가 주위를 살폈다.

"잘됐군요. 심심하던 참이었는데. 낯모를 세계에 들어와 해괴한 잡귀들과 한바탕 실랑이를 벌이게 될지도 모른다니……."

선화공주는 의기양양하였다.

"섬이 보인다."

망루 위에서 망을 보던 뱃사람이 소리치며 수평선 저쪽을 가리켰다.

"잘되었다. 며칠 동안 안개 속을 헤매느라 몹시 지쳐 있었는데 섬을 만나다니, 섬에 올라가 잠시 쉬면서 항해에 대한 대비를 다시 점검해 봐야겠다."

메단은 뱃사람들에게 배를 섬에 대도록 명령하였다.

젊음의 샘

선화공주 일행을 태운 배는 서서히 섬을 향해 미끄러져 갔다. 여러 가지 나무로 뒤덮인 초록빛 섬과 바다 깊숙이까지 들여다보이는 옥색 바닷물 그리고 구름 한 점 없는 푸른 하늘이 어울려 섬 주위는 환상의 세계를 이루고 있었다.

"참으로 아름다운 섬이로군. 이런 곳이 극락이 아닐까."

뱃사람 하나가 감탄의 소리를 질렀다.

"글쎄, 바깥으로 보기엔 그렇군. 하지만 저 속에 어떤 위험이 도사리고 있을지는 아무도 모르지."

옆에 있던 뱃사람이 긴장된 얼굴로 말을 받았다. 메단은 하얀 모래톱이 깔린 평편한 해안에 배를 대었다.

"이제부터 이 섬을 둘러보고 오겠다. 탐사대는 여기 청학도사님과 선화공주님을 포함해서 열두 명, 나머지 사람들은 배를 지켜라. 우리가 돌아오기 전까지는 어떤 일이 있더라도 배를 띄워서는 안된다."

메단은 뱃사람 몇 명을 선발하여 앞세우고 나머지 사람들에게 배를 지키라고 단단히 주의를 준 다음 배에서 내려 섬 안으로 들어갔다. 섬 안은 밖에서 볼 때와 조금도 다름없이 아름다운 꽃과 풀, 벌과 나비 그리고 이름모를 새 울음소리로 가득 차서 일행의 눈과 귀를 즐겁게 했다. 일행은 수풀을 헤치며 계속 앞으로 걸어 나갔다.

"어디 사람 사는 흔적이라도 있었으면 좋으련만."

선화공주가 무성한 숲을 헤쳐 가며 중얼거렸다. 그러나 어디에도 사람의 흔적 같은 것은 보이지 않았다.

"가만."

앞서 가던 청학도사가 일행을 멈춰 세웠다.

"어디선가 사람들 웃음 소리가 들리는 것 같은데……."

청학도사의 말에 일행은 행동을 멈추고 정신을 집중하여 귀를 기울였다. 과연 멀지 않은 곳에서 아이들 재잘거리는 소리가 들렸다.

일행은 그 소리 나는 곳을 향해 숲을 뚫고 들어갔다.

얼마쯤 앞으로 나가니 숲으로 둘러싸인 풀밭에 조그마한 마을이 나타났다. 풀과 나무로 엮어 만든 집들이 옹기종기 모여 있는 마을 앞 마당에서는 어린아이들이 모여 즐겁게 뛰어놀고 있었다.

"귀여운 아이들이로군요. 즐겁게 노는 걸 보니 이 마을은 평화로운 마을이 틀림없어."

선화공주가 흐뭇한 표정을 지었다.

"어른들이 어디 있는지 물어봐야겠군."

청학도사를 앞세운 일행은 놀고 있는 아이들한테로 다가갔다. 그런데 일행이 아이들에게 가까이 다가가자, 이제껏 즐겁게 놀고 있던 아이들이 새파랗게 질린 얼굴을 하더니 도망치기 시작했다.

"얘들아, 우린 나쁜 사람이 아니야."

선화공주가 부드러운 말로 달래 보았으나 아이들은 마을 뒤 숲속으로 감쪽같이 사라져 버렸다.

"이상한 아이들이로군. 우리를 믿지 못하는 모양이지."

메단이 투덜거렸다.

"걱정할 것 없어. 우리가 조용히 쉬고 있으면 애들도 자기들을 해칠 사람이 아니라는 걸 알고 다시 나타나게 될거야. 그런데 어른들은 모두 어디로 간 걸까?"

청학도사가 초가집 안을 들여다보며 고개를 갸우뚱거렸다. 그러나 어디를 둘러보아도 집안은 텅텅 비어 있고 노인조차도 보이지 않았다.

"어디 농사라도 지으러 갔거나 고기잡이를 하러 간 것이겠지. 달리 방법이 없으니 여기서 쉬면서 기다려 보기로 하세."

청학도사는 마을 앞 평평한 곳을 골라 일행을 쉬도록 하였다.

"지금 배로 돌아가기도 시간이 늦은 것 같으니 그렇게 하는 것이 좋겠습니다."

메단이 청학도사의 말에 동의하고 뱃사람들에게 쉴자리를 마련하
도록 하였다. 그러는 사이에 해는 져서 숲으로 둘러싸인 마을은 금
방 어두워져 버렸다. 일행은 오랜 항해 끝이라 피곤하였으므로 곧
그 자리에 쓰러져 잠이 들어 버렸다. 선화공주는 피곤한 가운데서도
서동랑에 대한 그리움과 예측 못할 앞 일에 대하여 마음을 정하지
못한 채 엎치락뒤치락 잠을 이루지 못하였다. 밤은 점점 깊어져서
동그랗게 숲으로 둘러싸인 하늘에는 수많은 벌레들이 울음소리가 온
세상을 덮을 듯 요란스럽게 울어댔다. 이때 선화공주의 귀에 사람들
의 웅성거리는 소리가 들렸다.

"도사님, 사람들이 돌아온 모양입니다."

선화공주가 청학도사를 가만히 흔들어 깨웠다.

"나도 소리를 듣고 있었지. 조용히 하게. 가만히 그들의 움직임을
살펴봐야겠어."

청학도사와 선화공주는 가만히 자리에서 일어나 소리가 나는 곳
을 향해 한 발 한 발 다가갔다.

사람들이 웅성거리는 소리는 마을 뒤쪽에서 나고 있었다. 두 사람
은 조심스레 마을의 뒤로 돌아갔다.

마을 뒤에도 크지 않은 공터가 있었는데 사람들은 횃불을 밝히고
커다란 우물을 가운데 두고 둘러서서 열심히 무언가를 빌고 있었다.
자세히 보니 횃불에 비친 사람들의 얼굴은 하나같이 호호백발 주름
이 잡힌 늙은이들이었다.

"마을의 어른들인 모양이로군. 그런데 어디에 있다가 나타나서 무
엇을 저렇게 비는 것일까?"

청학도사가 흥미 있는 얼굴로 사람들 쪽을 유심히 바라보았다.

"우물 속에 마을 사람들을 괴롭히는 용 못된 이무기나 왕두꺼비

같은 게 들어 있지 않을까요?"

선화공주 역시 궁금증이 일어났다. 사람들이 사는 곳이면 어딜 가나 제사는 있게 마련이므로 두 사람은 그저 흥미로운 생각으로 노인들의 움직임을 바라보고 있었다. 노인들은 우물에다 대고 두 손을 모아 무어라고 소리지르며 빌고만 있었다. 그리고 별빛이 엷어지고 새벽이 열릴 때쯤 되자 서서히 자리에서 일어나 마을을 돌아 집안으로 들어갔다.

청학도사와 선화공주는 노인을 붙들고 무엇을 빌고 있었는가를 묻고 싶었으나 노인들의 모습이 하도 초췌하고 피곤해 보였기 때문에 그럴 용기가 나지 않았다.

"노인들이 몹시 피곤한 모양이로군. 집안으로 들어갔으니 편히 쉬게 하고 내일 날이 밝으면 사정을 물어 보기로 하지. 피곤하니 우리도 잠이나 청하세."

청학도사는 선화공주를 끌고 다시 일행이 있는 곳으로 돌아왔다. 그리고 곧 깊은 잠에 떨어져 버렸다. 해가 머리 위에 떠올랐을 때야 선화공주 일행은 겨우 자리에서 일어났다.

마을 앞마당에는 어린아이들이 나와서 어제와 마찬가지로 즐겁게 뛰어 놀고 있었다. 그러나 한낮이 지났는데도 어른들의 모습은 보이지 않았다.

"우리가 가서 잠을 깨우든가 해야겠군. 갈 길이 바쁜데 언제까지 기다릴 수 없는 처지가 아닌가."

청학도사가 자리에서 일어나 일행에게 짐을 챙기게 한 다음 다시 집 가까이로 들어섰다. 이들이 집을 가까이로 다가가자 아이들은 또다시 도망치기 시작했다.

"겁쟁이 아이들은 상대할 것이 못되니 어젯밤의 노인들을 만나보도록 하지."

청학도사가 도망치는 아이들을 바라보며 못마땅한 표정을 지었다. 마을에 도착했는데도 집안에서는 아무런 기척이 없었다.

"노인들이 피곤해서 모두 곯아떨어진 모양입니다. 시간이 없으니 한 사람만이라도 깨워서 이 섬의 위치나 뱃길을 알아봐야 하지 않겠어요."

선화공주가 일행을 재촉하였다.

"자네가 들어가서 깨워 보게. 노인들이 화를 내지 않도록 잘 부탁하네."

청학도사가 메단에게 집안으로 들어가 보도록 일렀다. 집안으로 들어간 메단은 들어가자마자 금방 밖으로 나오더니 고개를 갸웃거렸다. 그리고 곧바로 옆집으로 들어갔다. 그리고는 또 곧장 밖으로 나왔다.

"이상한 걸. 안에 사람이라고는 보이질 않으니……."

메단은 부지런히 다른 집들을 돌아가며 둘러봤지만 역시 마찬가지였다.

"집안에 사람은커녕 쥐새끼 한 마리도 보이질 않는데요."

메단이 청학도사에게 와서 집안이 텅비어 있다고 알렸다.

"그럴 리가. 그렇다면 노인들은 우리가 잠든 사이에 벌써 일터로 나간 것일까?"

청학도사도 의문을 감추지 못한 표정으로 일행을 돌아보았다.

"우리가 잔 시간이라야 겨우 두세 점뿐인데……. 어쩔 수 없다. 숲을 뒤져서라도 노인들을 찾는 수밖에. 뭣하면 아이들이라도 만나서 어른들이 간 곳을 물어보는 수밖에……."

청학도사는 일행을 데리고 아이들이 도망친 숲을 향해 들어갔다. 그러나 그들은 한나절을 숲속에 허비하고도 사람들을 찾지 못했다.

"귀신이 곡할 노릇이로군. 섬을 온통 뒤졌는데도 아이들 그림자조차 찾을 수 없으니……."

청학도사가 초조한 얼굴로 선화공주를 바라보았다.

"글쎄요, 생각해 보니 우리가 그들을 찾기보다는 그들이 우리를 찾아오도록 하는 것이 더 쉬운 방법이 아닐까요."

선화공주의 말에 청학도사는 무언가 짚이는 게 있다는 듯 고개를 끄덕거렸다. 그리고 일행을 데리고 다시 마을을 향해 발길을 돌렸다. 어느 틈에 해는 서쪽으로 기울고 날이 어둑해지기 시작했다. 선화공주 일행이 마을에 다다르자 어젯밤 노인들이 있던 우물가 쪽에서 사람의 신음 소리 같은 것이 들렸다. 그들은 곧 우물가로 뛰어갔다. 뜻밖에도 거기에는 아침에 숲으로 도망쳤던 아이들이 어제의 노인들처럼 우물을 둘러싸고 있었다. 그런데 아이들 모두는 머리를 가슴에 깊숙이 파묻고 쭈그리고 앉아 숨을 몰아쉬고 있었다.

"얘들아, 우린 먼 동방에서 천축국을 찾아가다가 길을 잃고 여기까지 오게 되었단다. 나쁜 사람들이 아니야. 어른들이 있는 곳을 가르쳐 주렴. 부탁이란다."

선화공주가 아이들 등뒤에다 대고 부드러운 소리고 나직이 말했다. 그러나 아이들은 꼼짝하지 않고 같은 상태로 앉아 있었다. 그러는 사이 날은 점점 어두워져서 겨우 주위 사람의 모습만 분간할 수 있게 되었다. 선화공주는 계속해서 아이들을 달래 보았다.

언제까지나 가슴에 얼굴을 파묻고 꼼짝 않을 것 같던 아이들이 서서히 고개를 들기 시작했다.

앗!

일행은 아이들의 얼굴을 보자 깜짝 놀라 동시에 소리를 질렀다. 고개를 든 것은 어린아이들의 얼굴이 아니라 호호백발 늙은 노인들의 얼굴이었던 것이다. 노인들은 주위에 사람이 있는 것은 아랑곳하지 않는지 하나둘 자리에서 일어났다. 그리고 주위에 횃불을 밝히고

어제와 같이 우물을 둘러싸고 신들린 사람들처럼 주문을 외며 무언
가를 열심히 빌기 시작했다.

"분명 어린애들이었는데……."

"우리가 잠시 착각을 한 것일까?"

"그럴 리가……."

일행은 뜻밖에 일어난 일에 어리둥절하여 정신을 차리지 못했다.

"지금은 노인들이 기도하는데 정신이 팔려 있으니 끝나는 때를
기다려 자초지종을 물어보도록 하자."

일행은 우물가에서 떨어져 멀지 않은 곳에 자리를 잡고 노인들의
행동을 하나하나 주시하면서 기도가 끝나기를 기다렸다. 노인들은
일어나서 우물가를 돌며 손을 비비기도 하고 또 그 속을 들여다보며
소리지르기도 하면서 계속해서 중얼거리며 기도를 드렸다. 그런 행
위는 밤 이슬이 촉촉이 내리고 별이 질 때까지 계속되었다. 밤새도
록 소리를 지르던 노인들은 먼동이 트자 예식이 끝났는지 일제히 행
동을 멈췄다. 그리고 매우 피곤한 듯 비칠거리며 우물가를 떠나 잠
자리를 찾아 집안으로 들어갔다. 청학도사와 선화공주는 그중 나이
가 좀 젊어 보이는 노인을 불러 세웠다. 그제서야 노인은 주위에 사
람이 있다는 것을 알고 놀라는 기색을 했다.

"우린 멀리 동방에서 사람을 찾아 천축국으로 가다가 길을 잃었
습니다. 여기는 어디쯤이며 혹시 천축국으로 가는 길을 알고 계시는
지요."

선화공주가 노인을 붙들고 물었다. 그러나 노인은 고개를 좌우로
흔들었다.

"예전엔 알고 있었는지 모르지, 그러나 지금은 다 잊어버렸다네."

노인은 겨우 입을 열어 모기 소리만큼 작은 소리로 대답했다.

"그렇담 젊은 사람들은 다 어딜 갔나요. 여기는 아이들과 노인들

264

뿐인데……."

선화공주가 노인에게 정중히 물었다.

"잃어버렸어. 우물이 가져갔지."

노인은 손가락으로 우물을 가리키고 더 말을 잇지 못하고 기력을 다했는지 집안으로 들어가 버렸다.

"우물이 젊은이들을 데려가다니……? 무슨 말인지 알아듣지 못하겠는데요."

옆에 있던 메단이 고개를 가로저었다. 잠시 침묵에 잠겼던 청학도사가 말문을 열었다.

"내일 아침 보면 알게 될 걸세."

청학도사는 무엇을 깨달은 듯 노인들이 들어간 집을 한동안 응시하더니 일행을 데리고 어제 머물렀던 장소로 다시 되돌아갔다. 그리고 자리를 깔고 잠을 자도록 하였다. 일행이 깊은 잠에 빠져 있을 때 청학도사가 선화공주와 메단을 가만히 흔들어 깨웠다.

"날이 밝기 전에 노인들이 들어간 집으로 가보세. 어제 노인이 한 말의 의미를 알 수 있을거야."

선화공주는 청학도사의 심중을 알 수 없었지만 메단과 함께 자리에서 일어났다. 그리고 청학도사를 따라 어제의 노인이 자고 있는 집으로 들어갔다.

"저 노인을 가만히 살펴볼 필요가 있어. 잠이 깨지 않도록 조심하구."

청학도사와 두 사람은 문 틈으로 가만히 자고 있는 노인을 주시하였다.

그러는 사이에 또 날이 새고 세상이 차차 밝아졌다. 날이 밝아오자 곤하게 자고 있던 노인이 피곤한 때문인지 몸을 여러 번 엎치락거렸다.

"아—."

세 사람은 어제처럼 똑같이 소리를 질렀다. 방안으로 햇빛이 스미자 자고 있던 노인의 몸이 서서히 오그라들더니 조그만 어린아이로 변해 버렸던 것이다. 어린아이는 곧 자리에서 일어나자 밖으로 뛰어나갔다. 마당에는 벌써 여러 명의 아이들이 모여서 재미있게 뛰놀고 있었다.

"난 어제 그 노인이 젊음을 우물이 가져갔다고 하길래, 젊은이들이 모두 우물에 빠져 죽어 버렸나 했었지요."

선화공주가 청학도사에게 말했다.

"어떤 경우든 사람에 따라 해석이 다르지. 하여튼 저 우물이 이 사람들의 젊음을 빼앗아 간 것만은 틀림없어. 그런데 어떻게 그런 일이 일어날 수 있을까?"

청학도사가 의문을 풀지 못하고 한동안 고개를 좌우로 갸웃거렸다.

"아이들에게 물어봤더니 젊은이들은 저기 보이는 저 섬사람들이 가져갔다고 하던데요."

잠시 자리를 떴던 메단이 돌아와서 멀리 보이는 섬을 가리키며 말했다.

"섬이라……?"

청학도사는 메단이 가리키는 섬을 유심히 바라보며 무슨 생각에 잠긴 듯이 탄성을 질렀다.

"얼핏 감이 잡히지 않는데요

선화공주가 청학도사의 표정을 살폈다.

"아무리 갈 길이 바쁘더라도 이 일의 전말을 알지 않고는 궁금해서 견딜 수가 없군. 어차피 누구든 어른을 만나야 천축국으로 배를 띄울 수 있으니 우선 저 섬으로 가보도록 하세."

일행은 다시 배로 돌아왔다. 그리고 가깝게 보이는 섬을 향해 돛을 올렸다.

힘센이 섬

선화공주 일행이 도착한 섬은 첫번째 섬과 크기와 아름답기가 비슷했다. 그러나 먼젓번의 섬이 나무와 풀로 엮은 초가집이 고작인데 비해 이곳은 거대한 석상과 건물들이 곳곳에 우뚝우뚝 서 있었다.

그런데 배가 접근하자 섬 주위에는 몸집이 장대같이 크고 온몸이 근육으로 탄탄히 뭉쳐진 거인들이 나와 버티고 서서 배를 바라보고 있었다.

"얼굴을 보니 포악하게 생겼군. 잘못 상대했다가는 뼈도 추리지 못하겠는걸……."

메단은 아까부터 공포에 질려서 섬 가까이에 배를 가까이 대려 하지 않았다.

"슬쩍 접근하는 척하다가 사태가 이상하면 도망치도록 하고 어쨌든 여기까지 왔으니 땅에 발이라도 내려놓도록 하는 것이 어떨까요?"

선화공주가 청학도사의 의중을 살폈다. 청학도사와 메단은 그것도 좋은 생각이라 하고 배를 해안으로 몰았다. 거인들도 한 발 한 발 배를 향해 접근하였다. 배와 거인들의 거리가 좁혀질수록 그들의 얼굴은 더욱 험악해지고 근육도 점점 굵어져 갔다.

"당장 달려들 것 같군. 도망치는 게 어떨까?"

청학도사가 몸을 움츠렸다.

"천하의 도사님께서 삼십육계가 웬 말이십니까. 저한테 맡기세요. 남자란 과시욕이 있어서 지나치게 자기를 나타내려 하지요. 분명 저들이 얼굴을 붉히는 것도 그런 정도일 거예요. 내가 만나볼 테니 염려 마세요.

선화공주는 홀연 배에서 내려 거인들을 향해 걸어갔다.

"위험해, 선화!"

청학도사가 만류하였으나 선화공주는 막무가내로 앞으로 걸어갔다. 검은 피부에 구척 장신을 하고, 아랫도리만 가리고 있어 온몸의 근육이 불거져 나와, 보기에도 겁에 질리는 거인들은 선화공주가 가까이 다가가자 더욱 험상궂은 가슴의 근육을 부풀렸다. 그런데 그들 손에는 부지깽이 같은 가늘고 작은 창과 한뼘이 될까 말까 한 조그마한 칼이 쥐어져 있었다.

"안녕하십니까. 저희는 항해하다 길을 잃고 여기까지 오게 되었습니다. 여기가 어디쯤인지 알려 주셨으면 고맙겠어요."

선화공주가 가장 힘세게 보이는 거인 하나를 향해 미소를 띄우며 정중히 인사를 하였다. 그러나 그 거인은 그 자리에 서서 몸을 더욱 부풀리고 선화공주를 향해 고함을 지르며 겁을 주더니 얼마가 지나자 그만 그 자리에 풀썩 주저앉고 말았다.

"이곳도 이상한 섬이로군. 힘세게 보이는 거인들이 저렇듯 맥없이 쓰러지다니."

선화공주는 쓰러져 있는 거인 앞으로 걸어 나갔다. 거인은 더위에 지쳐 숨을·할딱거리며 괴로워하고 있었다. 선화공주는 곧 허리에 찼던 물병을 열어 물을 먹여 주고 커다란 나뭇잎으로 햇빛을 가려 주

268

었다.

"고맙소."

그 거인은 눈을 끔쩍이며 선화공주에게 감사의 표시를 했다.

"어인 일인가요, 기력이 하나도 없이 보이니……?"

선화공주가 거인을 향해 물었다. 그 거인은 한동안 숨을 몰아 쉬더니 겨우 입을 열었다.

"나쁜 사람들이 아니군. 우린 힘센 종족이었지. 그런데 어느 날 갑자기 힘이 빠져 버렸어요. 이제는 앉기조차 힘이 들어."

"무슨 연유라도 있었나요?"

"글쎄, 우리도 그 까닭을 몰라. 모두들 말하기는 이상한 박쥐들이 이 섬에 나타난 후 그렇게 된 것 같다고들 하던데."

"저쪽 성에서는 여기서 그곳 젊은이를 모조리 잡아갔다고 하던데요."

"그럴 리가, 우리는 힘은 세었지만 약한 자를 괴롭히지는 않아. 그들도 아마 우리가 힘을 빼앗긴 것처럼 젊은이를 빼앗긴 걸 거야."

"그런 사람들이 어떻게 그렇게 험상궂은 소리로 겁을 줄 수 있겠어요."

"미안해. 최후의 발악이었어. 우리가 그렇게라도 하지 않으면 나쁜 무리들이 이 섬을 빼앗아 버릴거야. 미리 겁을 주어 쫓아 버려야지."

"저희가 도움이 될 수 없을까요?"

"글쎄, 지금으로서야 도움이라면 우리 힘을 되돌려 받는 것뿐인데, 그대들이 그럴 능력을 갖고 있을까?"

"갑자기 힘을 빼앗겼다면 갑자기 힘이 용솟음칠 수도 있지 않겠어요. 그런데 그 박쥐들의 정체는 무엇인가요? 어디서 나타났습니까?"

선화공주가 거인에게 물었다.

"우린 전혀 알 수가 없어. 저 앞에 섬이 보이지, 거기에 나무사람들이 살고 있는데, 거기 가서 물어 보면 혹시 알고 있을는지……?"

말을 마친 거인은 힘이 빠져서 점점 숨을 가늘게 쉬었다.

"그건 그렇고 여긴 어디쯤입니까? 혹시 천축국으로 가는 길목은 아닌가요?"

선화공주가 거인에게 바싹 다가들며 물었다.

"천축국? 처음 들어보는 말인데, 우린 이 섬 안에서만 살아서 바깥 세상은 잘 몰라. 나무사람들은 현명하니까 알 수 있을거야……. 그들은 금단의 열매를 먹고 살거든. 그,걸 먹으면 머리가 영리해지고 판단이 올바르게 되지. 그들은 모르는 게 별로 없어."

거인은 더 말을 잇지 못하고 숨을 몰아 쉬더니 그 자리에서 정신을 잃어버리고 말았다.

"일이 복잡하게 되는군."

청학도사가 쓴 입맛을 다셨다.

"내친 김이니 나무사람이 산다는 섬으로 가보는 수밖에요."

선화공주가 재촉했다. 일행은 나무사람들의 섬으로 가기로 결정하고 배에 올랐다.

나무사람

성에 도착했을 때는 파아란 하늘에 커다란 해가 중천에 떠 있는 한낮이었다. 그러나 어디를 둘러보아도 사람 사는 흔적은커녕 무성한 숲만이 앞을 가로막고 있었다.

"또 숲을 뚫고 나가봐야겠군."

메단이 힘에 겹다는 듯 빽빽한 숲을 바라보며 한숨을 지었다.

"어떻든 그 나무사람들을 만나 봐야 하니까요."

선화공주가 선뜻 숲으로 들어섰다.

한낮인데도 빽빽이 나무로 가려진 숲은 어두컴컴해서 금방 어디선가 괴물이라도 튀어나올 것같이 음산했다.

"이대로 숲 귀신이 되는 건 아닐까?"

선화공주 옆을 따르던 뱃사람 하나가 중얼거렸다.

"이런 낯선 곳에서 귀신이 되느니보다 고향 가까운 곳에서 귀신이 되는 게 나을텐데……."

뒤따르던 뱃사람이 두려운 눈으로 사방을 둘러보았다.

"앗!"

이때 앞서 가던 뱃사람 하나가 소스라치게 놀라며 뒤로 물러섰다. 일행이 걸음을 멈추고 뱃사람이 손가락으로 가리킨 곳을 바라보니, 머지 않은 나뭇가지 위에 수십여 명의 사람들이 가지런히 앉아서 이쪽을 뚫어지게 응시하고 있었다. 그런데 그 사람들은 온몸이 온통 붉은 털로 덮여 있었으며 듬성듬성 털이 빠진 곳도 있고 시커먼 얼굴에 긴 팔을 갖고 있어 마치 몹쓸 병에 걸려 앓는 괴물처럼 흉칙스런 모습을 하고 있었다. 선화공주 일행이 발을 멈춘 사이 어느 틈에 옆의 나뭇가지에도 뒤에 있는 나뭇가지에도 무수히 많은 사람들이 나타나서 일행을 뚫어지게 바라보며 웅크리고 앉아 있었다. 그들은 어떻게 보면 사람이라기보다 짐승에 가까웠다.

"이 사람들이 나무사람이란 말인가?"

메단가는 꼼짝도 하지 못하고 그 자리에 서서 공포에 질려 떨고 있었다.

"현명하다기에 깔끔한 사람들인 줄 알았는데, 몰골이 말이 아니로군."

선화공주가 혼잣말로 중얼거렸다.

이들도 뭔가를 빼앗긴 모양인지 옆에 있던 뱃사람이 말했다.

이때 유난히 몸집이 크고 털이 뭉턱뭉턱 빠진 험상궂게 생긴 나무사람 하나가 길게 휘파람을 불었다. 그러자 나뭇가지 곳곳에 앉아 있던 나무사람들이 한꺼번에 소리를 지르며 아래로 뛰어내려 오더니, 선화공주 일행에게 달려들어 손과 발등을 하나씩 부여잡고는 나무 위로 기어올랐다. 선화공주 일행은 잠시 저항해 보았지만 그들의 숫자가 워낙 많았기 때문에 어떻게 달리 해볼 도리가 없었다.

그들은 눈 깜짝할 사이에 일행을 나뭇가지 위로 끌어올려 놓았다.

나무의 맨 꼭대기에는 풍성한 잎들이 가득했고 나뭇가지와 가지가 서로 엉겨 있어서 마치 푸른 초원이 펼쳐진 것같이 평탄하였다. 나무사람들은 그곳에 집을 짓고 마치 평지에서 살 듯 불편 없이 살고 있었다. 그들은 일행을 커다란 풀더미로 쌓아 놓은 집 앞에 내려 놓았다.

거기에는 허옇게 수염을 늘어뜨린 늙은 나무사람 하나가 앉아 있었다.

"이들은 뭣하는 사람들인가?"

늙은 나무사람이 몸집이 큰 나무사람에게 물었다.

"침입자들입니다. 금단의 열매를 따 먹으러 온 자들일 겁니다."

몸집이 큰 나무사람이 말했다.

"충분히 생각해본 다음에 그런 판단을 내렸는가?"

"예, 그렇습니다."

늙은 나무사람은 그 말에 수긍을 하는지 고개를 끄덕거리고 잠시 무슨 생각에 잠기는 듯 입을 다물었다.

이때 나무 숲 한쪽이 시끌벅적 하더니 몇 명의 나무사람들이 한 어린 나무사람을 꼼짝 못하게 묶어 가지고 늙은 나무사람한테로 데리고 왔다. 그들 뒤에는 수많은 나무사람들이 따라오고 있었는데 모두 얼굴을 붉으락푸르락하며 흥분해 있었다.

"웬 수선이냐?"

늙은 나무사람이 어린 나무사람을 끌고 온 나무사람들에게 말했다.

"이 녀석이 하나밖에 남아 있지 않은 금단의 열매를 다 먹었습니다."

함께 온 한 젊은 나무사람이 말했다.

"저런 녀석은 이 나무숲에서 추방해야 돼. 표범이 다니는 길목에 갖다 놔 버려."

몰려온 나무사람들이 뒤에서 소리쳤다.

"난 아니야. 열매는 보지도 못했는걸."

어린 나무사람이 겁에 질려 중얼거렸다.

그러자 늙은 나무사람은 두 손을 들어 사람들을 진정시켰다. 그리고 소란이 가라앉자 입을 열었다.

"이 아이가 열매를 따먹는 것을 직접 눈으로 보았느냐? 먹다 남긴 씨라든가 껍데기라도 가져 왔느냐?"

늙은 나무사람이 젊은 나무사람에게 물었다.

"그런 건 없지만 우리가 금단의 열매를 지키고 있었는데 잠시 눈을 돌린 사이 열매가 없어지고 나무 아래 이 애가 서 있었습니다."

어린 나무사람 옆에 있던 또 하나의 젊은 나무사람이 말했다.

"어떻든 힘없는 어린 아이를 묶는다는 건 옳지 않다. 우선 묶인 끈을 풀어 주어라."

젊은 나무사람 하나가 묶여 있는 어린 나무사람을 풀어 주자 늙은 나무사람은 모여든 나무사람들을 향해 외쳤다.

"우리는 왜 나무 아래 사람들보다 현명한가?"

그러자 나무사람들이 일제히 외쳤다.

"하늘과 더 가깝게 살기 때문이지요."

늙은 나무사람이 고개를 끄덕였다.

"그렇다. 우리는 하늘과 가깝게 살아서 하늘 뜻대로 따르며 살아가기 때문에 현명하다. 그러므로 어떤 사소한 일이라도 깊이 있게 생각해 그릇된 판단이 나오지 않도록 하지 않으면 안된다."

늙은 나무사람은 잠시 말을 멈추고 주위를 둘러보더니 다시 입을 열었다.

"여기 외부인들도 금단의 열매를 따먹었다고 해서 잡아왔다. 그렇다면 누가 진짜 금단의 열매를 따먹었다는 말이냐?"

"우린 아니오. 우린 금단의 열매가 있다는 건 저쪽 섬사람들에게 처음 들었소. 우린 그저 길을 잃고 이 섬을 지나다가 들른 사람들일 뿐입니다."

"나도 그렇게 생각하오. 왜냐하면 당신들이 욕심쟁이가 아니라면 그 열매란 것이 아무런 소용이 없기 때문이오."

늙은 나무사람은 일행에게서 아이 쪽으로 고개를 돌렸다.

"우선 이 아이가 죄를 짓지 않은 너희들이나 너희들 자식이나 친척이라고 생각하고 내 물음에 답하여라. 이 아이와 표범 둘 중 누가 귀한가?"

둘러서 있던 다른 사람들이 잠시 서로의 얼굴을 쳐다보며 웅성거렸다.

"그야 아이가 귀하지요."

나무사람 하나가 대답했다.

"좋다. 그러면 금단의 열매와 여기 데려온 사람과는 누가 더 귀한가?"

"그야 금단의 열매가 더 귀하지요."

나무사람들이 이구동성으로 입을 모았다. 그러자 늙은 나무사람이 잠시 시간을 두더니 또 물었다.

"그렇다면 눈을 감아 보아라!"

늙은 나무사람이 말하자 모두들 눈을 감았다.

"무엇이 보이는가?"

"아무것도."

나무사람들이 말했다.

"그것 보아라. 너희들이 없다면 아무것도 없는 것이다. 하늘이며 땅이며 나무며 금단의 열매라는 것까지도……. 그런 만큼 제일 중요한 것은 너희들이다. 다시 말하면 사람이란 이 세상 무엇과도 바꿀수도 비교될 수도 없는 귀중한 존재인 것이다. 그러니 저 아이는 열매보다 몇 배나 더 귀한 것이지. 금단의 열매란 우리가 만든 규칙에 불과하다. 허상일 뿐이지. 이제 없어져 버렸으니 열매라는 물건은 마음으로 생각하고 있었을 때와 꼭같이 지켜나가면 되는 것이다. 아무런 증거가 없는 한 아이에게는 잘못이 없다. 잘못이 있다면 교육을 잘못시킨 우리에게 있을 뿐. 잘 타일러서 놓아 주어라. 열매 이야기는 나중에 하도록 하고."

늙은 나무사람의 말이 떨어지자 주위가 잠시 소란스럽더니 어린 아이를 돌려보내고 하나 둘 자리를 떠나 버렸다.

"당신들이 나무 열매를 따 먹었소?"

사람들이 흩어져 버리자 늙은 나무사람이 선화공주 일행을 향해 다시 말을 건넸다.

"그럴 리가요. 우리는 그렇지 않아도 그 문제도 대해 생각하고 있었습니다. 혹시 우리를 의심하고 있으면 어쩌나 하고 우리가 주인의 허락도 없이 남이 귀히 여기는 열매를 따 먹을 리 있겠습니까?"

청학도사가 나서서 말했다.

"당신들을 처음 보았을 때부터 그러리라고 생각했습니다. 그건 당신들 짓이 아니오."

늙은 나무사람은 말을 마치고 한숨을 푹하고 쉬었다.

"그렇다면 영감님께서는 그 범인이 누구인지 알고 있었단 말씀입니까?"

종전에 선화공주 일행을 나무 위로 끌어올린 몸집이 큰 나무사람이 늙은 나무사람을 바라보며 물었다. 늙은 나무사람이 고개를 끄덕였다.

"누굽니까? 우리가 그토록 소중하게 여기는 금단의 열매를 따먹은 자가."

늙은 나무사람은 고개를 들어 멀리 바다 위를 바라보았다. 노인을 둘러싼 사람들은 모두 시선을 모아 노인이 바라보고 있는 방향으로 눈을 돌렸다. 시선이 머문 바다 위에는 구름에 가려 보일 듯 말 듯한 섬이 하나 있었는데 구름을 뚫고 높은 봉우리 하나가 빼쭉히 하늘 높이로 솟아 있었다.

"그렇다면 또 그 놈들이!"

몸집이 큰 나무사람이 커다란 소리로 외쳤다.

"그 놈이라니요. 그 자가 어떤 자입니까. 우리가 여기까지 오는 동안 이상한 일을 많이 당했습니다. 자세히 좀 말씀해 주십시오."

선화공주가 멀리 시선을 향하고 있는 늙은 나무사람에게 다가가며 말했다.

늙은 나무사람은 선화공주 일행을 가까이 와서 앉도록 하였다. 그리고 다음과 같은 이야기를 들려 주었다.

"이곳은 네 개의 섬으로 이루어져 있지요. 각 섬에는 각기 독특한 생활을 하는 사람들이 살고 있습니다. 얼마전까지만 해도 섬의 사람들은 자기들의 섬 안에서만 열심히 살아갈 뿐 다른 섬 사람들에게는 관심이 없었습니다. 그런데 어느 날 갑자기 안개가 섬 주위를 덮더니 안개를 뚫고 괴상한 도인 하나가 나타나 저 버섯 섬에 자리를 잡았습니다. 도인은 여러 가지 도술로 섬 사람들을 괴롭혔는데 특히 그 도인은 욕심이 아주 많아서 특별하거나 조금이라도 이상한 것이 있으면 모두 자기의 소유로 만들어 섬으로 가지고 가 버렸습니다. 그래서 우리는 그 도인을 탐마왕이라고 부르게 되었는데, 아마도 당신들이 거쳐온 섬이나 지금 우리 나무사람이 살고는 있는 이 섬에 자꾸만 이상한 일이 생기는 것을 보면 그것이 분명 탐마왕의 짓일 겁니다."

노인은 말을 멈추고 또다시 깊은 생각에 잠겨 버렸다.

"그러니까 그 금단의 열매도 탐마왕이 가져갔다는 말이군요."

선화공주가 노인을 바라보며 말했다. 늙은 나무사람이 고개를 끄덕였다.

문제는 탐마왕이 물건만을 자기 소유로 하고 있지 않다는 것입니다. 그 늙은이가 나타난 후로 삶의 균형도 질서도 다 깨져 버렸습니다.

"나쁜 늙은 같으니라구. 도술은 좋은 일에만 쓰는 것인데 자기 욕심 채우는 데 쓰다니……."

메단이 울컥 화를 내었다.

"잃어버린 것들을 되찾아 와야겠소. 그냥 놔두었다가는 또 무슨 짓을 할는지 모르니……."

청학도사가 무언가 결심한 듯 옆에 차고 있는 쌍절봉을 굳게 잡았다.

"그럴 수만 있다면 무엇이 걱정이겠소. 하지만 이 섬 안에 탐마왕의 도술을 깨뜨릴 자가 없으니 그게 걱정이지요."

늙은 나무사람이 한숨을 폭 쉬었다.

"탐마왕의 도술이 아무리 높다 해도 우리가 단합해서 무찌른다면 그도 별수는 없을 겁니다."

선화공주가 앞으로 나서며 말했다.

"모르시는 말씀이오. 우리도 힘을 합쳐 탐마왕을 물리치려 했지요. 그러나 그런 생각을 갖는다면 자체만으로도 모두들 어디론가 사라져 버렸지요. 요즈음은 이 섬 안에서는 가져갈 것이 없는지 모습이 보이질 않습니다."

늙은 나무사람의 말에 일행은 모두 할 말을 잊고 바다만 바라보았다.

"우리야 슬쩍 이곳을 떠나기만 하면 될 텐데, 뭐 걱정할 것 있나요. 노인에게 뱃길이나 물어보면 어떨까요?"

메단이 청학도사에게 가만히 귓속말을 했다.

"그게 좋겠군. 내가 나서 봄세."

청학도사가 늙은 나무사람을 향해 고개를 돌렸다.

"우린 멀리 동방으로부터 천축국을 향해 가던 길이었습니다. 안개에 묻혀 여기까지 흘러왔는데…, 혹시 그곳으로 가는 길을 알고 계시진 않으신지요."

그러나 늙은 나무사람은 고개를 가로저었다.

"그 괴도사가 나타난 후로 안개가 더욱 짙어져서 예전에 트여 보이던 외부로 나가던 길이 완전히 막혀 버렸지요. 그래서 우리들도 어느 곳이 어느 곳인지 짐작조차 못하고 있답니다."

늙은 나무사람의 말을 들은 선화공주 일행은 또다시 난감하여 입을 다물었다.

278

"어쨌든 그 탐마왕과 맞대면을 하지 않으면 안되겠군."

선화공주가 청학도사를 바라보며 말했다. 한동안 골똘히 생각에 빠져 있던 청학도사가 어쩔 수 없다는 듯이 고개를 끄덕였다.

"그대 말이 맞는 것 같애."

선화공주 일행은 늙은 나무사람에게 작별 인사를 하고 나무 아래로 내려왔다.

"무사히 일을 마치길 바라오."

늙은 나무사람은 일행을 더 붙잡지 않고 잘가라는 인사를 했다. 선화공주 일행은 예측할 수 없는 앞일 때문에 우울하기는 했지만 새로운 모험에 도전한다는 생각으로 또다시 마음이 흥분되기 시작했다.

장식나무

선화공주 일행은 나무사람들을 뒤로하고, 멀리 앞에 보이는 탐마왕의 섬을 향해 배를 띄웠다. 배는 바람을 타고 순조롭게 수면 위를 미끌어져서 생각보다 빠르게 탐마섬에 도착하였다. 이 섬은 이제까지의 섬들과는 달리 풀 한 포기 없는 바위와 돌멩이로 이루어진 데다가 섬 한가운데 버섯 모양의 높은 봉우리가 하늘을 찌를 듯 높이 솟아 있었는데 항해를 하는 동안 안개가 걷혔으나 봉우리 허리쯤에는 아직도 짙은 구름이 둘러져 있었다.

버섯처럼 둥그런 봉우리 꼭대기에서 탐마왕이 아래를 내려다보고 있었다.

"흥, 어리석은 녀석들, 어떤 버러지인지 모르지만 제 발로 먹이가 되어 굴러 들어오는 군. 얘들아, 내려가서 저 자들의 정체를 알아보고 오도록 해라."

탐마왕이 명령을 내리자 박쥐처럼 생긴 졸개들이 곧 날개를 퍼덕이며 봉우리 아래로 내려갔다.

박쥐들은 선화공주 일행에게로 다가와 주위를 빙빙 돌면서 기분 나쁜 소리를 지르고는 곧바로 봉우리 위로 사라져 버렸다.

"엄청나게 큰 박쥐로군요. 사람 몸뚱이만큼씩 하니… 흡혈 박쥐가 아니었음 좋을 텐데……."

선화공주가 봉우리 위로 사라지는 박쥐 괴물들을 바라보며 근심스럽게 말했다.

박쥐들은 곧장 탐마왕 앞으로 날아갔다.

"그래 어떤 놈들이더냐?"

탐마왕이 부하들을 재촉했다.

박쥐들은 탐마왕 왼편에 있는 흰 벽을 향해 박쥐음을 쏘았다. 그러자 벽면에는 선화공주 일행의 모습이 그림처럼 그대로 비춰졌다.

"별로 신통한 놈들이 아니로구먼. 매달 만한 값어치가 없어."

탐마왕이 그림을 보고 시큰둥 고개를 저었다.

"귀찮은 놈들이니 없애버려라."

탐마왕이 또다시 졸개들에게 명령을 내렸다. 그러자 수십 마리의 박쥐들이 각각 괴상한 괴물 모습으로 변하여 각양각색의 무기를 양손에 들고 봉우리 아래로 날아 내려갔다. 돌산을 기어오르려던 선화공주 일행이 미쳐 몸을 가눌 사이도 없이 괴물들과 마주쳤다.

"보통 박쥐가 아니라고 염려했더니 생각 그대로군. 놈들이 우릴 공격할 모양이니 정신을 바짝 차리라구."

청학도사가 청룡봉을 꼬나잡고 소리쳤다. 선화공주도 원두봉을 꺼내 들고 괴물들을 맞았다.

"안됐긴 했지만 탐마님의 명령이니 어쩔 수 없다."

맨 앞장선 괴물이 삼지창을 겨누며 청학도사에게 달려들었다. 그러자 따라왔던 수십 명의 괴물들이 일제히 무기를 휘두르며 선화공주 일행에게 달려들었다. 메단과 뱃사람들도 칼을 들고 괴물들과 맞섰다. 돌섬에서는 땡볕이 한창인 대낮에 일대 난투극이 벌어졌다. 싸움은 팽팽했지만 청학도사나 선화공주는 수년간 무예에 통달한 고수들이었으므로 웬만한 괴물 따위에게 물러설 위인들이 아니었다. 호락호락 넘어갈 것으로 알았던 괴물들은 뜻밖의 강적을 만나자 차츰 밀리기 시작했다. 몇 놈의 괴물이 원두봉과 청룡봉에 머리통을 얻어맞고 나자빠지자 나머지 괴물들은 기겁하여 봉우리 위로 도망쳐 버렸다.

"생긴 것만 그럴듯하지 별것 아니로군요."

메단이 뱃사람들과 함께 괴물 한 놈을 때려눕히고 의기양양해 하였다.

"문제는 졸개들이 아니고 탐마왕이야. 그 자의 실력이 어떤지 궁금하군. 어떻든 그 자를 만나야 일이 풀릴 것 같으니 저 봉우리 꼭대기까지 올라 보자구."

청학도사가 앞서서 일행을 재촉하였다.

"에이, 빌어먹을 놈들, 천하의 탐마왕 졸개라는 자들이 몇 놈 안 되는 무지랭이들에게 쫓겨 돌아오다니……."

탐마왕이 화가 머리끝까지 올라 졸개들을 꾸짖었다.

"내가 내려가 보겠다."

탐마왕이 졸개들을 발로 걷어차고 굴 밖으로 나왔다. 밖으로 나온 탐마왕은 하늘에다 대고 주문을 외웠다. 그러자 사방에서 구름이 모여들더니 봉우리를 완전히 가려 버렸다.

"지독한 안개로군. 사방이 보이질 않으니 앞으로 나갈 수가 있나."

메단이 갑자기 몰려든 안개를 헤치며 투덜거렸다. 이때 탐마왕은 안개 속에 숨어 선화공주 일행을 낱낱이 뜯어보고는 곧바로 봉우리 위로 올랐다. 그리고 졸개들을 다시 불러모았다.

"으하하하하. 애들아, 저 자들을 유인하여 봉우리 꼭대기까지 오르도록 해라. 없애버리란 얘기는 최소다. 가까이 가서 자세히 보니 내가 원하던 것들이야, 멋진 장식품이 되겠어."

탐마왕은 매우 즐거운 표정으로 졸개들을 독려하였다. 탐마왕이 사라지자 봉우리에 휩싸였던 안개는 언제 그랬느냐는 듯이 말끔히 걷혀 버렸다.

"날씨도 변덕스럽군. 한치 앞도 볼 수 없었던 짙은 농무더니 금세 이렇게 밝아질 수가……."

메단이 신기하다는 듯 고개를 갸웃거렸다.

"저 놈들을 힘들 게 유인할 것도 없습니다. 제발로 기어오르고 있으니 꼭대기까지 올라오도록 내버려둔 다음에 매달아 버리도록 하시지요."

탐마왕 옆에서 시중을 들고 있던 늙은 괴물이 말했다.

"그래, 네 말이 맞다. 하지만 소중하게 다루지 않으면 안돼. 상처라도 내면 가치가 떨어져 버리니까."

탐마왕은 연신 입을 다물지 못하고 흡족해 하였다. 선화공주 일행은 여러 시간 고생 끝에 버섯 머리 같은 봉우리의 꼭대기까지 다다를 수 있었다. 사방을 둘러보니 바로 눈 아래 나무사람들이 사는 섬이 보였고 젊음을 잃은 샘 우물의 마을과 힘을 빼앗긴 거인들의 섬도 가깝게 보였다. 그러나 그 바깥의 세계는 짙은 안개대에 둘러싸여 보이지 않았다.

"괴물들이 대항을 안하는 걸 보니. 우리 실력에 겁이 난 모양이지요."

메단이 어깨를 으쓱하며 뽐내었다. 버섯의 갓 모양을 한 봉우리에 다다르니 한곳에 커다란 굴이 뚫려 있었다. 선화공주 일행은 청학도사를 앞세우고 조심스레 굴 안으로 들어갔다. 굴 안은 전체가 텅 빈 공간으로 되어 있었는데 바닥은 평평하였고 벽쪽이 창문처럼 반듯반듯하게 네모난 구멍이 뚫어져 있어서 그곳으로 햇빛이 들어와 굴속 구석구석을 환하게 비추고 있었다. 굴속은 커다란 마당에 지붕을 씌운 것처럼 넓고 높은 공간으로 되어 있었다.

"이런 곳에 이런 궁전 같은 넓은 마당이 있다니 천만뜻밖인데요."

선화공주가 사방을 둘러보며 눈동자를 굴렸다.

"긴장을 풀어선 안돼 여긴 탐마왕의 소굴이니 위험은 이제부터야."

청학도사가 주위를 살피며 말했다. 일행이 좀더 앞으로 나가니 굴 바깥으로 통하는 문이 있었다. 문 바깥은 지붕이 벗겨져 있어서 햇빛이 그대로 비쳤기 때문에 눈이 부셔 앞을 바라보기가 힘이 들었다.

"저것 좀 보세요!"

메단이 갑자기 소리를 질렀다. 일행이 정신을 차리고 고개를 들어 보니 문 바깥은 푸른 잔디가 깔린 넓은 정원이었는데 정원 한가운데는 이제껏 본 적이 없는 커다란 나무 한 그루가 하늘을 찌를 듯 높게 서 있었다. 수많은 가지에는 빽빽하게 열매들이 매달려 있었다. 그런데 자세히 보니 그것은 나무열매가 아니라 여러 가지 모양의 물건들이었다.

물에 사는 물고기로부터 뭍에 사는 짐승들과 곤충들, 하늘을 나는 여러 종류의 새, 보석같이 빛나는 돌멩이, 색색의 꽃과 과일 그외에 이제까지 본 적도 들은 적도 없는 기기괴괴한 물건들이 주렁주렁 매달려 있었다.

"저길 보세요. 사람들도 가지에 매달려 있어요."

뱃사람 하나가 소리를 질렀다. 일행이 손가락으로 가리킨 곳을 보니 정말로 나무 꼭대기에 매달린 물건 사이에는 여러 피부의 색과 모습이 다른 남녀들이 매달려 있었다.

선화공주 일행이 나무를 보느라 정신이 없을 때 탐마왕이 졸개들과 함께 바위 틈에서 일행을 바라보고 있었다.

"흐흐흐흐, 저기서 필요한 건 저 젊은 계집애야. 나머진 쓰레기들이니 처치해 없애 버리도록 하고, 계집 하나만 매달아야겠다. 다치게 하지 않도록⋯⋯."

탐마왕의 말이 떨어지자마자 졸개들이 무기를 손에 꼬나잡고 선화공주 일행을 포위하였다.

"하하하하, 어디라고 감히 여기까지 올라왔느냐! 하지만 찾아온 손님을 박대할 수는 없지. 목숨만은 살려서 고이 돌려보내 주겠다. 돌아갈 때는 저 창밖으로 곧장 뛰어내려서 돌아가도록, 떨어져서 콩가루가 되든 물귀신이 되는 내가 알 바 없지 하지만 저 계집만은 여기 남아 있어야 된다."

굴속 한쪽에서 탐마왕의 쩌렁쩌렁한 소리가 들려왔다.

"놈이 드디어 나타났구나. 단단히 정신을 차려라."

선화공주 일행은 청학도사가 조심스럽게 말하자 서로를 보호하면서 둥글게 원을 그려 졸개들의 공격에 대비했다.

"봉우리 아래에서 우리 실력을 알았을 텐데. 그래도 덤빌 테냐!"

메단이 졸개들을 향해 소리쳤다.

"봉우리 아래는 우리들의 활동 무대가 아니거든. 물고기는 물, 새는 하늘에서 활개를 치듯 우린 봉우리 꼭대기에서야 힘을 쓰지 자, 맞좀봐!"

괴물 졸개들이 일제히 덤벼들자 선화공주와 청학도사, 메단과 뱃사람들도 정신을 차리고 졸개들의 공격을 막았다. 괴물들은 그들의 말처럼 봉우리 아래에서와는 달리 힘과 무술이 훨씬 강하여져서 선화공주 일행은 전처럼 쉽게 졸개들을 막아내기가 힘들었다. 청학도사가 서너 명의 졸개들과 맞서는 동안, 한 무리의 졸개들이 선화공주를 에워쌌다. 선화공주는 원두봉을 휘두르며 상대방의 무기를 막아내는 한편 틈이 보이는 대로 공격을 퍼부었다. 졸개들은 모질게 공격을 하는 척하면서도 막상 선화공주가 위기에 처하면 공격의 강도를 늦추고 슬금슬금 피하기도 하면서 선화공주를 장식 나무 쪽으로 밀어붙였다. 이제 조금만 뒤로 물러섰다가는 나무 근처까지 쫓기는 위기에 처해 있었다.

"나무 가까이로 가면 안돼!"

청학도사가 선화공주를 향해 소리쳤다. 청학도사의 말을 들은 선화공주는 정신을 차리고 재빠르게 상대의 공격을 막았다. 그와 동시에 공중으로 뛰어올라 공중제비를 하면서 졸개들의 포위망 밖으로 몸을 날렸다. 옆에서는 뱃사람 하나가 졸개들의 공격에 밀려 나무 가까이까지 쫓겨갔다. 이때 갑자기 아무것도 매달지 않은 나뭇가지 하나가 쭉 손을 뻗더니 뱃사람을 휘감아 나무 위로 끌어올렸다. 그러자 뱃사람은 생명이 없는 장난감처럼 나뭇가지에 대롱대롱 매달려 버렸다. 이번에는 청학도사의 공격에 밀린 졸개 하나가 나무 가까이까지 쫓겨갔다. 그러자 조금전처럼 나뭇가지 하나가 쭉 가지를 뻗더니 졸개를 감아 나무 위로 올렸다. 그러자 그 졸개가 비명을 지를 틈도 없이 생명 없는 장난감이 되어 나뭇가지에 매달려 대롱거렸다.

"에잇! 멍텅구리 같은 녀석들. 계집을 매달랬지 쓰레기를 매달라

일렀더냐!"

굴 깊숙한 곳에서 크게 고함 소리가 터지더니 키가 장승같이 크고 온몸이 흰털로 덮인 괴물 하나가 바람을 일으키며 모습을 나타내었다.

"흥, 이제 보니 네가 그 탐마왕이란 자로구나. 생각한 대로 배불뚝이에 돼지 같은 머리통을 가졌군. 자신의 욕심을 채우기 위해 죄 없는 사람들과 짐승들을 나무에 매어 달다니, 내 오늘 네 놈의 욕심통을 부숴 버리겠다."

청학도사가 청룡봉을 꼬나잡고 탐마왕을 향해 달려갔다.

"콩알만한 녀석이 잔말이 많구나. 순순히 돌려 보내렸더니 안되겠구나. 네놈들도 나무에 매달아 장난감을 만들어야지."

탐마왕은 가시 몽둥이를 들고 청학도사를 향해 달려들었다. 탐마왕은 산처럼 장대한 몸을 가지고 있었던 만큼 그 힘도 대단했다. 또한 이제까지 보지 못했던 신묘한 도술로 청학도사를 공격했다. 탐마왕이 몽둥이를 휘두르며 마구 달려드는 통에 수십년 무예를 닦아온 청학도사였지만 탐마왕을 막기에 힘이 부쳤다. 그 틈을 탄 탐마왕이 맹공을 퍼부으며 청학도사를 밀어붙였다.

"무술 솜씨가 제법이로군. 하지만 동방의 무예가 어떤 것인지 매운 맛을 보여주겠다."

청학도사는 놈의 약점을 수시로 간파하면서 공격과 방어를 계속해 나갔다. 시간의 지나자 탐마왕의 몸놀림이 둔해지는 기색을 보였다. 몽둥이 돌아가는 횟수가 점점 줄어들었다. 청학도사의 청룡봉이 탐마왕의 방어 속을 파고들었다. 탐마왕이 차츰 자신이 불리하다는 것을 깨닫게 되었다. 그러자 그는 갑자기 입에서 안개를 토해내기 시작했다. 굴속은 순식간에 안개가 퍼져서 앞을 내다볼 수 없게 되었다. 그 틈을 타서 탐마왕은 슬쩍 청학도사의 공격권을 벗어났다.

앞이 캄캄해지자 이번에는 청학도사가 당황하기 시작했다.

"으하하하, 어떠냐, 너희들은 이제 독안에 든 쥐다. 순순히 나무에 매달리든지 봉우리 아래로 떨어져 박살이 나든지 맘대로 해라."

탐마왕은 안개와 함께 강한 바람을 내뿜었다. 그러자 선화공주 일행, 그리고 마왕의 졸개들을 막론하고 갈피를 잡지 못하고 허둥거렸다. 두세 명의 졸개가 바람에 날려 가서 나무의 장식이 되고 말았다.

"네 놈의 욕심은 끝이 없구나. 결국은 네 놈도 탐욕의 제물이 되고 말걸! 네놈의 욕심 때문에 얼마나 많은 사람들이 고통을 받고 있는지 알기나 하느냐. 젊음도 빼앗기고 삶도 빼앗기도 힘도 빼앗기고 질서도 파괴되고……."

청학도사가 안개 속에서 소리쳤다.

"으하하하, 날 보고 욕심쟁이라구! 네 놈도 마찬가질 걸. 살아 있는 것들은 모두가 욕심쟁이지. 난 이 세상의 모든 것들을 저 나무에다 매달 테다. 뭍의 것이든, 물의 것이든, 사람이든, 신이든 해 달 별까지도 내 맘에 드는 것은 그 어떤 것이라도 모조리 매달 테다. 그것이 내 취미거든!"

탐마왕은 마구 소리를 질러댔다.

"안되겠군 꾀를 써야지. 우선 바람에 날려 가는 것처럼 소리를 질러라. 그리고 서로 손을 잡고 벽 뒤로 숨자 제 아무리 탐마왕이라도 안개를 뚫고 보진 못할걸."

청학도사가 일행을 향해 작은 소리로 말했다. 그러자 일행은 청학도사의 말대로 벽 뒤쪽으로 몸을 숨겼다. 제아무리 탐마왕이라고 하지만 짙은 안개와 함께 바람을 내뿜었기 때문에 선화공주 일행이 하는 행동을 볼 수가 없었다. 온통 힘을 다해 바람을 뿜어내던 탐마왕이 사방이 조용해지자 이제는 모두 바람에 날려가서 장식 나무에 매달린 줄 알고 바람과 안개를 거둬들였다. 그리고 장식들을 확인하기 위해 장식나무 쪽으로 가까이 갔다. 이때 청학도사 일행이 일제히 탐마왕을 장식나무 쪽으로 밀어붙였다.

아무런 생각 없이 장식나무를 바라보던 탐마왕이 갑자기 뒤로부터 밀려오는 힘에 몸을 가누지 못하고 뒤뚱거리며 장식나무 쪽으로 몸의 균형이 쏠려졌다. 그러자 나무 윗가지에서 아직 장식을 달지 못한 가지 하나가 쭉 손을 뻗더니 탐마왕을 감아 위로 올렸다. 탐마왕은 괴상한 비명 소리를 지르고는 생명 없는 나무 장식이 되어 나무 꼭대기에 대롱대롱 매달려 버리고 말았다.

"끝간 데 없이 욕심을 부리더니 제 그물에 제가 걸려 버렸군."

그제야 일행은 나무에 매달린 탐마왕을 바라보며 안도의 한숨을 쉬었다. 이렇게 되자 살아남은 탐마왕 졸개들이 몰려와서 땅에 끌어 엎드려 살려달라고 애원을 했다.

"저 아래 섬 사람들에게 전처럼 힘과 젊음을 돌려줄 수 있는 방법을 말해라. 그리고 나무에 걸린 것들을 본래의 모습으로 되돌려 줄 수 있는 방법도 또, 섬을 둘러싼 안개를 걷히게 할 수 있는 방법도..."

선화공주가 졸개들에게 호통을 쳤다.

"그건 우리도 잘 모릅니다. 우리들도 저 아래 섬에서 살던 사람들인데 어느 날 탐마왕이 나타나서 목숨이 아깝지 않느냐고 겁을 주었지요. 그리고 이 봉우리로 끌고 올라와서는 이렇게 흉칙한 모습으로 바꿔 놓았습니다. 그리고 어디서 구해왔는지 나무씨 하나를 구해와서는 싹을 트게 하더니 자기가 가지고 싶어하는 것들을 하나 둘 매달기 시작했습니다. 나무는 장식이 달릴 때마다 무럭무럭 자랐지요. 그러더니 탐마왕의 마음처럼 탐욕스런 나무가 되어 버려서 가까이 가기만 하면 무엇이든지 매달아 버리는 괴물로 변했습니다."

졸개 하나가 나서서 그 동안에 있었던 일을 낱낱이 고했다.

"저 섬을 둘러싼 짙은 안개는 누구의 짓이냐?"

청학도사가 졸개에게 물었다.

"그것도 확실히는 모르겠습니다. 나무의 싹이 트이자 안개들이 몰려들었습니다. 그리고 나무가 커지면 커질수록 안개의 벽도 두터워졌습니다. 이를테면 안개는 나무의 정기라고나 할까, 탐욕이라 할까요."

졸개는 겁에 질려 말소리를 흐렸다.

"저 장식나무를 없애지 않고는 여기를 빠져나갈 수가 없겠군."

청학도사는 한동안 골몰히 생각에 잠기더니 바랑 속에서 알 하나를 꺼내 들었다. 그리고 꺼낸 알을 손바닥에 놓더니 주문을 외웠다. 그러자 알이 두 쪽으로 깨지면서 반딧불과 같은 두 개의 빛이 튀어나와 반짝이며 날아다녔다. 지리상의 정기인 탱팽이었다.

"탱팽아, 너희들이면 해낼 수 있을 거야. 너희들은 빛보다 빠르니 나뭇가지 사이를 마음껏 휘젓고 다니도록 해라. 가지에 잡히지 않도록 조심하구."

청학도사가 손바닥에서 반짝이는 두 빛을 입김으로 휙하고 불었다. 그러자 탱팽은 재빠르게 장식나무를 향해 날아갔다. 탱팽이 나뭇 가지 사이로 날아다니자 탐욕스런 빈 가지들이 탱팽을 잡기 위해 손을 뻗쳤다. 그러나 빛은 재빠르게 가지의 손끝을 피해 날아다녔다. 약이 오른 나뭇가지들이 마구 가지를 휘저으며 탱팽을 붙잡으려 하였다. 그러나 탱팽의 몸놀림이 워낙 빠르기 때문에 붙잡을 수가 없었다. 가지들은 서로들 휘감기고 엉켰다. 그러다 보니 아름답게 매달려 있던 장식들이 찢기고 부러지고 더럽혀졌다. 탱팽은 더욱 재빠르게 나뭇가지 사이를 헤집고 다녔다. 나뭇가지들은 서로 뒤틀려지고 부러지고 엉켜버렸지만 그런 것에 아랑곳없이 탱팽을 붙잡기 위해 더욱 성이 나서 가지를 흔들어댔다. 그럴수록 탱팽은 더욱 부지런히 날아다녔다. 나뭇가지들도 미친 듯이 탱팽을 붙잡으려 팔을 휘둘러댔다. 커다란 장식 나무가 마구 몸을 흔들어 대자 땅바닥이 흔들리기 시작했다. 선화공주 일행은 요동하는 땅바닥 때문에 그 자리에 제대로 서 있을 수가 없었다.

"안되겠다. 아래로 내려가는 수밖에, 이러고 있다가는 봉우리 전체가 무너져 내릴 거야."

청학도사가 일행에게 소리쳤다.

청학도사의 말이 끝나기도 전에 봉우리 전체가 무너져 내릴 듯 흔들거렸다.

"창문으로 뛰어내려라!"

청학도사가 명령을 내리자 선화공주를 비롯한 뱃사람들이 창문 밖으로 몸을 날렸다. 그리고 천길만길 바다를 향해 떨어져 내렸다. 바다에 떨어진 그들은 정신을 차리자마자 부랴부랴 배를 향해 헤엄쳐 갔다. 그들의 가까스로 배에 올라보니 구름 위에 버섯 봉우리가 무너져 내리면서 장식나무와 함께 바다로 떨어져 내렸다. 장식나무는 바다의 짠물에 닿자 금세 녹아 버렸고 그 힘이 사라지자 안개도 서서히 거쳤다.

바다는 잔잔하였고 젊음을 잃었던 섬에선 남녀들의 아름다운 사랑의 노래가 들려왔다. 그리고 거인들은 힘을 모아 돌을 쪼아 석상을 만들었다. 그리고 나무사람이 사는 섬은 마치 구슬이 빛나듯 반짝거렸는데 그 것은 금단의 열매들이 발하는 빛이었다.

진중을 향하여

임금님에게 전쟁에 대한 준비를 단단히 하라고 다짐해둔 서동랑은 데루와 함께 말을 타고 공주들이 기다리고 있는 동굴을 향해 달려갔다. 사라양에게서 이미 카냐굽차의 소식을 알고 있던 공주들은 서동랑이 나타나자 모두 근심스러운 얼굴로 서동랑 주위로 몰려들었다.

"임금님은 무사하십니다. 다만 커다란 싸움을 앞에 두고 가뭄이 들어 병사들이나 코끼리들이 갈증에 허덕이고 있습니다. 사흘 뒤에 적들의 대대적인 공격이 있을 텐데 이대로 가다가는 싸움은커녕 목이 말라 모두 지쳐 쓰러질 것입니다. 그러니 지금 대수선인이 어쩌니 하는 한가한 생각으로 다투고 있을 때가 아닙니다. 어떻게 물을 구해서 임금님이 계신 진중에까지 전해줄 수 없을까 하는 것이 시급한 문제입니다. 제 의견으로는 이 동굴 밑에 흐르고 있는 물을 길어 나를 수만 있다면 그보다 더 좋은 방법은 없다고 생각합니다."

서동랑이 진중의 위급한 상황을 공주들에게 설명하였다.

"이 동굴에야 물이 넘쳐흐르지만 몇백 리 밖까지 길어 나를 수야 없지 않겠어. 더구나 우린 등이 굽어 힘을 쓸 수 없으니 한동이씩 이고 간대도 열흘 이상은 걸릴 거야."

임금님 소식을 들은 공주들은 모두 근심 걱정에 빠져 버렸다.

"물줄기를 그곳까지 흘러가도록만 할 수 있다면 좋을 텐데……."

옆에서 듣고 있던 기파랑이 말했다.

"나도 그 생각을 하고 있었어."

죽지랑도 옆에서 거들었다.

"좋은 생각이긴 하지만 그곳까지 수로를 놓으려면 수만 명의 사람들이 몇십 년은 걸려서 땅을 파야 할 거야."

데루가 옆에서 고개를 좌우로 흔들었다.

"저 굴 바닥에 흐르는 물의 수원은 어디인 것 같습니까?"

서동랑이 큰 공주에게 물었다.

"글쎄, 데칸 고원의 물은 이곳까지 미치진 못할 테고, 설산에서 흐른대도 그렇고… 어쨌든 여러 곳의 물이 이곳으로 모여드는 것만은 틀림없어……."

큰 공주도 물의 시작이 어디서부터인지 몰라 고개를 갸우뚱거렸다.

"그렇다면 이 동굴의 끝은 얼마나 되며 어디로 흘러갑니까?"

서동랑이 또다시 물었다.

"우리들이 아는 바로는 이 굴은 사면팔방으로 뻗쳐 있다는 것뿐 그 끝이 어디까지인지 확실히 알고 있지 못합니다."

막내공주가 나서서 말했다.

"만약에 전장 가까운 곳까지 굴이 뻗어 있다면 큰 다행이련만……."

서동랑은 말을 마친 다음 샘이 솟아 흐르는 굴 아래쪽으로 내려갔다. 그리고 눈에 불을 켜고 이리저리 뚫린 굴속을 가늠해 보더니 전쟁터로 향하고 있는 북서쪽 굴을 찾아내었다. 그리고 용천단검을 허리춤에서 뽑은 다음 굴속을 향해 힘껏 던졌다. 서동랑의 손을 떠난 용천단검은 막힘 없이 굴 저편을 향해 곧장 날아갔다. 얼마후 용천단검은 다시 주인의 손으로 되돌아왔다.

"됐습니다. 우리가 할 일은 이제부터 남으로 흐르는 물줄기를 북으로 돌리는 일입니다. 힘은 좀 들겠지만 물줄기만 바꾸어 놓으면 되는 일이니 모두 힘을 합쳐 보도록 하시지요."

서동랑은 공주들을 물이 흐르는 굴 바닥으로 데리고 가서 도와줄 것을 부탁하였다.

"우선 각자 힘닿는 데까지 돌을 날라다가 남쪽으로 향한 굴의 입구를 막도록 하십시오. 그리고 북서방향으로 난 굴쪽으로 물이 흐를 수 있도록 통로를 잘 치워놓으십시오."

서동랑이 공주들을 독려하였다. 어린 나이로 대수선인의 마술에 걸려 부모 곁을 떠나 늙고 추한 모습으로 살아가던 공주들은 임금님을 돕는다는 기쁨 때문에 힘든 일도 잊은 채, 부지런히 돌을 날라다가 굴을 메웠다. 그리고 돌을 쌓고 골을 파서 물줄기가 북서쪽 굴속으로 흘러들어 가도록 하였다. 얼마 동안의 일이 끝나자 남쪽으로 흐르던 물줄기가 방향을 바꿔 북쪽으로 난 굴 속으로 기세 좋게 흐르기 시작했다.

"됐습니다. 그러나 이 물줄기가 임금님이 계신 전쟁터 근처까지 흘러갈 것이라는 보장은 없습니다. 부처님께 행운을 빌 뿐이지요. 하지만 만에 하나 잘못된다면 우리들의 정성은 물거품이 되어 버리고 임금님께서도 전쟁에 이길 수 없을 것입니다. 그래서 나는 물줄기를 따라가면서 방향을 조정해 볼 생각입니다. 좀 무리한 짓일는지 모르지만 최선을 다할 수밖에 없지 않겠습니까?"

서동랑은 커다란 바구니에 관솔을 가득 담아 등에 지었다. 서동랑의 말과 행동을 지켜보던 공주들은 그의 적극성에 모두 감동하였다.

"우리도 가만있지 않겠어요. 만약 지금의 계획이 틀어진다면, 그래서 임금님과 군사들이 잘못된다면, 그것은 곧 우리들 자신의 패배나 마찬가지가 되는 것 아니겠어요. 지름길로 간다면 하루 온종일 걸어서 닿을 수 있을 거예요. 우리도 모두 물동이를 이고 진중까지 나를 것입니다."

큰언니 공주가 서동랑을 향해 말했다.

"좋습니다. 힘을 합한다면야 무슨 일인들 못하겠습니까. 데루와 죽지랑이 길을 안내할 것입니다."

"굴속이 울퉁불퉁하고 비좁고 높고 낮은 곳도 있어서 혼자 헤쳐 나가기에는 어려움이 많을 것입니다. 굴속 생활에는 아무래도 제가 익숙할 테고 또 이 동굴 속의 또 하나 주인인 두더지들과도 아주 친하게 지내고 있답니다. 그들이라면 굴속 어디에도 안 가본 것이 없지요. 그들과 함께 하면 훨씬 쉽게 뜻을 이룰 수 있을 것입니다. 저는 그들과 같이 서동님을 따라가겠어요."

막내공주가 서동랑의 말이 떨어지자 사람들 앞으로 나섰다.

"잘됐습니다. 그럼 저는 곧장 물줄기를 따라가겠습니다. 스님과 기파랑 그리고 사라양은 이곳에 남아 굴을 지키십시오."

서동랑은 관솔불을 켜들고 곧장 굴 아래로 내려갔다. 큰언니 공주가 물동이에 물을 담아 이고 나서자 나머지 공주들도 모두 물동이를 이고 나섰다. 그리고 앞장선 데루를 따라 임금님이 계신 진중을 향해 굴속을 빠져나갔다.

대왕 두더지

공주들과 서동랑이 각기 임무를 띠고 굴 밖으로 나가 버리자 동굴 속은 혜초스님과 기파랑, 사라양 세 사람뿐이었다.

"오랜만에 한적한 시간을 갖게 되었구나. 그동안 어디 차분히 앉아 면벽 한 번 제대로 하지 못했으니 이 기회에 선(禪)의 세계로 여행 한번 해봐야겠다."

주위가 조용해지자 혜초스님은 굴 한귀퉁이 너럭바위에 가서 가부좌를 개고 앉아 눈을 감고 참선의 경지로 들어갔다. 기파랑과 사라양은 흐르는 물이 다른 곳으로 스며 나가지 않도록 허술한 부분을 살펴 손을 보았다. 서동랑과 막내공주는 횃불을 켜들고 물줄기를 따라 부지런히 굴속으로 걸어 들어갔다.

다행히 서북쪽 굴은 넓고 평평해서 물의 흐름이 막힘이 없이 쏼쏼 흘러 내려갔다.

"부처님께서 무심치 않으시다면 우리의 소원을 저버리지 않으실 거예요."

막내공주가 근심스러운 듯 조바심을 냈다.

"최선을 다하고 있으니 부처님인들 무심할 수 있겠습니까. 이대로만 간다면 내일 아침까지는 임금님이 계신 진중 근처까지 닿을 수 있을 겁니다."

서동랑이 막내공주를 안심시켰다. 서동랑은 만파식적을 꺼내 불기도 하고 콧노래도 흥얼거리며 어두컴컴한 굴속 여행의 무료함을 달랬다.

선화공주님은
선화공주님은
밤 그윽히 문을 열어두고
서동랑을 안고 간대요.

"재미있는 노래 같군요. 아마 서동님은 누굴 사랑하는 모양이지요?"

옆에서 노래를 듣고 있던 막내공주가 부러운 듯 물었다.

"제가 지어 부른 노래입니다. 모든 일이 뜻대로 되어 한가한 시간을 맞게 되면 노래에 얽힌 이야기를 들려드리지요."

서동랑과 막내공주는 지루함도 잊은 채 계속 앞으로 전진하였다. 그런데 거침없이 흘러가던 물이 한 곳에 머물러 흐름을 멈추고 그 자리에서 빙빙 돌기 시작했다. 서동랑은 재빨리 앞으로 뛰어가 물줄기를 살펴보았다.

"이상한데, 분명 용천단검은 막힘 없이 북서쪽으로 날아갔다 돌아왔는데……?"

서동랑은 바뀌어진 물의 흐름을 보고 고개를 갸우뚱하였다.

"뭐가 잘못된 게 있나요?"

막내공주가 근심스러운 표정으로 서동랑을 바라보았다.

"내가 생각을 잘못한 것 같습니다. 지금 자세히 보니 굴의 방향이 동남 방향으로 기울어져 있군요. 북서쪽으로는 아예 뚫려 있는 굴조차 없습니다."

서동랑이 그 자리에 서서 난감한 표정을 지었다.

"기다려 보세요. 두더지들에게 물어볼 테니까요."

막내공주가 들고 있던 바구니에서 두더지 한 머리를 꺼내 바닥에 놓았다.

"두더지야, 저쪽으로 가는 굴이 없는가 알아보고 오렴."

막내공주가 물이 고인 반대쪽으로 손가락을 가리켰다. 쪼르르 앞으로 달려나갔던 두더지가 다시 돌아오더니 고개를 잘래잘래 흔들었다.

"큰일났군요. 그쪽으로는 아무런 통로도 없다고 합니다."

막내공주는 금방 울상이 되어 버렸다.

"어쩐담, 반대쪽으로 굴을 팔 수도 없고, 되돌아가기도 그렇고……."

서동랑도 여러 가지 생각이 복잡하여 어쩌지도 못하고 머리를 싸매고 있었다.

이때 앞 저쪽에서 쿵쿵거리는 굉음이 들려왔다. 그 소리는 금방이라도 굴을 무너뜨릴 것 같은 엄청나게 큰 소리였다.

"큰일났구나. 이러다간 진중까지 가기는커녕 굴이 무너져 바위 속에 묻혀 버리겠는걸."

서동랑과 막내공주가 서로 부둥켜안고 쩔쩔매고 있을 때, 맞은편 굴속에서 굉장히 큰 물체 하나가 불쑥 나타났다.

"저게 뭐람, 굴속에 살던 불룡(火龍)이라도 나타났단 말인가?"

서동랑은 직감적으로 위험을 느끼고 용천단검을 뽑아들고 괴물 앞에 막아섰다. 황소보다 더 큰 괴물은 굴속을 꽉 메운 채 막무가내로 서동랑을 향해 달려들었다.

"대왕 두더지예요. 배고픈 대왕 두더지에 걸리면 누구도 살아남지 못해요."

막내공주가 서동랑에게 도망치라고 소리쳤다. 그러나 이미 사태는 급박해 있었다. 게걸스럽게 먹이를 찾는 대왕 두더지는 먹이 냄새를 맡자 질풍같이 두 사람 앞까지 돌진하고 있었다.

"꼬마 두더지야, 어떻게 좀 해보렴."

막내공주가 바구니 속에서 두더지를 꺼내 앞으로 내밀었다. 꼬마 두더지가 대왕 두더지 앞으로 쪼르르 달려갔다.

"대왕님, 어쩐 일이십니까, 저기 저 사람들은 우리의 적이 아닙니다."

꼬마 두더지가 대왕 두더기를 가로막고 소리쳤다.

"적이 아니면 먹이일 테지."

대왕 두더지는 커다란 앞발을 들어 꼬마 두더지를 후려치려 하였다.

"잠깐 참으십시오. 아무리 그렇기로서니 먹이와 친구를 구별 못한다면야 우리의 체면이 서겠습니까. 그렇지 않아도 세상에서는 두더지처럼 욕심이 많은 짐승은 없다던가 두더지같이 미련한 짐승은 없다던가 하고 비웃고 있는데, 게다가 우리를 친구로 믿고 있는 사람들까지 해친다면야 세상에서는 우리를 두고 무엇이라고 꼬집어 말하겠어요. 배고픈 건 참을 수 있지만 우리 두더지를 비웃는 소리는 참을 수 없어요."

꼬마 두더지가 대왕 두더지를 향해 한마디 쏘아붙였다. 금방이라도 앞발을 들어 꼬마 두더지를 내려치려던 대왕 두더지가 슬그머니 발을 내렸다.

"그래, 아무리 배가 고프더라도 친구를 잡아먹는다는 건 있을 수 없지. 그런데 너는 이 굴속까지 웬일이냐?"

대왕 두더지가 코를 벌름거리며 꼬마 두더지에게 물었다.

"말씀드리자면 이야기가 길지요. 하지만 저는 지금 나라를 구하기 위해 임금님이 계신 전쟁터까지 가고 있는 중입니다. 임금님은 이 굴 반대 방향에 있는 저쪽 방면에서 싸우고 계십니다. 그런데……."

꼬마 두더지가 반대쪽을 가리켰다.

"그쪽 굴은 내가 이미 막아 버렸는데……."

꼬마 두더지의 말을 들은 대왕 두더지가 말했다.

"안됩니다. 그쪽으로 물이 흐르지 않으면 우리 군사들과 코끼리들은 곧 목이 말라죽어 버릴 거예요."

꼬마 두더지가 울음 섞인 소리로 말했다.

"코끼리들이 목이 말라죽는다고? 난 코끼리를 좋아해. 그들은 내가 파헤친 흙더미를 꾹꾹 밟아주고 거름도 풍부하게 섞어 주거든. 그래서 거기엔 내가 가장 맛좋아하는 지렁이들이 많이 살게 되지."

대왕 두더지가 침을 꿀꺽 삼켰다.

"지금 나라 안의 코끼리들은 모두 전쟁터에 나가 있습니다. 그러니 그들이 있는 곳엔 틀림없이 먹이가 풍부할 거예요. 같이 가 주셨으면 좋을 텐데. 그러면 임금님도 도울 수 있고…….”

꼬마 두더지가 대왕 두더지의 눈치를 살폈다.

“전에 몇 번 가 봤지만 거기는 돌투성이 땅이라서 먹을 게 별로 없었어. 땅을 파헤치기도 힘들구…….”

대왕 두더지가 꾸물거렸다.

“요즈음 같은 건기 때에야 어딘들 먹을 게 풍부할 리 있겠어요? 손해 보는 셈치고 한번 가보시는 게 어떨까요, 무엇보다도 대왕님께선 두더지의 왕이시니 사람들의 왕을 돕는다는 건 그만큼 보람된 일이 아니겠어요. 코끼리들이 많이 죽게 되면 지렁이들도 줄어들 거구… 결국 우리들도 굶어 죽을 거예요.”

꼬마 두더지가 말을 마치자 대왕 두더지가 고개를 끄덕거렸다.

“네 말이 맞는 것 같다. 기회란 건 많질 않거든 적들이 몰려와 평화로운 우리 땅을 짓밟는다면 두더지의 왕으로서도 체면이 서는 일이 아니야.”

말을 마친 대왕 두더지는 꼬마 두더지가 가리킨 방향을 향해 억센 발톱을 들이대었다. 그러자 무겁게 앞을 가리고 있던 암벽이 지푸라기가 바람에 날리듯 흩어지면서 커다란 구멍이 뚫리기 시작했다. 그리고 뒷발로 흙덩이를 차서 물이 흐르고 있는 동쪽 굴을 메워 버렸다. 그러자 물줄기가 반대쪽으로 굽어져서 대왕 두더지가 파나가고 있는 북서쪽 구멍으로 흐르기 시작했다.

“됐습니다. 곧장 대왕 두더지를 따르도록 하시지요. 대왕 두더지라면 산이라도 무너뜨릴 억센 발톱으로 무섭게 땅을 파나가니까 부지런히 뒤를 따라야 할 것입니다.”

막내공주가 서동랑의 팔을 잡아끌었다. 서동랑은 막내공주와 함께 또다시 그들이 계획한 대로 흐르는 물줄기를 따라 대왕 두더지의 뒤를 따르기 시작했다.

혜초스님 떠나가다

바람도 빛깔도 없는 공간에 혜초는 서 있었다. 그 공간 속에서 어떤 느낌 같은 소리가 들려왔다.

"혜초야, 거기 있느냐?"

"네, 여기 머물러 있습니다."

"왜 머물러 있느냐?"

"쉼없이 가고저 머물러 있습니다."

"인연을 끊거라. 지금 가고 있는 길은 내가 원하고 있는 길이 아니다."

"어디로 가야만 가고저 하는 길입니까?"

"네 스스로 깨닫지 못하겠느냐?"

"아직 미력한 소승이옵니다."

"오천축국을 다 답파하거든 당으로 들어가거라. 그리고 네 소임인 대승유가 금강성해 만수실리 천비천발 대교왕경(大乘瑜伽 金剛性海 鰻殊室利 千臂千鉢 大教王經)의 비경을 터득하거라."

"아니됩니다. 고국으로 돌아가 불법을 대성시켜 지상극락을 만들어야 할 사명이 있습니다."

"그것은 너의 사명이 아니라 나의 사명이니라."

"오직 그 길만이 가야 할 길이옵니까?"

"그러하다. 그리고 네가 섭렵한 발바닥의 기억을 간략히 종이에 적어 두거라. 작은 씨앗이 움터서 수천 년 후 너와 네 나라에 큰 영광으로 꽃피우리라."

"당신께선……?"

그러나 느낌은 마음 속에서 차츰 떨어져 나갔다. 그리고 아주 아득히 멀어진다고 안타까워하는 순간 조용히 눈이 떠졌다.

"여기가 어디인가?"

혜초스님은 어두컴컴한 동굴 속에 앉아 있는 자신을 발견하고 스스로 놀라워했다.

"꿈을 꾸고 있었던 건가?"

혜초스님은 방금 있었던 일을 의아히 생각하면서 가부좌를 풀었다. 그리고 자리에서 일어난 순간 아, 하고 감탄의 소리가 입에서 새어 나왔다. 그가 앉았던 바위 아래 승(乘)이란 글자가 선명히 새겨 있었던 것이다.

"큰 수레에 봄을 실었으니 더 크고 넓은 마음과 세상을 바라보는 눈을 가져야겠구나."

혜초스님은 곧 기파랑을 불렀다.

"섭섭한 일이긴 하다만 이쯤에서 인연을 끝내야 할 것 같다."

혜초스님의 말을 들은 기파랑은 소스라치게 놀랐다.

"스님, 갑자기 무슨 말씀이십니까? 인연을 여서 끝내야 된다니요."

"내가 갈 길을 너희가 가는 길과는 다르다. 이제 너희들에게 주어진 길은 너희가, 나에게 주어진 길은 내가 가는 것이다."

"낯선 이 이국 땅에서 말입니까?"

"이제 너희는 어린애가 아니지 않느냐. 너희가 처음 뜻한 바대로 견문도 넓히고 모험도 해서 고국에 돌아가 훌륭한 화반이 되도록 하여라."

"그렇지만 그동안 믿고 의지했던 스님께서 저희를 버리고 떠나시
는 것은 있을 수 없으십니다."

기파랑이 스님의 옷자락을 붙잡았다.

"놓아라!"

혜초스님은 기파랑의 손목을 뿌리치고 굴밖으로 성큼성큼 걸어나
갔다.

"서동랑과 죽지랑이 돌아오거든 떠나시지요."

기파랑이 목이 메어 외쳤으나 혜초스님은 아랑곳하지 않고 홀연
히 굴밖으로 사라져 버렸다.

진중에 도착하다

공주 일행은 하루 낮밤과 또 한나절을 걸어서 진중 맞은편에 있
는 산마루까지 당도하였다. 험준한 계곡과 산봉우리를 지나다 보니
발이 부르트고 힘에 겨워서 몇 번이고 물동이를 동댕이칠 뻔하였으
나 임금님과 나라를 위한다는 일념 하나로 공주들은 이를 악물고 목
적지까지 도착하였던 것이다.

"이쯤에서 우리는 돌아가겠어요."

언니 공주가 물동이를 내려놓으며 말했다.

"여기까지 와서 임금님을 뵙지 않고 그냥 가시겠단 말씀입니까?"

죽지랑이 만류하였다.

"아니에요. 아직은 때가 아닙니다. 우리의 추한 모습을 보시면 오히려 걱정 근심 때문에 낙망하셔서 일을 그르칠 것입니다. 싸움에 승리하여 귀국하시는 날 먼 발치에서나마 아버님을 뵈올 것입니다."

언니 공주가 비장한 눈빛으로 말하자 주위에 있던 모든 사람들이 숙연해 하였다. 언니 공주는 죽지랑과 데루에게 작별 인사를 하고 나머지 공주들을 데리고 왔던 길로 되돌아가 버렸다.

"기필코 이 싸움에서 이기지 않으면 안 되겠군."

데루가 공주들이 떠나는 뒷모습을 바라보며 두 손을 꼭 쥐었다. 데루는 곧 병사들에게 알리어 물동이를 나르게 했다. 공주들이 날라 온 물은 전체 병사와 코끼리에게는 비록 한 모금씩도 돌아가지 못하는 적은 분량이었지만 임금님과 얼마간의 병사들에게는 사기를 잃지 않게 하는 계기가 되었다.

"이 무더위에 그 먼데서부터 이렇듯 물동이를 이고 왔다니..."

임금님은 목이 메어 말을 잇지 못하였다.

"뜻이 있는 곳에 길이 있다고 했습니다. 너무 심려치 마십시오."

데루는 임금님을 위로해 드리고 곧 수비대장에게로 갔다.

"최근까지 물이 있던 샘을 알려 주십시오."

"글세, 한꺼번에 샘이 말라버렸으니 어떤 샘이 제일 나중에 말라버린 샘인지 알 수가 있나?"

수비대장이 머리를 긁적거렸다.

"제가 알고 있습니다."

수비대장 옆에 있던 병사 하나가 불쑥 나섰다. 병사는 코끼리 무리 중에서 제일 나이가 많은 코끼리 한 마리를 데리고 골짜기 아래로 내려갔다. 그리고 막대기를 들어 코끼리 코를 툭툭하고 치자 나이 많은 코끼리는 코를 벌름거리며 이곳 저곳을 돌아다니더니 한 곳에 머물러 움직이지 않고 발로 땅을 쿵쿵하고 울렸다. 주변에는 여러 개의 땅을 판 우물이 있었으나 모두 말라버려서 지금은 흙먼지만 날릴 뿐이었다. 죽지랑은 코끼리가 발을 울린 곳에 서서 그곳의 지형을 여러모로 살펴보았다.

"산세로 보아 물이 흐른다면 분명 이 곳으로 흐를 것이 분명합니다. 물줄기가 도착하면 지형이 낮은 곳으로 흘러버릴 염려가 있으니 이쯤에서부터 둑을 쌓는 것이 좋을 듯 싶습니다."

죽지랑이 수비대장과 데루를 향해 말했다.

"무슨 말을 하고 있는지 모르겠군. 삼천군사가 밤낮으로 파헤쳐도 없는 샘이 어디서 터진단 말인가."

수비대장이 혀를 끌끌 찼다.

"우리를 믿으십시오. 머지 않아 이 근처에서 물줄기가 터질 것입니다."

죽지랑이 힘주어 말했다.

"그렇습니다. 우리는 최선을 다해 일하고 있습니다. 만약에 물줄기가 쏟아져 다른 곳으로 세어나가 버리거나 아래쪽으로 흘러내려가 버린다면 여러 가지로 우리에게 불리하게 되는 것이지요. 일단 둑을 쌓은 후 다음에 일어나는 책임은 우리가 지겠으니 그렇게 하도록 해주십시오."

데루가 도와줄 것을 부탁하자 수비대장은 어쩔 수 없다는 듯 병사들을 시켜 둑을 쌓게 하였다.

"무더위에다가 목이 말라 움직이기도 귀찮은데 일까지 시키다니 ……."

병사들은 투덜거리며 돌과 흙을 날라다 둑을 쌓았다.

그러는 사이에 적들이 쳐들어온다고 하는 사흘이 후딱 지나갔다. 산 아래 보이는 넓은 들판 저쪽에서는 이따금씩 몇 명의 적들이 말을 타고 나타났다가 돌아가곤 했는데 그것은 아마도 싸움터를 익히

기 위해 보낸 적군의 척후병인 것 같았다. 그러는 사이에도 임금님은 부하들을 독려하여 풀밭 아래로 쇠줄을 치고 코끼리들에게 대나무로 만든 옷을 입히며 전쟁 준비에 여념이 없었다.

데루와 죽지랑은 계곡 이리저리 돌아다니며 바위에 귀를 대어 보기도 하면서 물줄기가 도착되기를 고대하고 있었다.

"뭐 어디 기척이라도 들리냐?"

데루가 열심히 바위 위에 귀를 대고 있는 죽지랑에게 물었다.

"아직은?"

죽지랑이 고개를 혼들었다.

서동랑과 막내공주는 대왕 두더지의 뒤를 따라 부지런히 뛰었다. 억센 발톱을 가진 대왕 두더지는 두 사람이 부지런히 뛰어 가는 데도 어느 틈에 저만치 앞서 나갔다.

"대왕 두더지를 만난 것이 천운이었어요"

그렇지 않았더라면 지금쯤 얼마나 당황하고 있었을까요."

서동랑이 뒤에서 따라오고 있는 막내공주에게 말했다.

"모든 게 부처님의 뜻이시지요. 아직은 안심할 수 없으니 마음을 놓아서는 안될 것입니다. 어떻든 대왕 두더지가 마음만 상하지 않고 곧장 임금님이 계신 곳까지 달려갔으면 좋을 텐데요."

"이런 정도의 속력이라면 내일 오전중까지는 진중에 닿을 것입니다. 그때까지만이라도 적들이 공격해 오지 않았으면 좋으련만."

서동랑과 막내공주는 대왕두더지가 파낸 흙을 피해 요리조리 굴속을 비집고 뛰어나갔다. 그들 바로 뒤쪽에서는 방향을 틀어잡은 물줄기가 힘차게 솰솰거리며 따라오고 있었다.

아침해가 동쪽에서 떠오르고 세상 만물이 기지개를 켜자, 진중은 더욱 바빠지기 시작했다. 무기를 정비하고 코끼리들에게 먹이를 주어 힘을 북돋웠다. 그러나 무엇보다 안타까운 것은 병사들이나 코끼리들에게 먹일 물이 넉넉지 못하다는 것이었다.

죽지랑은 단념하지 않고 바위에 납작 엎드려서 귀를 대고 무슨 소리라도 들리지 않는가 촉각을 곤두세웠다. 그가 조바심을 하고 있을 때 아주 멀리서 흙이 바스라지는 소리가 들려왔다. 그는 더욱 정신을 바짝 차리고 온 신경을 한 곳에 집중시켰다.

"쿵쿵, 바스락 바스락, 쿵쿵, 바스락 바스락."

소리는 점점 커지면서 가깝게 들려왔다.

죽지랑은 데루를 불러 바위에 귀를 대고 소리를 듣게 했다.

"이리로 곧장 왔으면 좋을 텐데……."

죽지랑의 말이 채 떨어지기도 전에 바로 머리 위로부터 산이 무너지는 것 같은 굉음이 일어나면서 흙과 돌이 사방으로 쏟아져 내림과 동시에 어마어마하게 큰 털북숭이 발 하나가 불쑥 돌 틈에서 밖으로 튀어나왔다.

"으악! 괴물이다."

죽지랑과 데루는 비명을 지를 새도 없이 펑하고 바위틈에서 쏟아져 내린 흙탕물을 뒤집어쓰고 골짜기 아래로 굴러 떨어졌다.

대왕 두더지 뒤를 따르던 서동랑과 막내공주도 물줄기에 휩싸여 대왕 두더지가 파놓은 굴 밖으로 튕겨져 나갔다.

계곡 아래 물웅덩이에 떨어져 내리면서도 서동랑과 막내공주는 정신을 잃지 않았다.

"우리 계획이 딱 들어맞았군요."

막내공주가 흙탕물을 뒤집어쓴 채 기쁨을 감추지 못하고 반짝이는 눈동자로 서동랑을 향해 소리쳤다.

"고마워요, 대왕 두더지님. 지렁이는 배불리 잡수셨나요?"

서동랑도 흙투성이가 되어 대왕 두더지에게 손을 흔들었다.

"생각보다는… 하지만 기뻐들 하는 걸 보니 내가 자네들 뜻대로 방향을 잘 잡아왔나 보군. 난 햇빛은 딱 질색이야. 눈이 부셔서 도로 굴로 들어가 봐야겠네. 물줄기가 막히지 않도록 조심할 테니 안심하라고……."

대왕 두더지는 햇빛을 피해 이내 굴속으로 들어가 버렸다. 물줄기는 한 줄기 폭포를 이루며 시원스레 골짜기 아래로 떨어져 내렸다. 골짜기 아래는 이미 병사들이 둑을 높이 쌓아 놓았으므로 떨어진 물은 금방 물웅덩이를 이루었다.

물줄기를 본 임금님과 병사들이 삽시간에 물웅덩이로 모여들었다. 병사들은 달려와 물을 떠 목을 축이고 코끼리에게도 실컷 먹였다.

"뭐냐! 물에 빠진 생쥐라니."

서동랑이 데루와 죽지랑을 보며 웃음을 터뜨렸다.

"그러는 형님은요."

그러고 보니 굴속을 빠져나오느라고 서동랑과 막내공주의 몸도 물에 흠뻑 젖어 모양새가 말이 아니었다. 네 사람은 서로를 쳐다보며 오랜만에 깔깔거리고 웃음을 그칠 줄 몰랐다.

그러나 막내 공주도 큰언니들처럼 자신의 신분을 감추고 언니들이 있는 동굴을 찾아 진중을 떠났다.

대회전(大會戰)

결전의 날이 밝아 왔다.

병풍처럼 둘러싸인 산봉우리를 뒤로한 진중 앞 넓은 들판에는 융

단을 깔아 놓은 듯 푸른 풀밭이 펼쳐져 있었고 이름 모를 풀꽃들이 벌, 나비를 맞으며 미풍에 나풀거렸다. 어떻게 보아도 피비린내 풍기는 전쟁터라고는 믿기지 않을 만큼 아름답고 평화로운 평원의 모습이었다.

이러한 가운데서도 카냐굽차의 병사들은 모든 전투 준비를 끝내고 긴장을 감추지 못한 채 적을 맞을 태세를 갖추고 있었다.

제일 앞 줄에는 일천 마리의 코끼리를 앞세웠는데 한 마리의 코끼리에는 다섯 명의 병사가 타고 있었다. 맨 앞의 한 명은 코끼리를 지휘하는 병사였고 사방으로 네 명의 병사가 긴 창을 들고 허리에는 칼을 차고 있었으며 코끼리 뒤에는 백 명의 병사들이 역시 창과 칼로 무장을 한 채 뒤따랐고 오십 명의 군사들이 활을 들고 그 뒤를 지키고 있었다. 이러한 형태가 다섯 겹으로 포진되어 있었으므로 웬만한 적들은 감히 돌파할 엄두도 낼 수 없는 막강한 대열을 이루고 있었다. 그리고 그동안 갈증으로 애를 태우던 물도 충분하였고 적들의 전술도 대강은 파악하고 있었으므로 병사들의 사기는 하늘을 찌를 듯 충천해 있었다.

"진인사대천명이라 했습니다. 적이 어떤 전술을 쓰는지 알 수 없으니 그 때는 이쪽에서도 거기에 맞는 작전으로 대체하기로 하고 제가 말씀드린대로만 따라 주십시오."

서동랑이 임금님께 여러 가지 전술에 대해 설명을 하였다. 임금님도 이미 서동랑의 기지와 능력에 대해 깊이 신뢰하고 있었으므로 그의 말에 전적으로 따르기로 하고 병사들에게도 그렇게 하도록 명령하였다.

해가 동쪽 산마루 위에 걸릴 때쯤이었다. 지평선 저쪽 끝에서 새들이 날아오르더니 곧바로 네댓 개의 점이 나타났다. 그리고 그 점 뒤를 이어 수를 헤아릴 수 없을 정도의 많은 점들이 새까맣게 평원을 덮으며 밀물이 밀려오듯 밀려오고 있었다. 북방의 기마족들은 그들이 약속한 시간에 정확히 쳐들어오고 있었던 것이다.

임금님과 서동랑은 벌판 전부를 한눈에 볼 수 있는 좀더 높은 마루에 자리를 하고 적의 동태를 세세히 살펴보았다.

제일 앞장서서 오는 적장은 검은 말을 타고 있었는데 금빛 갑옷에 금빛 투구를 쓰고 옆으로 비스듬히 창을 비껴 쥐고 있었다. 주위에 붉은 깃발을 든 수백 명의 무장한 군사들의 호위를 받으며 당당히 앞을 향해 전진해 오고 있었다.

"저들의 숫자로 보아 우리의 서너배는 넘겠는걸."

결전에 단단히 각오를 한 병사들이었지만 어마어마한 적의 숫자에 주눅이 들기 시작했다. 적들은 이쪽 병사들의 근심 걱정에도 아랑곳없이 까맣게 들을 덮으며 지쳐 오고 있었다.

적의 움직임을 가만히 바라보고 있던 서동랑이 파란 기를 높이 치켜들었다. 그러자 제일 앞에서 명령을 기다리던 코끼리 군대 일진이 적을 향해 정면으로 맞서 나가기 시작했다. 벌판은 바야흐로 태풍전야의 긴장감으로 가득 차 있었다. 코끼리 군대는 벌판 가운데쯤에 이르자 행군을 멈추고 적과 적당한 거리에서 상대방을 맞이했다. 적들도 걸음을 멈추고 진열을 가다듬었다. 코끼리 군대와 기마병들은 일전을 앞에 두고 정면으로 대치하기에 이르렀다.

코끼리 군대의 대장이 몇 발자국 앞으로 나갔다. 그리고 적장을 향해 큰 소리로 외쳤다.

"적장은 들으시오. 이 땅은 신성한 부처님의 땅이오. 엎드려 경배는 못할 망정 말발굽으로 더럽히려 들다니… 분수를 모르고 날뛰다가는 부처님의 진노로 목숨을 부지하지 못할 것이오. 조용히 말할 때 돌아가도록 하시오. 뒤쫓지는 않겠소."

코끼리 대장의 말이 끝나자 황금 투구의 적장이 앞으로 썩 나섰다.

"으하하하. 어디서나 똑같은 소리를 지껄이는군 저 북쪽에서 여기까지 오는 동안 적들은 항상 자기의 신들이 자신들을 보호해 줄 것이라고 떠들고 있었지. 그러나 우리는 한 번도 패한 적이 없었단 말이야. 부처님이라구? 그런 허깨비가 우리와 무슨 관계람. 미리 말해두지만 순순히 무릎을 꿇는다면 목숨까지야 뺏지는 않겠다. 하지만 손가락 하나라도 까딱했다가는 네놈들은 물론 카냐굽차도 쑥대밭이 될 줄 알아라."

코가 유난히 납작하고 광대뼈가 튀어나온 적장이 눈을 부라리며 엄포를 놓았다.

"말귀를 못 알아듣는 멍청이로군. 너희들이 어떻게 여기까지는 무사히 당도했는지는 모르겠다만 지금까지의 오합지졸 군대와 우리와는 비교가 되질 않는다. 정 우리와 싸우기를 원한다면 얼마든지 상대해 주겠다. 황천의 객이 된 뒤에 후회해도 그땐 아무런 소용이 없다는 걸 알아라."

코끼리 군대의 대장도 지지 않고 소리쳤다. 그러자 코끼리 대장의 외침이 채 끝나기도 전에 적장이 들고 있던 긴 창을 하늘 높이 치켜들고 흔들었다. 그러자 벌판에 깔려 진을 치고 있던 기마병들이 일제히 "우와!" 하고 소리를 질렀다. 그들이 지르는 소리가 어떻게 큰지 하늘과 땅을 진동시켰다. 이번에는 서동랑이 곧바로 파란 기를 치켜들고 좌우로 흔들어 대었다.

그러자 이쪽의 코끼리 병사들도 적을 향해 "와―!" 하고 함성을 질렀다. 코끼리들도 코를 높이 치켜들고 소리를 질렀으므로 두 대군이 지르는 함성은 온 세상을 뒤집어엎을 듯 우렁차게 울려 퍼졌다. 그러나 코끼리와 함께 지르는 카냐굽차 군사들의 함성이 더 컸으므로 기마병들의 고함 소리는 카냐굽차 병사의 함성에 흡수되어 어디론가 사라져 버렸다. 이에 화가 머리끝까지 오른 적장이 다시 창을 들어 좌우로 흔들더니 곧장 앞으로 쭉하고 뻗쳤다. 그러자 적장 바로 뒤를 따르던 삼천의 궁사들이 한꺼번에 코끼리 군사를 향해 화살을 날렸다. 화살은 장대비처럼 코끼리 군사들을 향해 날아왔다. 그러나 코끼리들은 화살에 대비해 대나무 옷을 입고 있었고 병사들도 방패를 들어 막았으므로 날아온 화살은 코끼리 군사에게 별 피해를 주지 못하고 그대로 튕겨나가거나 코끼리 몸에서 떨어져 땅에 박혀 버렸다. 이번에는 코끼리 군대 뒤쪽에 포진하고 있던 일천 명의 궁사들이 적진을 향해 화살을 날렸다. 날아간 화살은 방심하고 있던 기마족의 병사에게 날아가 한꺼번에 백여 명의 군사를 말에서 떨어뜨렸다.

그것을 보고 분통이 터진 적장이 옆의 나팔수들에게 공격 나팔을 불게 하였다. 나팔 소리는 곧바로 기마병 전군에게 울려 퍼졌다. 나팔소리가 울리자마자 전진 배치가 되어 있던 일만의 기병들이 괴성과 함께 말 고삐를 채어 코끼리 군대를 향해 진격하기 시작했다. 그 기세는 하늘을 찌르고 산을 무너뜨릴 것같이 높았다. 이것을 본 임금님 진영으로부터 퇴각의 나팔 소리가 황급히 들려왔다. 퇴각 나팔 소리를 들은 코끼리 군대는 군령에 맞춰 일제히 발길을 돌렸다. 그리고 진영을 향해 부지런히 도망치기 시작했다. 사기가 오른 적병들이 말갈기를 휘날리며 코끼리 군사의 뒤를 쫓았다. 평원 한가운데서는 쫓고 쫓기는 일대 추격전이 벌어지고 있었다. 그러나 코끼리의 발걸음보다 말의 발걸음이 더 빨랐으므로 얼마의 시간이 흐르자 말을 탄 기병들은 코끼리 군대의 뒤꽁무니까지 바싹 다가붙기에 이르렀다. 바야흐로 말을 탄 적병들의 칼과 코끼리를 탄 임금님 군대가 창칼을 맞대어 싸울 찰나에 있었다. 이때 서동랑이 들고 있던 붉은 기를 높이 쳐들었다. 벌판 양쪽에 숨어 명령을 기다리던 카냐굽차의 병사들이 벌판에 가로쳐놓은 쇠줄을 힘껏 잡아당겼다. 그와 동시에 거칠 것 없이 말을 달리던 적의 기병들이 쇠줄이 말발굽이 걸리어 그대로 앞으로 나동그라 떨어졌다. 쇠줄은 열줄, 스무줄 겹겹이 가로질러 놓았으므로 삼만의 기마병들은 달려오던 탄력을 이기지 못해 거의 동시에 십여 장씩 앞으로 날아가 떨어져 버렸다. 이때를 놓칠세라 달아나던 코끼리 군대가 일시에 적진을 향해 돌아섰다. 그리고 말에서 굴러 떨어진 적병을 향해 돌진하기 시작했다. 전장의 상황은 순식간에 역전이 되어 버렸다: 말에서 굴러 떨어진 기마병들은 지푸라기와 다를 바와 없었다. 그들은 노도와 같이 밀려드는 코끼리 발에 채이고 짓눌려 삽시간에 괴멸되어 버렸다. 뒤에서 보고 있던 기마족들은 당황하기 시작했다. 이제까지 한 번도 적과의 싸움에서 이렇듯이 쉽게 무너진 적이 없었기 때문이었다. 그러나 그들은 쉽게 싸움을 포기할 상대가 아니었다. 뒤에는 아직도 수많은 군대가 포진하고 있었다. 이번에는 뒤쪽에 있던 십만의 군사가 동원되어 재차 공격을 감행하였다. 그러나 결과는 마찬가지였다. 평원을 질풍같이 달리며 활을 쏘고 칼을 휘두르는 것이 그들의 전투 방법이었으므로 말들이 쇠줄에 걸려 앞으로 달릴 수 없게 되자 기동력이 뚝 떨어져서 오히려 코끼리 군대의 공격에 어쩔 줄 모르고 갈팡질팡할 수밖에 없었다. 그러나 전투에 익숙한 그들이었으므로 그렇게 쉽게 무너지지는 않았다. 해가 서산으로 넘어갈 때까지 밀고 밀리는 공방전이 계속되었다. 그러나 시간이 지나자 싸움다운 싸움 한 번 해보지 못한 기마족들은 계속되는 코끼리 군대의 강력한 공격에 견디지 못하고 어쩔 수 없이 도망치기 시작했다. 코끼리 군대는 도망치는 기마족들을 쫓아 맹공을 가하면서 백여 리 밖까지 그들을 퇴각시켰다. 그러나 그들은 너무 바싹 쫓지 말라는 서동랑의 말에 따라 일단 한 곳에 머물러 진영을 세우고 군대를 재정비하였다.

"승리다!"

"이겼다!"

카나굽차의 병사들은 기쁨에 들떠 소리 높여 만세를 불렀다. 결과
는 압승이었다. 임금님 군대는 네댓 마리의 코끼리가 발과 몸뚱이에
상처를 입었을 뿐 별다른 피해라곤 없었다. 그러나 적의 군대는 거
의 반 이상이 코끼리들의 발에 채이거나 밟히고 활과 창에 맞아 죽
거나 상처를 입었으며 말들도 발목이 쇠줄에 걸려 부러지고 상처를
입었으므로 병마로서의 힘이 상당히 위축되어 버렸다. 그러나 그러
한 승리에도 불구하고 서동랑은 임금님을 설득하여 밤 사이에 다시
먼저 있던 산 아래 진영으로 모든 군사들을 회군시켰다. 적들은 아
직 반 이상의 군대가 남아 있었고 또한 불을 뿜는 코끼리가 있다는
것에 대해 안심할 수 없었기 때문이었다.

"이번에는 또 다른 전술이 필요합니다. 저들은 상당한 피해를 보
기는 했으나 이제까지 무수한 싸움을 이겨온 백전노장들입니다. 아
마도 이번의 패배를 거울삼아 지난번과 똑같은 공격을 하지 않을 것
입니다. 또한 불을 뿜는 코끼리가 있다 하니 안심할 수 없습니다.
저들이 군대를 재정비하려면 이삼일은 걸릴 것입니다. 그러니 그동
안 이쪽에서도 다시 한 번 공격에 대비해 만전을 기해야 할 것입니
다."

서동랑은 임금님과 장수들을 불러놓고 작전회의를 열었다. 임금님
과 여러 장수들은 이번 싸움이 아주 중요한 고비라는 것을 생각하고
머리를 맞대고 작전을 짜서 적의 공격에 대비할 만반의 태세를 갖추
었다.

서동랑은 하루 종일 싸움을 지휘 독려하느라 피곤했으나 잠자리
에 들어서도 잠을 이루지 못했다. 멀리 동방 산골짜기에 두고 온 어

머니와 선화공주의 생각이 잠시도 머릿속을 떠난 적이 없기 때문이었다. 장차 자신의 앞날과 곧바로 이어질 카냐굽차와 기마족의 전쟁 성패도 잠을 이루지 못하게 하는 이유의 하나였다. 그가 이리 뒤척 저리 뒤척 몸을 가누는 사이에 동편이 훤히 밝아오기 시작했다.

아침 일찍 일어난 서동랑은 높은 봉우리에 올라 다시 한 번 지형을 샅샅이 살폈다. 아무리 생각해 보아도 기병이 주력 부대인 기마족들은 평원을 둘러싼 양쪽 산을 이용한 공격은 하지 않을 것이며 역시 정면 공격이 주공격이겠는데, 이런저런 생각을 해보아도 지난번처럼 섣부른 기동력을 이용한 공격은 하지 않을 것이란 생각이 들었다. 그는 우선 산기슭 양쪽에 백여 마리씩의 코끼리를 적의 눈에 보이지 않도록 숨겨 놓았고 큰 물통에 물을 가득 채우고 물공격을 준비하였다. 그리고 수만 명의 군사를 동원하여 평원의 풀을 깎아 적들이 공격하기에 쉽도록 길을 만들어 놓았다. 그런 것을 본 임금님과 장수들은 매우 의아하게 생각해 머리를 갸웃거렸다. 하지만 서동랑을 믿고 의지한 까닭에 아무 말 없이 서동랑이 시키는 대로 일을 마무리해 나갔다.

"대강 싸울 준비를 끝마쳤습니다. 이제 남은 것은 지금 임금님이 계신 진중을 더 크고 호화롭게 꾸며 적들이 한눈에 볼 수 있도록 꾸며 놓으십시오. 그리고 임금님께서는 잠시 저 바위 동굴 속에 숨어 계십시오."

서동랑은 임금님을 안전한 곳으로 피신할 것을 권하였다. 그리고 각 부대의 장수들을 불러 적들의 어떠한 전술과 무기로 공격해 오더라도 병사들이 놀라는 일이 없도록 이르게 하고 코끼리 귀도 풀집을 틀어막아 소리를 듣지 못하게 하였다.

사흘째 되던 날 아침, 멀리서 적의 동태를 살피던 병사 하나가 숨을 헐떡거리며 임금님께 달려왔다. 수를 헤아릴 수 없을 만큼 많은

314

수의 적들이 쳐들어오고 있다는 것이다. 진중은 또다시 술렁거리기 시작했다. 이번에야말로 건곤일척, 카냐굽차의 운명이 걸린 한판 승부의 대접전을 벌여야 하는 중대한 일전이었기 때문이었다. 카냐굽차의 모든 군사들은 서동랑이 지시한 대로 맡은 바 임무를 수행하기 위해 각기 주어진 전투 대열로 달려가 포진하였다.

하늘은 맑고 바람 한점 없는 쾌청한 날씨였다. 카냐굽차의 병사들이 숨을 죽이고 적을 맞고 있을 때, 그들의 귀에 지축을 뒤흔드는 말발굽 소리와 함께 돌과 바위를 부스러뜨리는 둔탁한 바퀴 소리가 들려왔다. 그리고 얼마의 시간이 지난 후 그들 앞에 지난번과 같은 북방의 기마족 대군이 전열을 정비하며 새까맣게 앞으로 전진해 오고 있었다. 그들은 전번과 같이 붉은 투구의 대장을 앞세우고 지쳐 오고 있었으나 대장 뒤편에는 군사들이 아닌 무지무지하게 커다란 바퀴 달린 물체를 사면팔방에 늘어뜨린 긴 줄을 수백의 군사들이 끌어당기면서 앞으로 전진해 오고 있었다. 그런데 그들이 끌고 있는 물체는 코끼리 코보다 수십배가 넘는 어마어마한 코를 하늘로 뻗치고 있었다.

'음, 저것이 소문에 듣던 불 뿜는 코끼리란 것이로구나. 하지만 저것은 살아 있는 동물이 아니지, 다만 대포일 뿐이야.'

멀찍이서 적의 동태를 살피고 있던 서동랑이 고개를 끄덕이었다. 그는 그가 동방에 있을 때 나라에서 비밀리에 화포를 만들고 있는 것을 멀찍이서 본 적이 있으며, 그것의 크기나 위력에 대해서도 대략 알고 있었으므로 불 뿜는 코끼리의 정체가 무엇이라는 것을 이미 파악하고 있었던 것이다.

진중이 바라보이는 들판 한복판에서 전진을 멈춘 기마족의 군대는 불 뿜는 코끼리를 가운데 세웠다. 불 뿜는 코끼리 주변에는 수백의 군사들이 부지런히 움직이면서 무언가 열심히 일을 꾸미기 시작했다. 그리고 얼마의 시간이 지나자 준비가 끝났는지 주위를 맴돌던 병사들이 하던 일을 멈추고 재빠르게 불 뿜는 코끼리 뒤편으로 가서 몸을 움츠렸다.

"꽝!"

갑자기 코끼리 코에서 맹렬한 불길이 일어나면서 천지를 진동시키는 어마어마한 굉음이 천지에 울려 퍼졌다. 그와 동시에 맞은편 산 중턱 임금님 진중이 심한 진동을 일으키면서 와르르 무너져 내렸다. 카냐굽차의 군사들은 졸지에 당하는 불 뿜는 코끼리의 엄청난 위력에 놀라 온몸이 얼어붙어 몸둘 바를 모르고 있었다.

"생각한 대로 대단한 위력이로구나."

서동랑도 바위 틈에서 몸을 엎드렸다.

"꽝! 쿵!"

"꽝! 쿵!"

고막을 찢는 굉음이 쉴 새 없이 터지면서 임금님이 기거하던 진영이 일순간에 박살이 나고 말았다. 이대로 가다가는 온 세상이 다 무너져 내릴 것만 같았다. 굉음이 잠시 멈추자 이번에는 카냐굽차의 병사들이 사기가 떨어진 것을 눈치챈 기마병들이 진중을 향해 지난번처럼 바람을 일으키며 쳐들어오기 시작했다. 카냐굽차의 병사들은 전의를 잃고 당황하지 않을 수 없었다. 수만의 기마병들은 벌판을 가르며 진중을 향해 정면으로 쳐들어오고 있었다. 사태가 위험하다고 판단한 서동랑이 바위틈에서 몸을 일으키고 푸른 기를 높이 쳐들었다. 그리고 카냐굽차의 병사들을 향해 흔들었다. 그러자 맞은편 언덕에서 숨어 제방을 지키고 있던 카냐굽차의 병사들이 언덕에 숨어 물이 가득 들어 있는 둑을 일시에 터트려 버렸다.

"쏴!"

물을 가득 담아놓은 방죽이 무너짐과 동시에 사나운 물굽이가 벌판을 향해 노도같이 밀려나갔다.

"앗!"

불 뿜는 코끼리의 위력만 믿고 위풍당당하게 쳐들어오던 적병들이 뜻밖에 물굽이를 만나자 놀라서 비명을 질렀다. 그러나 그들이 놀랄 겨를도 없이 성난 파도가 그들을 덮쳤다. 기마병들이 싸울 겨를도 없이 물굽이를 피하여 허둥거렸다. 언덕 위에서 사태를 바라보고 있던 서동랑이 다시 붉은 기를 높이 흔들었다. 그러자 양쪽 산기슭에 숨어 때를 기다리던 코끼리 병사들이 일제히 코끼리를 몰고 밖으로 뛰쳐나와 서동랑이 지시한 대로 불 뿜는 코끼리를 향해 몰려갔다. 그리고 긴 코로 물을 빨아올린 다음 불 뿜는 코끼리를 향해 힘껏 물을 뿜었다. 그러자 다시 불을 뿜어 카냐굽차 병사의 사기를 떨어뜨리려던 불기운이 한꺼번에 사그라져 버렸다. 그리고 불 뿜는 코끼리 코에서는 시커먼 연기 몇 줄기를 내뿜고는 아무 쓸모없는 쇳덩이로 변해 버리고 말았다. 사기가 오를 대로 오른 카냐굽차의 병사들은 온갖 힘을 다해 적을 공격하였다. 북방의 기마병들은 자신들이 믿었던 새로운 무기가 쓸모없게 되어 버렸으며 생사를 걸고 덤벼드는 코끼리 군대의 공격에 다시 밀리기 시작했다. 얼마후 그들은 그들이 왔던 길로 도망쳐 버리고 다시는 그 모습을 나타내지 않게 되었다.

"승리다!"

오랜 전쟁으로 쇠약할 때로 쇠약해진 카냐굽차의 병사들은 그들의 힘으로 막강한 북방 기마족을 물리쳤다는 기쁨에 목청껏 함성을 질렀다. 그리고 서로 부둥켜안고 승리의 기쁨을 나눴다.

"이 모든 것이 그대의 공로요."

임금님은 서동랑의 손을 꼭 잡고 눈물을 흘렸다.

"임금님의 은덕입니다."

서동랑이 머리를 조아렸다.

"가자, 카냐굽차로!"

임금님은 오랜 싸움으로 기진해 버린 몸과 마음도 잊은 채 병사들을 이끌고 카냐굽차로 향한 개선의 나팔을 높게 울렸다.

카냐굽차의 평화

카냐굽차의 병사들이 진군의 발걸음을 막 떼어놓으려 할 때, 소녀 하나가 뛰어 나와 임금님 앞을 가로막았다.

"아바마마!"

입고 있던 차도르를 벗자 막내공주의 얼굴이 나타났다. 막내공주의 얼굴을 알아본 임금님이 말에서 뛰어내렸다.

"아니, 진정 네가 막내더냐.?"

임금님은 너무도 기쁜 나머지 눈물을 흘리며 달려가 막내공주를 끌어안았다.

"몹쓸 놈의 대수선인에게 너희들을 빼앗기고 수많은 날을 얼마나 가슴 저미며 보낸 줄 아느냐? 나머지 언니들은?"

임금님은 목이 매어 말을 잇지 못했다.

"염려 마십시오. 모두 무사합니다. 이 모든 것이 저기 있는 서동랑과 기파랑, 죽지랑님의 보살핌 때문이지요."

막내 공주가 몸을 돌려 뒤에 서 있는 언니들을 가리켰다. 그동안 흉칙한 모습으로 남에게 혐오감을 주었던 나머지 공주들도 차도르를 벗었다. 그러나 이제는 대수선인의 마술에서 완전히 풀려나 예전처럼 아름다운 여인들로 변해 있었다.

"모든 근심 걱정이 이렇듯 하루아침에 사라지다니. 이는 분명 부처님의 가호가 크게 내려지심이로다."

임금님은 하늘을 우러러 합장을 하며 몇 번이고 감사의 기도를 올렸다.

"남은 일이 하나 더 있습니다. 시칸의 음모가 어디까지 미칠는지 알 수 없으니 그 자를 징계하지 않고는 나라의 평안은 물론 임금님에게까지 해가 돌아올지 알 수 없습니다."

옆에 있던 데루가 근심스런 얼굴로 임금님께 아뢰었다.

"염려할 것 없습니다. 북방의 막강한 기마군도 쳐부순 우리가 그깐 오합지졸들을 무서워 쩔쩔매서야 되겠습니까?"

수비대장은 당당히 말을 몰아 앞으로 지쳐 나갔다.

"임금님 만세!"

"코끼리 군대 만세!"

카냐굽차의 성에 이르자 백성들이 환호를 올리며 뛰쳐나왔다. 임금님의 승전보를 전해들은 시칸 일행은 앞으로 닥쳐올 자신들의 처지가 두려워 꽁지가 빠지게 이웃나라로 도망쳐 버렸다. 카냐굽차성은 오랜 억압과 공포로부터 한순간에 환호와 기쁨으로 변해 버렸다. 감옥에 갇혔던 왕비와 대신들도 풀려나와 임금님을 맞았다.

"참, 사라양은?"

죽지랑이 기파랑에게 물었다.

"응, 지금 막 모녀가 상봉하는 걸 보았어. 참으로 극적인 장면이었지."

기파랑은 그때의 감격에서 아직 헤어나지 못하는 듯 빙긋이 미소를 지었다.

"그런데 스님께선 왜 아까부터 보이질 않지?"

죽지랑이 사방을 둘러보며 혜초스님을 찾았다. 주위에는 잠시 침묵이 흘렀다.

"어떻게 된거야?"

이상한 분위기를 눈치 챈 죽지랑이 놀란 눈을 하고 기파랑을 향해 물었다.

"떠나셨어."

기파랑이 풀죽은 소리를 하며 고개를 떨구었다.

"떠나다니, 누가?"

서동랑도 소스라치게 놀라 기파랑에게 다가섰다.

"스님께서 깨달음을 얻으셨나봐. 형이 떠난 후 동굴 속에서 면벽에 들어가시더니 깨어나자마자 간곡한 만류도 뿌리치고 굴을 나가셨어."

기파랑이 한숨 섞인 소리로 말했다.

"어디로 가신다는 말씀은?"

서동랑이 다그쳐 물었지만 기파랑은 고개를 좌우로 저을 뿐이었다.

"밀교의 비경을 터득하는 길만이 스님이 나가실 길이라고 독백처럼 말씀하시며 떠나셨지."

기파랑의 말을 들은 서동랑과 죽지랑은 더 이상 어떤 말도 할 수가 없었다. 부모처럼 믿고 의지하며 힘이 되었던 혜초스님이 떠나가 버리자, 장차 무엇을 어떻게 해야 하는지 앞길이 막막하였다.

"사실 그래, 스님께서는 우리가 커다란 부담이셨지. 불도의 깊이란 자기 내면과의 싸움이거든, 우리가 없었더라면 스님께선 더 높은 도의 경지에 오르셨을 거야."

서동랑이 자신과 함께 두 소년의 마음을 달래려 하였다.

"그럼 앞으로 어쩐다지, 임금님을 찾아 뵙고 고향으로 돌아갈 길을 마련해 달라고 부탁해 볼까?"

죽지랑이 근심에 찬 얼굴로 중얼거렸다.

"그럴 수도 있겠지. 하지만 우리가 여기로 떠나올 때는 더 넓은 세계와 모험을 위해서였잖아. 이왕지사 이렇게 되었으니, 좀더 넓은 세상과 모험을 체험하는 게 어때?"

풀이 죽어 있던 기파랑이 자기의 의견을 내놓았다.

"그래, 그것도 좋겠다."

죽지랑이 맞장구를 쳤다. 그러나 서동랑만큼은 이 일에 대해 깊이 생각을 하지 않을 수가 없었다. 혜초스님도 떠나갔으니 선화공주와의 약속도 끝난 셈이 되었다. 그렇다면 속히 고향으로 돌아가 노쇠한 어머니와 자신을 기다리고 있을 선화공주를 만나야겠는데, 지금까지 자신이 한 일들이 얼마만큼의 선업을 쌓아 부처님을 감동시켰는지 알 수 없기 때문이었다. 뿐만 아니라 두 소년을 두고 자기 혼자 발길을 돌린다는 것도 있을 수 없는 일이었다. 그래서 마음에 탐탁치는 않았지만 두 소년의 의사에 따르기로 하였다.

"나도 같은 생각이야."

서동랑이 주먹을 불끈 쥐어 보였다.

"어느 방향으로 간다지?"

죽지랑이 먼 지평선을 바라보았다.

"동에서 왔으니, 서로 가야지."

기파랑이 앞으로 나서서 걸었다. 서동랑과 죽지랑도 기파랑의 뒤를 따라 한치의 앞도 내다볼 수 없는 모험과 신비의 세계를 향해 발걸음을 내디디었다.

대단원

세 소년은 카냐굽차를 빠져나와 돌과 바위가 뒤엉킨 울퉁불퉁한 들판을 걷고 있었다. 막상 또다른 모험을 찾아 길을 떠났으나 어디로 가야할지 방향이 잡히지 않았다. 이때 먹구름이 몰려오더니 천둥 번개와 함께 비가 뿌리기 시작했다. 장대 같은 비였다. 메말랐던 대지는 삽시간에 늘어난 물에 계곡이 넘치고, 강물을 불렸다. 나무 한 그루 없는 들판이었으므로 세 소년은 몸을 피할 엄두도 내지 못한 채, 비를 몸으로 맞았다. 시간이 갈수록 천둥 번개는 더욱 잦게 울부짖고 빗방울은 점점 더 굵어져 갔다.

"천지가 개벽하려는가?"

세 소년은 하늘이 무너지고 땅이 꺼질 듯한 날씨에 몸을 떨었다.

"멈춰라!"

서동랑의 귀에 우렁찬 목소리가 들렸다. 그 소리는 천둥과 번개 사이에서 울려왔다. 서동랑은 그 자리에 멈춰 서서 들려오는 소리에 귀를 기울였다.

"청룡왕자야, 이제 그만 돌아가거라! 네 왕국이 너를 기다리고 있다. 갈갈이 찢겨진 네 운명을 하나로 모아 네 왕국을 건설하거라. 발길을 멈추고 카냐굽차로 다시 돌아가 대도인 왕사(王師)를 만나보도록 해라. 네 앞길을 열어줄 것이다."

그 소리는 신의 사명처럼 서동랑의 가슴 깊이 와 박혔다.

"이 소리는 천지(天池)에서 수도하시는 아버님 청룡의 목소리가 분명해……."

서동랑은 기파랑과 죽지랑에게 천둥 사이에서 들려왔던 소리를 이야기해 주었다. 그리고 그들을 설득하여 다시 카냐굽차의 성으로 들어갔다.

그때까지 카냐굽차의 성은 잔치 기분으로 들떠 있었다. 서동랑은 임금님을 알현하고 스승인 대도인 왕사를 뵙기를 청하였다.

"잠시 보이지 않아 궁금했었네. 누구 부탁이라고 거절하겠나."

임금님은 부하를 시켜 세 소년을 궁중 뒤뜰로 안내케 했다. 새소리만이 가득한 궁중 뒤뜰 한 귀퉁이에 노인 하나가 가부좌를 개고 앉아, 조용히 참선에 들어가 있었다. 흰 터번에 긴 수염, 웃옷을 벗어 젖힌 깡마른 몸이 멀리서 보아도 높은 경지의 도를 터득한 도인임을 알 수 있었다.

세 소년이 노인 앞에 꿇어 엎드렸다.

"동방의 세 소년, 큰 스승님께 인사드립니다. 아직 세상 일에 미숙하여 한치의 앞도 예측할 수 없어, 스승님의 혜안(慧眼)을 받고자 하오니, 저희의 앞길을 열어 주십시오."

서동랑이 예의를 갖춰 대도인에게 말하였다. 얼마간의 시간이 흐른 다음 도인이 스르르 눈을 떴다.

"대왕의 말대로야. 만약 지금 발을 돌리지 않으면 불귀의 객이 되고 말 운명일세. 고향으로 돌아가게. 그대들이 이룰 큰 일이 기다리고 있네."

대도인은 엄숙하게 고향으로 돌아갈 것을 권하였다.

"말씀에 따르겠습니다. 하오나 저희는 동방으로부터 수십만 리를 수년에 걸쳐 예까지 왔습니다. 아무런 방책도 없이 고국으로 돌아간다면 또 몇 년 몇십 년이 걸릴는지 알 수 없습니다. 어떻게 지름길이라도 가르쳐 주신다면 저희로서는 큰 힘이 되겠습니다."

서동랑이 자신들의 처지를 말하였다.

"우리 도인의 능력을 과소평가해서는 안되네. 청룡 대왕께서도 그렇지만 우리 도인들이 손만 잡으면 어떤 일이든 불가능이란 없네.

참 그리고 그대가 그리워하는 그 처자에게도 우리 사람이 가 있네,
이번 기회에 모든 일을 한꺼번에 묶어야지. 한치의 오차도 있어서는
안되거든."

대도인은 무언가 계획을 짜맞추느라 눈을 깜빡거렸다.

"그럼, 선화공주가 어떻게 되었단 말씀입니까?"

서동랑이 대도인을 다그쳤다.

"뭐, 별것 아닐세. 가까운 날 서로 만나게 되면 이야기를 나누어
보게. 좋은 추억거리가 될 걸세."

대도인은 수염을 쓰다듬으며 빙그레 웃었다.

"가까운 날이라고 하셨습니까? 도인들께서는 몇백 년이 하루지만
저희는 일각(一刻)이 여삼추(如三秋)랍니다. 어느 세월에 서로 만나
이야길 나누겠어요."

성미 급한 죽지랑이 앞으로 나섰다.

"뭐, 그렇게 성급할 것 없네, 저기 산봉우리 하나가 보이지 않나,
해뜨기 전에 그 꼭대기에 올라 서(西)로 가는 수레 하나를 가다리
게."

"산꼭대기에 수레를요? 그리고 저희가 가고자 하는 곳은 동(東)쪽
인데 어찌 서로 가라 하십니까?"

이번에는 기파랑이 나섰다.

"내 말을 좀더 들어보게. 그 수레는 우리 도인들이 머리를 맞대어
만든 것인데 신발명품이지. 지금은 저 아랫나라 제우스란 왕의 소유
라네. 그 수레는 그의 아들 아폴로가 해를 몰기 위해 타고 다니는데
만약 해를 몰지 않으면 밤과 낮이 없어져서 한 곳은 늘 낮이고 그
반대쪽은 늘 밤이 계속되어 불공평하거든. 그래서 빛을 골고루 나눠
주기 위해 수레를 타고 해를 몰며 다니는 것이라네. 그 수레가 마침
내일 아침 저 봉우리 위로 지나는데, 해몰이꾼에게 잘 말해놨으니

해가 떠오르기 전에 봉우리 꼭대기에 있다가 수레가 지나거든 재빨리 올라타게. 기회는 한 번뿐, 시간에 늦지 않도록 서둘러야 하네. 세상은 둥그니까 한나절이면 동방에 닿을 수 있을 걸세."

대도인은 주먹을 쥐고 빙그르르 돌려 수레가 가는 방향을 가리켰다. 서동랑은 대도인과의 말을 마치고 임금님께 작별의 인사를 고하였다.

"고향에 돌아간다니 붙잡을 수 없구먼. 부디 무사히 고향에 닿기를 바라오."

임금님과 공주들은 못내 섭섭해하였다. 공주들은 서동랑과 두 소년이 보여준 그동안의 용기와 진실함에 크게 감동하고 있었다. 공주들은 멀리까지 따라와 세 소년을 배웅하였다. 세 소년은 카냐굽차의 성을 뒤로하고 멀리 산봉우리를 향해 부지런히 걸어갔다. 봉우리는 보기 보다 높고 험했지만 있는 힘을 다해 기어오른 결과 한밤중이 되어 봉우리 꼭대기에 다다를 수 있었다. 세 소년은 수레가 지나갈 만한 곳에 자리를 하고 아침이 오기를 기다렸다. 새벽이 되자 별들이 점점 빛을 잃더니 동쪽 멀리서부터 먼동이 터오기 시작했다. 그리고 한 줄기 서광을 뿌리며 날개 달린 황금 말 열 마리가 끄는 수레가 해를 몰고 나타났다. 수레는 곧장 세 소년을 향해 날아왔다. 세 소년이 놓칠세라 재빠르게 수레에 뛰어오르자 수레는 매가 먹이를 채어 하늘로 오르듯 공중 위로 솟아올랐다.

수레 몰이꾼은 세 소년이 올라탔는지 확인하기 위해 힐끗 뒤를 돌아보고는 부지런히 해를 몰아 앞으로 나가며 빛을 뿌렸다. 수레는 매우 빠른 속도로 달렸으므로 산과 시내가 한꺼번에 휙휙하고 뒤로 사라졌다.

"무척이나 빠르군. 이런 빠르기라면 대도인의 말씀대로 정말 한나절이면 동방에 닿겠는 걸."

죽지랑이 수레 아래 세상을 내려다보며 감탄을 연발했다. 수레는 하늘을 가로질러 곧장 서쪽으로 날아갔다. 시간이 지날수록 해는 점점 더 밝은 빛을 발하였고, 급기야는 눈을 뜰 수 없을 정도로 온 세상이 찬란히 빛났다. 순풍에 돛단배처럼 하늘을 미끄러져 나가던 수레가 갑자기 곤두박질치며 아래로 내려 떨어졌다. 세 소년은 어지러움과 두려움 때문에 정신을 차리지 못하고 허둥거렸다. 그러나 언제까지나 내려 떨어질 것 같은 수레가 무엇인가를 채어가지고 다시 하늘을 향해 솟아올랐다. 그리고 얼마만큼의 시간이 흐르자 배는 또다시 수평을 유지하며 앞으로 날아갔다. 세 소년이 정신을 차리고 앞을 바라보니 햇빛이 눈부셔 얼굴은 알아볼 수 없었지만 웬 모자(母子)가 수레 뒤에 타고 있었다. 그런 상태로 시간이 자꾸 흘렀다. 얼마를 달렸을까, 이번에도 갑자기 수레가 구름 아래로 곤두박질치더니 이번에는 빙그르르 공중제비를 돌았다.

"앗!"

수레에 탄 사람들은 손을 쓸 겨를도 없이 수레에서 퉁겨져 나와 땅 아래로 떨어지기 시작했다. 그리고 땅바닥에 떨어짐과 동시에 정신을 잃고 말았다. 얼마나 시간이 흘렀을까. 서동랑이 정신을 차리고 자리에서 일어났다. 두 소년도 자리를 털고 일어났다. 그들이 떨어진 곳은 다행스럽게도 억새풀이 가득한 풀밭이었으므로 높은 곳에서 떨어졌으나 몸에 별다른 이상은 없었다.

"우하하하 으하하."

갑자기 세 소년 앞에서 천지를 진동시킬 듯한 큰 웃음 소리가 터져 나왔다, 세 소년이 고개를 들어 웃음 소리가 나는 곳을 바라보니, 어린아이처럼 작달만한 키에 돌처럼 단단하게 생긴 노인 하나가 하늘을 바라보며 앙천대소(仰天大笑)를 하고 있었다. 그 옆에는 키가 훨씬 크고 몸매가 날렵하게 생긴 여인 하나가 서 있었다. 그리고

326

보니 수레에 탔던 사람은 모자가 아니고 노인과 손녀뻘되는 여인이 었다.

"고생들 많았지. 여기가 어딘 줄 아는가? 바로 방장산 제일봉 천 왕봉이라네. 청룡대왕 덕분에 수레를 얻어 타고 십만 팔천 리를 날 아 지금 막 도착한 거지. 몰라보게 컸구먼."

노인은 서동랑과 여인을 번갈아 바라보더니 가까이 불러 세웠다.

"잘들 좀 보게나, 누가 누구인지."

노인이 시치미를 떼고 뒤로 물러섰다. 머뭇거리던 두 남녀의 눈이 서로 마주쳤다.

"아ㅡ! 그대는 선화공주."

"서동랑!"

두 사람은 뜻밖의 만남에 놀라 크게 소리치며 힘차게 부둥켜안았 다. 꿈에도 잊지 못하고 그리워하던 두 사람이었다.

덕유산으로 돌아온 서동랑과 선화공주는 용화산 사자사의 지명법 사에게 도움을 청하여 숨겨 놓았던 무진장한 금을 신라로 옮겼다. 노여움을 푼 진평왕은 서동랑을 부마로 맞아 고금에 없는 성대한 결 혼식을 올렸고, 인덕을 쌓은 서동랑은 백제 제30대 무왕(武王)이 되 어 태평성대를 누렸다. 기파랑과 죽지랑도 훌륭한 화반이 되어, 그 덕망과 용맹이 후세에까지 전하는 큰 인물이 되었다. 혜초스님은 당 나라로 들어가 못다 이룬 불경의 비경을 터득하고 그곳에서 입적하 였다. 그리고 이들의 구도와 선업으로 동방은 찬란한 불국이 되어 그 영화를 언제까지 누렸다.

<하권 끝>

지은이 **안문길**

＊고려대학교 문과대학 국어국문학과 졸업
＊충암고등학교 국어교사 역임
＊한국문인협회 회원
＊한국소설가협회 회원
＊한국문협 은평지부 소설·수필분과장 역임

〈저서〉
＊소설 훈민정음
＊소설 공무도하가 (상) (하)
＊소설 왕오천축기
＊문해력 용비어천가
＊현인들의 형이중학
＊6.25 실중실화
＊대가야
＊수필집으로 〈아름다운 시절〉등이 있다.

대통령의 선생님이 쓴 **소설 공무도하가** (하권)

초판 1쇄 인쇄일 : 2024년 1월 15일
초판 1쇄 발행일 : 2024년 1월 17일

지은이 : 안문길
발행인 : 김종윤
펴낸곳 : 주식회사 **자유지성사**
등록번호 : 제 2 - 1173호
등록일자 : 1991년 5월 18일

서울특별시 송파구 위례성대로 8길 58, 202호
전화 : 02) 333-9535 ｜ 팩스 : 02) 6280-9535
E-mail : fibook@naver.com
ISBN : 978-89-7997-564-2 03810